Retour à Kelby Creek

Une femme à secourir

TYLER ANNE SNELL

Retour à Kelby Creek

Traduction française de
ISABEL ROVAREY

BLACK ROSE

HARLEQUIN

Collection : BLACK ROSE

Titre original :
ACCIDENTAL AMNESIA

HARPERCOLLINS FRANCE
83-85, boulevard Vincent-Auriol, 75646 PARIS CEDEX 13
Service Lectrices — Tél. : 01 45 82 47 47 - www.harlequin.fr
ISBN 978-2-2804-9310-9 — ISSN 1950-2753

Composé et édité par HarperCollins France.
Imprimé en août 2023 par CPI Black Print (Barcelone)
en utilisant 100% d'électricité renouvelable.
Dépôt légal : septembre 2023.

FSC
www.fsc.org
MIXTE
Papier issu de sources responsables
FSC® C159065

Pour limiter l'empreinte environnementale de ses livres, HarperCollins France s'engage à n'utiliser que du papier fabriqué à partir de bois provenant de forêts gérées durablement et de manière responsable.

Prologue

Les membres du bureau du shérif de Dawn County qui étaient présents étaient tous sur leur trente et un, une coupe de champagne, une bière ou un petit verre d'alcool fort à la main. Au centre du demi-cercle qu'ils formaient, le shérif Chamblin leva son verre de whisky sec.

— À une vie de collaboration heureuse avec deux des meilleurs limiers que je connaisse ! clama-t-il, les joues rouges, avec un sourire qui s'étendait à sa personne tout entière. À l'enfant du pays, Kenneth, et à l'une de nos concitoyennes préférées, Willa !

Tout le monde applaudit et trinqua à la santé des intéressés. Dans l'effervescence, quelqu'un lâcha son verre, qui se brisa sur le sol, sous les rires et les huées bon enfant de l'assistance.

— Et voilà ! Il fallait qu'il y en ait un pour gâcher la fête !

Voir régner cette ambiance festive au bureau du shérif était d'autant plus réjouissant que, quand Sterling Costner avait démissionné de son poste et quitté la ville, ceux qui étaient restés s'étaient sentis comme lui.

Trahis. En colère. Brisés.

Et, aujourd'hui, ils étaient tous là, à célébrer le mariage de l'un des détectives du bureau. Joyeusement et… bruyamment.

Brutus avait l'air fatigué. Vraiment épuisé.

Malgré le sourire de bienvenue qu'il adressait présentement à Sterling.

— Ma parole, mais voilà Sterling Costner, en chair et en os !

Ils se serrèrent chaleureusement la main avant que Sterling ne l'attire à lui pour lui donner l'accolade. Il avait toujours apprécié Brutus.

— Je ne savais pas que tu étais de retour en ville, reprit Brutus en ôtant son Stetson et en le pressant contre sa poitrine.

De tous les employés du bureau du shérif que Sterling avait connus avant de quitter Kelby Creek, Brutus avait été le seul à se coiffer d'un chapeau de cow-boy.

Sterling excepté, évidemment.

Il enleva le sien à son tour et le fit claquer contre sa cuisse tandis qu'ils poursuivaient la conversation.

— Je suis arrivé la semaine dernière, commença Sterling. Je me suis installé, j'ai passé un peu de temps avec mon frère pour fêter nos retrouvailles et je comptais te voir la semaine prochaine, mais Carlos a eu vent de mon retour et il m'a quasiment traîné de force ici… Seulement, de toi à moi, je crois que j'ai cessé d'exister à la seconde où il a posé les yeux sur le Dr Alvarez dans sa robe à volants.

Cela leur tira un sourire à tous les deux. Carlos Park était shérif adjoint au bureau de Dawn County de longue date, ce qui était plutôt rare compte tenu de ce qui s'était passé cinq ans auparavant. Peu d'employés étaient restés. Sterling se sentait tout honteux à l'idée qu'il avait été de ceux qui avaient quitté le navire.

Même s'il avait eu des raisons plus personnelles de le faire.

— Mais je dois dire que je suis ravi qu'il ait insisté, ajouta-t-il. Je n'aurais jamais cru que la bonne humeur et la confiance régneraient un jour au sein de ce bureau si je ne l'avais pas vu de mes propres yeux.

À ces mots, Brutus parut rajeunir brusquement. Un large sourire s'épanouit sur son visage.

— Loin de moi l'idée de critiquer les hommes et les femmes avec qui j'ai travaillé quand j'ai accepté la fonction de shérif par intérim, la première fois, mais je crois que je n'ai jamais été plus fier d'un groupe que celui avec lequel je travaille actuellement. Ils se sont surpassés pour aider ce département à se relever malgré les difficultés.

Sterling hocha la tête. Le sentiment de culpabilité d'être parti s'ancra encore un peu plus en lui mais il se concentra sur la raison pour laquelle il était ici.

Brutus garda le silence. Pendant un moment, ils regardèrent les derniers invités du mariage quitter la pièce.

Puis il ne resta plus qu'eux deux.

— Je suis de retour, Brutus, déclara Sterling. Pour de bon.

Le shérif arrêta longuement son regard sur lui puis il hocha la tête. Il portait son éternel chapeau de cow-boy – un Stetson fatigué, en cuir marron.

— Les choses ont changé ici, le prévint-il. Mais tout n'est pas parfait, malheureusement. On regagne peu à peu la confiance de la population, mais il reste beaucoup de problèmes à régler. Ce ne sera pas facile. Il faudra peut-être des années avant qu'on n'obtienne un réel progrès.

— Ça, ce n'est qu'en s'attelant à la tâche qu'on le saura, répondit Sterling en insistant sur le « on ».

— Reviens demain pour un entretien officiel, dit Brutus. Après quoi je te présenterai à tous ceux qui nous ont rejoints depuis ton départ. Je pourrais même t'emmener ensuite boire un verre pour te montrer tout ce qui a évolué en ville.

Sterling ne put s'empêcher de sourire.

— Ça, ça me va.

— Très bien.

Brutus le gratifia de nouveau d'un large sourire et lui asséna une tape dans le dos.

— Bon retour à Kelby Creek, Sterling Costner.

Sterling replaça lui aussi son chapeau sur sa tête.

— Je suis content d'être rentré.

Sa déclaration résonna haut et fort mais il espéra à part soi ne s'être pas trop avancé.

1

Trois mois plus tard, l'adjoint Sterling Costner avait repris ses marques, une étincelle farouche dans le regard et la colère à fleur de peau. Chacun, à Kelby Creek, en Alabama, pouvait le constater pour peu qu'il soit un tant soit peu attentif : Sterling était un vrai livre ouvert coiffé d'un chapeau de cow-boy. Il n'était pas du genre à cultiver le secret, contrairement à certains de ses collègues du bureau du shérif de Dawn County.

Non. C'était un expansif ou, comme le disait son frère, Sam, un mégaphone sur pattes avec le bouton bloqué sur *On*. Il ne ruminait pas dans son coin – il exprimait ; il agissait.

Il n'était pas non plus du genre à s'en laisser conter par un jeune minus assez prétentieux pour s'autobaptiser « le Titan ».

— Écoutez, je ne suis pas ici sur le seuil de votre porte – en uniforme malgré la chaleur, le taux d'humidité et le fait que j'aie dû me priver de déjeuner pour venir chez vous – parce que je rêve de vous punir, asséna Sterling en toisant sévèrement le jeune homme. Si je suis là, c'est parce que deux de vos voisins ont appelé pour se plaindre du volume de votre musique, poussé si fort que leurs fenêtres vibraient. Alors, il va falloir l'arrêter.

Le jeune de vingt-deux ans qui roulait des mécaniques sous le nez de Sterling était à des années-lumière du surnom pompeux dont il s'était affublé. Il était petit, plutôt frêle, avec une voix un peu nasillarde, ce qui ne l'empêchait pas de continuer à défier Sterling du regard.

Son sobriquet ridicule et sa taille n'auraient pas eu d'importance s'il ne s'était adressé en termes irrévérencieux à la partenaire de Sterling. Mais, dès l'instant où le jeune homme avait traité Marigold de « sale fouineuse », toute civilité de la part de Sterling avait fondu comme neige au soleil suffocant du sud de l'Alabama. Et il n'était maintenant plus du tout d'humeur à écouter ses élucubrations.

Il se fit donc plus clair.

— Je vous demande de baisser le son sinon il y aura des conséquences, tout Titan que vous soyez.

L'autre raison pour laquelle son frère l'appelait « le Mégaphone », c'était la profondeur de sa voix – a fortiori lorsque, comme maintenant, il s'efforçait de faire passer un message. Le Titan parut réfléchir, cette fois.

— Et vous allez présenter vos excuses à ma partenaire. Vous comprenez ou vous préférez que les choses aillent plus loin ?

Le Titan hésita, mais un instant seulement. Il fit un pas de côté et regarda Marigold, qui se tenait derrière Sterling, dans l'allée, l'air mi-exaspéré mi-blasé.

— Je suis désolé, lança le Titan. Je crois que j'ai bu un peu trop de boissons énergisantes aujourd'hui.

Sterling ne voyait pas le rapport avec le fait de montrer de l'irrespect vis-à-vis d'un membre des forces de l'ordre mais il ne releva pas. Après tout, ils ne s'étaient déplacés que pour des nuisances sonores.

— OK. Excuses acceptées, dit Marigold.

Sterling reporta son regard sur le jeune homme.

Le Titan désigna la maison du pouce derrière lui.

— Je vais baisser le son du jeu vidéo, dit-il, répétant

la requête qu'avait initialement formulée Marigold, juste avant que le jeune homme ne l'insulte. Ça ira comme ça ?

— Ça ira, confirma Sterling d'un ton bref. Mais faites-le tout de suite.

Tandis que le jeune homme tournait les talons pour s'exécuter, Marigold rejoignit Sterling sous le porche.

— Son vrai nom, c'est Anthony, marmonna-t-elle. Ma sœur, qui faisait du baby-sitting quand elle était au lycée, l'a gardé de temps en temps. Enfant déjà, c'était une vraie tête à claques. Il n'a pas changé. Le *Titan*. Non mais on croit rêver !

Elle ricana. Sterling demeura impassible, attendant que leur requête soit suivie d'effet. Lorsque la musique se tut, ils retournèrent à leur SUV.

— Il cherche à se réinventer. On ne peut pas dire que ce soit une grande réussite mais… essayons de ne pas le juger.

Marigold croisa les bras mais partit d'un petit rire.

— Oui, enfin, il m'a insultée, donc je vais quand même me permettre de le juger un petit peu !

Sterling joignit son rire au sien et démarra.

— C'est de bonne guerre.

Mis à part l'appel pour nuisances sonores, Kelby Creek était calme en ce lundi. Le temps n'était pas désagréable, en tout cas nettement moins que la semaine précédente. Chaud et humide mais avec une petite brise, ce qui était déjà pas mal.

Sterling prit la direction du nord de Kelby Creek.

Comme si elle avait deviné son intention, Marigold nota :

— On va acheter à manger à ce nouveau *food truck* ? Celui sur lequel Rossi ne tarit pas d'éloges ? Il paraît qu'ils font les meilleurs tacos de la région.

— À moins que tu ne préfères aller déjeuner chez Crisp's…

Son équipière fit mine de tressaillir d'effroi. C'était son ex-belle-mère qui tenait le restaurant favori des gens du coin. Mais, bien que Marigold ait eu des raisons de mettre fin à son mariage, la mère de son ex n'avait jamais caché son mécontentement.

Et, chez une femme du Sud, le mécontentement se traduisait par des commentaires et des actes de nature passive-agressive.

Ce qui mettait tout le monde mal à l'aise.

— Donc, ce sera tacos.

Ils parlèrent un peu d'Anthony-le-Titan, puis évoquèrent une affaire sur laquelle le pôle dédié aux affaires classées travaillait et enfin le moment où Kelby Creek verrait arriver sa première tornade de l'année.

Ce ne fut que lorsqu'il se rendit compte qu'il avait fait un détour pour rejoindre le camion-restaurant que Sterling se tut.

Ce qui n'échappa pas à Marigold. Elle était douée pour décoder le langage corporel et percevait aisément les changements d'humeur. C'était l'une des raisons pour lesquelles elle avait été recrutée l'année précédente et c'était aussi pourquoi Sterling se félicitait de l'avoir pour équipière. Non seulement c'était un bon flic mais c'était aussi une fine psychologue.

Elle désigna du menton le paysage de l'autre côté de la vitre.

Ils passaient dans un petit quartier articulé autour de deux rues qui se terminaient par des culs-de-sac.

— Tu as emprunté cet itinéraire délibérément ou c'est ton subconscient qui t'a guidé ?

Sterling, le mégaphone humain, répondit avec sincérité :

— Je n'y pensais pas, donc ce doit être mon subconscient.

Il soupira et garda les yeux fermement rivés sur la route. Marigold s'efforça de compatir.

— Tu sais, parfois, même si le temps est passé, les souvenirs ont la vie dure.

Et, par « les souvenirs », elle entendait celui d'une femme en particulier mais Marigold s'en tint à une formulation volontairement vague par égard pour son collègue.

Normalement, il aurait admis qu'ils parlaient de quelqu'un qui avait autrefois habité par ici, mais rien n'était plus tout à fait normal à Kelby Creek.

Sterling refoula ses pensées, décidément trop transparentes, et, changeant de sujet, évoqua ce qu'il comptait commander à manger. Marigold enchaîna sur le même sujet et, bientôt, le quartier fut dans son rétroviseur. Ainsi que la maison dans laquelle il avait vécu.

Et dans laquelle cette femme avait vécu avec lui.

Avant qu'elle ne détruise tout.

Avant qu'elle ne le détruise.

Sterling ne jeta pas même un regard en arrière tandis qu'ils s'éloignaient.

Parce que, en dépit de tous ses efforts pour l'oublier, Melanie Blankenship ne restait jamais très longtemps loin de ses pensées.

Mel sut tout de suite qu'il y avait un problème.

Elle ouvrit les yeux et essaya de répondre simultanément aux multiples questions qui s'entrechoquaient dans sa tête.

Pourquoi était-elle allongée ?

Pourquoi était-elle mouillée ?

Pourquoi faisait-il si chaud ?

Quel était ce bruit ?

Où était-elle ?

Elle poussa un grognement, refermant les yeux, incapable d'apporter une seule réponse.

Mais un mouvement attira son attention. Elle rouvrit les yeux… et découvrit une femme penchée au-dessus d'elle, le regard soucieux sous ses sourcils froncés.

— Vous m'entendez ? Je m'appelle Anna.

Mel voulut se redresser comme si la position assise pouvait l'aider à traiter les informations plus efficacement. Mais la tentative tourna court comme un élancement douloureux lui traversait le côté. La dénommée Anna la fit se recoucher, doucement mais fermement.

— Restez allongée, ne vous agitez pas. Vous avez eu un accident. Nous sommes dans l'ambulance qui vous conduit à l'hôpital. Vous comprenez ?

Non. Mel ne comprenait rien du tout. Sa tête lui faisait aussi mal que ses idées étaient embrouillées.

Toutefois, le voile commença à se lever lorsqu'une voix, sur la radio du véhicule, mentionna le nom dudit hôpital.

Elle lutta de nouveau pour se redresser.

— Attendez un peu… Où suis-je ? demanda-t-elle.

La douce pression des mains d'Anna la repoussa contre l'oreiller.

— Dans l'ambulance, en route pour l'…

— Non, coupa Mel. Je veux dire : dans quelle ville ?

Un regain d'anxiété assombrit le regard d'Anna mais Mel n'en avait que faire. Ce qui lui importait, c'était la réponse qui allait suivre.

Anna eut l'audace de la lui communiquer d'un ton égal, comme si c'était la chose la plus naturelle du monde.

— À Kelby Creek.

Cette fois, Anna n'eut pas besoin de l'obliger à rester étendue. Mel ferma les yeux et jura.

— Vous auriez dû me laisser là où vous m'avez trouvée.

Quand Melanie Blankenship rouvrit les yeux, tout son environnement avait de nouveau changé.

Au moins cette fois se souvenait-elle du point B qui l'avait menée à ce point C… Mais quant à savoir comment elle était arrivée du point A au point B, alors, là… Mystère.

Le flou total.

Le trou noir.

Elle s'était trouvée à bord d'une ambulance.

Maintenant, elle était à l'hôpital.

Mais pour le reste…

— Je souffre d'amnésie ?

Le médecin de Mel, un homme espiègle, à la tête grisonnante, que la vue du sang semblait beaucoup divertir et qui – à en juger par la façon dont il émaillait son jargon médical de termes tels que *caboche* - devait faire la joie des enfants, partit d'un petit rire.

— Perte de mémoire transitoire consécutive à un traumatisme, répéta-t-il en montrant du doigt le bandage qui enturbannait la « caboche » de Mel. Causé par l'accident de la circulation dont vous avez été victime.

Mel voulut toucher le pansement mais le médecin intercepta doucement sa main.

— Votre amnésie ne concerne que la mémoire à court terme. C'est embêtant, je le comprends, mais nous pouvons nous réjouir que ce ne soit pas plus grave.

Le sourire enfantin qu'il affichait depuis son entrée dans la chambre se fit plus sérieux.

— Laissez faire le temps et les souvenirs devraient revenir. Vous avez subi un choc, votre organisme a juste besoin de trois choses : du repos, du repos et du repos.

— Comment ça, *devraient* ? Ce n'est pas certain ?

Le médecin eut le bon goût de paraître ennuyé.

— Chaque personne réagit différemment. Il existe

une possibilité que vous ne vous souveniez pas de tous les détails mais, bon… Apparemment, vous avez oublié moins d'une journée… Ce n'est pas grand-chose, en définitive.

À ceci près que Mel s'était réveillée à *Kelby Creek*, ce qui n'était pas rien, de son point de vue. Son trou de mémoire couvrait peut-être une période de moins de vingt-quatre heures mais ce n'en était pas moins un sacré coup.

Et elle ne savait même pas d'où ce coup était venu.

Mel avait environ un millier de questions à poser, mais le mal de tête lancinant dont les médicaments n'avaient pas réussi à venir à bout l'empêcha de les formuler.

— Maintenant, je vais vous reposer la question, reprit le médecin. Êtes-vous sûre de ne pas vouloir prévenir quelqu'un ? L'infirmière a dit que vous vous étiez opposée à ce qu'on appelle votre personne à contacter d'urgence mais, maintenant que vous avez eu un peu de temps pour…

Mel secoua la tête avec un peu trop d'empressement. Elle grimaça de douleur puis essaya de se reprendre.

— Non, ça va, merci.

Le médecin hésita un moment mais n'insista pas. Il arbora de nouveau son large sourire puis s'en alla.

Mel se replongea dans ses pensées.

Qu'était-il arrivé au cours de cette dernière journée ?

Voyons… Dimanche, elle s'était trouvée chez elle, à Birmingham, en train de terminer un article.

Ensuite, elle se revoyait en train de remplir un sac de voyage et de monter dans sa voiture.

Et puis, tout à coup, sans transition, elle se retrouvait à l'hôpital le lundi après-midi. À Kelby Creek.

Mel laissa échapper un grognement.

C'était comme tenter de se remémorer un rêve. Le seul fait d'essayer le rendait plus inaccessible encore.

Repoussant les couvertures, elle lança les jambes sur

le côté du lit et posa les pieds par terre. Mel attrapa son jean et se contorsionna pour le remonter sous sa chemise d'hôpital. Pour le soutien-gorge et le chemisier, ça allait être plus compliqué. Les infirmiers les avaient découpés pendant qu'elle était inconsciente. Ils gisaient maintenant au fond de la poubelle.

Au moins les premiers secours à être arrivés sur les lieux de l'accident avaient-ils récupéré son sac à main.

Mel passa de nouveau son contenu rapidement en revue, ainsi qu'elle l'avait déjà fait à plusieurs reprises.

Mais, comme les fois précédentes, elle n'y trouva rien d'inhabituel. Du moins de ce qu'elle aurait trouvé inhabituel avant que sa mémoire ne lui fasse faux bond.

Même son portable était là – pas d'appels manqués ni d'appels qu'elle aurait passés pendant sa perte de mémoire. Pas de textos non plus.

Pour certains, l'absence de communications de la part d'amis ou de proches aurait paru inquiétante. Pour Mel, c'était au contraire étrangement réconfortant. Cela voulait dire que ce qui s'était passé entre dimanche et lundi n'avait concerné personne d'autre.

Pour autant qu'elle sache.

Mel redressa la tête et promena lentement son regard autour d'elle.

Il devait forcément y avoir une raison si elle avait été en route pour Kelby Creek.

Le seul endroit où elle s'était juré de ne plus jamais remettre les pieds.

— Alors, qu'est-ce qui a bien pu me pousser à y revenir maintenant ?

La chambre d'hôpital vide ne la gratifia d'aucune réponse. Cela acheva de la convaincre qu'elle n'apprendrait rien en restant ici. Mel avait passé trop de temps dans sa vie dans l'aveuglement. Ce n'était plus elle aujourd'hui.

Il fallait qu'elle découvre ce qui se passait.

Décidée à appeler une collaboratrice de leur magazine de décoration *P's & Q's* pour savoir s'il s'était passé quelque chose là-bas, Mel se prépara à partir.

Un coup frappé à la porte l'en empêcha.

Son cœur se mit à battre plus vite.

Quand la porte s'ouvrit, son estomac se noua.

L'homme qui la regardait était l'une des raisons pour lesquelles elle s'était promis de ne plus jamais revenir.

— Jonathan.

Jonathan Partridge avait trois caractéristiques : c'était un vrai blond platine, un adepte des beaux costumes bien repassés et un redoutable avocat. Il était plus jeune qu'elle de quelques années mais, curieusement, cela le rendait aux yeux de Mel plus menaçant que s'il avait été plus mûr.

Et le fait qu'il ait été son beau-frère et ne l'ait jamais appréciée n'arrangeait rien.

— Qu'est-ce que tu fais ici ? demanda-t-elle.

Mel tira sur sa blouse d'hôpital tandis qu'un sourire découvrait les dents de Jonathan.

Des dents de requin.

Et, à son expression, il était clair qu'il avait repéré l'odeur du sang dans l'eau.

— Les nouvelles vont vite dans les petites villes.

Il haussa les épaules et entra d'un pas assuré. Il se comportait toujours comme s'il était l'excellence personnifiée. Les autres comparés à lui ? Des marchandises avariées.

— Il n'a pas fallu longtemps pour que la nouvelle d'un grave accident dans lequel une femme avait été blessée fasse le tour de la ville. Et il en a fallu moins encore pour que le nom de ladite femme soit connu.

Il se planta au pied du lit. Même si Mel se tenait de l'autre côté, elle se sentit vulnérable – ce qui ne fut pas pour lui plaire.

Jonathan secoua imperceptiblement la tête avant de pousser un petit rire.

— Mel Blankenship, je dois dire que je suis surpris à plus d'un titre, continua-t-il. Le fait que tu reviennes en ville aurait suffi, mais, ensuite, apprendre que ta voiture avait été méchamment percutée et qu'on n'avait retrouvé qu'une simple valise dans ton coffre… ? Et, pour couronner le tout, que tu souffrais d'un soi-disant problème de mémoire ? Waow. Là, j'avoue que ça m'en bouche un coin, il n'y a pas d'autre mot.

Mel sentit la chaleur envahir ses joues. La chaleur de la colère.

Mais la laisser se déchaîner contre Jonathan aurait été un jeu dangereux, un jeu auquel elle ne voulait pas jouer.

Certes, il n'était pas aussi retors que son frère mais sous-estimer la roublardise du plus jeune des Partridge aurait été une erreur qu'elle n'entendait pas ajouter à la liste des regrets de sa vie.

— Que cela t'ait surpris ou non, le fait que je sois revenue ne te regarde pas.

Jonathan haussa de nouveau les épaules, ouvrant cette fois les mains, paumes vers le plafond. Geste délibéré pour montrer les stigmates des brûlures ? Elle n'en savait rien.

— Ça ne me regarde peut-être pas, mais je me sens concerné.

Son sourire narquois se mua en un froncement de sourcils. Il laissa retomber ses mains le long de son corps.

— Quand tu étais à Kelby Creek, j'ai failli tout perdre à cause de toi. Je ne veux pas que ça se reproduise.

Mel ne savait pas pourquoi elle était revenue mais,

en cet instant, elle mesurait à quel point ç'avait été une mauvaise idée.

Être critiquée par tous, c'était une chose. Être haïe par suffisamment d'individus pour que ce soit pure folie de revenir en ville, c'en était une autre.

Pourquoi avait-elle couru ce risque ?

Qu'avait-elle espéré y gagner ?

— Je ne cherche pas d'ennuis, finit-elle par déclarer comme il devenait clair que Jonathan n'avait nullement l'intention de bouger. Dès que j'aurai récupéré mes affaires et un moyen de transport, je m'en irai.

Jonathan promena sur elle un long regard impassible.

Un frisson la traversa.

Pourtant, en dépit de tout ce qui lui déplaisait chez Jonathan, il y avait une chose dont elle se félicitait : c'était qu'il ne ressemble pas à son frère.

Une petite, toute petite consolation…

— Et la maison ?

Elle se raidit.

Mel n'avait aucune envie de parler de la maison avec lui ni avec qui que ce soit.

Jonathan l'étudia rapidement.

À son tour, il se tendit.

Mel tenait à éviter l'affrontement mais elle n'allait pas se laisser enfermer dans un piège.

— Nous ne sommes plus de la même famille et nous n'avons jamais été amis, commença-t-elle. Maintenant que tu as débité ton petit laïus et déversé ton fiel, tu n'as plus aucune raison de rester ici. C'est ce que j'expliquerai aux autorités si tu ne t'en vas pas tout de suite.

Mel fit un petit pas en avant et croisa les bras.

— Et, avant que tu ne te fasses un plaisir de me rappeler pourquoi ce serait une très mauvaise idée, vu que le bureau du shérif – comme à peu près toute la ville – m'est hostile, laisse-moi te rappeler une chose, *moi aussi*. Je suis peut-être l'ex-femme de Rider Partridge, mais, toi, tu es son frère. Et tu sais comment c'est par ici : les liens du sang priment sur tout.

Mel imagina qu'elle était un arbre dont les racines avaient continué à s'enfoncer dans sa terre natale tandis qu'elle était loin. Des racines vieilles, fatiguées mais solides.

Plus solides que celles de n'importe quel Partridge.

Elle resta immobile tandis que Jonathan s'efforçait en silence de maîtriser ses émotions – de la colère et du regret, de la réprobation, enfin, peinte sur toute sa physionomie.

Mais elle n'avait pas tort.

— Kelby Creek n'est plus ce que c'était quand tu es partie, proféra-t-il, se tournant déjà vers la porte. Il y a, tapies dans l'ombre, des choses bien plus effrayantes désormais. Je te conseille vraiment de ne pas chercher à les débusquer.

Mel regarda la porte de la chambre se refermer sur Jonathan et son costume chic, plus déterminée que jamais à quitter au plus vite l'hôpital.

Puis Kelby Creek. Et pour de bon, cette fois.

2

Le coucher de soleil devait être beau mais Sterling n'y prêta pas attention. Il avait vu suffisamment de splendides couchers de soleil du Sud pour savoir qu'ils vous donnaient envie de prendre un pinceau pour les peindre. Et il savait aussi que celui d'aujourd'hui devait être particulièrement saisissant. Pas un nuage dans le ciel, une petite brise agréable… En fait, il n'aurait pas été surpris de recevoir prochainement par MMS une photo prise par son frère, Sam, depuis son porche arrière, accompagnée d'une émoticône souriante entourée de cœurs.

Mais Sterling ne regarda pas le ciel en descendant de sa camionnette.

Il ne vit ni les orangés ni les mauves et les roses qui coloraient l'horizon tandis qu'il ajustait sa chemise et redressait son chapeau de cow-boy.

Il n'essaya pas de distinguer les étoiles qui commençaient à apparaître dans le ciel du crépuscule.

Toutes ses pensées étaient centrées sur une femme.

Pendant le trajet jusqu'à l'hôpital, Sterling avait répété ce qu'il dirait lorsqu'il se retrouverait face à Melanie après toutes ces années – ce à quoi il s'était en réalité entraîné pendant tout ce temps – mais il n'arrivait pas à trouver les mots justes.

Curieusement, cela lui rendait ce qu'elle avait fait,

ce qu'il avait éprouvé et ces cinq dernières années plus supportables.

— Tu es sûr de vouloir y aller ? avait demandé Marigold quand le shérif leur avait transféré l'appel. Comme l'a dit le shérif, un autre adjoint peut s'en occuper. Tu ne lui dois rien.

— Melanie n'est pas seulement mon ex, avait-il répondu, s'efforçant de faire preuve de mesure. Elle a aussi une histoire compliquée dans cette ville. Mieux vaut que ce soit moi qui y aille plutôt que quelqu'un qui ne sait pas trop quoi penser d'elle. C'est plus simple.

Marigold n'avait pas été satisfaite de sa réponse.

— De mon point de vue, je dirais que ce qui s'est passé entre vous n'a rien de compliqué.

Sterling n'en était pas disconvenu mais, campant sur sa position, il était parti.

Tout ce qu'il aurait à faire, c'était poser quelques questions à Melanie et lui restituer la valise qu'ils avaient trouvée dans le coffre de son véhicule.

Ensuite, il s'en irait et ne la verrait plus.

Rien d'insurmontable là-dedans.

C'était simple comme bonjour. Aussi simple que de décider de ne pas lever les yeux pour contempler le coucher de soleil.

Au moment où il s'apprêtait à pénétrer dans l'établissement, une femme en chemise d'hôpital le bouscula en franchissant la porte d'entrée dans le sens inverse.

— Oh ! Excusez-moi.

Il fallut à Sterling une demi-seconde pour s'apercevoir que la chemise était rentrée dans son jean comme s'il s'agissait d'un chemisier. Et une autre demi-seconde pour se rendre compte que la chemise en question était surmontée d'une paire d'yeux d'un incomparable bleu glacier.

Des yeux qui vous faisaient tout oublier. Des yeux à vous damner.

— Mel ?

Les yeux en question s'agrandirent mais il n'avait nul besoin de confirmation.

Si, parfois, une minute semblait durer mille ans, cinq longues années pouvaient à l'inverse se contracter et donner l'impression que le temps n'était pas passé.

Melanie Blankenship était exactement telle qu'elle avait été le jour où elle était partie.

Incroyablement belle.

Des cheveux de jais toujours noués en un chignon ébouriffé, un petit nez qui se plissait lorsqu'elle plaisantait ou s'extasiait devant quelque chose de spectaculaire et une fossette au menton qui soulignait son air de défi. Les taches de rousseur qui parsemaient sa peau hâlée semblaient peut-être un peu moins prononcées, mais elle avait sans doute pris moins de bains de soleil après son départ de Kelby Creek.

Et pourtant, l'eau avait bien coulé sous les ponts en dépit des apparences.

Sterling en fit l'amer constat quand Mel s'écarta vivement de lui, reculant d'un pas.

— Sterling.

Deux syllabes chargées de regret. Le regret, non pas de leur passé, mais d'être malencontreusement tombée sur lui.

Il capta tout cela d'un seul coup d'œil.

— Je... Désolée, déclara-t-elle précipitamment. Je ne m'attendais pas à te voir ici. J'ai pourtant dit à l'infirmière que je ne voulais pas qu'ils préviennent qui que ce soit.

Sterling inclina la tête sur le côté.

— L'infirmière ne m'a pas appelé. Je suis là à titre professionnel, précisa-t-il en tapotant son badge du doigt.

Tu as été victime d'un accident sérieux, avec délit de fuite de l'autre conducteur. Je suis venu prendre ta déposition.

Le rose des joues de Mel s'intensifia.

— Oh… Je vois. D'accord, dit-elle en lissant nerveusement sa chemise d'hôpital.

Sterling jeta un coup d'œil en direction du parking.

— Quelqu'un est venu te chercher ?

Mel secoua sa tête bandée. Quand la nouvelle leur était parvenue qu'une femme avait été blessée dans un accident de la circulation et qu'elle souffrait d'amnésie, cela avait attiré l'attention de tous. Puis, le shérif leur avait appris qu'il s'agissait de Mel et tout avait changé.

Sterling éprouva la familière morsure de la colère à l'idée que quelqu'un ait osé s'en prendre à la femme qui se tenait devant lui.

Il veilla à conserver une attitude neutre, professionnelle.

— Alors, pourquoi tu t'enfuis comme ça ?

Bravo. Pour la neutralité et le professionnalisme, c'était raté. La maladresse de sa formulation suscita chez lui une tension nouvelle, réveillant son vieux ressentiment, son incompréhension.

Une minute face à Mel et voilà qu'il se revoyait, attendant sous ce porche une femme qui n'était jamais revenue.

— De l'hôpital, se hâta-t-il d'ajouter. J'ai appris que tu avais été blessée à la tête. J'ai du mal à croire qu'ils te laissent partir comme ça.

Mel poussa un bref ricanement.

Ça ne lui ressemblait pas.

— Tout ce qu'ils font, c'est me donner des antalgiques et veiller à ce que je n'aie pas de réaction allergique à quoi que ce soit. Je peux faire ça autre part, où je n'aurai pas à me soucier de visiteurs indésirables.

— Des visiteurs indésirables ? Quelqu'un t'a déjà cherché des noises ?

De nouveau, la colère s'empara de lui à cette idée.

Par moments, ces cinq années semblaient vraiment n'avoir jamais existé.

Mel remua les épaules et regarda le parking.

— Jonathan vient juste de passer ; il a été, disons… égal à lui-même.

Instinctivement, Sterling laissa échapper un grognement. Il n'avait jamais aimé Jonathan Partridge.

— Est-ce qu'il t'a menacée ?

Mel reporta son regard sur lui, l'air plus agacée qu'effrayée. Mais la petite hésitation, dans sa voix, n'échappa pas à Sterling.

— Il s'est comporté comme il se comporte toujours : il m'a prise de haut en me racontant n'importe quoi. Je lui ai dit de déguerpir s'il ne voulait pas que j'appelle le bureau du shérif, et il a filé. Tu me connais : je ne supporte pas Jonathan Partridge très longtemps.

À une certaine époque, Sterling avait pensé tout connaître de Melanie Blankenship, oui. Ce qu'elle aimait, ce qu'elle n'aimait pas, ses habitudes, les petits gestes qu'elle faisait inconsciemment.

Oui, il avait cru la connaître, corps et âme.

Et puis elle était partie en lui adressant simplement un bref message qui disait :

Je suis désolée, Sterling. Je te souhaite une belle vie.

Comment avait-il pu ne rien voir venir ?

Cela signifiait-il qu'il s'était totalement trompé sur son compte ?

Tiens-t'en aux faits, s'intima-t-il. *Inutile de compliquer les choses.*

Sterling s'éclaircit la gorge.

— Eh bien, puisque tu quittes l'hôpital, pourrais-tu passer au bureau demain pour faire ta déposition ? Du moins, si tu comptes rester en ville.

Il désigna sa camionnette dans le parking.

— J'ai la valise qu'ils ont trouvée dans ton coffre, donc je suppose que c'est le cas.

À ces mots, l'attitude de Mel changea du tout au tout. Mais il aurait été bien incapable de dire quelle émotion avait provoqué ce changement.

— Je reste cette nuit, répondit-elle. Il faut juste que j'appelle un taxi puisque, apparemment, ma voiture a connu des jours meilleurs.

Il aurait dû s'abstenir, il le savait, mais il s'entendit proposer :

— Je peux t'emmener, si tu veux. Je connais la ville et ce sera plus rapide que d'attendre que Grant vienne te chercher.

Les sourcils de Mel s'arquèrent, mais elle ne refusa pas.

— C'est gentil. Merci.

Cinq ans de souvenirs n'étaient rien en comparaison de l'homme qui en était l'objet. Il s'était matérialisé sous ses yeux, semblant surgir de nulle part, sanglé dans un uniforme qui lui allait bien, la tête coiffée du chapeau de cow-boy que lui avait offert son père, son regard bleu limpide chargé d'une multitude d'émotions.

Des yeux qui, sitôt qu'ils étaient tombés sur Mel alors qu'elle fuyait l'hôpital, ne l'avaient plus lâchée.

À quoi s'attendre d'autre ? Elle s'était doutée, évidemment, que Sterling Costner s'intéresserait de très près à elle sitôt qu'il aurait eu vent de son retour.

Mais, bêtement, elle avait cru avoir un peu de temps devant elle avant ce face-à-face.

Seulement, bien sûr, comme l'avait souligné ce cher Jonathan, c'était compter sans la vitesse à laquelle se propageaient les nouvelles à Kelby Creek.

— Je suis contente qu'elle n'ait pas été détruite, nota Mel en s'asseyant sur le siège passager et en posant la valise sur ses genoux.

Si elle se rappelait avoir quitté son appartement avec, elle ne se souvenait pas en revanche de ce qu'elle avait mis à l'intérieur, mais au moins aurait-elle de quoi se changer.

Sterling se glissa derrière le volant avec sa souplesse coutumière.

Le moindre de ses gestes était chargé d'une grâce féline.

— Je n'ai pas vu ta voiture mais, d'après l'adjoint Rossi, il semblerait qu'on l'ait percutée par l'arrière, dit-il en refermant sa portière. Tu as probablement perdu le contrôle et foncé droit dans le fossé, où la voiture s'est renversée. Le chauffard qui a provoqué l'accident a dû prendre peur et s'enfuir. Mais on le recherche, ne t'inquiète pas.

L'estomac de Mel se contracta.

« Ne t'inquiète pas. » Cette petite phrase, prononcée par Sterling, avait autrefois été la bande-son de sa vie. Un leitmotiv rassurant qui donnait l'impression de pouvoir tout régler.

Mais ce n'était pas le moment de s'abandonner à ce genre de pensée.

Elle joua avec la fermeture Eclair de sa valise.

— Je m'occuperai des démarches à faire demain. Je ne sais pas ce que va dire mon assurance. Ça dépend, j'imagine, du nombre de cas d'amnésie auxquels ils sont confrontés.

Sterling haussa les épaules. Avec sa stature imposante, le moindre de ses gestes attirait l'attention.

— Je suis sûr que ça se passera bien. Tu as toujours su bien présenter les choses.

Mel laissa échapper un petit ricanement.

— Tu parles ! Il m'a fallu près d'un an pour convaincre mon voisin de m'appeler Mel. Je ne dois pas être si persuasive que ça.

Mel remarqua que Sterling remuait imperceptiblement sur son siège.

Jugeant que parler de son passé à elle ne valait pas mieux qu'évoquer leur passé commun, elle regarda par la vitre et essaya de faire comme si rien n'avait changé.

Comme si elle n'avait pas épousé Rider Partridge.

Qu'elle n'avait pas attendu si longtemps avant de demander le divorce.

Qu'elle n'était pas tombée amoureuse de Sterling.

Qu'elle ne…

Mel se redressa. Risquant un coup d'œil en direction de Sterling, elle s'aperçut qu'il la regardait.

Ses lèvres s'incurvèrent brièvement.

Il ne lui retourna pas son sourire.

De nouveau, tous deux regardèrent la route, devant eux.

— Où va-t-on ? demanda-t-il.

Encore une petite chose qui semblait extraordinairement lourde de sens. La réponse ne le serait pas moins parce que, à la minute où Jonathan avait parlé de son ancienne maison, Mel avait décidé qu'il était temps d'y retourner.

Même si c'était le dernier endroit où elle avait envie de se rendre.

La résidence aurait pu être une vraie maison. Si Rider Partridge ne l'avait transformée en un château destiné à abriter son trône.

Rétrospectivement, Mel voyait les choses avec objectivité.

Elle comprenait aujourd'hui que Rider n'avait pas souhaité fonder une famille, un foyer, comme elle. Il avait voulu créer un royaume que tous les habitants lui envieraient. Il avait voulu le pouvoir, sous toutes ses formes. Visible comme son château, mais plus subtil, aussi. Tellement subtil que personne ne se rendait compte de rien jusqu'à ce qu'il fût trop tard.

Mel regarda la bâtisse à un étage aux allures de manoir et prit un malin plaisir à contempler le spectacle des mauvaises herbes qui avaient poussé dans la pelouse, des gouttières qui avaient besoin d'être nettoyées et des taches de moisissure sur les volets haut de gamme. Quelques bardeaux manquaient aussi ici et là, probablement arrachés par une tempête plus violente que les autres, et une fenêtre dc l'étage avait perdu sa vitre.

Ce n'était pas une maison délabrée mais ce n'était certainement plus la huitième merveille du monde dont la construction avait coûté une fortune à Rider.

La petite satisfaction de voir la beauté de l'édifice qu'il avait tant aimé légèrement fanée passa aussi rapidement qu'un souffle d'air.

Mais, pour Mel, ce fut un souffle d'air frais.

— Tu pourras appeler le garage demain pour que Frank te donne une idée précise de l'état de ta voiture, suggéra Sterling, apparaissant à son côté, le regard braqué sur elle et non sur la maison. Il n'est plus aussi rapide qu'il l'était autrefois. Depuis qu'on lui a posé une prothèse de hanche, il confie de plus en plus de tâches à son neveu mais… tu le connais. Il a du mal à déléguer. Il te demande de faire quelque chose et, dès que tu as le dos tourné, il revient et s'en charge lui-même.

Mel hocha la tête. Frank avait déjà été comme ça à l'époque où Sterling et elle sortaient faire des virées dans leurs vieilles voitures, en adolescents insouciants qu'ils étaient.

Mais aujourd'hui, c'était différent. *Ils* étaient différents.

Sterling prit sa valise et la porta jusqu'à la porte d'entrée. La dernière fois qu'ils s'étaient trouvés dans cette situation, le trajet s'était effectué dans le sens inverse.

Cinq ans plus tôt.

Une éternité plus tôt.

Sterling s'arrêta sur la dernière marche du porche. Mel le dépassa, la clé à la main.

— Il faut que j'entre taper le code pour désactiver le système d'alarme, annonça-t-elle. Sinon, la sirène va se déclencher et tout le bureau va rappliquer. Je préférerais éviter.

Sterling inclina la tête, balayant le porche du regard. Mel ne put décrypter chez lui autre chose qu'un léger désintérêt.

Ce qui signifiait soit qu'il cachait beaucoup mieux ses sentiments qu'autrefois, soit qu'il avait une fois pour toutes surmonté ce qui était arrivé.

Rider. La maison. Elle.

Ce qui serait une bonne chose, songea Mel. *Aucune raison qu'il soit toujours attaché à toi. Et toi non plus, tu n'es plus attachée à lui. Ressaisis-toi. Tu as d'autres chats à fouetter.*

La porte s'ouvrit sans difficulté et le bip-bip continu de la temporisation se déclencha aussitôt. Mel traversa rapidement le grand hall jusqu'à la cuisine, à l'arrière de la maison. Le rétroéclairage du clavier de commande s'alluma sous ses doigts.

Les bips se turent à la seconde où elle appuya sur *Entrée* après avoir tapé le code, mais elle s'attarda quelques instants.

Il y avait longtemps qu'elle ne s'était pas trouvée dans cette cuisine. Comme le reste de la propriété, elle était vaste et luxueuse. Des équipements dernier cri, un électroménager flambant neuf, à peine utilisé, des plans de travail haut de gamme et un cellier qui, à lui seul, aurait pu contenir la moitié de son appartement de Birmingham. C'était aussi la pièce de la maison qui avait le plus de portes.

L'une ouvrait sur l'extérieur et le patio couvert, une deuxième donnait sur le bureau, celle par laquelle elle était entrée rejoignait le hall et, enfin, la dernière, à côté du cellier, menait au sous-sol.

Le regard de Mel s'arrêta sur cette dernière. La colère, le ressentiment et la culpabilité l'assaillirent.

Pour un peu, elle aurait frappé du poing dessus. L'aurait démolie à coups de marteau. Ou, mieux, l'aurait passée au broyeur puis l'aurait regardée se désintégrer en sirotant un verre de vin.

Mais, évidemment, elle ne ferait rien de tout cela.

Ce n'était qu'une porte.

Ce n'était pas cet objet inerte qui avait kidnappé une jeune fille et l'avait séquestrée dans le sous-sol pendant deux jours.

Mel attendit donc que la fureur, la honte et la douleur se soient apaisées puis elle retraversa le hall pour rejoindre le seul homme qui ne l'ait jamais considérée comme responsable de ce qui s'était passé dans cette cave.

Sterling siffla entre ses dents et s'avança vers le majestueux escalier qui s'élevait en une large spirale jusqu'à l'étage.

— J'avais oublié à quel point cet endroit était somptueux, observa-t-il. Il aurait sa place dans les pages d'un magazine de déco.

Mel poussa un ricanement amer.

— Il aurait sa place quelque part, c'est sûr, mais certainement pas dans un magazine.

Le ton de sa voix dut traduire ce qu'elle ressentait car Sterling posa la valise.

— Pourquoi ne pas la vendre ? Rien que son entretien va te coûter une fortune.

Mel soupira.

— J'ai touché suffisamment d'argent lors du règlement du divorce pour que l'entretien ne me pose pas problème.

Sterling avança d'un pas. À son froncement de sourcils, elle devina ce qui allait suivre.

— Mais la maison t'en pose un, elle.

Ce n'était pas une question. Elle se borna donc à sourire et à ignorer la remarque.

Deux choses pour lesquelles elle avait montré certaines aptitudes par le passé.

— Merci pour le transport, Sterling. Sincèrement. Je viendrai demain faire ma déposition.

Elle ne bougea pas. Les yeux de Sterling se plongèrent dans les siens. Avaient-ils toujours été aussi bleus ?

Il ouvrit la bouche mais ne parla pas tout de suite.

L'espace d'un moment, il n'y eut plus que deux personnes debout dans une pièce vide, qui résonnait d'un léger écho, séparées par le poids d'un passé trop compliqué pour qu'elless puissent aisément aborder le sujet. Du moins, en ce qui la concernait.

— OK, dit-il finalement.

Il jeta un dernier regard alentour puis, après un bref hochement de tête, il reporta son regard sur elle.

— J'espère que tout ira bien pour toi, Mel. Quels que soient les projets que tu as en tête.

Elle opta pour la politesse et la concision.

— Merci. Je ne devrais pas rester longtemps.

Puis l'adjoint cow-boy tourna les talons sans un mot de plus ni un regard en arrière.

Non sans en concevoir une vague déception, Mel referma la porte et tira le verrou.

Sa mémoire défaillante l'empêchait peut-être de se rappeler ce qu'elle était revenue faire ici, mais elle ne commettrait pas la bêtise de mêler une nouvelle fois Sterling à ses problèmes.

3

Lorsque Sterling rentra au bureau du shérif, Marigold l'attendait, visiblement sur les dents.

— Laisse-moi une minute, plaida-t-il. Je bous littéralement sous mon uniforme et j'ai besoin d'un moment de répit sinon je risque de dire quelque chose que je regretterai.

Ayant tous deux terminé leur service, ils étaient dans la salle de repos. Marigold commanda deux cafés à la machine et, d'autorité, lui en tendit un. L'un et l'autre n'en buvaient que très rarement, mais Sterling songea que, pour une fois, le breuvage l'aiderait peut-être à dissiper le mal de tête qui était en train de s'installer derrière ses orbites.

Marigold avait décidément le don de savoir cerner les gens.

Il but plusieurs longues gorgées puis posa son Stetson sur une table. Son père, Callahan, le lui avait offert pour son dix-huitième anniversaire et ce chapeau lui procurait un certain réconfort – suffisamment pour qu'il se sente prêt à parler.

Il avait encore du mal à croire qu'il s'était trouvé face à Mel vingt minutes plus tôt. Un fantôme resurgi du passé pour le hanter. Un fantôme qui, après avoir capté toute son attention, avait fini par lui dire qu'elle ne s'attarderait pas longtemps en ville. Même s'il n'en croyait rien : Mel n'avait aucun souvenir de la raison pour laquelle elle était ici. Donc, comment aurait-elle pu savoir qu'elle ne resterait pas ?

Sterling serra les mâchoires, frustré à tous points de vue.

Puis il exhala un long soupir.

Marigold l'étudiait, silencieuse, mais il lisait les questions dans ses yeux.

— OK, décréta-t-il. Demande-moi ce que tu veux savoir. Je sais très bien que tu ne m'as pas entraîné ici simplement pour me faire ingurgiter de la caféine.

Marigold se redressa mais elle ne protesta pas.

— Je me sentirais offensée que tu sous-entendes que je t'ai attendu juste pour te soutirer des informations… si ce n'était pas absolument vrai. Bon, écoute, je connais dans les grandes lignes ton histoire avec Mlle Blankenship et je sais qu'elle a été mêlée à ce qui s'est passé à Kelby Creek *mais* je crois qu'il me manque certains éléments. Du moins, c'est ce que je me suis dit en voyant la réaction de l'adjointe Juliet quand elle a appris le retour de Melanie. Et, pour être tout à fait honnête, ce n'est pas la seule à s'être crispée à l'annonce de la nouvelle.

Sterling baissa la tête et poussa un juron.

Il n'avait pas pensé aux réactions que pourrait provoquer, chez ceux qui lui étaient proches, la soudaine réapparition de Mel.

— Après ce qui est arrivé, le frère de Juliet a quitté la ville pour tenter de décrocher un autre emploi, plus respectable, expliqua Sterling. Il a été tué dans un accident de la route peu après. C'était la seule famille de Juliet.

— Mais en quoi est-ce la faute de Melanie Blankenship ?

La question était toute simple, mais, s'agissant du scandale qui avait mis la ville sens dessus dessous six ans plus tôt et que les gens d'ici appelaient toujours « la Tempête », les réponses ne l'étaient jamais.

— C'est un peu le bouc émissaire dans cette affaire. Il est plus facile de blâmer Mel pour ce qu'a fait Rider Partridge étant donné que celui-ci est en prison.

Sterling jeta un coup d'œil autour de lui et baissa le ton.

— Dis-moi tout ce que tu sais de l'histoire d'Annie McHale et je comblerai les blancs.

Marigold haussa les sourcils mais elle joua le jeu.

— La fille chérie de la famille McHale, elle-même très appréciée de tous ses concitoyens, disparaît il y a six ans et la ville entière se mobilise pour la retrouver, récita-t-elle. Quelques jours plus tard, une demande de rançon substantielle parvient aux McHale et le shérif les convainc d'utiliser le moment de la remise de cette rançon pour coincer les ravisseurs et récupérer Annie. Mais c'est un fiasco sanglant. L'embuscade fait plusieurs morts et blessés, et les ravisseurs réussissent à s'échapper. Quand ils diffusent sur le site web de la ville une vidéo d'Annie, ligotée, en sang, et réclament une rançon plus faramineuse encore, les journaux nationaux s'emparent de l'affaire, qui prend une dimension nationale. C'est là que le FBI entre en scène. Deux agents, un homme et une femme, sont dépêchés sur place pour enquêter. La femme prévient son collègue qu'elle a trouvé une piste mais elle disparaît aussitôt après. En sillonnant la campagne, à sa recherche, en pleine tempête, celui-ci tombe sur la voiture du maire qui est sortie de la route, emportée par la montée des eaux. L'agent se porte à son secours et découvre dans l'habitacle un collier appartenant à Annie. Il décide de s'intéresser de plus près au maire. À partir de là, tout s'enchaîne… C'était le maire *et* le shérif qui étaient derrière l'enlèvement d'Annie. Mais la corruption ne s'arrêtait pas là. Elle se pratiquait à beaucoup plus grande échelle…

Marigold se tut, reprenant son souffle, et regarda Sterling.

Le malheur, disait-on, aimait la compagnie mais la corruption, apparemment, l'aimait davantage encore. Après l'envoi d'une nouvelle équipe du FBI sur place, un groupe spécial chargé d'enquêter en profondeur sur la situation, tout s'était accéléré et la vie de Kelby Creek en avait pour toujours été chamboulée. Des affaires de corruption datant de bien avant l'enlèvement d'Annie étaient apparues, avec des implications inimaginables, révélant l'ampleur du système mis en place. La ville tout entière s'était retournée contre ses institutions et leurs dirigeants. Contre l'ensemble des représentants des pouvoirs publics. Les coupables avaient été soit appréhendés, soit tués lors de leur interpellation. Certains avaient réussi à prendre la fuite. Ceux qui n'étaient pas coupables avaient pour la plupart démissionné ou été mutés. Les autres étaient restés, avec la rage au cœur, remontés comme jamais contre les responsables de ce chaos.

C'était pour cette raison que Brutus était devenu shérif et qu'il s'évertuait jour après jour, depuis sa nomination, à recomposer une équipe d'hommes et de femmes intègres et fiables pour restaurer l'image du bureau.

C'était aussi, en partie, ce qui avait poussé Marigold à vouloir devenir shérif adjoint après quelques années de travail dans le monde de l'entreprise. Elle avait expliqué à Sterling qu'elle avait eu envie de se rendre utile en se mettant au service de ses concitoyens, mais à condition que ce soit aux côtés de personnes ayant de ce métier la même vision qu'elle.

Sterling n'allait donc pas lui avouer qu'il n'était pas sûr d'en faire partie. Après tout, il avait quitté Kelby Creek une fois l'enquête terminée, au moment où le bureau du shérif, amputé d'une large part de son personnel, avait cruellement besoin de bons éléments pour remplacer les brebis galeuses.

— Donc, tu connais les acteurs principaux de la Tempête, résuma-t-il. Le shérif, le maire… Même le coroner. Les projecteurs se sont bien sûr braqués sur eux. Mais tu connais l'adage selon lequel, derrière chaque homme qui réussit, il y a une femme forte ? Eh bien, derrière chaque corrompu, il y en a un autre, plus corrompu encore qui le protège.

Marigold comprit à demi-mot où il voulait en venir.

— Rider Partridge, l'ex-mari de Mel, devina-t-elle.

Sterling inclina la tête en signe d'acquiescement.

— Le shérif et le maire étaient en première ligne, donc tous les regards se sont d'abord centrés sur eux mais le FBI n'a pas tardé à se rendre compte qu'ils avaient forcément bénéficié de complicités haut placées pour Annie, sans parler de leurs autres agissements illégaux, bien avant l'enlèvement. C'est là que les loyautés ont été véritablement mises à l'épreuve. Les langues de certains se sont déliées et le nom de Rider a été cité comme étant non seulement un complice, mais une tête pensante et agissante, qui tirait les ficelles en coulisse.

Sterling se rappela le jour où le nom de Rider avait pour la première fois été mentionné dans le journal télévisé mais ce dont il se souvenait surtout, c'était du visage horrifié de Mel face à un reporter tentant de lui extorquer un commentaire sur son mari lors d'une embuscade médiatique. Son poing se contracta contre la jambe de son pantalon.

— Ce n'aurait pas été si effroyable si la compromission de Rider s'était limitée à ça, continua-t-il. Mais l'information a fuité qu'il avait séquestré Annie dans son sous-sol pendant deux jours – dont celui où avait été enregistrée la vidéo qui accompagnait la deuxième demande de rançon.

Marigold laissa échapper une exclamation.

— Et je suppose que Mel n'était au courant de rien.

— De rien, non, assura-t-il très vite. Seulement, comme Jaqueline Ortega, l'agente du FBI disparue, et Annie n'ont jamais été retrouvées, personne ne l'a crue. Et les rares personnes qui pensaient qu'elle n'était pas au courant, lui ont reproché le fait même qu'elle n'ait rien vu – Annie, la corruption, toutes les exactions que Rider Partridge a commises pendant leur année de mariage. Dans un cas comme dans l'autre, ils l'ont condamnée.

Marigold prit le temps d'assimiler ces informations. Puis, lentement, Sterling vit la question se peindre sur son visage. Si ç'avait été quelqu'un d'autre, il se serait immédiatement mis sur la défensive, se serait fâché, même.

Mais Marigold n'accusait pas. Elle était simplement mue par la curiosité.

— Mais, toi, tu l'as crue ? Quand elle a dit qu'elle ne savait rien ?

Sterling attrapa son chapeau et le vissa sur sa tête. Son verre de café était vide, mais il resta assis le temps de répondre.

— Je connais Mel depuis l'adolescence. Sa seule erreur, selon moi, est d'avoir épousé la mauvaise personne.

Marigold ne chercha pas à en savoir plus. Sterling se félicita de ne pas avoir à expliquer que Mel était devenue sa meilleure amie et l'était demeurée bien au-delà du lycée. Qu'il était resté proche d'elle quand elle avait commencé à fréquenter Rider, qu'il avait même assisté à son mariage. Qu'il l'avait soutenue quand elle avait eu le plus besoin de lui. Puis qu'il avait été là aussi ensuite… jusqu'au jour où, sans crier gare, elle l'avait quitté.

Marigold ne poussa pas la conversation plus loin.

Il était plus que temps de rentrer mais Sterling n'arrivait pas à se décider. Pas encore. Il était trop à cran.

Il dirigea donc ses pas vers le bureau du shérif.

Brutus Chamblin n'était pas aussi jovial qu'il l'avait été au mariage de Kenneth et Willa. En fait, il semblait abattu.

— Avant que je te dise ce qui me reste en travers de la gorge, dis-moi ce qui te tracasse, toi, déclara Sterling en guise d'entrée en matière.

Brutus travaillait déjà au bureau avant que Sterling ne le quitte, mais pas en tant que shérif, ce qui expliquait que Sterling ne se montre pas plus formel dans sa façon de s'adresser à lui.

Brutus ne s'en offensa pas. Il désigna un journal plié en deux sur son bureau.

— L'anniversaire de la disparition d'Annie McHale approche, annonça-t-il. Le rédacteur en chef m'a fait savoir qu'ils avaient l'intention de publier une édition spéciale retraçant toute la chronologie des événements avant, pendant et après la Tempête. Bref, ce sera une édition très « engagée ».

Sterling siffla entre ses dents.

— Voilà qui risque de réveiller les rancœurs, dit-il. Je viens juste de fournir à Marigold les éléments qui lui manquaient concernant la Tempête et ça m'a moi-même affecté.

Brutus se frotta le menton.

— C'est sûr…

Il poussa un soupir.

— J'étais censé occuper les fonctions de shérif de façon temporaire, tu sais ? Je m'étais porté volontaire pour être shérif par intérim parce qu'il n'y avait personne d'autre. Mais « par intérim » n'a plus de sens maintenant que je suis en poste depuis cinq ans.

Sterling s'assit face à lui et posa son chapeau sur ses genoux. Celui du shérif était déjà sur le bureau.

— Tu n'as jamais pensé à t'en aller ? Ça forcerait quelqu'un à se manifester. Tu as un nom en tête ?

— J'en ai un depuis un certain temps mais, malgré les changements, le bureau est encore marqué par les stigmates de la Tempête. Je ne peux pas en vouloir à des gens bien d'opter pour une autre voie, ajouta-t-il dans un haussement d'épaules. Moi-même, j'ai failli ne pas accepter ce qui m'était pourtant présenté comme provisoire.

Il se renfonça contre le dossier de son siège.

— Mais, si tu es ici, en train de discuter avec ma vieille carcasse au lieu de faire quelque chose de plus divertissant, il y a une raison… je me trompe ?

Sterling partit d'un petit rire.

— En fait, j'étais venu me plaindre de la façon dont Kelby Creek refusait de tirer un trait sur le passé mais… quelque chose me dit qu'on a assez parlé de ça pour aujourd'hui.

Il se leva et remit son chapeau. Brutus posa la main sur le sien mais sans le porter à sa tête.

Sterling l'observa, préoccupé. Il n'aimait pas cette expression lasse qu'avait le shérif. Il avait l'air au bout du rouleau.

— Peut-être qu'on ferait bien de rentrer et de prendre un peu de repos, suggéra finalement Brutus. Ça ne fera pas de mal de dormir un peu.

Il lui décocha un sourire fatigué, mais sincère.

Sterling le lui retourna.

— C'est vrai. Ça ne nous fera pas de mal.

Mel s'endormit dans la chambre d'amis, au bout du couloir, en face de la chambre parentale. Le service de nettoyage avait bien fait son travail : la maison était propre, sans un grain de poussière. Même le linge de lit sentait bon le frais et elle dormit étonnamment bien, une fois glissée entre les draps. Le réveil fut plus chaotique.

Mel ouvrit les yeux, en nage. Elle avait fait un cauchemar. Ça n'avait rien d'extraordinaire en soi, mais cela lui laissa un sentiment désagréable. Elle sortit du lit et emporta sa valise directement dans la salle de bains attenante.

Elle eut un haut-le-corps en apercevant son reflet dans le miroir, au-dessus du lavabo. Le bandage avait glissé de son front dans son sommeil, révélant la vilaine entaille provoquée par l'angle d'un quelconque élément de sa voiture. Avec ses cheveux hirsutes, tout frisottés sous l'effet de la sueur, elle donnait l'impression d'émerger d'une gueule de bois carabinée après une soirée trop arrosée dans un bar qui se serait soldée par une bagarre dont elle ne serait pas sortie gagnante.

Et son aspect extérieur faisait écho à ce qu'elle éprouvait, à l'intérieur, décida-t-elle en entrant dans la cabine de douche.

Elle se sentait aussi vaseuse que si elle avait trop bu. Sa tête lui faisait mal et elle avait l'esprit dans du coton.

Était-ce cela qu'on ressentait après un sérieux accident de voiture ?

Elle n'en avait jamais eu auparavant.

La voix du médecin résonna dans sa tête. « *Du repos, du repos, du repos.* » Avec humeur, elle se demanda comment elle pouvait se souvenir si clairement de lui et pas de la raison de son retour à Kelby Creek.

Lorsqu'elle tentait de rappeler ses souvenirs, c'était un grand blanc, comme si quelqu'un avait gommé de son esprit le motif qui l'avait ramenée ici et le trajet au cours duquel elle avait eu cet accident. Pour le reste, sa mémoire était intacte.

Cette frustration, conjuguée à l'image que venait de

lui renvoyer le miroir, acheva de la mettre de mauvaise humeur. Elle s'habilla rapidement et se mit à fourrager dans la maison.

Il devait bien exister un indice, quelque part, quelque chose qui expliquerait la raison de sa venue ici. Car Kelby Creek avait bien été sa destination – elle en avait la certitude puisqu'elle avait emporté la clé de la maison.

Elle commença par l'étage et passa méthodiquement en revue les deux chambres d'amis. L'ameublement des deux pièces, ainsi que de leurs salles de bains, était typique des chambres d'amis. Lorsqu'elle eut terminé, elle s'arrêta devant la porte de la chambre principale.

Elle n'avait jamais compris pourquoi Rider lui avait cédé la maison lors du règlement du divorce. Son château. Sa fierté et sa joie. Cela avait conforté dans leur conviction ceux qui l'avaient soupçonnée d'être au courant des agissements de son ex-mari. C'était aussi pourquoi son frère, Jonathan, était furieux contre elle. Il aurait voulu récupérer l'argent que la vente du bien lui aurait procuré si Rider l'avait gardé dans la famille.

Pourtant, Mel ne l'avait pas vendue même si elle n'y avait plus jamais vécu après l'incarcération de Rider.

À ses yeux, cet endroit était comme *souillé*.

Et c'était un rappel pour chacun, à Kelby Creek, que le pouvoir s'accompagnait de tentations auxquelles tout le monde n'était pas capable de résister.

C'était aussi un rappel pour Mel. L'ignorance n'apportait la sérénité qu'à condition de ne nuire à personne.

Elle tourna résolument le bouton de porte et entra.

Le cri qui jaillit de sa bouche devant le spectacle qui s'offrait à ses yeux se répercuta dans toute la maison.

4

Sterling était d'humeur rebelle.

Il appela Carlos, lui offrit un pack de six canettes de bière en contrepartie de l'échange de leurs heures de travail. Cela avant même le lever du soleil. L'adjoint Park accepta, en partie parce que c'était dans sa nature, mais aussi parce qu'il savait que Mel devait venir ce matin faire sa déposition et qu'il connaissait leur histoire.

L'histoire qui faisait que Sterling avait passé la moitié de la nuit debout.

— Ça ne me dérange pas, avait assuré Carlos. Je voulais demander conseil à Marigold concernant les femmes de toute façon, donc tu me rends presque service.

Sterling avait remercié son collègue en riant puis, aussitôt après avoir raccroché, il s'était demandé s'il avait bien fait.

Après quoi, il s'était senti sûr de lui.

Puis, de nouveau, le doute l'avait assailli.

Ce cycle se reproduisit en boucle jusqu'à ce qu'il s'oblige à penser à quoi il allait occuper le temps de travail qu'il avait libéré.

Faire une séance de musculation ? Aller courir ? Essayer de dormir pendant quelques heures ?

Finalement, Sterling opta pour un panachage des trois.

Il revêtit sa tenue de sport quand le soleil fut levé et décida de tondre sa pelouse.

Le sud de l'Alabama était une vraie plaie, s'agissant de l'entretien des jardins. Il ne fallait pas attendre que l'humidité ou la chaleur soit trop intense au risque de se retrouver sous son porche, à regarder pousser les mauvaises herbes tandis que la pelouse jaunissait à vue d'œil. La seule chose qu'il était plus ou moins possible d'anticiper, c'était la pluie. Sterling contempla le ciel tandis qu'il lançait le moteur de sa tondeuse.

C'était bon de sentir la chaleur et meilleur encore de transpirer. Les muscles de Sterling s'activèrent, la hauteur de la pelouse fut raccourcie et… il se retrouva à penser à sa première rencontre avec Melanie Blankenship.

Sterling avait treize ans et avait l'insouciance de tous les gamins de cet âge. Son frère, Sam, en revanche, avait eu un problème. Les autres adolescents de treize ans avaient décidé que, comme Sam avait un an de moins, ils pouvaient se permettre de l'embêter, ce que Sterling n'aurait jamais toléré, insouciant ou pas. Un jour qu'ils étaient particulièrement excités, ils étaient passés des paroles aux actes, avaient planté Sam devant un mur du gymnase et s'étaient mis à le bombarder à coups de ballons de basket, après l'entraînement.

La chose était parvenue aux oreilles de Sterling, en plein entraînement de football. Il avait vu rouge. Quittant sur-le-champ le terrain, il s'était rué vers le gymnase.

Mais le seul garçon qu'il avait vu en train de passer un mauvais quart d'heure en arrivant là-bas avait été Dan Leben.

La personne qui le malmenait n'était autre qu'une fille nettement moins grande que lui. Une fille toute menue, en robe d'été, avec des couettes.

— Tu sais quoi, Dan Leben ? Je vais dire à tout le monde que le coquard que tu auras demain, tu le dois à une fille qui mesure à peine un mètre cinquante ! Ça t'apprendra à te comporter comme un crétin !

Jamais il n'oublierait le souvenir de la petite voix de Mel retentissant dans le gymnase.

Et il n'oublierait pas non plus la vision de Dan s'en allant, tête basse, suivi de ses copains qui juraient à tour de bras pour se donner des airs de durs.

— Ton frère va bien, lui avait assuré Mel comme Sterling s'approchait en courant. Je crois juste qu'il lui faudra un garde du corps tant qu'il ne saura pas rendre coup pour coup ou courir plus vite que ces abrutis. Vous rentrez en bus ou à pied ?

Sterling, impressionné par la façon dont elle avait pris la situation en main, répondit qu'ils faisaient les trajets à vélo. Il lui avait aussi indiqué l'endroit où ils vivaient et elle avait haussé les épaules.

— Moi, j'habite juste un peu plus loin mais je n'ai pas de vélo.

Elle s'était tournée vers Sam qui, enfant, ne disait jamais rien tant que l'attention n'était pas directement centrée sur lui.

— Je peux rentrer avec toi mais à pied. Il faudra que tu pousses ton vélo. Je n'ai pas de grandes jambes.

À sa surprise, son frère avait acquiescé.

Pendant les trois années qui avaient suivi, Mel avait systématiquement raccompagné Sam chaque jour, après l'école. Cela s'était arrêté quand elle avait eu son permis. À partir de ce moment-là, elle l'avait ramené chez eux en voiture.

Et, quand Sam avait d'autres plans ou que Mel n'avait pas la voiture, c'était Sterling qui prenait le relais.

Il acheva de tondre la pelouse, écrasé par le poids de la

culpabilité. Pas vis-à-vis de la fille qui avait tenu tête aux harceleurs mais vis-à-vis de Sam.

Il aurait dû le prévenir que Mel était de retour en ville. C'était la seule personne que Sterling connaisse qui se soit réellement souciée de son sort.

Sterling coupa le contact de la tondeuse et se passa le bras sur le front. Il s'apprêtait à rentrer quand il s'entendit interpeller :

— Salut, cow-boy !

Sterling se retourna et vit sa voisine, Mlle Martha, s'avancer à petits pas rapides dans son allée en agitant le téléphone sans fil qu'elle avait à la main. Elle arborait une robe de chambre de couleur plus éclatante que le soleil et avait la tête couronnée de bigoudis autour desquels s'enroulaient, bien serré, ses cheveux argent.

— Teddy Baker dit qu'il y a du mouvement au bureau du shérif ! lança-t-elle. Je ne sais pas si c'est vrai mais j'ai pensé que vous n'étiez peut-être pas au courant, comme vous étiez ici, en train de tondre.

Sterling jura sous cape.

— J'ai laissé mon portable à l'intérieur.

Mlle Martha hocha la tête.

— C'est ce que je me suis dit, continua Mlle Martha. Mieux vaut vérifier si Teddy raconte encore des salades ou s'il est vraiment doué pour les cancans.

Sterling poussa sa tondeuse jusqu'au garage tout en remerciant sa voisine et se hâta de rentrer pour consulter son téléphone – le tout en moins d'une minute.

Il avait dix appels manqués, de différents numéros. Et autant de messages vocaux. Il cliqua sur le premier.

« Sterling, c'est Mel. Je… Il faudrait que tu viennes à la maison le plus vite possible… »

Sa voix tremblait, mais elle n'en alla pas moins droit au but.

« Je viens de trouver une femme dans la chambre et… Sterling, quelqu'un l'a tuée. »

La dernière fois que des hommes en uniforme avaient envahi cette maison, Rider Partridge en était sorti, les menottes aux poignets, laissant derrière lui une Mel abasourdie, en larmes, se reprochant de n'avoir rien vu. Elle l'avait regardé s'en aller, escorté par le FBI et le bureau du shérif de Dawn County – du moins, ceux de ses membres qui étaient encore là.

Sterling n'avait pas été présent. Le monde de Mel s'était écroulé pendant qu'il était en visite chez son oncle, avec Sam et son père.

Jonathan avait été là, en revanche. Il s'était fâché bien que l'incendie n'ait pas encore eu lieu.

— Mais enfin, dis quelque chose ! avait-il crié. Dis-leur qu'ils se trompent ! Que ton mari est innocent !

Chose qu'elle avait déjà tenté de faire, comme elle avait tenté de se persuader qu'il s'agissait d'une méprise.

Avant que les autorités ne la conduisent au sous-sol. Où elle avait vu la chaise et la corde.

Sous ce porche, qu'aurait-elle pu répondre à Jonathan ? Certainement pas que Rider était innocent. Elle était restée muette.

C'était aujourd'hui la deuxième fois qu'une nuée d'uniformes investissaient ces lieux – sa maison. Des uniformes du bureau du shérif, exclusivement, cette fois.

Et il y avait un corps.

Mel attendait, sous le porche avant, attentive à ne pas gêner les déplacements des uns et des autres.

— Donc, vous n'avez pas idée de l'identité de cette femme.

Le détective Foster Lovett était élégamment vêtu et il portait son badge, bien en vue. Il avait les cheveux longs, bien coiffés, et une alliance qui brillait au soleil.

Mel secoua la tête une nouvelle fois.

— Comme je l'ai dit à l'opératrice et à l'adjoint Park, je ne l'ai pas bien regardée, répondit-elle. Dès que j'ai vu le sang et… et les… blessures par balle, j'ai fait demi-tour et vous ai appelés.

Le détective Lovett prenait des notes.

— Mais vous avez d'abord téléphoné à Sterling Costner, c'est bien ça ?

Son ton n'était ni accusateur ni suspicieux ; il résumait simplement les faits. Néanmoins, elle tiqua.

— Pour être honnête, je n'ai pas de très bons souvenirs du bureau du shérif, répliqua-t-elle. Je me suis dit qu'au moins, l'adjoint Costner ne me désignerait pas d'emblée comme coupable.

Ce n'était peut-être pas l'unique raison mais, cela, elle le garda pour elle.

— Comme je n'arrivais pas à le joindre, j'ai appelé le standard. Vous pouvez consulter mon téléphone, comme l'a déjà fait l'un de vos collègues.

Le détective Lovett secoua la tête.

— Je m'efforce juste d'établir la chronologie des faits. À votre place, j'aurais peut-être moi aussi fait la même chose.

Mel inclina la tête. Le photographe de l'identité judiciaire du comté émergea de la maison, derrière eux. Il avait été l'un des premiers à arriver après l'adjoint Park, qui avait constaté la présence du cadavre et fait sortir Mel.

— Je ne vois pas comment je peux vous aider, observa-t-elle avant qu'il ne continue. Comme je l'ai indiqué à l'adjoint Park, je ne sais même pas pourquoi je suis à Kelby Creek.

Le détective Lovett referma son calepin et le glissa dans sa poche arrière.

— Oui. Un traumatisme crânien, ce n'est pas de la plaisanterie. Mais, si vous ne vous rappelez pas la raison de votre venue ici, il y a une chose que vous savez même si la mémoire ne vous est pas revenue.

— Ah. Laquelle ?

— Vous avez pris la décision de venir au cours des dernières trente-six heures. Donc, ce qui a motivé cette décision peut désormais être situé dans le temps. Et de façon assez précise.

Il regarda la rue. Mel ne suivit pas son regard mais son attitude changea légèrement – de professionnelle et neutre, elle se fit plus tendue. Puis il soupira.

— Quoi qu'il en soit, quand nous aurons identifié la victime, nous aurons d'autres questions à vous poser. Excusez-moi un instant…

Ses paroles n'apportèrent aucun réconfort à Mel mais elle s'écarta pour le laisser passer.

Avait-elle reconnu cette femme qui gisait sur le lit qui avait été celui de Mel ? Non.

Avait-elle bien regardé ?

Non.

Elle avait vu le corps, le sang… et elle avait refermé la porte.

Qui l'avait tuée ?

Mel referma les bras autour d'elle en dépit de la chaleur. Finalement, elle se tourna vers la foule de badauds qui commençait à se rassembler dans la rue. Le détective Lovett s'entretenait avec un nouveau venu.

Sterling ne portait pas son chapeau de cow-boy mais

il avait le visage grave, fermé. Les sourcils froncés, il échangeait à mots rapides avec le détective Lovett. Il avait dû trouver son message.

Mel s'attendait à le voir se diriger vers elle avec la même célérité mais elle le vit s'éloigner. Quelques instants plus tard, il reparut, accompagné du shérif.

Mel avait entendu parler de Brutus Chamblin quand elle était adolescente, mais uniquement parce que Sterling ne tarissait pas d'éloges sur lui. « Papa m'a dit que c'était quelqu'un de bien et que les gens bien n'étaient pas si nombreux », lui avait-il confié le soir où il lui avait avoué vouloir devenir adjoint du shérif.

Sterling avait alors dix-sept ans, mais il était clair, à voir la façon dont il le regardait en ce moment, qu'il le respectait toujours autant aujourd'hui.

Ils s'avancèrent ensemble et stoppèrent en haut des marches du porche.

— Mademoiselle Blankenship, dit le shérif en lui tendant la main.

Sterling coupa court aux présentations. Son regard bleu perçant se plongea dans le sien.

— Ça va ?

— Oui. Juste… sous le choc, je suppose.

Le shérif hocha la tête et donna un coup de coude à Sterling.

— C'est compréhensible. Si vous voulez vous asseoir dans l'un de ces fauteuils… Nous reviendrons bientôt vous voir ?

Sterling la regarda opiner du chef et les deux hommes disparurent dans la maison.

Il lui sembla qu'une heure était passée quand Sterling revint la voir mais, en réalité, il n'avait pas dû s'écouler plus de vingt minutes. Le shérif était resté à l'intérieur avec le détective Lovett et la coroner qui étaient les deux autres seules personnes à être entrées.

Sterling avait la mine grave, ce qui alarma encore un peu plus Mel.

— Qu'est-ce qui ne va pas ? Enfin, à part… à part l'évidence. Tu l'as reconnue ? Tu sais qui c'est ?

Sterling acquiesça lentement d'un signe de tête qui ne présageait rien de bon.

— C'est Rose Simon. Elle avait ses papiers dans sa poche.

— Rose Simon…, répéta Mel, songeuse, tout en fouillant dans sa mémoire. Tu veux dire, la journaliste d'investigation qui a écrit sur Rider le papier au vitriol qui a conduit à son inculpation ?

Sterling hocha la tête.

La bouche de Mel s'assécha.

— Celle-là même.

5

Il aurait dû s'en douter. À la minute où Cole Reiner entra dans la salle de réunion, Sterling sut que tous les aspects privés de sa vie allaient être disséqués.

— Salut, Sterling. Ça fait un moment qu'on ne s'est pas vus, hcin ?

Cole était devenu détective un an plus tôt et, d'après ce que Sterling avait compris, il s'était vu confier plusieurs missions sous couverture dans et au-delà des limites du comté. En raison de son passé – il avait, quelques années plus tôt, disparu de la circulation pour résoudre, seul, une énigme dont personne ne connaissait même l'existence –, beaucoup, au sein du bureau, l'avaient considéré comme un expert officieux du travail d'investigation, ce qui l'avait conduit à devenir ce qu'il était aujourd'hui : un investigateur habile et respecté.

Un investigateur qui venait lui parler, le bloc-notes et le stylo à la main.

Ce qui n'était pas bon signe.

— Je ne peux pas dire que je sois ravi de te voir débarquer avec cet air du type qui va me lire mes droits.

Cole agita la main en signe de dénégation et s'assit.

— Si c'était le cas, ce n'est pas moi qui serais ici mais Foster, ou Kenneth, en costume et avec la tête des mauvais jours. Non, si je suis là, c'est parce qu'il y a eu un incident à l'hôpital et que tous les autres sont sur la scène de crime.

Sterling eut quelques doutes mais il ne souffla mot. Cole sourit et se désigna du pouce.

— Et voilà pourquoi c'est mon humble personne qui est venue tenter d'y voir un peu plus clair.

Il appuya sur le haut de son stylo à bille rétractable et se mit à griffonner sur son bloc-notes.

— Comme je n'étais pas là ces derniers temps, j'ai besoin que tu m'éclaires sur un ou deux points pour être sûr d'avoir toutes les données en main.

— Et, par « un ou deux points », tu veux dire Mel et moi ?

Cole hocha la tête.

— Si on en croit les ragots, c'est l'histoire d'un scandale somme toute assez simple – Rider Partridge se fait prendre. Il est arrêté, condamné et jeté en prison. Ensuite de quoi, Mel et toi vous mettez ensemble et votre relation devient sérieuse. Là où ça se corse, c'est quand, un beau jour, sans prévenir, elle met les voiles pour… « insérer ici une raison X, peut-être plus scandaleuse encore ».

Cole éleva la main en un geste défensif.

— Note bien que, si je prête une oreille attentive aux ragots, ça ne signifie pas que je les prenne pour argent comptant. Il fut un temps où la rumeur a couru que j'étais mort, donc… Pour l'instant, j'aimerais juste que tu me dises ce qu'il en est de tout ça.

Sterling tourna la langue sept fois dans sa bouche pour éviter de déverser, sans filtre, le fond de sa pensée.

Il s'était douté qu'on l'interrogerait sur sa relation avec Mel sitôt qu'il avait appris qu'un corps avait été retrouvé chez elle.

Un corps en lien avec leur passé.

Sterling se renfonça contre le dossier de son siège, se sentant nu comme un ver sans son chapeau.

— Mel et moi avons grandi ensemble. Elle, moi et mon frère, Sam, étions très proches, commença-t-il. Quand Sam est parti pour l'université, on s'est rapprochés davantage encore.

— Vous êtes sortis ensemble à ce moment-là ?

Sterling s'efforça de garder la tête froide. Cole était un homme bien et un excellent enquêteur. Lui cacher des informations, pour quelque raison que ce soit, aurait été une très mauvaise idée.

Sterling secoua la tête.

— Non mais… il y avait quelque chose entre nous. Quelque chose que j'ai été assez stupide pour ne pas voir tout de suite.

Les sourcils de Cole s'arquèrent. Sterling décida de simplifier son récit.

— Quand Rider Partridge a invité Mel à sortir un soir, elle est venue me voir pour me demander conseil puisque j'étais son meilleur ami. Je l'ai encouragée alors que j'aurais dû lui avouer que j'avais envie d'être avec elle. La bêtise de la jeunesse…

Cole hocha la tête, compréhensif.

— Je sais ce que c'est, commenta-t-il.

Sterling poursuivit :

— Je m'en suis voulu pendant un certain temps, mais elle semblait heureuse… Bref, quand ils se sont mariés, j'avais déjà décidé de passer à autre chose et d'avancer.

Il poussa un soupir.

— Et puis il y a eu l'arrestation de Rider et, d'un seul coup, tout le monde s'est retourné contre Mel comme si c'était elle le monstre.

— Mais pas toi.

Sterling secoua la tête.

— Je suis allé la voir et j'ai trouvé quelqu'un de totalement brisé. Quand Rider a été incarcéré et que leur divorce a été prononcé, j'ai fait ce qui me paraissait être la chose normale de la part d'un vieil ami dans ces circonstances : je lui ai proposé de l'héberger, le temps qu'elle reprenne pied. C'est tout. Je n'avais aucune arrière-pensée, je n'attendais rien. J'ouvrais simplement ma porte à une proche prise dans la tourmente.

Cole posa son stylo et hocha la tête.

— Mais ensuite, il s'est passé quelque chose…

— Oui, acquiesça Sterling. Un jour, elle est sortie de sa chambre et s'est mise à parler. Et… on s'est retrouvés comme lorsqu'on était enfants, aussi complices que si le temps n'était pas passé. On s'est rapprochés et j'ai fini par lui révéler ce que j'aurais dû lui dire quand nous étions plus jeunes.

Sterling revécut ce moment dans ses moindres détails – jusqu'à l'arôme du café qui percolait, jusqu'au martèlement de la pluie sur le toit de tôle de son ancienne maison.

— Je lui ai avoué que je l'aimais et elle m'a avoué son amour en retour.

Cole laissa passer quelques secondes, hochant la tête, puis le sourire s'effaça de ses lèvres.

— Jusqu'au jour où elle est partie.

Sterling se tendit. Il acquiesça.

— Sans que rien ne l'ait laissé prévoir. Elle m'a juste envoyé un texto me souhaitant d'avoir une belle vie. Après ça, je ne l'ai plus revue… jusqu'à hier, à l'hôpital. Je l'ai ramenée chez elle.

Voilà. C'était fait. Il avait clarifié les choses et expliqué ce qui s'était passé cinq ans plus tôt.

Il aurait dû se sentir mieux maintenant qu'il s'en était

ouvert auprès de quelqu'un d'autre que son père et son frère, mais il n'en était rien. Sterling regarda Cole fermer son stylo.

— Ça a dû être dur. Est-ce que tu as la moindre idée de la raison de son départ ?

— Non. Et, avant que tu ne me poses la question, non, je n'ai pas abordé le sujet hier. En ce qui me concerne, c'est de l'histoire ancienne, ça n'a plus d'importance.

Ce qui n'était pas l'exacte vérité mais Sterling s'en tint à cette version.

— C'est pour ça que tu as échangé tes heures de service avec l'adjoint Park aujourd'hui ? Pour ne pas avoir à exhumer tout ça, j'imagine ?

— Oui.

Cole hocha de nouveau la tête, comme s'il assimilait les informations qu'il venait de recueillir. Mais, quand Sterling vit qu'il ne se levait pas, l'incertitude le reprit.

— Est-ce que je suis suspecté du meurtre de Rose Simon ?

Cole se hâta de répondre par la négative.

— Et Mel ?

Il s'était douté que ce sujet viendrait à un moment ou à un autre sur le tapis. Il n'avait simplement pas mesuré à quel point les apparences étaient contre elle.

Cole se chargea de lui ouvrir les yeux.

— Même en faisant abstraction de sa relation passée avec Rider, il se passe quelque chose de bizarre avec elle, Sterling.

Il se pencha en avant.

— Elle revient au bout de cinq ans d'absence. Elle a un accident suite auquel elle oublie tout des dernières vingt-quatre heures et, le lendemain, en se réveillant dans la maison qui, pour une raison inexpliquée, lui appartient toujours, elle découvre un cadavre. Celui de la journaliste qui, comme chacun sait, a planté le dernier clou dans le cercueil de son mari et de la grande vie qu'ils menaient tous les deux.

— Mel n'a pas tué Rose.

De cela, Sterling était certain. Cole le surprit en acquiesçant de la tête.

— C'est exact. Elle ne l'a pas tuée. Mais ça ne veut pas dire qu'elle n'est pas mêlée à son meurtre, asséna-t-il.

Il baissa le ton.

— Sterling, le Dr Alvarez situe la mort de Rose à hier – pendant le laps de temps dont Mel ne garde aucun souvenir. Il se peut tout à fait que ce soit une coïncidence mais il se peut tout aussi bien que ce soit significatif.

La tournure que prenait cette conversation plaisait de moins en moins Sterling.

— Et donc ? Mel est-elle en état d'arrestation ?

Cole se redressa. Il ferma son carnet.

— Non, mais c'est une suspecte très sérieuse. Et, Sterling, passé ou pas, si j'étais toi, je garderais mes distances jusqu'à ce qu'on ait tiré tout ça au clair.

Il se leva mais ajouta gravement :

— Melanie Blankenship t'a déjà brisé le cœur une fois. Ne la laisse pas détruire aussi le reste de ta vie.

Le contraste entre la fraîcheur de la salle d'interrogatoire et l'écrasante chaleur extérieure saisit Mel lorsqu'elle se retrouva sur le parking, une fois libérée.

Par réflexe, elle chercha des yeux sa voiture – qui, bien entendu, n'y était pas. En revanche, Sterling était là, lui.

— Allons faire un tour.

Il était grand et beau, adossé à sa camionnette, ses longues jambes nonchalamment croisées. Elle éprouva un étrange papillotement au creux de l'estomac. Poussant un soupir un peu tremblant, elle répondit :

— Je ne vois pas bien où je pourrais aller pour le moment.

Sterling se redressa et ouvrit la portière côté passager.

— Je crois que j'ai une idée.

Ils quittèrent le bureau du shérif sans un autre mot. Il coupa l'air conditionné, abaissa les vitres et s'accouda avec désinvolture à sa portière, conduisant d'une main.

Mel en oublia presque qu'elle venait d'être interrogée à propos d'un meurtre.

Presque.

— Apparemment, si je n'avais pas eu d'accident, je serais en train de me chercher un avocat, dit-elle au bout d'un moment.

Mel regarda à l'extérieur. Elle ne savait pas où ils allaient mais au moins le soleil avait-il disparu.

— Ils disent que Rose a été tuée entre le moment où j'ai été admise à l'hôpital et celui où je suis sortie. Selon leurs propres termes, j'ai « un alibi en béton ».

Elle ne put s'empêcher d'ajouter une pointe d'ironie à sa dernière phrase. C'était le shérif qui s'était occupé d'elle et, bien qu'il se soit montré poli et professionnel, cette remarque l'avait fait se sentir… coupable.

Alors qu'elle n'était pour rien dans le meurtre de Rose Simon, mémoire défaillante ou pas.

Elle perçut le hochement de tête énergique de Sterling.

Mel lui jeta un coup d'œil. Cette façon qu'il avait de conduire… Cela lui rappelait leurs jeunes années, lorsqu'ils étaient des adolescents insouciants.

— Il a aussi parlé de nous, continua-t-elle. Le shérif, je veux dire.

La chaleur qui avait commencé à se diffuser en elle monta à ses joues.

— Il voulait savoir si nous avions passé un moment ensemble quand tu m'as raccompagnée.

Sterling haussa les épaules.

— Ce n'est pas le cas.

— Non. Je sais. C'est ce que je lui ai répondu.

Sterling acquiesça de nouveau en silence.

L'homme qui avait toujours été prompt à lui faire savoir sans détour le fond de sa pensée s'en tenait à des monosyllabes et des hochements de tête. Ça ne pouvait pas être de bon augure.

Elle tenta une nouvelle fois d'obtenir une réaction.

— J'ai aussi dû expliquer par le menu tout ce que j'avais fait en entrant dans la maison. Y compris le fait que j'ai dormi dans la chambre d'amis sans même m'approcher de la chambre principale – du moins, jusqu'à ce que je la trouve, ce matin. Je leur ai dit qu'ils pouvaient fouiller la maison de fond en comble si nécessaire, que ça ne me dérangeait pas du tout.

Même hochement de tête que précédemment tandis qu'il tournait dans une rue.

— Logique.

Mel décida que ç'avait assez duré. Elle se tourna sur son siège et étudia son profil.

— Qu'est-ce qu'il y a ? Tu ne me parles pas à cause de ce que j'ai fait il y a cinq ans ou parce que tu penses que je suis... Quoi ? Coupable de quelque chose ? Parce que, si c'est ça, je peux t'assurer, amnésie ou pas, qu'il y a bien longtemps que je ne me suis pas préoccupée de Rose Simon et que...

La voiture ralentit. Mel s'interrompit, reconnaissant l'endroit.

Elle garda le silence tandis que Sterling garait la voiture. Il fut dehors avant que Mel n'ait pu dire un mot.

Elle le regarda entrer dans la station-service qui était déjà là bien avant leur naissance. Quelques instants plus tard, il ressortit, deux verres familiers à la main.

Il lui en tendit un par sa fenêtre ouverte avant de faire le tour de la camionnette et de se réinstaller à côté d'elle.

Mel contempla le granité qu'elle avait à la main. Au Coca-Cola. Son préféré. Elle n'eut pas besoin de tourner la tête pour savoir que celui de Sterling était à la framboise. D'autant moins, d'ailleurs, que la station-service ne proposait que ces deux parfums.

Sterling, toujours sans rien dire, démarra et quitta la station. Mel tenait son verre mais sans le boire, attendant de voir où il l'emmenait. Ils quittèrent bientôt la route goudronnée pour s'engager sur un chemin de terre troué d'ornières. Ils avancèrent sur le sentier cahoteux, avec la forêt d'un côté et des champs de l'autre.

Le vent tiède caressait le visage de Mel. Elle sentait la pluie dans l'air, malgré le ciel dégagé. Cela, ses mains refroidies par le granité et Sterling à côté d'elle… Tout la renvoyait à l'époque où elle était jeune et libre.

Sans regrets, sans cœur brisé, sans décision radicale à prendre qui affecterait la vie de qui que ce soit.

Elle n'était plus qu'une fille assise à côté d'un garçon, prête à passer un moment à parler de tout et de rien, sans rien faire.

Et ce devait être ce que Sterling avait eu en tête.

Il bifurqua pour emprunter une piste de terre qui coupait à travers champs avant de déboucher sur un bout de terrain où il n'y avait ni herbe ni cultures. Un endroit, avaient-ils découvert, que Kelby Creek avait oublié.

Sterling coupa le moteur et mit pied à terre. Mel l'imita avec un temps de retard. Lorsqu'elle le rejoignit, il sirotait son granité, assis à l'arrière de son véhicule. Elle prit place à son côté.

Et ils se retrouvèrent à déguster leurs rafraîchissements.

Comme avant.

Ce fut Sterling qui parla le premier.

— Gayle Beecham et Brian Kingsley ont divorcé il y a quelques mois.

Mel tourna la tête si vivement qu'il lui sembla entendre une de ses vertèbres cervicales craquer.

— Non ? C'est vrai ?

Il remua sa paille dans son verre.

— Oui. Et tu ne devineras jamais pourquoi.

Mel s'inclina vers lui.

— Ne me dis pas que c'est à cause de sa sœur ?

Il hocha lentement la tête.

— Si, madame. On avait raison. Depuis tout ce temps, Brian était fou de Lydia Beecham.

La nouvelle ne lui était pas parvenue, médita Mel. Ce qui était normal, au fond. Elle n'avait rien su de ce qui s'était passé à Kelby Creek depuis son départ.

— Demande-moi qui Brian a épousé, souffla Sterling.

Mel le poussa du coude et le contempla, les yeux ronds.

— Ce n'est pas possible ? Ils n'ont pas déjà sauté le pas ?

Sterling pouffa de rire.

— Ils se sont mariés simplement, à la mairie. Mais, attends, la meilleure est à venir. Devine qui était leur témoin ?

Mel écarquilla les yeux.

— Si tu me dis que c'est Gayle, alors là…

— OK. Dans ce cas, je ne le dirai pas.

Mel éclata de rire et lui donna une tape sur l'épaule.

— Soit c'est très fair-play de la part de Lydia soit elle

prépare sa riposte, dit-il. Mais, pour autant que je sache, personne n'a osé poser la question.

Il joignit son rire au sien. Comme c'était bon de rire sans arrière-pensée, avec lui.

De rattraper le temps perdu, se mettre au courant des nouvelles du coin.

Elle était restée loin pendant cinq ans, sans aucune nouvelle de personne.

Peu à peu, le rire de Mel s'éteignit.

La condensation sur le pourtour de son verre lui mouillait les doigts.

Elle continua à regarder au loin tandis que la brise agitait leurs cheveux.

Le moment de grâce était passé. Ils ne pouvaient pas faire éternellement comme si tout allait bien.

Mel exhala un long soupir.

— La blessure que la Tempête a infligée à Kelby Creek n'est toujours pas refermée. Je ne sais pas si elle pourra s'effacer un jour, en tout cas pas sans laisser une vilaine cicatrice.

Elle posa son verre et, prenant appui des deux mains sur la carrosserie, elle se pencha en avant comme pour donner plus de force à son propos.

— Je suis un rappel vivant que toutes les blessures ne sont pas provoquées par des armes et des criminels. Elles peuvent l'être par des gens qui s'efforcent juste de faire comme si tout allait bien.

Elle releva la tête, cherchant le regard de Sterling. Il était déjà braqué sur elle.

— Je n'ai pas su arrêter Rider, mais je sais très bien quoi faire pour cesser d'être un constant rappel de sa personne et de ses exactions. Sterling, je ne comptais pas revenir à Kelby Creek. Jamais.

Elle vit sa mâchoire se contracter.

Des oiseaux gazouillèrent au loin. L'odeur de la pluie se faisait plus prégnante dans l'air.

Quand il parla, ce fut avec dureté.

— Alors, tâchons de découvrir pourquoi tu es là et en quoi c'est lié à Rose Simon, asséna-t-il résolument. Ensuite, tu pourras repartir.

C'était ce que souhaitait Mel. Et pourtant, l'hésitation l'empêcha de le formuler à voix haute.

Les yeux bleus de Sterling se plantèrent dans les siens.

Elle faillit parler à cet instant-là. Lui dire pourquoi elle avait quitté la ville comme elle l'avait fait. Mais elle hocha la tête.

Si Sterling avait eu connaissance des dernières paroles de Rider avant son incarcération, il n'aurait pas manqué d'accomplir quelque chose d'héroïque.

Et s'il était une chose en laquelle Rider excellait, c'était bien détruire les héros.

Donc, Mel se résolut à se taire et ils terminèrent leurs boissons en silence.

Ils ne comprenaient rien à la situation. Ou, plus exactement, l'un d'eux ne se la rappelait pas, si Melanie Blankenship disait vrai.

Rajustant sa casquette sur sa tête, elle contempla le chemin par lequel Melanie et Sterling étaient arrivés quelques minutes plus tôt.

Elle attendait, mais elle ne savait pas encore quoi. Après l'accident de voiture de Melanie et le meurtre de Rose, ce ne serait rien de bon en tout cas, ça, c'était sûr.

Elle jura tout bas, tapie derrière les branches.

Son téléphone se mit à vibrer.

Elle ignora la communication.

Si, réellement, Melanie ne se rappelait pas pourquoi elle était là, alors elle ne savait pas que c'était *elle* et non Rose qui aurait dû être retrouvée morte dans cette chambre.

Elle les observa quelques secondes encore puis fit demi-tour et s'enfonça dans les bois.

6

Ils se rendirent d'abord sur les lieux de l'accident. Sterling se redressa et regarda Mel qui arpentait le bas-côté de la chaussée, scrutant méthodiquement le sol pour la cinquième fois.

Ils avaient passé et repassé toute la zone au peigne fin mais ni l'un ni l'autre n'avait rien trouvé et aucun souvenir n'était revenu à Mel.

Puis la pluie se mit à tomber et ils se replièrent vers la voiture pour retourner à la maison qu'ils avaient quittée précipitamment le matin.

— C'est une scène de crime. Tu es sûr qu'on ne risque pas de la contaminer ? s'enquit Mel en se penchant en avant pour examiner le porche à travers le pare-brise mouillé.

Comme en réponse à sa question, il s'arrêta au bout de l'allée, actionna le frein à main et mit pied à terre.

— Foster m'a dit qu'ils en avaient terminé. On peut entrer.

Mel demeura dubitative mais elle lui emboîta le pas sans discuter, pressée d'échapper à la pluie. Quelques instants plus tard, ils entraient dans le fastueux hall d'entrée, si fastueux qu'il en était un peu ridicule.

Si vaste qu'il y avait de l'écho.

Ce que Sterling jugea détestable.

Il n'apprécia pas davantage le fait que son portable se mette à vibrer furieusement.

— Et voilà que, maintenant, on a une alerte tornade, grommela-t-il en consultant l'écran. La cerise sur le gâteau.

Mais Mel, les yeux rivés sur le grand escalier, l'entendit à peine. Sterling se radoucit.

— Écoute, on n'est pas obligés de rester, rappela-t-il. Tout a été passé au crible et ils n'ont rien trouvé.

Mel secoua la tête.

— Techniquement, cette maison est à moi, donc elle relève de ma responsabilité. Je ne vais pas flancher maintenant qu'on est ici.

Elle gravit rapidement les marches, Sterling sur ses talons. Ses longues jambes lui permirent de la dépasser et d'atteindre le palier avant elle.

Il la précéda donc dans le couloir qui menait à la chambre principale, dont la porte était ouverte. Le lit était vide désormais, les draps avaient été emportés pour analyse mais il restait une vilaine tache sombre sur le matelas.

Sur le seuil de la pièce, Mel poussa une exclamation étouffée en la voyant. Instinctivement, Sterling posa une main dans son dos.

— C'est… c'est le sang, murmura-t-elle.

— Je m'en occuperai plus tard, quand la pluie aura cessé. Encore une fois, rien ne t'oblige à t'infliger ça maintenant.

Mel secoua la tête et entra. Sterling la regarda déambuler dans la pièce, le visage durci, furetant un peu partout, à la recherche de quelque chose qui éclairerait sa lanterne.

Sterling aurait bien voulu que ce soit aussi simple.

Au bout d'un moment, ils renoncèrent.

Mel le guida ensuite jusqu'à la chambre d'amis dans laquelle elle avait dormi. Sa valise était ouverte, mais ses affaires étaient toujours en place.

— Ils ont au moins pris soin de ne pas laisser mes dessous éparpillés partout.

Sterling s'avança vers elle et tapota le rabat de la valise.

— Qu'est-ce que tu as emporté pour venir ici ? Une chance qu'on trouve un indice dans ton unique bagage ?

— Non. Il n'y a que des vêtements, des articles de toilette et un chargeur de téléphone. Et ma trousse de maquillage.

Sterling tendit la main vers la valise, l'air interrogateur.

— Je peux jeter un coup d'œil ?

— Si tu veux, mais je ne sais pas ce que tu espères trouver. Je l'ai déjà fait, et les détectives aussi.

— C'est juste histoire de voir le type de vêtements que tu as pris. Ça nous renseignera peut-être…

Sterling sortit un short, un jean et un chemisier. Il regarda les sous-vêtements mais sans y toucher.

— À moins que tout n'ait radicalement changé, j'en déduis que le but de ta visite n'était pas un rendez-vous romantique.

Les yeux de Mel s'agrandirent. Ses joues se teintèrent de rose.

— Si ç'avait été le cas, poursuivit Sterling. Il y aurait de la dentelle, de la soie… Pas juste du pratique et du fonctionnel.

Mel rit en dépit du fait que ses joues viraient à l'écarlate.

— Du *pratique* et du *fonctionnel* ? Sterling… Tu parles de mes sous-vêtements ?

Il haussa les épaules.

— Tu portes de la dentelle au début d'une relation mais, une fois que tu te sens à l'aise, tu optes pour le coton, plus commode et plus confortable…

Il désigna le contenu de la valise.

— Et je ne vois que des choses confortables là-dedans – que j'ai toujours préférées, entre nous soit dit.

Il n'avait pas eu l'intention d'ajouter ça, mais c'était vrai. Il la revit se promenant dans la maison, vêtue d'un

T-shirt à lui et d'un slip en coton noir… Quel spectacle cela avait été !

— Donc, à moins d'être venue rejoindre ici quelqu'un avec qui tu avais déjà entamé une relation depuis un certain temps, je dirais, en m'avançant peut-être un peu, que ce n'est pas un motif de nature romantique qui t'a poussée à revenir ici.

Mel le surprit par un nouvel éclat de rire, teinté d'amertume cette fois.

— Ma seule relation sérieuse pour l'instant, c'est celle que j'entretiens avec une patronne assez indulgente pour ne pas m'avoir licenciée quand je l'ai appelée pour solliciter quelques jours de congé pour cause d'amnésie.

Sa réponse apporta un certain soulagement à Sterling, qui se dit aussitôt que ce n'aurait pas dû être le cas.

— C'est la première fois que je t'entends parler de ton travail, souligna-t-il en étalant ses autres vêtements sur le lit.

Il les reconnut tous excepté un.

— Qu'est-ce que tu as choisi, finalement ?

Mel hésita, comme si elle n'osait pas répondre.

— Ne me dis pas que tu as un poste important dans une multinationale ou que tu travailles dans la finance ?

C'était ce vers quoi l'avait poussée Rider lorsqu'ils sortaient ensemble – une directive qu'il espérait probablement la voir suivre afin de l'amener à devenir sa complice.

Elle secoua la tête.

— Non. Je… J'écris pour un magazine de décoration.

Les sourcils de Sterling s'arquèrent irrépressiblement non pas de surprise, mais parce que cela avait toujours été le rêve de Mel.

— Non ? C'est super, Mel !

Elle haussa modestement les épaules.

— Ce n'est tout de même pas comme si je travaillais pour *Southern Living.*

— Mais tu aimes ce que tu fais, non ?

Le visage de Mel s'éclaira comme elle hochait la tête.

— Oui. C'est un jeune magazine très prometteur et, ce qui est bien, c'est que je l'ai vu grandir depuis sa création.

Enfin, il vit un vrai sourire s'épanouir sur le visage de Melanie Blankenship.

Normalement, il se serait réjoui de la savoir véritablement investie dans un projet qui lui tenait à cœur.

Mais, présentement, la nouvelle lui rappela surtout qu'il ignorait tout de ce qu'avaient été ses cinq dernières années.

Ou, plus exactement, qu'elle l'avait tenu délibérément à l'écart de sa vie.

Cette pensée le ramena à la réalité.

Il s'éclaircit la gorge et reporta son attention sur les habits étalés sur le lit.

— Bien. Donc, apparemment, tu as opté pour des vêtements confortables, pas pour des tenues sophistiquées ni professionnelles… à part ça, ajouta-t-il en montrant une robe gris ardoise, avec une encolure et une ceinture noire.

Elle détonnait singulièrement au milieu du reste.

En d'autres termes, elle ne cadrait pas.

Mel s'approcha, intriguée. Ce faisant, elle frôla son épaule de son bras mais il resta concentré sur son expression.

Laquelle, combinée avec le fait qu'elle penchait la tête sur le côté, indiqua à Sterling qu'il y avait là quelque chose à creuser.

— C'est ma robe d'interview, déclara-t-elle simplement.

Mel la prit et la considéra comme si elle la voyait pour la première fois.

— Ta robe d'interview ?

— Oui. Comme ma taille me fait parfois passer pour

plus jeune que je ne le suis, j'avais besoin de trouver une tenue pour être prise au sérieux.

Elle agita la robe devant elle.

— C'est celle que je portais quand j'ai décroché mon poste. Ma patronne m'a même dit ensuite qu'elle me rendait intimidante – qu'elle donnait l'impression que je ne plaisantais pas et qu'on avait tout intérêt à m'écouter. Je suis sûre que c'était une simple boutade mais c'est devenu ma robe fétiche. Sans compter qu'elle a des poches, ce qui est un plus.

Tout en parlant, elle glissa la main dans l'une d'elles… et poussa une exclamation.

Elle en sortit un bout de papier plié tout petit.

Sterling se rapprocha tandis qu'elle l'ouvrait et tendit le cou pour mieux voir.

Mel sentait la lavande.

Il reconnut immédiatement son écriture.

— C'est une adresse, observa-t-elle. 124, Locklear Lane. Ça ne me dit rien.

Les épaules de Sterling se crispèrent. Mel leva les yeux vers lui. Il avait les yeux bleus, lui aussi, mais ceux de Mel étaient… hors du commun. Chaque fois qu'ils se posaient sur lui, ils le transperçaient littéralement.

— Tu connais ?

— Oui. C'est à Kelby Creek.

Les extraordinaires yeux presque gris pâle se remplirent d'excitation.

— Alors, la voilà, la raison pour laquelle je suis revenue !

Sterling ne partagea pas sa joie d'avoir potentiellement trouvé une réponse car il savait très exactement à quoi correspondait cette adresse.

Il lui prit le papier des mains pour s'assurer qu'il avait bien vu.

C'était le cas.

— J'espère vraiment que non.

Le 124, Locklear Lane avait connu des jours meilleurs. C'était l'une des trois maisons de la rue, aux confins de la ville, à cinq minutes à pied de la limite du comté. Derrière le 124 s'étendait un terrain vague couvert d'herbes si hautes que même la plus performante des tondeuses n'aurait pu en venir à bout sans un fauchage préalable.

Mel sortit de la voiture et poussa un juron bien senti.

— Je ne connaissais même pas l'adresse, maugréa-t-elle. Je ne suis venue ici qu'une seule fois avec le FBI.

Sterling s'avança, une lampe torche à la main.

Il ne pleuvait plus mais le ciel était toujours si sombre que la bâtisse qui se dressait au fond de l'allée semblait plus menaçante encore.

Mel lui jeta un regard à la dérobée, essayant de lire dans ses pensées.

Son expression était indéchiffrable mais ses mots n'en eurent que plus de poids.

— La maison de Mark Raynard… autrement dit, l'endroit où notre shérif corrompu retrouvait notre maire corrompu pour finaliser les détails du rapt et de la demande de rançon d'Annie McHale.

— Et l'endroit où on pense qu'Annie McHale a été conduite après avoir été séquestrée chez moi.

Le tonnerre gronda au loin, ce qui cadrait avec l'ambiance.

— Je n'ai pas repensé à cette maison depuis des années. Pourquoi aurais-je noté cette adresse ? Pourquoi aurais-je voulu revenir ici ?

Sterling alluma sa lampe torche.

— La seule façon de le savoir, c'est d'entrer. Mais si on voit quoi que ce soit de suspect, on appelle des renforts.

Mel hocha la tête et emboîta le pas à Sterling, remontant l'allée fissurée et déformée. Le porche n'était pas en meilleur état.

— La banque a saisi la maison il y a quelques années, expliqua Sterling. Ils étaient censés la rénover avant de la mettre en vente mais, pour une raison que j'ignore, personne n'y a touché depuis. Le bruit a couru que les parents d'Annie McHale l'avaient rachetée à bas prix étant donné l'importance que revêtait l'endroit dans l'enquête. Quoi qu'il en soit, personne n'a vécu ici depuis la Tempête.

La porte d'entrée était fermée à clé tout comme la porte de service. Une fenêtre arrière, cependant, n'était pas verrouillée. Sterling fit sans peine coulisser le châssis. Mais se faufiler à l'intérieur par l'ouverture allait se révéler plus ardu.

— Être particulièrement grand et costaud a parfois ses inconvénients, plaisanta-t-il.

Mel leva les yeux au ciel et lui prit la torche des mains.

— Et être petite et menue a parfois ses avantages.

Sterling hésita. Mel planta les poings sur ses hanches.

— Cette maison a un rapport avec mon retour à Kelby Creek ; il faut absolument que je regarde à l'intérieur. Qui plus est, elle est inhabitée. Qu'est-ce qu'on risque ?

Le long regard appuyé que lui décocha Sterling parlait de lui-même.

— OK, ce n'était pas la remarque la plus appropriée, vu le contexte. Allez, s'il te plaît, Hulk, on perd du temps. Fais-moi la courte échelle, qu'on en finisse.

Ce fut au tour de Sterling de lever les yeux au ciel.

— J'ai l'impression de me retrouver à la soirée des dix-huit ans de Tina Lowell.

Mel gloussa.

— À ceci près qu'on n'est pas en train de s'éclipser d'une

fête qui vire à la rave-party plus que louche par la fenêtre de la salle de bains parce qu'on est trop froussards pour dire à Tina qu'on trouve ses amis étudiants franchement flippants.

— Hé, je n'avais pas la frousse, protesta Sterling en la faisant pivoter sur ses talons de la main. Je voulais éviter d'avoir à regarder Sam aggraver notre cas en en faisant des tonnes par politesse. Tu sais comme il est… Il ne veut jamais faire de peine à personne.

Mel éprouva un pincement au cœur en entendant mentionner le nom du frère de Sterling. S'ils avaient peu parlé de leurs vies respectives après que leurs chemins s'étaient séparés, ils n'avaient toujours pase évoqué Sam. Parce que, si difficile que cela lui ait été, elle n'avait pas coupé les ponts qu'avec Sterling. Elle n'avait plus jamais parlé à Sam non plus après son départ. Elle s'étonnait d'ailleurs que Sterling n'ait pas encore abordé le sujet. Peut-être l'avait-il évité délibérément ?

— Ouvre-moi la porte dès que tu seras à l'intérieur, recommanda-t-il, retrouvant son ton professionnel. Ne te mets pas à fouiner à droite et à gauche, d'accord ?

— À vos ordres, adjoint Costner.

Sterling la souleva jusqu'au rebord de la fenêtre avec autant d'aisance que si elle avait été une plume. Si elle n'avait pas eu l'esprit tout à son affaire, elle aurait peut-être pris le temps d'apprécier combien c'était bon, après toutes ces années, de sentir ses mains sur elle.

Combien le fait d'être ensemble allait de soi.

Mais ce n'était pas le moment.

Mel sauta à bas du plan de travail sur lequel elle avait atterri, sous la fenêtre, et promena son regard autour d'elle. Contrairement à sa propriété, abandonnée mais toujours en bon état général, celle-ci évoquait une maison hantée dans laquelle aucun être humain n'avait pénétré depuis les années 1980.

L'odeur de renfermé et de moisi prenait à la gorge et toutes les surfaces étaient couvertes de poussière. Une fois par terre, elle épousseta ses mains en les frottant sur les cuisses de son jean. Un éternuement la fit se plier en deux.

Elle ne vit pas l'homme arriver.

7

La batte de base-ball claqua contre le sol. Mel bondit en arrière avec un cri d'effroi, heurtant violemment des coudes le bord du comptoir.

L'homme, revêtu d'un sweat-shirt gris foncé à capuche qui dissimulait son visage, n'éleva pas sa batte pour frapper de nouveau. Il prit la posture d'un golfeur se préparant à exécuter un swing. Visant directement Mel.

Elle n'eut que le temps de sauter sur le côté mais elle sentit le déplacement de l'air sur sa peau tant le coup était passé près. La batte fendit le bois du placard, à côté d'elle. Tout était allé si vite que Mel n'eut pas le temps de se demander comment parer le prochain coup.

Son assaillant éleva sa batte au-dessus de sa tête.

Mais il ne l'abaissa jamais.

La porte arrière explosa dans un fracas infernal, arrachée de ses gonds.

Sterling était comme enragé.

L'homme au sweat-shirt essaya de modifier la trajectoire de la batte pour l'abattre sur lui mais Sterling attrapa l'arme par son extrémité, stoppant net sa course, refusant de la lâcher.

Chose que l'homme dut percevoir à la force avec laquelle la batte était tenue. Il dut aussi se dire que lutter à mains nues contre cet adversaire n'était pas dans son intérêt.

Abandonnant la partie, il tourna les talons et s'enfuit en courant dans les profondeurs de la maison. Sterling regarda Mel.

Elle était effrayée, mais pas blessée. Elle allait bien.

Elle n'avait pas besoin de sa protection immédiate.

La batte tomba par terre comme il s'élançait à la poursuite de l'homme.

Mel la ramassa, les mains tremblantes sous l'effet de l'adrénaline.

Le bruit d'un choc suivi d'un bris de verre lui parvint tandis qu'elle se tenait, silencieuse, recroquevillée contre le plan de travail.

Agrippant la batte des deux mains, elle s'avança à pas comptés vers la pièce voisine, le cœur battant à tout rompre.

L'ancienne salle à manger était petite et vide. De là où elle se trouvait, elle voyait clairement le séjour qui la jouxtait. Puis elle vit Sterling en train de se relever devant une grande fenêtre à la vitre brisée.

Elle courut jusqu'à lui. Un filet de sang coulait de sa lèvre.

— Oh ! Seigneur, Sterling, tu es…

Mais une balle fit voler en éclats l'autre fenêtre, à côté d'elle, la réduisant au silence.

Criant quelque chose qu'elle ne comprit pas au milieu du chaos qui se déchaînait autour d'eux, Sterling se jeta sur elle.

Un autre projectile siffla au-dessus de leurs têtes, puis un troisième.

L'atterrissage sur le sol fut si brutal qu'il lui coupa le souffle. Elle se mit à tousser sous le corps de Sterling qui lui servait de bouclier.

Les trois coups de feu furent suivis de plusieurs autres. Incapable de crier, de bouger, Mel s'accrocha à la batte et ferma les yeux.

Quand le vacarme se tut, ses oreilles tintaient.

— Allez, viens !

Deux grandes mains robustes entourèrent sa taille et la soulevèrent aussi facilement qu'elles l'avaient propulsée vers la fenêtre un moment plus tôt. Une seconde, elle s'était trouvée étendue sur le sol du séjour ; la seconde suivante, elle se retrouva plaquée par Sterling contre le sol de la salle à manger.

— Ne bouge pas, gronda-t-il.

Comme si elle avait eu l'intention de faire le contraire !…

De nouveaux tirs éclatèrent derrière eux mais au moins y avait-il désormais deux murs entre eux et l'extérieur.

Elle se demanda comment l'homme pouvait causer tant de dégâts à lui tout seul, mais une deuxième salve coupa court à ses interrogations. Rampant sur le sol, Sterling l'entraîna à sa suite le long du mur. Il avait son pistolet à la main désormais.

— Reste près du sol, commanda-t-il d'une voix si basse qu'elle parut vibrer à l'unisson du tambourinement de son cœur.

— Mais tu ne peux pas…

Trop tard. L'arme au poing, Sterling était déjà sorti de la pièce.

Mel s'attendit à entendre de nouvelles détonations mais rien ne se produisit.

Le silence était total, oppressant. Tétanisée, elle se figea dans une totale immobilité de peur de faire le moindre bruit, la frayeur le disputant aux questions qui se télescopaient dans sa tête.

Qui était son agresseur ?

Que faisait-il ici ?

Et pourquoi n'avait-il pas simplement pris la fuite ?

Un bruit de pas écrasant du verre cassé dans le séjour.

Mel se raidit, craignant que leur assaillant inconnu ne soit revenu, mais ce fut Sterling qui s'encadra dans l'embrasure de la porte.

Son air déterminé et concentré avait cédé le pas à de la nervosité.

Ce qui n'était rassurant pour personne.

— Il faut qu'on fiche le camp d'ici. Tout de suite.

Il parlait d'un ton bref, précipité. Passant le bras sous son coude, il la souleva d'un seul mouvement, fluide.

— Il est parti ? demanda Mel, prenant appui contre lui pour recouvrer son équilibre, la batte toujours pressée contre elle.

Au lieu de ressortir par la porte arrière désormais béante, Sterling l'entraîna vers un petit couloir qui rejoignait l'autre partie de la maison. Il hésita entre deux portes ouvertes avant de fermer celle qui était sur la gauche.

Il la poussa vers celle de droite.

— L'accès aux combles se trouve dans cette pièce, annonça-t-il en ouvrant le placard.

De fait, une trappe se découpait dans le plafond.

— Les combles ? Mais pourquoi ?

— Parce que je suis à peu près sûr que notre tireur n'est pas venu seul.

Sterling, en tendant le bras, parvint à toucher le panneau. D'un bond souple, il réussit à le faire glisser sur le côté.

— Tu vas te cacher là-haut, ordonna-t-il d'un ton sans appel.

— Mais…

— Ne discute pas. Fais ce que je te dis.

Elle s'exécuta donc, Sterling la hissant et la maintenant en l'air jusqu'à ce que ses doigts se referment sur le bord de l'accès. Il la poussa ensuite pour l'aider à se glisser dans l'ouverture.

Il faisait sombre dans ce grenier – une obscurité digne d'un film d'horreur. Quand Sterling lui tendit la batte d'en bas, elle l'empoigna, s'y cramponnant comme à une bouée de sauvetage.

— Appelle le bureau, lui intima-t-il à voix basse en lui lançant son téléphone, qu'elle attrapa au vol d'une main. Dis-leur qu'il y a deux voitures. Et au moins un homme armé.

Mel secoua la tête.

— Monte ici, avec moi.

Mais elle savait déjà qu'il ne le ferait pas. Son intention, c'était de lutter et de la protéger.

— Referme cette trappe.

Impuissante, elle le regarda saisir son arme puis, après une seconde d'hésitation, remit la trappe en place.

L'obscurité l'engloutit.

Si ç'avait été à refaire, Sterling aurait fait des choix différents de ceux qui l'avaient conduit au pétrin dans lequel il se trouvait présentement.

Le premier étant qu'il ne serait jamais venu au 124 Locklear Lane avec Mel.

Cette évidence mise à part, il aurait aussi prévenu Foster ou le shérif au lieu de jouer les cavaliers seuls. Et Cole Reiner, bon sang, puisque ce dernier, comme la plupart de ses collègues, avait déjà Mel dans son collimateur.

Mais il ne l'avait pas fait, notamment parce que Cole avait clairement laissé entendre que Mel risquait de causer sa perte.

Intérieurement, Sterling avait d'instinct pris sa défense et réfuté l'éventualité qu'elle puisse être malveillante.

Oui, Mel lui avait brisé le cœur. Il était prêt à le

reconnaître – même s'il fallait le pousser un peu pour qu'il l'admette à voix haute.

Mais détruire sa vie ?

Que quelqu'un puisse l'imaginer capable ou désireuse de faire ça le révoltait.

Donc, peut-être n'avait-il dévoilé leurs plans à personne parce qu'il entendait prouver que Mel s'était trouvée, à son corps défendant, impliquée dans les ennuis de quelqu'un d'autre…

Et puis, il ne s'était pas attendu à ce qu'ils trouvent quelque chose ici, en réalité.

Qu'auraient-ils bien pu découvrir après tant d'années ?

Quoi qu'il en soit, raisonner ainsi avait été une erreur.

L'un de ses autres choix malheureux avait été de stationner sa camionnette dans la rue, et non dans l'allée.

S'il l'avait rangée au bout de l'allée défoncée, devant la maison, rejoindre en courant le véhicule depuis la porte de derrière aurait peut-être été envisageable.

Mais, dans leur situation, c'était totalement exclu.

Quand il avait jeté un coup d'œil de la fenêtre pour localiser le tireur, ce qu'il avait vu l'avait refroidi.

Il ne luttait pas contre un adversaire isolé.

Deux voitures étaient maintenant présentes devant la maison, et le tireur se précipitait sans hésitation vers l'une d'elles.

Donc, à supposer que les nouveaux venus soient associés à leur assaillant inconnu, tenter de rejoindre la rue, *derrière* ces véhicules, était absolument impossible.

Quant à son dernier regret, c'était de ne pas être en uniforme, ce qui aurait pu constituer un élément dissuasif. Il n'avait que son arme de service et son badge, rangé dans sa poche arrière.

Sterling attendit que Mel ait refermé la trappe d'accès. De l'avant de la maison lui parvenait un bruit de pas.

Il prit une grande inspiration, resserra sa prise autour de la crosse de son pistolet.

Pour la majorité de la population de Kelby Creek, le 124 Locklear Lane était connu comme étant la « Maison des Rendez-Vous ». C'était le fait que le maire et le shérif s'y soient retrouvés pour mettre au point leurs menées clandestines qui lui avait valu ce surnom. Mais seulement après que la Tempête avait bien failli engloutir toute la ville. Le propriétaire avait fini par être soupçonné quand le témoignage d'un adjoint véreux négocié en échange d'une réduction de peine avait permis au FBI de remonter jusqu'à lui et à sa maison.

De là, le FBI avait tiré le fil jusqu'à trouver le lien avec Rider Partridge. C'est pourquoi Sterling, bien que sachant parfaitement ce qui s'était tramé entre ces murs, n'était pas familier de la configuration des lieux.

Un regret de plus qui s'ajoutait à la liste.

Et qui s'aviva encore lorsqu'il vit un homme apparaître à l'autre bout du couloir dont Sterling ne savait même pas qu'il communiquait avec l'avant de l'habitation.

Le type, grand et robuste, était en jean et T-shirt. Son ceinturon était muni d'une grosse boucle sur laquelle scintillait le logo Harley-Davidson. Sur le côté, il portait un holster, vide.

Ce n'était pas l'homme au sweat-shirt à capuche mais il semblait tout aussi décidé à en découdre.

Et il avait une arme à la main.

Sterling ouvrit la bouche pour s'identifier mais l'homme esquissa un geste pour lever le bras et le viser.

Sterling tira le premier.

Plusieurs choses se produisirent alors en même temps.

La balle toucha l'homme à l'épaule juste au moment où celui-ci appuyait sur la détente. Le projectile alla se loger dans le mur, à côté de la tête de Sterling. Ses oreilles tintèrent mais il ne se laissa pas déconcentrer.

Il allait faire de nouveau feu pour neutraliser le type et le désarmer quand une autre surprise lui coupa l'herbe sous le pied.

Une surprise de taille.

L'entrée en scène d'un – ou, plutôt, d'*une* – troisième comparse. Une femme à la chevelure blonde, coiffée d'une casquette de base-ball, avec de grosses lunettes de soleil, entièrement vêtue de noir. Elle n'était pas spécialement grande mais il s'aperçut l'instant suivant que les atouts qui étaient les siens, outre l'effet de surprise, étaient largement suffisants…

Rapide comme l'éclair, elle fonça sur Sterling, les mains en avant. Pris de court, il recula… et se retrouva plaqué contre le mur du couloir. La femme bloqua son bras droit – celui qui tenait l'arme. Le type, au bout du couloir, aurait pu profiter de ce que Sterling était en mauvaise posture pour le viser.

Mais il n'en fit rien. Agrippant son épaule blessée, il se détourna et prit la fuite.

Mais la femme, elle, tenait bon.

Précise et agile, elle lança le genou dans son entrejambe tandis qu'elle lui tordait le poignet.

Sterling ne put retenir un cri de douleur. Mais pas question de lâcher son arme.

Respirant à fond pour surmonter la douleur, il réussit à repousser peu à peu son bras en exerçant une pression de l'épaule afin d'essayer de créer suffisamment d'espace entre eux pour lui permettre de passer son arme, mais, au même moment, il entendit quelque chose qu'il n'avait vraiment pas envie d'entendre.

Un homme – il n'était pas sûr de qui il s'agissait – aboya :

— Où est-elle ?

Cela suffit à détourner à la fois son attention et celle de son assaillante.

— Fouillez les chambres ! cria une autre voix masculine.

La femme ne lâcha pas prise en dépit des nouvelles instructions qui venaient d'être données. Elle tenta de le frapper de nouveau au même endroit. Cette fois, Sterling réagit à temps pour intercepter son mouvement. Enfin, il eut la place de ramener son arme devant lui.

Sous la menace du pistolet, la femme s'immobilisa.

Juste au moment où l'homme qu'il avait blessé reparaissait.

— Ne bougez pas sinon je tire ! gronda Sterling à son intention, priant le Ciel pour que l'homme et la femme soient bien du même bord.

Sinon, il n'avait plus de levier d'action et plus rien n'empêcherait le type de l'abattre.

Heureusement, ils étaient complices.

L'homme le maintint en joue mais ne tira pas.

— Bureau du shérif de Dawn County ! proclama-t-il enfin d'une voix forte. Baissez votre arme.

Mais un mouvement, derrière la femme, vint de nouveau renverser la donne, achevant de convaincre Sterling qu'il aurait dû réfléchir à deux fois avant de s'engager dans ce fichu couloir. Encore un regret… sur lequel il n'eut pas le loisir de s'appesantir plus longtemps.

C'était l'homme au sweat-shirt à capuche. Son arme était braquée droit sur lui.

Sterling n'avait aucune échappatoire.

— Baissez votre arme, ordonna l'homme à la capuche.

Sterling jeta un coup d'œil à l'autre type, sur sa gauche.

Il l'avait toujours dans sa ligne de tir. Sans la présence de la femme, Sterling aurait été un homme mort.

— Dites à votre homme de baisser la sienne, répliqua-t-il.

L'homme à la capuche secoua la tête.

— Vous savez très bien qu'il me couvre. Il reste là. Mais, elle, libérez-la.

Sterling vit son propre reflet dans les verres des grosses lunettes noires.

— Vous pouvez vous tirer de ce guêpier, adjoint, ajouta l'homme à la capuche. Vous la laissez partir, vous lâchez votre arme et, nous, on s'en va. C'est simple.

— Étant donné que vous m'avez déjà tiré dessus tous les deux, vous ne pensez tout de même pas…

Sterling se tut subitement en entendant un bruit nouveau, reconnaissable entre tous.

Des sirènes de voitures de patrouille.

L'homme à la capuche se raidit ; son attitude changea instantanément.

Sterling comprit tout de suite ce qui allait suivre.

Il avait pris sa décision. Et le sang allait couler.

Le doigt de l'homme à la capuche se déplaça en même temps que Sterling le visait.

Ni l'un ni l'autre n'eut le temps de penser à la réaction de son acolyte, au bout du couloir.

Les sirènes étaient maintenant toutes proches. Sterling se prépara à éprouver l'impact de la balle. La femme se tendit.

Puis, soudain, le plafond parut exploser sous une série de grands coups. Comme si quelqu'un le frappait violemment.

Dans le couloir, trois paires d'yeux se tournèrent vers le haut.

Pas celle de Sterling.

Profitant de la fraction de seconde d'inattention de ses adversaires, il appuya sur la détente.

8

Mel éleva la batte sitôt que les coups de feu éclatèrent. Comme elle reculait pour se réfugier dans le coin le plus sombre du grenier, son pied manqua la poutre de bois. Elle trébucha, battant des bras, tentant de reprendre l'équilibre, mais elle s'étala de tout son long sur le contreplaqué qui constituait le plafond.

Si la maison avait été plus récente, elle aurait pu passer à travers et tomber dans le couloir, au-dessous. Mais la bâtisse était ancienne et de construction solide. Son faux pas n'eut pour conséquence qu'un énorme bruit de chute, auquel se mêla son cri de frayeur.

Le bruit avait dû être plus fort encore qu'elle ne l'avait cru car une voix d'homme retentit au-dessous d'elle.

Puis une balle traversa le plancher.

Mel hurla, se relevant du plus vite qu'elle le pouvait, tandis qu'un rai de lumière apparaissait dans le trou, à moins d'un mètre d'elle.

Mel fit de son mieux pour retourner à l'endroit où elle s'était trouvée, au-dessus de la chambre mais, dans sa précipitation, elle commit une erreur.

Son pied rencontra le vide au lieu de la poutre. Emportée par son élan, elle plongea tête la première en avant.

Mel avait dû tomber sur le seul endroit de la Maison des Rendez-Vous qui n'ait pas été conçu pour durer. Que ce soit à cause d'une fuite d'eau, de l'absence d'entretien ou parce qu'elle avait eu la malchance de mettre le pied sur une fente, Mel, pour la deuxième fois, chuta lourdement mais, cette fois, le plancher céda sous son poids.

Comme un animal terrifié, elle tenta désespérément de se raccrocher à quelque chose mais tout ce qu'elle réussit à faire fut de protéger son visage de son avant-bras.

La douleur et plusieurs autres sensations qu'elle n'aurait su identifier la suivirent dans sa dégringolade de l'obscurité vers la lumière, au-dessous.

La jambe de son jean s'accrocha à quelque chose tandis qu'un cri lui échappait. Cela suffit à provoquer une nouvelle douleur mais cela l'empêcha de s'écraser sur le parquet, un étage au-dessous. Des débris de plâtre et de bois tombèrent en pluie autour d'elle tandis que sa chute s'interrompait brusquement et qu'elle se retrouvait suspendue à quelques dizaines de centimètres du sol.

Ses cheveux pendaient vers le bas ; son chemisier se releva, découvrant son abdomen.

Au milieu de tout ce chaos, Mel se rendit compte qu'elle avait toujours la batte à la main.

Ce qui était une bonne chose étant donné que la personne qui la contemplait, bouche bée, sur le seuil de la porte, n'était pas un bel adjoint de sa connaissance.

Un homme qu'elle n'avait jamais vu se tenait l'épaule d'une main et, de l'autre, appuyait sur son estomac. Son T-shirt était couvert de sang.

Elle essaya de le frapper de sa batte avec un son étranglé. Mais le mouvement ne réussit qu'à la déloger de ce qui la retenait. Son jean se déchira. Elle finit par lâcher la batte. L'homme battit en retraite. Mel essaya d'amortir sa chute en ouvrant les bras, mais le temps lui manqua.

La toile denim ne put retenir son poids plus longtemps. Le tissu qui la maintenait en l'air se rompit et Mel tomba.

Heureusement, Sterling se jeta en avant, les bras tendus, et la réceptionna juste avant que sa tête ne heurte le sol.

— C'est bon, je te tiens, souffla-t-il.

— L'homme..., commença Mel.

Mais Sterling, la faisant basculer entre ses bras comme si elle était une poupée de chiffon, secoua la tête.

— Fais-moi confiance. Il n'ira pas loin.

Mel se laissa faire tandis que l'adjoint cow-boy la reposait doucement sur ses pieds.

— Et l'autre ? Où est-il ?

Sterling l'étudiait. Ses yeux étaient plissés en une expression concentrée. Il avait du sang sur la lèvre, le visage en sueur et respirait rapidement.

Le son des sirènes et des crissements de pneus au-dehors envahit la maison.

Sterling l'attira contre lui, le bras fermement enroulé autour de ses hanches.

— Pour l'instant, mon seul souci, c'est toi.

Si Mel avait passé le restant de ses jours sans revoir le bureau du shérif de Dawn County, elle ne s'en serait pas portée plus mal. Pourtant, elle se retrouva entre ses murs d'un beige terne, à regarder le carrelage ébréché, pour la deuxième fois de la journée.

Au moins se trouvait-elle cette fois dans une pièce dotée de fenêtres, un café à la main, au lieu d'être enfermée dans un réduit aveugle meublé seulement d'une table et de deux chaises en métal, avec le sentiment très net de passer en jugement.

Sans compter qu'elle n'était pas seule.

Sterling était d'humeur massacrante, et à juste raison.

Il avait réussi à mettre la main sur un chapeau de cow-boy qu'elle ne reconnut pas et arborait un air qui, en revanche, lui était familier.

Il bouillait de colère et s'efforçait de n'en rien montrer, si bien qu'il était inhabituellement silencieux. Même pendant le trajet, il n'avait pas dit grand-chose mais c'était peut-être aussi parce qu'il souffrait.

Sous les tubes fluorescents de la salle de réunion, ses blessures semblaient pires qu'il ne lui avait semblé sur le moment. Il avait la lèvre éclatée et un gros hématome bleu-noir commençait à auréoler son œil gauche. D'autres contusions étaient certainement aussi dissimulées par ses vêtements, mais il ne l'admettrait jamais devant elle. En tout cas, pas tant qu'il serait dans cet état d'esprit et penserait qu'ils avaient raté leur coup.

Ce qui était le cas, dans un sens.

Ils avaient été à deux doigts de ne pas ressortir vivants de cette maison.

Mel avala une longue gorgée de café.

— J'aimerais bien que la mémoire me revienne. Ne serait-ce qu'un tout petit peu.

Sterling quitta des yeux le tableau blanc dressé à l'extrémité de la salle pour regarder Mel.

Mais, à son expression lointaine, il était évident que l'attention des yeux bleus était ailleurs.

Mel posa sa tasse, essayant de trouver quelque chose à dire pour dissiper son inconfort et sa frayeur résiduelle. Quelque chose qui le ferait réagir – qui percerait la muraille qui s'était dressée autour de lui depuis l'assaut qu'ils avaient essuyé.

Rien ne vint.

L'entrée de Cole Reiner dans la salle, un dossier sous

le bras, des papiers à la main et un stylo coincé entre les dents, vint interrompre le cours de ses pensées.

— Désolé, énonça-t-il avec quelque difficulté. On est un peu débordés.

Le détective Reiner se laissa tomber sur le siège qui était en bout de table. Le dossier, puis les documents atterrirent avec un bruit mat sur la table, le stylo venant coiffer le tout.

Il avait le visage rouge, mais Mel ne put déterminer si c'était l'effet de la frustration ou du soleil. Elle avait beau être d'ici et connaître les innombrables ramifications de la Tempête, Cole était pour elle un quasi-inconnu. Mais Sterling avait confiance en lui, donc il devait être fiable.

Sterling pivota sur son siège pour lui faire face.

— S'il te plaît, dis-moi que vous les avez eus, dit-il d'une voix bourrue.

Le détective secoua la tête. Sterling jura dans sa barbe.

— Notre mystérieuse blonde et le type à la capuche se sont volatilisés, dit Reiner, visiblement dépité. Mais tout le monde les recherche – nous, le bureau du shérif du comté voisin et la police municipale. On a même rappelé nos adjoints réservistes. Ils ne sont pas très nombreux mais ils sont très motivés.

Reiner s'accouda sur la table et croisa les mains.

— Ils s'en sont pris à l'un des nôtres et, ça, c'est quelque chose qui ne passe pas. On va les coincer.

Sterling hocha la tête et remua les épaules.

Mel aurait bien voulu pouvoir se rendre utile, annoncer qu'elle savait qui étaient ces gens qui les avaient agressés mais ce n'était pas le cas. Elle ne savait même pas pourquoi cette adresse griffonnée sur un morceau de papier s'était trouvée dans la poche de sa robe.

— Et l'autre ? Le blessé ? s'enquit-elle.

Reiner lança un coup d'œil à Sterling. Aucun des deux ne semblait pressé de répondre.

— Il est au bloc opératoire, répondit finalement Reiner. On s'efforce de l'identifier car les médecins ne savent pas s'il survivra.

L'annonce que l'homme qui avait tenté de tuer Sterling ne recommencerait pas aurait dû la soulager mais Mel n'éprouvait que de la frustration.

— Je ne comprends toujours pas ce que ces gens faisaient là-bas, dit-elle, son poing se refermant sur la table. Je ne sais même pas pourquoi *nous*, nous y étions ! Pourquoi ai-je noté cette fichue adresse ?

Sa question était purement rhétorique, elle n'attendait pas de réponse.

Cependant, Reiner dressa l'oreille.

— C'est justement quelque chose dont je voulais vous parler, releva-t-il en la regardant droit dans les yeux.

Sterling se tendit. Mel, l'estomac noué, regarda Reiner puiser une photographie parmi les papiers qu'il avait apportés mais sans la faire glisser dans sa direction.

— Le meurtre de Rose Simon a été situé aux environs de 13 h 30, hier, et il n'a pas été perpétré dans votre résidence. On ne sait pas encore où elle a été tuée, mais on sait comment.

Il regarda Sterling.

— Les balles de l'arme que tu as prise à ton agresseur correspondent à celles retrouvées dans le corps de Rose. Même modèle, même calibre, mêmes rayures sur le cylindre.

Sterling ôta son chapeau et se frotta la mâchoire mais il ne dit rien. Peut-être parce qu'il savait que ce n'était pas tout.

Le regard de Reiner se reporta sur Mel et, cette fois, il poussa la photo vers elle.

On y voyait une voiture en piteux état. Le pare-chocs

était enfoncé et une longue fissure traversait le pare-brise en diagonale. L'un des phares était cassé.

Mel ne la reconnut pas, ce qu'elle exprima à haute voix.

— À qui appartient-elle ?

Reiner fouilla longuement son expression du regard.

— À Rose Simon.

Sterling prit la photo et échangea un regard avec Reiner, qui acquiesça d'un signe de tête.

— Quoi ? interrogea Mel. Qu'est-ce qu'il y a ?

Sterling soupira.

— C'est l'autre voiture qui était impliquée dans l'accident d'hier. Celle qui t'a percutée avant de prendre la fuite, répondit-il. On l'a retrouvée dans les bois de Kintucket. Très endommagée par la collision.

Mel se leva à demi de son siège et tendit le bras pour prendre la photo et la regarder de plus près.

— C'était Rose ?

Elle l'examina, cherchant une réponse à ses questions.

— Je n'y comprends rien, continua-t-elle. Je reviens à Kelby Creek avec l'adresse de la Maison des Rendez-Vous dans une de mes poches, je fais une sortie de route à cause d'une autre voiture, dont la conductrice se révèle être Rose Simon, laquelle est ensuite assassinée par quelqu'un que je ne connais pas mais qui vient placer le corps dans mon ancienne chambre ? Puis on tombe sur lui en se rendant à la Maison des Rendez-Vous, accompagné de deux autres personnes qui me sont totalement inconnues ? C'est à s'arracher les cheveux !

Elle lâcha la photo et se laissa lourdement retomber sur son siège.

Des larmes de frustration lui piquaient les yeux.

— On dirait un mauvais rêve, ajouta-t-elle en secouant la tête. Dimanche matin, je buvais le café dans mon appartement, contente d'avoir bouclé un article sur du mobilier d'extérieur haut de gamme et, deux jours après, je me retrouve catapultée au beau milieu de cet imbroglio. Je ne comprends pas.

Mel pressa nerveusement ses mains l'une contre l'autre sur la table.

Sterling consulta une nouvelle fois du regard le détective.

Mel s'avisa qu'ils ne lui avaient pas encore tout dit – et que la suite n'allait pas lui plaire.

— Je ne pense pas que tu te retrouves « catapultée au milieu de cet imbroglio ». Je crois plutôt qu'il te vise, toi, spécifiquement.

— Comment ça ? Qu'est-ce que tu veux dire ?

Ses sourcils s'arquèrent et son estomac se noua un peu plus. Sterling avait l'air vraiment hors de lui, maintenant.

— Juste avant que tu ne fasses un raffut de tous les diables, là-bas, à la Maison des Rendez-Vous, les deux hommes étaient à la recherche d'une femme. Et ce n'était pas la mystérieuse blonde.

Il pivota sur sa chaise pour lui faire face.

— Je pense que c'était toi. Et, compte tenu du fait qu'ils étaient munis d'une batte de base-ball et d'armes à feu, on peut supposer que ce n'était pas parce qu'ils te voulaient du bien.

Le soir venu, ils étaient tous épuisés, à commencer par Mel, même si elle refusait de l'admettre.

— Ça va, avait-elle assuré à plus d'une reprise, sans convaincre Sterling.

Il la crut moins encore lorsqu'ils s'arrêtèrent devant son ancienne résidence pour y prendre ses affaires.

Quand ils remontèrent dans sa camionnette, elle poussa un profond soupir et renversa la tête contre l'appuie-tête.

Le cœur de Sterling se serra.

— Je peux descendre à l'hôtel, déclara-t-elle comme il démarrait. S'il est toujours ouvert ? Je pourrais…

— Tu peux venir chez moi, l'interrompit-il.

Mel lui lança un regard à mi-chemin entre obstination et défiance. Il secoua la tête.

— Si on a raison et que toutes ces pistes nous ramènent bien à toi, il n'est pas question que je te quitte d'une semelle, à partir de maintenant, asséna-t-il. Si tu préfères que nous trouvions un autre hébergement ou même que nous dormions dans la camionnette, je m'adapterai. Mais, personnellement, je préférerais opter pour un endroit que je connais bien où il y a un réfrigérateur bien garni et de l'eau chaude avec beaucoup de pression pour prendre une douche bien méritée.

Les yeux bleu pâle de Mel sondèrent les siens un moment. Et il sut qu'elle allait céder.

— D'accord.

Sterling s'éloigna avec plaisir de la maison de Rider Partridge et reprit la direction de Kelby Creek, qu'il traversa avant de s'enfoncer dans l'obscurité. Mais quand il tourna dans la rue qui menait à sa maison, Mel parut revenir sur sa décision.

— Attends, dit-elle en se redressant sur son siège comme il stoppait dans son allée.

— Écoute, j'ai une chambre d'amis. Elle est petite, mais je pense que tu y seras bien, se défendit-il. Je ne t'ennuierai pas, si c'est ce qui t'inquiète. Je te fais visiter la maison et, ensuite, tu fais comme chez toi.

— Non, ce n'est pas ce que je voulais dire, rectifia Mel en secouant la tête.

Elle regarda la maison. La lumière du garage était

allumée ainsi que la veilleuse qu'il laissait en permanence au-dessus de l'évier, dans la cuisine.

— Je… C'est là que tu vis.

Ce n'était pas une question, mais elle était surprise.

— Oui, depuis plusieurs mois maintenant.

Quelque chose la tracassait toujours.

— Tu as déménagé. Je veux dire, tu as quitté la maison de Tally Street. Je… je ne savais pas.

Subitement, Sterling eut la sensation que le tourbillon constant de ces dernières trente-six heures ralentissait enfin. Puis le poids du temps passé loin l'un de l'autre s'installa entre eux.

Non seulement Mel l'avait quitté sans préavis mais elle n'avait même pas pris la peine de jeter un regard en arrière pour savoir ce qui s'était passé après son départ.

— Oui. J'ai déménagé il y a cinq ans.

Il vit à son visage qu'elle n'était réellement au courant de rien.

Il s'efforça de dompter ses émotions mais l'inflexion de sa voix était dure quand il ajouta avant de sortir de la voiture :

— Tu n'es pas la seule à avoir laissé Kelby Creek derrière toi. La différence, c'est que, moi, j'ai choisi de revenir.

9

Le jet puissant de la douche lui fit un bien fou.

Et pourtant, Mel se sentait au bord des larmes sous l'eau chaude. La seule chose qui les empêchait de couler, c'était l'homme qui s'activait en cuisine pour préparer le repas.

Pour elle.

En dépit de tout.

En dépit de la façon dont elle était partie.

La culpabilité lui étreignit le cœur. Pendant tout ce temps, elle n'avait jamais pris de nouvelles de Sterling – elle n'avait pas osé courir ce risque. Elle se l'était simplement représenté dans son quotidien – se réveillant dans sa chambre de Tally Street, préparant le café dans son pyjama en flanelle à côté de l'évier à la petite ébréchure, s'habillant et se mettant en route pour une nouvelle journée de travail au bureau du shérif. Et, peut-être, ensuite, se rendant à la salle de sport ou s'arrêtant boire une bière dans un bar – ou bien chez Sam ou chez son père.

Vivant sa vie, tout simplement, heureux et en bonne santé, sans que Mel, par sa seule présence, risque de tout faire voler en éclats.

Immobile, Mel laissa le jet d'eau chaude marteler la surface de son dos.

Ainsi, Sterling était parti de Kelby Creek et elle n'en avait rien su.

Elle avait vu son visage se fermer quand il s'en était rendu compte.

Décidément, elle semblait vouée à devoir faire du mal à Sterling.

Mel termina sa douche tout en essayant de ramener ses pensées en terrain plus neutre. Elle enroula ses cheveux mouillés en un chignon désordonné, passa ses jambes fatiguées dans le seul short de nuit qu'elle avait apporté et enfila un vieux T-shirt du lycée qu'elle avait recyclé en haut de pyjama.

Une odeur du bacon flottait dans l'air. Elle la suivit jusqu'à la cuisine.

Mais elle s'arrêta net sur le seuil. Un homme lui tournait le dos, debout devant la cuisinière, mais ce n'était pas Sterling.

L'adrénaline fusa dans ses veines mais, au bout d'un instant, elle releva certains détails.

Il n'était pas aussi grand que Sterling mais avait les mêmes cheveux foncés. Moins imposant et moins charpenté, la peau parsemée de plus de taches de rousseur, il avait une petite cicatrice sur l'avant-bras, souvenir d'une chute de vélo un jour qu'ils traversaient le pont, près de la rivière.

L'homme se retourna, une spatule à la main, et Mel vit le visage de la seule autre personne qu'elle ait véritablement aimée à Kelby Creek se fendre d'un large sourire.

— Sam !

Mel se sentit fondre lorsque Sam Costner combla en trois enjambées l'espace qui les séparait pour l'envelopper dans une affectueuse accolade. Le sentiment de culpabilité d'être partie en coupant tous les ponts l'assaillit de nouveau, encore renforcé par les événements traumatisants qu'elle venait de vivre ces deux derniers jours.

C'en était trop, cette fois. Trop d'émotions.

Elle fondit en larmes sur l'épaule de Sam comme le jour où Rod Johnson lui avait posé un lapin pour le bal de fin d'année ou celui où elle avait appris que sa mère s'en allait vivre ailleurs.

Sam la tint contre lui le temps qu'elle se reprenne car Sam avait toujours été le garçon le plus gentil de la Terre.

Tout cela, Sterling le savait et le comprenait.

Mel l'entendait s'affairer dans la cuisine, derrière eux. Quand elle s'écarta en s'essuyant les yeux, elle vit que la table était dressée pour trois.

— Sam, tu veux une bière ? demanda Sterling comme si tout était normal.

Son frère acquiesça.

— À condition que ce soit une bonne. La dernière fois, tu as essayé de me refiler un truc infâme.

Baissant les yeux, il décocha un sourire à Mel, qui le lui rendit, les yeux encore troublés de larmes.

— Mel ? lança Sterling en braquant sur elle son regard aussi bleu que le jour où ils s'étaient rencontrés.

Son interrogation ne s'accompagna pas tout à fait d'un sourire mais il n'y avait pas de rancune dans son regard.

— Une *bonne* bière, un jus d'orange ou de l'eau ?

Le sourire de Mel s'élargit. Un sourire sincère.

— Qui suis-je pour refuser une *bonne* bière ?

Le repas, s'apparentant plus à un petit déjeuner qu'à un dîner, s'avéra délicieux et la compagnie, meilleure encore.

Mel décida de s'octroyer un répit et d'oublier la culpabilité et la honte pour profiter de ce moment avec les frères Costner. Malgré les années qui étaient passées, Sam était toujours le même – même s'il semblait un peu fatigué. Pour s'en expliquer, il sortit son téléphone de sa poche afin de lui montrer une photo.

— Ta-da ! Je te présente ma fille, Linney.

Mel attrapa l'appareil et s'extasia devant l'adorable minois du bébé aux cheveux roux qui emplissait l'écran.

— Non ? Tu as une *fille* ? répéta-t-elle, sa voix s'envolant dans les aigus. Oh ! Sam ! Comme elle est mignonne… C'est un amour !

Sam se mit à rire.

— Si tu demandes à Robbie ce qu'il en pense maintenant qu'elle est en pleine période de régression du sommeil, il te dira que c'est la plus mignonne des petites pestes !

Mel leva les yeux au ciel.

— Ma mémoire me joue peut-être des tours mais il y a une chose dont je me souviens très bien, c'est que Robbie voulait avoir des enfants. Je suis sûre qu'il est en adoration devant sa fille. Et toi aussi.

Sterling pointa le haut de sa bouteille vers elle.

— Absolument. N'écoute pas Sam et Robbie… Ils sont complètement gagas ! Et surprotecteurs. Papa leur a proposé de prendre Linney une nuit par semaine pour qu'ils puissent souffler un peu. Eh bien, il n'a réussi qu'à décrocher l'autorisation de venir la garder chez eux pendant trois heures le mercredi soir. Et encore… Je suis sûr qu'ils le surveillent par le Babyphone !

Mel sourit mais elle éprouva un petit pincement au cœur. Callahan Costner était un homme bien. Un homme droit, pour qui la famille passait avant tout le reste. Il avait l'esprit ouvert et s'était toujours montré compréhensif et bienveillant vis-à-vis de ses enfants et de leurs petits amis. Mel avait, à une époque, fait partie du clan.

Sam haussa les épaules.

— OK. Alors, pour tout dire, Linney est peut-être un vrai petit monstre, mais c'est *notre* petit monstre, ce qui change tout. On s'en plaint autant qu'on l'adore !

Ils rirent tous les trois.

Mel aurait bien voulu continuer ainsi, rester dans cette bulle enchantée toute la soirée. Mais ce n'était pas possible, elle le savait bien. La conversation prit bientôt un tour plus sombre.

Sam regarda son frère.

— En parlant de papa, il a appris, pour Rose… Je pense que c'est pour ça qu'il a appelé.

— Tu sais qui l'a informé ?

Sam secoua la tête.

— M. Kessler. Les ragots, ce n'est pas son style, normalement, mais il fait partie du Rotary Club et les langues vont bon train là-bas. Pour peu qu'une nouvelle croustillante circule, ils s'en donnent à cœur joie. Rose Simon a beaucoup fait parler d'elle à l'époque, donc son retour doublé de son assassinat… J'imagine qu'ils n'ont pas dû se priver.

— Et que lui a-t-il dit, au juste ? s'enquit Sterling, une ride d'inquiétude creusant son front.

Mel se tendit.

— Simplement qu'il avait entendu dire qu'elle avait été tuée… dans l'ancienne propriété de Rider Partridge.

Sterling porta sa bière à ses lèvres. Sam lança un regard à Mel.

— D'après ce que j'ai cru comprendre, personne ne semble savoir que tu étais dans la maison.

Que Sam sache déjà ce qui s'était réellement passé, Mel n'en fut pas étonnée. Les frères Costner avaient toujours été très proches. Ce qui la surprenait, en revanche, c'est que la population ne soit pas encore au courant de sa présence sur les lieux du crime. Apparemment, il y avait eu beaucoup d'amélioration au bureau du shérif depuis son départ.

— Peut-être mais les gens savent que je suis en ville,

souligna Mel. La preuve, c'est que j'ai eu la visite de Jonathan à l'hôpital.

Sam demeura silencieux un moment puis il hocha la tête.

— On commençait à entendre mentionner ton nom dans les conversations avant qu'on n'apprenne, pour Rose, admit-il à contrecœur.

Sterling posa sa bière un peu trop fort sur la table, les faisant tous deux tourner brusquement la tête vers lui. Il ne s'excusa pas.

— Rose n'a pas été tuée dans cette maison, proféra-t-il d'une voix rugueuse. Elle y a été amenée après coup. Si les gens prenaient la peine de s'informer correctement, cette ville s'en porterait sûrement mieux. Et ne me parle pas de Jonathan Partridge… Il n'avait aucun droit de venir à l'hôpital pour tenter de t'intimider et de te pousser à partir.

Sam signifia son approbation d'un vigoureux hochement de tête.

Mel ouvrait la bouche pour répondre quand une pensée lui traversa l'esprit. Elle marqua une pause.

— Qu'y a-t-il ? demanda Sterling, les sourcils froncés.

— La maison.

— Eh bien, quoi, la maison ? la pressa Sam.

Le cœur de Mel se mit à battre plus vite. Elle posa sa serviette et se leva rapidement pour aller chercher son téléphone, en charge dans la chambre d'amis.

— Elle est équipée d'un système de sécurité. À l'ouverture de n'importe quelle porte ou fenêtre du rez-de-chaussée, la centrale s'enclenche. On dispose alors de trente secondes pour entrer le code avant que la sirène ne se mette à sonner et que la police ne soit alertée.

— Oui, je me souviens, nota Sterling. Tu l'as désactivée quand je t'ai déposée à ta sortie de l'hôpital lundi soir.

— Et maintenant, on sait que la pauvre Rose se trouvait

déjà dans la chambre à ce moment-là, continua Mel. Ce qui veut dire…

Elle ouvrit l'application de la société de sécurité sur son portable et se connecta. Sterling avait deviné où elle voulait en venir.

— Ce qui veut dire que quelqu'un avait dû l'éteindre *et* la réactiver avant ton arrivée.

Mel rechercha le journal des utilisations.

Sam ne semblait guère convaincu.

— Mais tu as bien dû signaler ça aux enquêteurs ? Ils ont sûrement voulu savoir qui avait accès à la maison ?

Mel hocha la tête. Elle avait trouvé ce qu'elle cherchait.

— Voilà ce que j'ai montré au détective Lovett, annonça-t-elle en tournant l'écran vers Sterling et Sam.

Tous deux se penchèrent en avant.

— Regardez, on voit l'horodatage de toutes les fois où le code a été entré sur le clavier et le système d'alarme, désactivé. Sur la première ligne, expliqua-t-elle, pointant le doigt vers l'écran, c'est quand j'ai coupé le système pour permettre à tout le monde d'entrer, après la découverte du corps de Rose. Avant cela, c'est le lundi soir, quand je l'ai armée après que tu m'as déposée et celle d'avant, quand je l'ai désactivée en entrant…

Le doigt de Mel descendit encore.

— Là, c'est il y a une semaine, quand le service de nettoyage est venu faire le ménage ; ils l'ont éteinte, puis réactivée. C'est ce que j'ai expliqué au détective Lovett. Seulement, ce système d'alarme fonctionne sur le secteur et il n'a pas de batterie de secours pour prendre le relais – je n'avais pas pris cette option parce que, sincèrement, je pensais que tout le monde finirait par oublier cette maison…

Mel tourna de nouveau l'écran vers elle et pianota rapidement pour accéder à une autre application.

— Donc, la seule chose qui puisse neutraliser le système de sécurité sans enclencher le compte à rebours de l'alarme, c'est une coupure de courant. Je reçois alors un courriel m'indiquant les heures auxquelles l'électricité a été coupée puis rétablie. Et ces événements-là n'apparaissent pas dans le journal des utilisations… Vous me suivez ?

Elle fit défiler ses messages sur l'écran pour parvenir à celui qui l'intéressait. Il n'avait pas été ouvert. Mel cliqua dessus, lut rapidement, puis leur présenta de nouveau l'écran.

— Il y a eu une coupure lundi après-midi, à 13 h 23. Et, d'après ce qui est indiqué ici, le courant a été rétabli à 14 h 32, lut Sam.

Mel regarda Sterling, qui tirait son portable de sa poche.

— Donc, ton système de sécurité a été hors service pendant plus d'une heure.

— Et, étant donné qu'il n'y a pas eu de tempête dans le secteur et que j'étais à l'hôpital…

— Il y a de grandes chances pour que le tueur ait coupé le courant chez toi le temps de déposer le corps de Rose.

Mel lui tendit son appareil pendant que Sterling cherchait un numéro parmi ses contacts.

— Tiens, si ça peut être utile…

Sterling se leva, acquiesçant de la tête, l'expression grave.

Mel entendait déjà la sonnerie.

— L'heure estimée de la mort de Rose se situe aux alentours de 13 h 30. Si elle a été assassinée hors de la maison, ça signifie que le meurtre a été perpétré pas très loin. Tu viens peut-être de resserrer de moitié le périmètre des recherches de la scène de crime.

Sam s'en alla vers 22 heures. Mel alla se coucher aussitôt après. Sterling, lui, se mit au lit à 23 heures.

À minuit, il se releva et se dirigea vers la cuisine pour

y boire un verre d'eau. Il n'avait pas vraiment soif mais il en avait assez de rester allongé, à contempler le plafond.

Apparemment, il n'était pas le seul à avoir eu cette idée.

La lumière de la cuisine était allumée. Mel était debout devant la fenêtre, un verre d'eau à la main, le regard perdu au loin.

L'espace d'un moment, Sterling hésita à la déranger, tant elle semblait paisible.

À des années-lumière du moment où elle avait craqué sur l'épaule de son frère.

Il aurait dû prévenir Sam plus tôt, songea-t-il. Les émouvantes retrouvailles des deux amis lui avaient rappelé que Sterling n'avait pas été le seul à la perdre.

Mel sursauta et se retourna, une main sur la poitrine. Elle avait dû percevoir un mouvement du coin de l'œil.

Sterling s'avança dans la pièce.

— Désolé. J'hésitais entre te laisser tranquille et entrer prendre le verre d'eau que j'étais venu chercher.

Mel se tapota la poitrine et secoua la tête.

— Non, vas-y. Après tout, c'est *moi* qui suis chez toi, à regarder par la fenêtre de ta cuisine alors que je devrais dormir.

Elle éleva son verre devant elle.

— Moi aussi, je cherchais un prétexte pour cesser de me tourner et me retourner dans le lit.

Sterling pouffa de rire.

— Les grands esprits préoccupés se rencontrent !

Il sortit un verre du placard et la carafe d'eau du réfrigérateur. Lorsqu'il se retourna, Mel était calée contre la porte du four. Il s'adossa au plan de travail, face à elle.

Sterling serait bien resté un moment à la contempler en silence, à penser à elle sans que ce regard bleu fouille le sien, rempli de toutes les questions qui les taraudaient tous les deux.

Mais ce fut Mel qui ouvrit le feu, abordant les sujets qu'il s'était promis d'éviter jusqu'au lendemain matin.

— Est-ce que le détective Lovett t'a rappelé ?

Sterling secoua la tête.

— Non, mais il a dit que c'était une information capitale. Il doit me tenir au courant.

Mel soupira.

— Tu sais, en dépit des circonstances, ça m'a fait plaisir de voir Sam, déclara-t-elle, un petit sourire soulevant les commissures de ses lèvres. Merci de l'avoir appelé.

Sterling but une gorgée d'eau.

— Qui te dit que je l'ai fait pour vous deux ? J'avais peut-être juste envie que quelqu'un critique la bière que je lui avais offerte à sa dernière visite.

Le sourire de Mel s'élargit.

— En tout cas, l'idée était bonne. Et la bière aussi.

Sterling exécuta un petit salut.

— On fait ce qu'on peut.

Mel porta son verre à ses lèvres sans le quitter des yeux. Peu à peu, son sourire s'effaça.

— Je suis partie à Huntsville.

Elle laissa passer une seconde puis poursuivit rapidement :

— Après mon départ, je suis restée à l'hôtel là-bas pendant une semaine. Ensuite, j'ai pris un emploi de serveuse dans un café. J'y ai travaillé pendant six mois jusqu'à ce qu'un journaliste retrouve ma trace. Il essayait de se faire un nom et ne me lâchait plus. Tout recommençait, donc j'ai plié bagage. Une collègue compatissante m'a trouvé un job temporaire dans un autre café tenu par une amie à elle, à Birmingham. Elle s'appelait Deirdre et j'ai vécu chez elle et son fils pendant un certain temps avant de trouver un nouvel emploi de serveuse, mieux rémunéré. C'est là que j'ai rencontré ma patronne actuelle.

— Pendant un temps, j'ai été gérante du café tout en rédigeant des articles pour elle jusqu'à ce qu'elle me propose un poste de rédactrice à plein temps. Il y a deux ans, j'ai acheté mon propre appartement dans un quartier résidentiel ; j'y vis seule depuis. Il est petit – il n'y a qu'une chambre – mais il est agréable et je peux aller faire mes courses à pied et garer ma voiture dans le parking privé de l'immeuble.

Mel s'interrompit brièvement avant de reprendre :

— Je suis sortie pendant cinq mois avec un homme dont j'avais fait la connaissance au café, avant de rompre. Ensuite, j'ai fait trois autres rencontres qui se sont révélées désastreuses, puis j'ai songé à partir faire le tour de l'Europe seule, mais j'ai déchanté quand je me suis rendu compte de tout l'argent que… je n'avais pas. Mon père ne me parle toujours pas, mais maman m'a appelée pour mon anniversaire et pour Noël, ce qui est un progrès pour elle. Je me suis fait faire un tatouage sur la hanche l'an dernier et j'ai enfin fini par regarder *Game of Thrones*. Et, récemment, j'envisageais de prendre un chien.

Mel reposa son verre sur le comptoir, derrière elle, et fit un pas en avant. Une cinquantaine de centimètres les séparaient toujours. Sterling ne bougea pas.

— Et, ce soir, je me suis rendu compte que je n'avais aucun droit de te demander ce que tu avais fait de ta vie si je ne te disais pas d'abord ce que j'avais fait de la mienne. C'est pour ça que je t'ai raconté tout ça. Parce que j'ai vraiment envie de savoir ce qu'il en est, pour toi.

Elle se tut. Fidèle à sa parole, elle avait dit ce qu'elle avait à dire.

Mais, dans la faible lumière de la cuisine, face à la

femme qu'il aurait épousée il y a cinq ans si les choses s'étaient passées comme il l'avait envisagé, il ne put se décider à lui relater la longue période qu'il avait passée loin de Kelby Creek.

Elle dut le deviner à son expression.

Mel hocha brièvement la tête.

— OK. Pas de problème, déclara-t-elle. Tu ne me dois rien. Je le pense vraiment. On se verra demain, d'accord ? Bonne nuit.

Et, en un éclair, elle disparut, laissant Sterling seul.

Ce ne fut que lorsqu'il entendit la porte de sa chambre se refermer qu'il vida son verre dans l'évier en jurant à voix basse et retourna se coucher.

10

Ce furent les sirènes d'alarme de la ville qui le réveillèrent.

Mais son téléphone se mit à sonner et vibrer au même moment.

Alerte de tornade.

Sterling se leva immédiatement. Il balaya l'écran de son téléphone, le déverrouilla du pouce, tout en courant vers la chambre d'amis. Le temps pressait. Sterling ouvrit la porte en même temps qu'il appelait Mel.

Elle avait peut-être quitté le bercail pendant cinq ans mais Mel n'en avait pas moins grandi dans le sud de l'Alabama. Elle connaissait la chanson, elle aussi. Ses cheveux ébouriffés encadrant son visage ensommeillé, elle tira la porte, le téléphone à la main elle aussi. Mais elle avait été plus rapide que lui et avait déjà ouvert son application Facebook. Sterling reconnut leur présentateur météo local, Todd Decker, aux manettes. Il parlait rapidement mais ce fut Mel que Sterling écouta.

— Il dit que la tornade a touché terre près de Wynn Road et qu'elle se dirige vers l'ouest. C'est près d'ici, non ?

Sterling ne perdit pas une seconde. Il prit Mel par la main et l'entraîna jusqu'au placard du couloir.

C'était un petit réduit équipé de rayonnages en bois

sur lesquels étaient rangés en piles draps, serviettes de toilette et couvertures.

En toute hâte, Sterling vida les étagères et les démonta pour ménager un petit espace. Se tenant en retrait pour ne pas le gêner, Mel le regardait faire quand les lumières s'éteignirent. Il ne resta, pour toute source lumineuse, que la lueur bleutée de son téléphone. Todd Decker, désignant la carte, parlait toujours. Sterling n'entendait pas tout mais l'avertissement « mettez-vous immédiatement à l'abri » fut plus que suffisant.

Il écarta d'un coup de pied les étagères et le linge et poussa Mel dans l'espace exigu. Sterling s'apprêtait à rester de l'autre côté de la porte mais Mel l'attrapa par le bras.

— Tu es fou… Viens !

Le vent hurlait déjà autour de la maison. Sterling se faufila à l'intérieur tandis qu'elle se pressait contre le fond de l'abri pour qu'il puisse refermer la porte. La voix de Todd Decker et le halo bleuté tombèrent quelque part, sur le sol du placard.

— Où est Wynn Road ? demanda Mel, son souffle contre le torse de Sterling.

— On *est* sur Wynn Road.

Ce fut comme si la tornade avait attendu qu'il lâche sa bombe. Les mots étaient à peine sortis de sa bouche que le monde se mua en un vacarme infernal. La voix sonore de Todd reflua à l'arrière-plan, se changeant en un vague murmure dans l'obscurité. Enveloppant Mel de son mieux, Sterling posa le menton sur sa tête pour la protéger. Elle se serra contre lui, les bras encerclant sa taille.

Ensuite de quoi, ils ne purent qu'attendre.

Attendre.

Attendre encore…

Il arriva à la maison à temps pour voir le bulletin météo concernant la tornade qui touchait Kelby Creek. Il n'était pas le seul à suivre la situation minute par minute.

— Ils disent qu'elle s'est déplacée de John Riley Ride à Wynn Road avant de se diriger sur Hartley, l'informa son compagnon. Wynn, c'est là qu'habite ce fils Costner, non ?

Il vit rouge et serra les poings.

— Oui, c'est là qu'habite *ce fils Costner*. Mais, surtout, c'est là que se trouve Melanie.

L'autre homme se frotta le menton et secoua la tête. Il suivait du regard le bulletin sur son téléphone.

— Ils disent que certaines maisons ont été endommagées et que beaucoup d'arbres sont tombés, mais on ne sait pas encore s'il y a des morts.

— Ce serait bien ma veine, gronda-t-il. Après tout ce temps, tous ces efforts, que Melanie se fasse tuer dans une tornade !

Il jura copieusement, et avec une férocité telle qu'elle capta l'attention de son compagnon. Celui-ci abaissa son téléphone et essaya d'avoir l'air optimiste.

— On peut toujours y arriver même si elle n'est plus là. On n'a pas *besoin* d'elle. En fait, c'est peut-être même une chance, tu sais ? Les deux dernières fois qu'on a tenté de s'emparer d'elle, elle nous a glissé entre les doigts. À cause d'elle et de son ami, Luis est entre la vie et la mort à l'hôpital et moi…

Il essaya de se désigner de son bras valide, ce qui lui donna l'air plus pitoyable encore qu'il ne l'était déjà, étendu sur un lit de fortune, relié à une perfusion.

— Regarde dans quel état je suis. Si tu n'avais pas eu de médecin dans tes relations, je ne vaudrais pas mieux que lui. Peut-être qu'au fond, c'est le Ciel qui te fait une fleur…

Il n'avait pas eu l'intention de se fâcher mais, à ces mots, la rage l'aveugla. En un instant, il fut au côté du blessé. L'instant suivant, il pressait sauvagement son épaule bandée.

L'homme grogna de douleur mais il comprit le message et s'abstint de répliquer.

— Tu ne fais pas partie de mon plan. Si tu es là, c'est uniquement parce que j'ai besoin de toi *pour l'instant*. Mais ce n'est certainement pas toi qui vas me dire l'importance de Melanie dans cette histoire et encore moins proclamer que sa mort serait une bénédiction.

Il appuya plus fort. Son compagnon étouffa un gémissement.

— Et, puisqu'on parle de Luis, si j'avais eu le choix, c'est toi qui serais dans le coma à l'hôpital et Luis qui serait là, à se tortiller de douleur sous mes doigts. Parce que, s'il a cafouillé, il s'est au moins souvenu de ma règle numéro un. Tu te souviens de cette règle ?

L'autre homme suait à grosses gouttes maintenant.

Les traits crispés, le teint terreux, il répondit malgré tout.

— Nous ne devons tuer Melanie Blankenship sous aucun prétexte.

Il planta son regard sur le blessé qui pâlissait à vue d'œil.

— *Nous ne devons tuer Melanie Blankenship sous aucun prétexte*, répéta-t-il en détachant chacun des mots. Et pourtant, tu n'as rien trouvé de mieux à faire que lui tirer dessus. À plusieurs reprises. Tu crois que tu as respecté la règle ?

— Non, proféra l'autre. Je suis désolé.

— Je me fiche de tes excuses. J'étais redevable à ton père, je t'ai sauvé la vie.

Enfin, il retira sa main et se dressa de toute sa hauteur.

— Je considère que j'ai payé ma dette désormais. Donc, si tu me désobéis encore une fois ou oses souhaiter de nouveau la mort de Melanie, je me chargerai personnellement de toi. C'est compris ?

L'autre se hâta de hocher la tête.

— Bien. Maintenant, étant donné que tu ne peux plus te rendre utile et que notre avocat favori est occupé, je crois que je vais devoir quitter ce charmant refuge.

Il s'assura que les boutons de sa chemise étaient parfaitement alignés avec la boucle de sa ceinture et annonça :

— Il faut que j'aille voir si mon ex-femme est morte ou non.

Mel ouvrit les yeux contre le torse nu de Sterling. Elle sentait le battement de son cœur sous sa joue. Il la tenait toujours serrée contre lui et ne faisait pas mine de bouger.

L'espace d'un instant, elle songea combien ce serait agréable de rester pour toujours ainsi.

Mais le monde qui semblait s'apaiser autour d'eux n'en était pas moins toujours là.

— Tu crois que c'est fini ? questionna-t-elle, la voix et les jambes flageolantes.

Mel avait connu deux tornades effrayantes dans sa vie et avait eu la chance d'en sortir indemne. Elle espéra que ce serait sa troisième fois.

Sterling s'écarta le premier.

— Je pense, oui.

D'une main, il sortit son portable de sa poche et alluma la lampe torche. Il la dirigea vers elle.

— Ça va ?

— Je crois que j'ai plus d'adrénaline dans le sang que quand j'étais suspendue, tête en bas, à la Maison des Rendez-Vous mais, oui, sinon, ça va.

Malgré sa réponse rassurante, Sterling éleva la main vers son visage et la posa sur sa joue. Doucement, il lui souleva le menton pour plonger son regard dans le sien, promenant le pouce sur sa pommette.

Un frémissement intérieur envahit Mel, comme si des papillons se réveillaient d'un long sommeil dans son estomac.

Les papillons furent directement aspirés par le tourbillon de peur et d'angoisse qui faisait encore rage en elle.

Sterling sonda son expression et hocha la tête.

Puis il la relâcha totalement et ouvrit la porte du réduit.

Mel éprouva un immense soulagement en constatant que le couloir était toujours là.

Sterling se montra moins enthousiaste.

— Si un arbre n'est pas tombé sur cette maison, je te donne l'intégralité de ce que j'ai sur mon compte en banque.

Il éleva la lampe de son téléphone dans le couloir, devant lui, du côté de l'avant de la maison. L'électricité était toujours coupée, mais la structure semblait intacte. Mel alluma celle de son appareil et explora, elle, le côté opposé.

Tout semblait normal là aussi.

Elle se posta à l'entrée de la chambre d'amis et jeta un coup d'œil à l'intérieur. Il y avait de la boue et des feuilles sur la fenêtre mais pas de dégâts. Elle fit demi-tour et alla voir la chambre de Sterling.

Elle retint son souffle.

Sterling était à côté d'elle, sa lampe à la main.

Les deux fenêtres, de part et d'autre du lit, avaient explosé sous le poids d'énormes branches qui reposaient maintenant en travers du lit où ils auraient pu se trouver.

Il braqua le faisceau de lumière vers le plafond.

— Je me doutais que l'érable ne résisterait pas. Au moins n'a-t-il pas défoncé le toit. Il a dû être dévié par l'arbre plus petit qui était à côté.

Il esquissa un pas pour s'approcher de la fenêtre.

— Tu es pieds nus, rappela Mel en le retenant par le

bras. Et il y a des éclats de verre partout. Attends une seconde…

Elle pivota et disparut en direction de la chambre d'amis. Elle enfila rapidement une paire de tennis et revint vers la chambre principale, où elle entra pour chercher les chaussures de Sterling. Elle s'arrêta devant la commode et en sortit une paire de chaussettes et un T-shirt puis prit un jean dans le tiroir de dessous. Sterling avait peut-être déménagé mais il rangeait toujours ses affaires de la même façon.

— Tiens, dit-elle en revenant vers lui, ses semelles crissant sur le sol tapissé de morceaux de verre. Va te changer dans le couloir pour ne pas te blesser.

Sterling prit le tout et s'apprêtait à la remercier quand son téléphone sonna.

Voyant que c'était Sam, Mel prit l'appareil et lui fit signe de la main.

— Va t'habiller. Je vais lui répondre.

Sterling ne discuta pas.

— Oui, m'dame.

Un flot de paroles jaillit du combiné sitôt qu'elle décrocha.

— Ça va, on n'a rien. Mais je crains qu'un arbre ne soit tombé contre la maison. Il n'a pas défoncé les murs mais les branches ont traversé les fenêtres de sa chambre et endommagé le bardage.

Pivotant sur elle-même, Mel marcha de nouveau sur le verre pour essayer de voir au-delà des branches qui obstruaient les ouvertures. Il pleuvait encore et il faisait beaucoup trop sombre.

— C'était la dernière tempête à menacer la région, déclara Sam. Mais la pluie pourrait s'intensifier un peu avant que ça ne soit totalement terminé. Je vais appeler papa, on sera là dans dix minutes. Dis à Sterling qu'on apportera la tronçonneuse ; il a des bâches en plastique dans le garage qu'on pourra utiliser pour protéger les ouvertures.

Les yeux de Mel se posèrent sur le lit. Elle suivit du regard une longue branche qui s'était tordue en chutant et dont l'extrémité déchiquetée pointait vers le bas.

Droit dans le matelas.

Un frisson la parcourut.

Si Sterling ne s'était pas levé à temps…

— Dis-lui d'apporter des lanternes, souffla Sterling dans son dos.

Il s'était habillé en un temps record.

— J'ai une torche mais je préférerais une lampe à poser pour le cas où le courant ne serait pas rétabli tout de suite.

Mel ouvrit la bouche pour répéter sa requête mais Sam avait entendu. Il lui assura qu'ils arrivaient au plus vite et raccrocha.

— Ils apportent la tronçonneuse. Tu as des bâches de protection dans ton garage, paraît-il, récita-t-elle comme un automate, les yeux toujours braqués sur la branche. D'après Sam, le risque de tornade est passé mais on va avoir encore de la pluie.

Elle ne tourna pas la tête pour regarder Sterling mais elle le sentait debout, à son côté.

Une tension nouvelle la gagna. Elle ne pouvait détacher son regard des draps et du matelas transpercés. Quitter Sterling avait été un crève-cœur. Mais le perdre… Cette seule idée était si oppressante que les larmes lui montèrent aux yeux.

Sterling, légèrement en retrait, ne s'en aperçut pas.

Il s'efforça de faire de l'humour.

— Tu vas voir, Sam va se vanter d'avoir eu bien raison de me harceler pendant toutes ces années pour que je charge mon portable la nuit, dit-il. J'ai le sommeil léger mais cette alerte téléphonique… ? Ce n'est vraiment pas de la blague. Je ne savais même pas que mon téléphone pouvait sonner aussi fort.

Les sirènes retentirent au loin. Les premiers secours.

Le téléphone de Sterling sonna de nouveau.

— Je me demandais quand Marigold allait se manifester. Et je ne serais pas surpris que Brutus soit le suivant.

Il esquissa un mouvement pour se détourner mais Mel fut plus rapide.

Elle le retint par la main. Comme il se tournait vers elle, l'air interrogateur, Mel fit la seule chose qui lui parût importante en cet instant.

Elle se haussa sur la pointe des pieds et posa ses lèvres sur les siennes, emplie de gratitude.

— Je suis heureuse que tu aies le sommeil léger, Sterling Costner, déclara-t-elle avec ferveur.

Mel laissa glisser sa main jusqu'à son torse et lui asséna deux petites tapes. Puis elle s'écarta de lui et se dirigea vers la porte, le verre craquant sous ses pieds.

— Je vais chercher un balai.

11

Mlle Martha était dehors, en peignoir à fleurs. Marigold était en robe, flanquée d'un homme en costume de ville. Les Costner portaient des cirés, des jeans et des bottes de pluie. L'adjoint Park et la moitié des effectifs du département étaient en uniforme.

Tout le monde était venu apporter son aide.

Sterling avait eu la chance que le seul arbre déraciné dans son jardin n'ait abîmé que le mur latéral de sa maison – et non le toit, comme chez M. Sinclair, de l'autre côté de la rue. Chez ce dernier, un arbre était tombé au beau milieu de sa maison de plain-pied ; quant à sa voiture, qui avait été garée dans son allée, sur l'avant, il l'avait retrouvée sur le côté, dans la pelouse, renversée sur le toit.

Il y avait plus de dommages plus haut dans la rue, là où la tornade avait touché terre et entamé son parcours dévastateur mais, pour autant qu'ils pouvaient en juger une demi-heure seulement après son passage, alors que tout le monde s'efforçait d'évaluer l'ampleur des dégâts, personne n'avait été tué. Cependant, plusieurs personnes avaient dû être hospitalisées pour des coupures ou blessures diverses. L'ami de Marigold déclara qu'un homme âgé, deux rues plus loin, avait eu le bras fracturé par la chute d'un élément de cuisine. Si regrettable que ce soit, c'était un moindre mal au regard de ce qui aurait pu arriver.

Ce fut le sentiment dont Sterling s'ouvrit à Brutus à son arrivée.

Brutus serra la main du père de Sterling, prit rapidement des nouvelles de la fille de Sam et posa la main sur l'épaule de Sterling tandis que celui-ci regardait son frère et son père s'apprêter à procéder au tronçonnage de l'arbre.

— Je déteste quand elles frappent la nuit, commenta le shérif avec un profond soupir. Comme si ces monstres n'étaient pas assez féroces et imprévisibles de jour ! Il faut qu'ils nous prennent par surprise quand on n'y voit rien.

— Les tornades nocturnes ne sont pas mes favorites non plus, renchérit Sterling.

Le courant était toujours coupé mais Sam avait apporté plusieurs lampes dont une baladeuse fonctionnant sur piles. Il n'aimait pas le noir et, en conséquence, était toujours équipé, précaution dont Sterling, à l'avenir, ferait bien de s'inspirer.

— J'ai appris que Melanie était ici. Elle va bien, elle aussi ?

Sterling se félicita que la pénombre masque sa soudaine tension.

Ce n'était pas tant l'évocation de Mel que le fait qu'il n'avait pas encore eu le temps d'assimiler ce qui s'était passé.

Le sommeil. La tornade. Mel qui l'embrassait.

Ça faisait beaucoup d'un coup.

— Ça va. Elle était déjà debout et habillée quand l'alerte de tornade a sonné sur mon téléphone. Elle est en train de nettoyer les dégâts. Elle a même eu la présence d'esprit de déplacer certaines de mes affaires dans une autre pièce pour éviter qu'elles ne soient détériorées.

Brutus hocha la tête.

— Tant mieux.

Il se tut pendant de longues secondes. Sterling le contempla.

— Si tu as quelque chose à me dire et que tu ne sais pas comment le formuler, j'aimerais autant l'approche directe, déclara Sterling. Je vois bien que quelque chose te tracasse.

Si Brutus avait porté son chapeau, il l'aurait enlevé et tenu contre sa poitrine, il en était certain. Comme si c'était un bouclier capable de le protéger contre les agressions du monde extérieur.

Mais il était tête nue et il parla franchement.

— Si je suis venu, ce n'est pas juste pour m'assurer que tu allais bien, commença Brutus. Cole a trouvé la piste qu'on attendait.

— Qu'est-ce que c'est ?

Brutus baissa le ton. Il n'y avait personne autour d'eux.

— La voiture de Rose a été repérée dans une station-service le matin de sa mort. Elle était en discussion avec un homme et tous deux sont repartis, visiblement très remontés. On n'entend pas ce qu'ils se disent mais on reconnaît clairement Jonathan Partridge.

Brutus éleva une main pour empêcher Sterling de réagir trop promptement.

— Foster est déjà en train de tenter de le localiser. Ce n'est peut-être rien mais…

— Mais ce serait une sacrée coïncidence que Jonathan Partridge se soit disputé avec Rose Simon justement le matin du jour où elle a été tuée et où Mel est revenue en ville et… s'est fait agresser, l'interrompit Sterling, sentant que l'énervement le gagnait. Tout le monde sait qu'il voue à Mel une haine inextinguible… surtout depuis l'incendie.

Brutus, la main toujours levée, essaya de le calmer.

— Je ne suis pas venu ici pour clamer qu'il est innocent, reprit-il. Je suis venu te demander de sonner l'alarme si jamais tu le voyais avant qu'on ne lui ait mis la main dessus. Et ça vaut d'autant plus pour Melanie. Pas question qu'elle se retrouve de nouveau seule avec lui, comme lorsqu'il s'est rendu dans sa chambre d'hôpital, tant qu'on n'aura pas éclairci les choses.

Sterling respira. Il hocha la tête.

— Et qu'en est-il de cet homme armé, à l'hôpital ? Il a été identifié ?

— Pas encore. Il est dans le coma et la recherche dans nos bases n'a encore rien donné. Mais Foster est sur le coup. Je pense que ça ne devrait plus tarder.

— J'imagine qu'ils essaient toujours de localiser l'endroit où Rose a été tuée ?

Brutus acquiesça.

Sterling fit la moue. Le shérif ne s'en formalisa pas. Il le comprenait.

— Tu sais comment ça se passe, la moitié du temps, nota-t-il. On a quelques rares éléments et, d'un seul coup, tout se dénoue et la vérité se révèle. Un peu comme dans une tornade, ajouta-t-il en levant les yeux vers le ciel. Il pleut et, subitement, c'est le déluge – pardonne-moi l'analogie.

Sterling serra les dents.

— Oui. Justement, c'est l'autre moitié qui m'inquiète, souligna Sterling. Quand on n'a que ces quelques éléments mais qu'on ne parvient pas à en tirer quoi que ce soit de concluant et qu'on se retrouve avec des questions sans réponse.

Il se frotta la mâchoire puis se tourna pour regarder sa maison.

— Je ne sais pas ce qui se passe et, si je n'arrive pas à comprendre ce qui se passe, je ne peux rien faire.

Brutus lui asséna une tape amicale sur l'épaule. Quand il parla, son intonation était un tantinet moins bourrue.

— Quand j'ai accepté ce poste, je me suis reproché, à la fin de ma première journée, de ne pas avoir réussi à réparer tout le mal qui avait été fait. Ce stress m'a poursuivi jusqu'à la fin de la première semaine, puis du premier mois. À la fin de la première année, ma femme m'a fait asseoir et m'a dit quelque chose qui semblait a priori ridicule. Mais, bon sang, je te garantis que ça a été miraculeux pour moi.

Sterling fit face au shérif, intrigué.

Malgré l'obscurité, il vit ses lèvres s'incurver.

— On ne peut embrasser qu'une personne à la fois, et c'est celle qui se trouve en face de soi.

Le sourire de Brutus s'élargit puis il partit d'un vrai rire – avant de recouvrer son sérieux en un battement de cils.

— On ne contrôle pas grand-chose dans cette vie, Sterling. Surtout dans notre métier. T'accabler de reproches ou t'épuiser à vouloir tout résoudre en même temps ne mènera à rien de bon.

— Parce qu'on ne peut embrasser que la personne qui se trouve devant soi ?

Brutus le gratifia d'un petit salut, portant la main à sa tête comme si elle était coiffée d'un Stetson invisible.

Sterling médita un moment cette sentence puis sourit à son tour.

Mais non pas à cause du conseil – imagé, mais singulièrement approprié – de Mme Chamblin.

Non.

C'était parce qu'il contemplait sa maison et songeait à un baiser, bien réel celui-là.

Aussi réel que l'était la femme avec qui il mourait d'envie d'en échanger un deuxième.

Que Brutus ait ou non deviné ses pensées, il s'éclaircit la gorge et glissa les pouces dans les passants de ceinture de son pantalon.

— Il faut que j'y aille. Je suis content que tu ailles bien, fiston.

Il y eut un bruit sourd et le vrombissement de la tronçonneuse cessa. Ils échangèrent une poignée de main et, Sterling, reléguant à l'arrière-plan toute idée de baiser, pivota sur ses talons et s'avança vers le côté de la maison pour voir le résultat du travail de son père et de son frère. Il ne vit pas le shérif partir ni le petit ami de Marigold arriver au volant de son camion avec d'autres outils pour sécuriser le mur latéral de sa maison. Il ne vit pas non plus, même s'il les entendit, les quelques personnes du voisinage venues parler à son père, qui avait pris une pause dans l'allée pour faire le bilan des dégâts subis par les uns et les autres. Quant à Mel, il ne la vit évidemment pas puisqu'elle s'affairait toujours à sauver ce qui pouvait l'être du mobilier de sa chambre, à l'intérieur.

Mais peut-être sa concentration n'était-elle qu'un prétexte pour s'obliger à garder ses distances…

Parce que ce dont il mourait d'envie, c'était de presser ses lèvres sur sa bouche, de sentir son corps contre le sien et d'oublier, ne serait-ce qu'un moment, les cinq années passées.

Il la laissa donc tranquille et s'attela à la tâche à l'extérieur avec tant de vigueur qu'il remarqua moins encore l'homme embusqué de l'autre côté de la rue.

À l'affût.

Attendant son heure.

Prêt à passer à l'action.

Balayer les éclats de verre qui jonchaient le sol de la chambre fut relativement rapide. Dégager les branches du matelas qu'elles avaient perforé allait être une autre paire de manches. La vision de ces rameaux tordus plantés dans le lit lui donnait la chair de poule. Et son esprit qui revenait en boucle sur cet homme qu'elle avait laissé derrière elle cinq ans plus tôt, enchaînant les « et si »…

Cela la rendait folle.

Si bien que, quand les Costner entrèrent enfin pour scier les branches et bâcher les fenêtres, elle en aurait presque pleuré de soulagement parce que, sitôt qu'ils eurent évacué les cylindres de bois pour finir de les débiter au-dehors, elle se retrouva avec une nouvelle tâche à accomplir.

Elle arracha les draps déchirés du lit de Sterling et les jeta à la poubelle. Les lacérations dues aux branches mises à part, le matelas en lui-même n'était pas mouillé. Elle se dirigea donc vers le placard où ils avaient trouvé refuge quelques heures plus tôt afin d'y prendre du linge de lit propre. Elle en profita pour remettre le placard en ordre et retournait vers la chambre, sa petite lanterne dans une main et des draps dans l'autre, quand quelque chose accrocha son regard.

Dans le grand bac en plastique transparent où elle avait réuni pêle-mêle tout ce qui se trouvait sur la commode et la table de chevet de Sterling, un coffret en bois s'était ouvert et à demi renversé. S'il s'était agi d'autre chose, elle ne s'en serait pas souciée mais c'était son coffre aux trésors. Une tradition familiale voulait que chaque homme Costner se voie offrir par un Costner un coffret fabriqué des mains d'un autre Costner. Ray tenait le sien de son grand-père ; Sam, de son père ; et Sterling avait souvent dit qu'il était impatient d'en fabriquer un pour son fils ou son petit-fils.

Ces boîtes étaient destinées à recevoir ce que son propriétaire jugeait important et celui-ci offrait par la suite le coffret à quelqu'un d'important pour lui.

Mel avait toujours trouvé cette coutume d'autant plus touchante qu'elle n'était pas proche de ses parents.

Elle s'accroupit donc et tendit la main pour la redresser.

Mais le couvercle, déjà à demi déplacé, glissa entre ses doigts. D'un geste vif, elle le rattrapa avant qu'il ne touche le sol puis son regard tomba sur le coffret, désormais ouvert.

Elle s'immobilisa.

Il n'était pas grand mais il contenait plusieurs objets. Il y avait un *bolo tie*, ce lacet ornementé qu'on appelait aussi cravate texane, que l'oncle de Sterling lui avait donné au retour d'un voyage qu'ils avaient fait au Texas alors qu'il était adolescent, une pièce confectionnée en papier d'aluminium que Sam lui avait offerte pour son anniversaire quand il avait dix ans, une vieille photo de ses parents datant de l'époque où ils avaient commencé à se fréquenter et une bague.

Mel attrapa la lanterne et la posa plus près pour mieux voir.

Un mince anneau d'or surmonté d'un solitaire.

Elle était belle.

C'était la première fois que Mel la voyait.

Elle releva la tête et jeta un rapide coup d'œil autour d'elle. Tout le monde travaillait encore à l'extérieur.

Quel mal y avait-il à la tenir entre ses doigts ?

Mel la saisit d'une main qui, sans qu'elle sache pourquoi, tremblait un peu. Il n'y avait pourtant pas de raison. Ce n'était pas comme si ç'avait été la sienne.

Mais elle devait reconnaître qu'elle en aurait aimé une comme celle-ci, alliant beauté et simplicité.

Une profonde tristesse la submergea.

Sterling avait-il quelqu'un dans sa vie ? Quelqu'un à qui il comptait l'offrir ?

Le fait de ne pas le savoir lui parut aussi douloureux que si on lui avait répondu par l'affirmative.

Elle secoua la tête, mécontente d'elle-même.

Pourtant, tristesse ou pas, elle fit une chose qu'elle n'aurait pas dû faire : elle la glissa à son annulaire.

Elle lui allait à la perfection.

Son cœur palpita.

Entendant quelqu'un s'éclaircir la gorge derrière elle, elle fit volte-face, le rouge aux joues, cherchant déjà quel prétexte elle allait pouvoir invoquer pour justifier son geste.

Mais ce n'était pas Sterling qui se tenait derrière elle.

Ce n'était pas un Costner ni un voisin. Ni même un inconnu.

Non.

C'était l'incarnation de son pire cauchemar.

— Je t'ai passé la bague au doigt autrefois. Le diamant était d'un autre calibre, proféra Rider Partridge en souriant. Et on sait comment ça s'est terminé, n'est-ce pas ?

12

Mel crut qu'elle rêvait. C'était forcément ça, non ?

Sinon, elle était dans de sales draps.

Elle se mit à transpirer à la seconde où elle ouvrit les yeux. L'étoffe de son chemisier lui collait à la peau, ses cheveux adhéraient à son front comme si quelqu'un les avait enduits d'une couche de glu. Elle essaya de comprendre ce qui se passait et regarda autour d'elle.

La lumière entrait par des fenêtres dépourvues de rideaux dans une pièce qui lui était totalement inconnue. Elle était étendue sur le dos, à même le sol.

Et une autre femme était allongée à côté d'elle.

Les yeux fermés.

En tentant de se relever, Mel se rendit compte que ses mouvements étaient ralentis, maladroits. La sonnette d'alarme se mit à hurler dans sa tête, l'incitant à ne pas faire de bruit.

Elle n'avait pas émergé du sommeil depuis assez longtemps pour déterminer si elle courait un danger immédiat.

Enfin… *émergé du sommeil* n'était pas l'expression appropriée. *Repris conscience* aurait été plus juste.

Elle se sentait aussi vaseuse que lorsqu'elle était revenue à elle dans l'ambulance.

Bon sang, ce devait être un rêve.

Mel fouilla rapidement dans sa mémoire pour tenter d'en exhumer son dernier souvenir.

Mais, comme après son accident, rien ne vint.

Mel regarda la femme.

Elle ne bougeait toujours pas. Et il n'y avait personne d'autre alentour. Mel prit un moment pour s'assurer qu'elle n'était pas blessée. Après tout, sa blessure à la tête était encore récente. Elle avait toujours ses vêtements. Et elle avait mal à la tête mais pas comme si elle avait reçu un coup. Elle était… dans le brouillard. Sinon, physiquement, tout semblait aller.

Et, comme ce n'était pas en restant assise là, à attendre des réponses, que celles-ci allaient venir à elle, elle se leva, lentement.

La cabane n'était pas différente des cabanes de pêcheur du Sud qu'elle avait pu voir – on ne vivait pas à Kelby Creek sans être allé pêcher au bord de la rivière. Celle-ci, contrairement à celles qu'on trouvait dans les montagnes, joliment construites en rondins, avec du bois partout, était plus fonctionnelle qu'esthétique. Elle se trouvait dans la pièce principale, équipée d'un mobilier qui datait d'avant sa naissance, trente ans plus tôt, et d'une kitchenette d'angle passée de mode depuis… probablement l'époque de sa construction. Et, visiblement, elle était utilisée. Des canettes de bière vides encombraient le comptoir et une odeur de poisson flottait dans l'air. Des prises qui avaient dû être nettoyées et cuisinées sur place.

Il y avait deux portes sur le mur du fond, dont une était ouverte, révélant une salle de bains. L'autre était fermée et munie dans sa partie supérieure d'une patte métallique à laquelle était fixé un cadenas.

Un frisson la parcourut.

La porte d'entrée était derrière elle. Par la fenêtre qui la jouxtait, Mel vit de l'herbe, de la terre et, au loin, un ponton.

Donc, elle devait se trouver près de la rivière.

Mel s'approcha pour voir s'il y avait un véhicule mais, au même instant, la femme, derrière elle, gémit de douleur.

Mel s'en voulut de ne pas s'être encore inquiétée de son état.

Mais qui était-elle ?

Amie ou ennemie ?

La femme remua et se tourna sur le côté. Elle ouvrit les yeux, battit des paupières et gémit de nouveau.

Elle était grande. Plutôt mince mais sans être tonique ni particulièrement musclée. Si elle avait de la force, rien ne le laissait deviner – ce devait être ce genre d'énergie venu de nulle part qu'on mobilisait ponctuellement, en cas de nécessité. Elle avait le teint hâlé mais pas comme si elle passait ses journées à se dorer au soleil, et ses cheveux châtains étaient coupés à hauteur de menton. Son haut jaune surmontait un jean troué. Mel lui donna une vingtaine d'années.

Comme elle, cette fille semblait n'avoir rien à faire dans cette cabane.

Et elle ne semblait pas avoir d'arme sur elle.

Elle porta les mains à sa tête puis elle se releva d'un coup en poussant un cri de douleur.

Mel recula d'un bond, levant les mains en une posture défensive.

— Oh là, là, du calme, se hâta-t-elle de la rassurer.

Elle avait la gorge et la bouche asséchées. Pendant combien de temps avait-elle été inconsciente ? Mel désigna le sol près de la jeune femme.

— Je me suis réveillée ici, à côté de vous.

L'inconnue, décidément très jeune à en juger par son apparence et sa tenue, la contempla.

Elle était terrifiée. Et elle souffrait, visiblement.

Mais elle semblait surtout complètement perdue.

— Comment ça, vous vous êtes réveillée à côté de moi ? Où sommes-nous ? Qu'est-ce qui se passe ? protesta-t-elle d'une voix aiguë.

Mel abaissa les mains pour l'inciter à parler moins fort.

— Je n'en sais rien mais je crois qu'il vaut mieux baisser le ton.

— Qui êtes-vous ? Qu'est-ce qu'on fait ici ? J'ai affreusement mal à la tête.

— Je m'appelle Mel. Pour le reste, je n'en sais pas plus que vous.

Mais la jeune femme continua à paniquer. Mel s'approcha pour la saisir par les épaules mais elle interrompit son geste avant de la toucher. Cela sembla ramener la jeune femme à la raison. Mel en profita pour lui demander d'une voix douce :

— Comment vous appelez-vous ?

— Ella. Ella Cochlin.

Le nom lui évoqua très vaguement quelque chose mais Mel ne parvint pas à préciser sa pensée. L'urgence de la situation était telle qu'elle ne prit pas le temps de creuser davantage.

— Très bien, Ella. Quel est votre dernier souvenir ?

— Je… Je crois que j'allais… à la poste ?

Cette réponse n'éclaira nullement Mel.

— À Kelby Creek ?

Ella hocha la tête.

Bien. Donc, elles étaient probablement toujours sur le territoire de la commune.

— Et vous ? s'enquit Ella. Vous vous souvenez de quoi ?

Mel prit une seconde pour rassembler ses souvenirs.

— Sterling. J'étais avec Sterling.

La jeune femme haussa ses sourcils soigneusement épilés.

Qu'aurait fait Sterling en pareille situation ?

— Vous avez un portable ? questionna Mel, pleine d'espoir.

Mais elle déchanta bien vite en voyant Ella secouer la tête, au bord des larmes.

Donc, elles n'avaient pas d'arme, pas de téléphone – rien qui puisse leur être utile, résuma mentalement Mel.

Ce qui était certain, au vu de leur état à leur réveil, c'était qu'elles n'étaient pas venues ici de leur plein gré.

Elles avaient été droguées.

Puis kidnappées.

Et celui qui les séquestrait ici n'allait pas tarder à revenir.

Une quatrième pensée s'insinua dans l'esprit de Mel, qu'elle mit résolument de côté, la jugeant non pertinente au regard de la gravité des trois autres. Néanmoins, son amertume n'en était pas moins bien réelle.

Elle n'aurait jamais dû revenir à Kelby Creek.

L'aube arriva et le soleil se leva sur un quartier dont les habitants – et ceux qui leur avaient prêté main-forte – étaient exténués.

Le père de Sterling s'en alla quand tout le monde s'accorda à dire qu'il était désormais temps de laisser les assurances et les entreprises d'élagage faire leur travail, procédure à laquelle la plupart des résidents de Kelby Creek étaient habitués durant la capricieuse saison des tornades.

Mais Sam resta avec son frère.

— Je n'ai pas moins dormi en venant ici qu'en restant à la maison, avec Linney, plaisanta-t-il quand Sterling lui suggéra de rentrer chez lui. Je vais nous préparer du café et des œufs avant de partir.

Trop fatigué pour discuter, Sterling suivit son frère à l'intérieur.

Tout était calme. Rien n'aurait à première vue laissé penser qu'ils l'avaient échappé belle seulement quelques heures plus tôt. Ils se dirigèrent vers la chambre de Sterling, marchant sur la pointe des pieds en passant devant la porte de la chambre d'amis.

— Mel a vraiment fait du bon travail, nota Sam. À part la fenêtre bâchée de plastique, rien n'indique qu'un arbre a voulu venir te dire bonjour pendant ton sommeil.

Sterling en convint d'autant plus volontiers que Mel ne s'était pas contentée de nettoyer la pièce ; elle avait retiré les draps déchirés et placé ses biens de valeur dans des bacs en plastique, qu'elle avait déplacés dans le couloir afin de les mettre au sec.

C'était vraiment gentil de sa part.

— Tu veux que j'aille la réveiller ? ajouta Sam en jetant un coup d'œil à la porte, derrière eux.

— Non, répondit Sterling. Après tout ce qu'elle a fait, elle a bien besoin de repos, elle aussi.

Sam ne discuta pas et tous deux retournèrent dans la cuisine où ils s'installèrent pour manger des œufs et boire un café bien mérité. Sterling prépara une assiette pour Mel, qu'il recouvrit d'une cloche en plastique, pour le cas où le bruit la réveillerait mais elle ne s'était toujours pas montrée lorsqu'ils eurent avalé leurs cafés. À chaque bouchée, il s'était fait violence pour ne pas céder à la tentation d'aller voir si tout allait bien.

— C'est bizarre de l'avoir de nouveau chez toi, c'est ça ?

Sterling lui jeta un regard interrogateur. Sam pointa sa fourchette en direction de son visage.

— Tu as passé ton temps à regarder cette assiette, expliqua Sam.

S'il s'était agi de quelqu'un d'autre, il aurait peut-être éludé la question. Mais c'était Sam, donc il dit la vérité. Une vérité qu'il n'avait jusqu'alors confiée à personne.

— Tu sais, c'est ce que j'ai éprouvé quand j'ai compris qu'elle ne rentrerait pas ce jour-là. Qu'elle était partie. Pendant des semaines, des mois, je n'ai pas pu me défaire de cette impression… La conscience, à chaque instant, qu'elle n'était plus là.

Sterling repoussa son assiette vide.

— Alors, je suis parti et je me suis habitué à vivre seul, en tant qu'individu. Je me suis fait de nouveaux amis, ai mené une vie nouvelle… Tout ça pour me rendre compte un jour que j'avais envie de rentrer à Kelby Creek.

Il regarda la chaise vide à côté de lui.

— Mais, même si le temps était passé, je me surprenais encore à la chercher du regard en entrant dans une pièce. Ou à préparer ses plats favoris en quantité plus importante. Parfois même à me coucher du côté gauche du lit parce qu'elle préférait le droit. Je… à vrai dire, je ne suis pas sûr d'avoir jamais vraiment cru qu'elle était partie pour de bon. C'était comme si… Comme si je ne la voyais pas mais qu'elle devait se trouver dans la pièce d'à côté. Qu'elle faisait la grasse matinée. Ou était sortie acheter ces immondes biscuits sans gluten dont elle raffolait. Elle était là sans être là.

— Partie sans être partie, ajouta Sam.

Sterling hocha la tête avant de pousser un long soupir.

— Alors, l'avoir à la maison en ce moment… C'est comme si elle venait de rentrer des courses après avoir fait un long détour. Même si je sais qu'elle n'est là que provisoirement.

Cette fois, Sam hocha la tête. Sterling ne doutait pas que son frère le comprenne. C'était son meilleur ami. Tous deux se connaissaient mieux que personne.

Raison pour laquelle Sam se garda de souligner que Sterling s'était forgé une vision romantique du départ de Mel afin d'occulter la réalité, qui était qu'elle l'avait ni plus ni moins rayé de sa vie. Son frère savait probablement depuis longtemps que Sterling n'avait jamais vraiment lâché prise.

— En fait, je n'ai jamais compris non plus pourquoi elle était partie, avoua Sam. Je pensais que, une fois que tout serait réglé et que Rider serait en prison, elle serait enfin libre. Qu'elle pourrait enfin se reconstruire. Ce week-end-là, on avait même programmé une soirée cinéma pour célébrer ça un soir de la semaine – elle avait déjà choisi le film.

Ça, c'était une découverte pour Sterling.

— Attends... Vous aviez quelque chose de prévu dans la semaine *après l'audience* ? Je n'étais pas au courant.

— Oui. Je croyais te l'avoir dit.

— Tu l'as peut-être fait, admit Sterling. Je n'avais pas exactement les idées claires durant cette période.

Il essaya de rappeler ses souvenirs mais n'y parvint pas.

— Quel film deviez-vous regarder ?

— *Coup de foudre à Notting Hill.*

Ce qui interpella Sterling davantage encore.

— Sa comédie sentimentale préférée.

Sam haussa les épaules.

— Je sais. Après coup, j'ai pensé qu'elle avait peut-être choisi celui-ci à dessein. Pour que je ne me doute de rien.

Sterling regarda de nouveau la chaise vide comme si elle avait le pouvoir de répondre à la place de Mel quand son téléphone se mit à vibrer sur la table.

Le nom de l'appelant n'était pas affiché, mais c'était un numéro local.

— C'est un peu tôt pour un appel, releva Sam. Tu travailles aujourd'hui ?

— Non. J'ai pris ma journée. Allô ?

— Sterling, c'est Carlos.

Il écarta le téléphone de son oreille pour regarder de nouveau l'écran.

— D'où appelles-tu ?

Carlos Park était un peu essoufflé et le fond sonore était bruyant. Il n'était pas chez lui, c'était certain.

— De l'hôpital. Je sais que tu as eu fort à faire mais tu es au courant de ce qui s'est passé ici, l'autre jour ?

— Il y a eu un début d'incendie, c'est ça ?

— Oui. Vite circonscrit, heureusement, mais ça a semé la pagaille au laboratoire, expliqua Carlos. Et je crois que c'était le but recherché.

Sterling, qui avait activé le haut-parleur, échangea un regard interrogateur avec Sam.

— Que veux-tu dire ?

Sterling ne comprenait pas pourquoi Carlos l'appelait à propos de cet incendie à l'hôpital à une heure si matinale, après le passage de la tornade sur la ville.

Mais, en même temps que cette pensée lui venait, il tourna instinctivement la tête vers le couloir.

— Amanda – je veux dire, le Dr Alvarez – s'interrogeait à propos de certains prélèvements sanguins et… bref, il semblerait qu'il y ait eu un échange.

— Un échange ? répéta Sterling en se levant. C'est en lien avec Mel, c'est ça ?

— Ils sont en train de le vérifier mais, apparemment, le prélèvement effectué sur Mel le jour de son admission n'aurait pas été correctement enregistré.

Le bruit de fond, au bout de la ligne, se fit plus fort. Au bout de quelques instants, Carlos reprit d'une voix si basse qu'elle confinait au murmure :

— Ils étaient dans tous leurs états, ici, quand ils se sont aperçus de la méprise et... j'ai surpris des propos qu'il m'a semblé devoir te rapporter. Je ne sais pas trop ce qu'il en est mais... ils pensent que ce n'est pas l'accident de la circulation qui a causé la perte de conscience de Mel.

Sterling se dirigeait déjà vers la chambre d'amis quand Carlos poursuivit :

— Elle était droguée. Et, compte tenu de tout ce qui est arrivé ensuite, je crois qu'on peut raisonnablement considérer qu'elle ne s'est pas droguée toute seule. Quelqu'un a une dent contre ton amie, Sterling. Et une dent sacrément acérée.

Sans prendre la peine de frapper, Sterling poussa la porte.

Il avait espéré voir une tête aux cheveux sombres sur l'oreiller.

Mais le lit était vide. Comme la pièce.

— Elle est peut-être partie encore une fois, suggéra Sam derrière lui, mais sans aucune conviction.

Sterling s'avança jusqu'à sa valise, posée par terre dans un coin, et l'ouvrit. Il n'y manquait que les vêtements qu'il lui avait vu porter tandis qu'elle déblayait sa chambre.

La colère l'aveugla.

Il reprit le téléphone à l'oreille.

— Il faut localiser Jonathan Partridge *immédiatement.* Mel n'est plus là et...

Un bip répété retentit tandis qu'il parlait. Un double appel. Il s'interrompit pour voir qui appelait. C'était aussi un numéro local.

— Attends un instant, dit-il à Carlos.

Il décrocha.

La ligne grésillait mais il reconnut instantanément la voix. C'était Mel. Et elle criait.

— Sterling ! Au secours, aide-nous !

13

— *Mel ?*

Mais la ligne avait été coupée.

— Je te rappelle, avait aboyé Sterling dans le combiné à l'adresse de Carlos en reprenant la communication en attente.

Il attendit quelques instants, contemplant l'appareil. Espérant qu'elle allait rappeler. En vain.

— C'était elle ? s'enquit Sam, les traits tirés par l'inquiétude.

Il ne faisait pas partie des forces de l'ordre mais il ne refusait jamais son aide à quelqu'un qui en avait besoin. C'était en grande part dû à l'éducation qu'ils avaient reçue de leur père.

— Oui. Et c'était un appel à l'aide. Elle a crié « aide-nous ».

— Nous ?

L'appareil sonna de nouveau. Il décrocha dans la seconde.

— Mel ? Où es-tu ?

Cette fois, elle parlait tout bas mais en forçant sa voix. Elle avait peur d'être surprise mais voulait que *lui* l'entende.

— On est quelque part, près de la rivière, moi et une jeune femme du nom d'Ella Cochlin. Je crois qu'on a été droguées et kidnappées. J'ai mal à la tête et ne me rappelle pas comment je suis arrivée ici. On s'est réveillées dans une cabane de pêcheur, avec un ponton. On… On a longé la rivière et on a trouvé un autre cabanon, à environ un kilomètre et demi en amont. Je n'étais jamais venue là. J'ai brisé un carreau pour pouvoir entrer. J'appelle d'une ligne fixe.

Traquer les détails, ce n'était pas le fort de Sterling. Il admettait bien volontiers que cette qualité lui aurait facilité la vie, mais ce n'était tout simplement pas dans sa nature. Localiser Charlie au milieu d'une foule lui prenait un temps fou. En revanche, il ne renonçait jamais avant de l'avoir trouvé. Chaque détail qui lui échappait, il le compensait par son opiniâtreté et sa motivation à découvrir l'indice suivant.

Cela étant, il enregistra chaque mot des explications précipitées de Mel.

Deux femmes, droguées et enlevées, une cabane de pêcheur dotée d'un appontement, une marche de plus d'un kilomètre le long du cours d'eau, un autre abri équipé d'une ligne téléphonique mais inoccupé.

Sterling nota tous ces éléments en veillant à faire abstraction de ses émotions.

Remâcher sa rage et son inquiétude n'aiderait en rien Mel.

— OK, Mel, écoute-moi, répondit-il en retraversant la maison.

Il prit ses clés de voiture, fit un signe de tête à Sam et les lui lança.

— Est-ce que vous êtes seules, Ella et toi ? Pourquoi parles-tu si bas ?

Ils sortirent. Sam avait compris ce que Sterling attendait de lui. Il courut jusqu'à la portière côté conducteur pendant que Sterling sautait sur le siège passager.

— On n'a vu personne depuis qu'on s'est réveillées mais… je crois qu'il y a quelqu'un au-dehors.

Le tremblement de la voix de Mel lui brisa le cœur. Il se cuirassa pour en faire abstraction.

— Bien. Où êtes-vous en ce moment ? Où, dans la maison ?

Il fit signe de la main à Sam, mimant le geste de porter un téléphone à son oreille. Son frère lui tendit son portable.

Sterling ne brillait peut-être pas par sa faculté à relever les détails, mais, lorsqu'il s'agissait de mener plusieurs tâches de front, il n'avait pas son pareil. Il composa un numéro, appuya sur *Appeler* et rendit le portable à Sam.

— Demande au shérif Chamblin où il est et dis-lui qu'on passe le chercher, débita-t-il rapidement, écartant l'appareil de son visage.

Sam suivit ses instructions tandis que Mel répondait :

— On s'est cachées dans le placard. J'avais reposé le téléphone… C'est pour ça que j'ai raccroché tout à l'heure.

— D'accord. Ne faites pas de bruit mais quelles indications peux-tu me fournir sur la maison où vous êtes ?…

Kelby Creek était une petite localité mais, au cours des dix dernières années, de nombreux chalets et bungalows avaient poussé tout le long de la rivière. Elles pouvaient se trouver n'importe où, y compris hors des limites de la commune.

— Sa taille ? Sa couleur ? Une particularité quelconque ?

— Oui… Elle est d'un vilain gris. Il y a deux chambres, je crois, mais petites. Pas de garage ni d'abri pour voitures. Pas de ponton non plus mais elle est toute proche de l'eau et…

Mel s'arrêta au milieu de sa phrase.

Sterling écarta de nouveau le téléphone de son visage

pour voir si la communication s'était interrompue. Mais non.

Un murmure à peine audible lui répondit.

— *Dépêche-toi.*

Et la ligne fut coupée.

Le shérif Chamblin vivait lui-même près de la rivière et connaissait bien le secteur. Quand il avait pris sa retraite et quitté le bureau, avant d'y revenir en tant que shérif pour aider à le maintenir à flot après la Tempête, il avait passé bien des jours à pêcher sur ses rives. Et, même après avoir repris du service, il avait continué à aller se promener sur ses bords, avec sa canne à pêche, ou à rejoindre avec une petite embarcation à fond plat les endroits de la rivière assez profonds pour permettre la navigation. Il connaissait les lieux mieux que la plupart des gens du coin.

C'est pourquoi, quand Sam et Sterling arrivèrent chez lui, Brutus les attendait déjà sur le trottoir, une carte sous le bras, et l'arme rangée dans son holster. Cependant, le fait de voir briller son badge de shérif dans les phares du véhicule rappela à Sterling qu'il y avait dans l'habitacle une personne qui n'en avait pas.

— Reste là et appelle Robbie ou papa pour qu'ils viennent te chercher. Le shérif ne verra pas d'inconvénient à ce que tu rentres attendre à l'intérieur, lui dit Sterling.

Mais Sam secoua la tête.

— Pas question. Je vais conduire ; ça vous permettra de discuter de tout ça sans avoir à vous soucier de la route.

— Sam, on ne sait pas du tout ce qui nous attend là-bas. Tu n'as ni arme ni badge du bureau.

Son frère secoua de nouveau la tête en souriant.

— Je ne bougerai pas de cette camionnette mais je

resterai sagement à l'intérieur. Les actions héroïques, ce sera pour vous deux. Promis.

Sterling planta sur lui son regard le plus sévère mais Sam n'en démordit pas et asséna l'argument-massue qui emporta sa décision.

— Il s'agit de *Mel*, Sterling. On se doit de l'aider de notre mieux.

Brutus n'éleva pas d'objections à la présence de Sam. Quand Sterling sauta à bas du siège passager, il ouvrit la portière arrière et grimpa à la suite du shérif. Tandis que Sam se concentrait sur la conduite, Sterling communiqua au shérif les informations dont il disposait. Il lui signala aussi qu'ils ne pouvaient pas localiser l'appel puisque Mel l'avait joint directement sans passer par le standard du bureau.

— Et, comme tu vois, Google ne nous aide pas non plus, ajouta-t-il tandis qu'il effectuait une recherche sur le numéro grâce au navigateur de son portable. Parfois, c'est payant quand la chance est de notre côté. Mais pas cette fois-ci.

— Tant pis. On en sait assez pour chercher par nous-mêmes… On sait par exemple qu'il y a l'électricité, là où elles se trouvent.

Brutus examina la carte qu'il avait dépliée sur la banquette, entre eux.

— Ce qui veut dire que la maison est peut-être louée, ou occupée par un propriétaire qui n'est simplement pas présent en ce moment. Et puis, les constructions les plus récentes sont rarement équipées de lignes téléphoniques fixes. Donc, on peut commencer par éliminer les bâtisses les plus modernes.

Il traça des croix sur une poignée de carrés représentant des maisons sur la carte.

— Mel dit aussi qu'elles sont revenues à elles dans une

cabane de pêcheur. Qui se trouve, d'après elle, à un kilomètre et demi en aval de la maison où elles sont maintenant.

— Maison qui n'a pas de ponton…

Sterling était rongé par l'anxiété. Il ne pouvait s'empêcher de taper nerveusement du pied, le téléphone serré dans sa main. Regarder Brutus réfléchir à voix haute était rageant. Mais il était fier de lui.

Brutus Chamblin s'était peut-être vu comme un shérif par intérim mais tous ceux qui le connaissaient bien savaient très exactement ce qu'il était – un excellent policier qui, par ailleurs, adorait la pêche.

Sterling le regarda ajouter plusieurs croix jusqu'à ce qu'il ne reste qu'une douzaine de carrés non barrés.

— Dis-moi mot pour mot ce que t'a indiqué Mel.

Sterling s'exécuta, veillant à ne rien oublier.

— Un vilain gris ? répéta Chamblin.

Sterling acquiesça et sentit l'adrénaline affluer comme le shérif dessinait des cercles autour de deux carrés.

— Deux maisons pourraient correspondre à la description. Et une cabane de pêcheur se situe justement entre les deux.

— Et, instinctivement, tu pencherais pour laquelle ?

Brutus considéra la carte en se frottant le menton.

— Ma femme m'a accompagné un jour à la pêche et elle a fait une remarque à propos du fait que le gris ne rendait pas bien sur toutes les maisons.

Il tapota le carré de droite sur la carte.

— Celle-ci. Je pense qu'elles se trouvent chez les Cooper – ils ont mis l'endroit à la location mais la maison ne date pas d'hier.

Sam avait déjà démarré.

— Je sais où elle est, lança-t-il par-dessus son épaule.

Brutus sortit son téléphone.

— Tant mieux parce qu'on va avoir un certain nombre de coups de fil à passer.

Une nouvelle décharge d'adrénaline galvanisa Sterling.

— On appelle la cavalerie ?

— Plutôt, oui ! répliqua Brutus.

Le bas des jambes de son jean était mouillé et le téléphone sans fil était éteint.

— Il n'y a plus de courant, chuchota Mel.

Dans l'obscurité du placard, elle ne voyait pas Ella mais elle était sûre que sa frayeur devait se lire sur son visage. Elle avait déjà failli craquer pendant le trajet jusqu'à la maison grise et s'était mise à pleurer quand Mel avait cassé une vitre à l'aide d'une pierre, sur l'arrière, pour entrer. Et ce n'est que lorsqu'elles avaient entendu des bruits d'éclaboussements – comme s'il y avait quelqu'un dans la rivière – qu'Ella avait réussi à contenir ses sanglots les plus sonores.

Mais Mel ne la jugeait pas. Elle non plus n'en menait pas large.

Surtout maintenant que l'électricité avait été coupée.

— Que… Qu'est-ce qu'on fait maintenant ?

— On ne bouge pas. On ne fait pas de bruit. Sterling va venir nous sauver.

— Mais comment ? insista Ella d'une voix blanche tout en essayant de changer de position dans le placard tout juste assez grand pour qu'elles y tiennent à deux. Ils peuvent localiser une ligne fixe ?

Mel n'en savait rien. Si elle avait appelé le 911 au lieu du mobile de Sterling, peut-être auraient-ils pu remonter l'appel plus facilement ? À moins que le numéro de téléphone leur suffise ? Elle n'était pas au fait de la façon dont tout cela fonctionnait.

— Il va nous trouver, répéta-t-elle avec conviction.

Si les doutes d'Ella subsistèrent, elle les garda pour elle.

Une minute ou deux s'écoulèrent sans autre bruit que celui de leurs respirations. L'effet de l'adrénaline qui les avait encouragées à courir de la cabane jusqu'ici s'était depuis longtemps dissipé dans l'organisme de Mel. Elle ne ressentait plus que de la fatigue.

De la fatigue et de l'incompréhension.

Ce qui se passait n'avait pas de sens.

Pourquoi avait-elle été enlevée ? Par qui ? Et pourquoi Ella était-elle ici et pas leur ravisseur ? Comme si le fait de penser à lui l'avait fait se manifester, le son de la porte qui s'ouvrait les fit toutes deux se changer en statues.

— C'est Sterling ? souffla Ella contre son oreille.

Mais Mel ne répondit pas. Elle posa une main sur son épaule pour lui intimer le silence et tendit l'oreille pour tenter d'identifier le moindre son.

Des pas lourds avancèrent sur le sol carrelé de la cuisine, non loin de leur cachette. Si ç'avait été Sterling, il se serait déjà annoncé, non ? Il aurait crié son nom.

La main d'Ella se referma autour de son avant-bras dans un étau qui se resserra au fur et à mesure de l'avancée des pas. S'il y avait eu d'autres bruits, comme le ronronnement d'un climatiseur, le bruit de ces pas aurait été moins angoissant, moins… omniprésent.

Les muscles de Mel se contractèrent. Elle enserra le téléphone dans sa main, se le représentant non plus comme un morceau de plastique mais comme une brique.

S'agissait-il des agresseurs de la Maison des Rendez-Vous ?

Les pas résonnèrent dans la pièce adjacente et ne tardèrent pas à pénétrer dans la chambre où elles étaient réfugiées.

Mel ravala un cri comme les pas s'arrêtaient.

Juste devant la porte du placard.

La douleur de la main d'Ella agrippant son bras se fit secondaire en comparaison de la terreur qui la submergeait.

Elle ferma les yeux mais un nouveau bruit les lui fit rouvrir d'un coup.

Des pneus crissant sur le gravier au-dehors, des portières qui claquaient – *plusieurs* portières.

Qui que soit celui qui se tenait devant ce placard, il se retrouvait pris à son propre piège. Les pas détalèrent si vite que Mel ne put situer vers quelle partie de la maison ils s'étaient dirigés.

Mais ce qu'elle identifia nettement aussitôt après fut le violent coup porté à ce qui avait dû être la porte d'entrée.

— Bureau du shérif de Dawn County ! tonna une voix.

— Sterling !

Mel avait crié si fort qu'Ella sursauta à côté d'elle.

Mais elle n'y prêta pas attention.

Quand de nouveaux pas se précipitèrent vers leur cachette, elle respirait déjà plus librement.

Voir Sterling quand il tira la porte, l'arme au poing et le regard braqué sur elle, fut la cerise sur le gâteau.

14

Sterling n'eut que le temps d'écarter son arme. Mel se jeta dans ses bras. Il oublia toute l'appréhension qui l'avait tenaillé lorsqu'elle noua les bras autour de son cou en un geste chargé d'une bien compréhensible tension.

Et d'un évident soulagement.

Mel poussa un profond soupir qu'il éprouva jusqu'au plus profond de son être.

Puis elle le relâcha et recula, les traits crispés par l'inquiétude.

— Il y avait quelqu'un dans la pièce quand je vous ai entendus arriver, débita-t-elle très vite. Il s'est enfui en courant mais je ne sais pas dans quelle direction.

Sterling jura intérieurement. Avant toute chose, il lui fallait mettre Mel et Ella en sécurité.

— Sam est dehors, dans la camionnette. Et le shérif est sur l'arrière de la maison. Venez avec moi.

Mel et Ella ne se firent pas prier. Ella agrippa la main de Mel et elles lui emboîtèrent le pas. Tandis qu'elles marchaient à sa suite, il eut presque l'impression de sentir la main de Mel se poser sur le bas de son dos. Le bras tendu devant lui, pistolet au poing, il avança prudemment, veillant à emprunter exactement le même chemin que celui par lequel il était entré, prêt à tirer si quelqu'un d'autre que le shérif ou Sam surgissait de nulle part. La maison avait beau être petite, elle n'en était pas moins truffée de coins et de recoins à surveiller. Et il était accompagné de deux civiles. Sans compter qu'il n'avait pas oublié le calamiteux épisode de la Maison des Rendez-Vous.

Il n'avait aucune envie de le voir se répéter.

Il eut l'impression que le trajet jusqu'à l'extérieur n'en finissait plus alors qu'il n'avait pas dû durer plus d'une minute. Sam les vit avant même qu'ils n'aient atteint le porche. Il descendit de voiture, rompant sa promesse. Mais Sterling ne lui en voulut pas.

Brutus, lui, n'était nulle part en vue.

Sterling s'arrêta, tous les sens en alerte, et fit passer Mel, et Ella avec elle, devant lui.

— Sam, remonte dans la voiture et conduis-les à l'hôpital.

— On ne part pas sans toi, se récria Mel en même temps que Sam lui opposait le même refus, formulé autrement.

— Elles ont besoin d'être examinées. Ça ira, ici. Il y a une voiture de patrouille qui n'est pas loin et on ne sait pas ce que…

Un cri les fit tous se retourner.

Brutus.

— Sam. La voiture. Tout de suite !

Il entendit ronfler le moteur comme il pivotait sur ses talons. Il longea le côté de la maison. Mel n'avait pas exagéré ; l'eau était vraiment toute proche. Si proche qu'en tournant l'angle arrière, la première chose qu'il vit fut Brutus chancelant sur l'herbe de la berge en se tenant la poitrine et basculant dans la rivière.

— Shérif !

Sterling s'élança vers lui tout en balayant les alentours de son pistolet. Il n'y avait personne et Brutus ne semblait pas avoir été touché par un projectile. Mais il était immobile, couché sur le côté, les traits déformés par la douleur.

— Shérif ? répéta-t-il en abaissant son arme mais sans la ranger dans le holster. Qu'y a-t-il ? Qu'est-ce qui se passe ?

De sa main libre, Sterling lui releva la tête hors de l'eau. Brutus avait mal. Très mal, visiblement.

— Shérif ?

Cette fois, Chamblin répondit, avec difficulté :

— Le… le cœur.

Puis son corps s'amollit.

Sterling entra dans la chambre d'hôpital de Mel, le visage ravagé par l'inquiétude et la colère rentrée. Si elle n'avait été aussi mal en point, au fond de son lit, elle l'aurait embrassé.

— Ils disent que, si Brutus avait été seul, sa crise cardiaque aurait probablement été fatale, annonça-t-il en se laissant tomber dans le fauteuil, à côté d'elle.

Le docteur sortant de sa chambre, elle était déjà au courant, mais elle s'abstint de le lui dire.

— Comme tout le monde se tenait prêt à intervenir, l'ambulance est arrivée en un temps record, ce qui lui a sûrement sauvé la vie. Le médecin dit qu'il a eu de la chance, en fin de compte. Maintenant, il faut attendre.

— Oh ! Sterling.

Mel tendit la main mais elle se sentait affreusement faible. Quand Sam les avait emmenées, Ella et elle, à l'hôpital, elle était encore effrayée et fatiguée mais, si la fatigue était toujours là, la nausée avait succédé à l'effroi. Sa première heure à l'hôpital était passée dans la plus totale confusion. Puis, depuis que Sterling était arrivé avec le shérif dans l'ambulance, il ne l'avait quittée que pour s'entretenir brièvement avec un médecin ou un collègue. Et, quand il n'était pas dans le fauteuil, c'était le détective Lovett ou Sam qui l'avait remplacé. Sans compter les officiers en uniforme qui montaient la garde devant la porte de sa chambre et celle d'Ella. Ils étaient encore en train d'essayer de comprendre ce qui était arrivé à la jeune femme. S'il y avait du nouveau, ils ne l'en avaient pas encore informée.

Sterling avança son siège jusqu'à ce que ses genoux touchent le bord du matelas pour saisir sa main. Mel regarda ses doigts disparaître sous les siens. Ils étaient grands. Et tièdes.

Elle essaya de sourire.

— Il est solide. Il va s'en tirer.

Sterling hocha la tête, mais avec un soupçon d'hésitation.

— Je viens de parler à sa femme. Elle était préoccupée par son degré de stress depuis son retour au bureau.

Il poussa un grand soupir et ses épaules s'affaissèrent.

— Il a voulu embrasser trop de gens, finalement.

Les sourcils de Mel s'arquèrent mais on frappa à la porte et, un instant plus tard, le détective Lovett apparut, pour la deuxième fois de la journée.

Sans son calepin cette fois, mais accompagné d'un collègue.

Cole Reiner attendit que le détective Lovett se soit assis. Il resta debout à côté de lui.

Sterling relâcha sa main. Les deux hommes notèrent le mouvement mais s'abstinrent de tout commentaire.

— Je sais que le médecin vous a déjà parlé de la drogue qui vous a été administrée mais, étant donné que ma femme et moi-même sommes passés par là voilà quelques années, je me suis dit que je pouvais échanger avec vous concernant l'aspect… moins technique de notre expérience.

Le détective Lovett s'exprimait d'une voix lasse mais Mel attendit la suite, suspendue à ses lèvres.

— Cette drogue s'appelle Sleepers. Ce n'est pas ce qu'on fait de plus inventif, mais elle porte bien son nom. C'est un peu comme un somnifère mélangé avec du Xanax et une dose de stéroïdes. Administrée en quantité suffisante, elle provoque une perte de conscience pendant une assez longue durée. Celle que ma femme et moi avons reçue était plutôt faible et nous sommes restés inconscients pendant plusieurs heures. À notre réveil, nous ne nous souvenions plus des instants qui avaient précédé l'ingestion du produit – un trou noir d'une demi-heure, environ.

— C'est ce qui m'est arrivé la deuxième fois, répondit Mel. Je me revois en train de balayer les débris de verre et ensuite… Plus rien jusqu'à la cabane.

Sterling se tendit. Les deux détectives s'en aperçurent mais Lovett continua :

— On n'a pas retrouvé la drogue en quantité importante dans votre organisme. Même chose pour Mlle Cochlin. Juste assez pour vous faire perdre connaissance et vous empêcher de vous souvenir de la personne qui vous l'a administrée. C'est même la raison du succès de cette drogue auprès de certains – même si elle peut avoir des effets imprévisibles et même se révéler mortelle dans certains cas.

Ce fut au tour de Mel de se raidir.

— C'est pour ça que le médecin m'a dit que j'avais eu de la chance. Quand j'ai eu l'accident en venant à Kelby Creek, j'avais apparemment reçu trois fois la dose qu'on m'a administrée cette fois-ci. Ce qui explique que la période que j'ai oubliée soit beaucoup plus longue.

Mel se retint de porter la main à son cou, là où l'injection repérée par le médecin avait laissé un petit hématome. Juste à côté d'une minuscule croûte due à une *autre* piqûre. Ils ne l'avaient pas vue la première fois, du fait que tout le monde avait cru à la thèse d'un simple accident.

Le détective Reiner croisa les bras. Contrairement aux

autres, il n'avait pas l'air fatigué. En revanche, il semblait plus que jamais déterminé à mettre un terme à tout ça.

— C'est ce que nous nous efforçons d'éclaircir, dit-il. Avec la quantité de Sleepers qui circulait dans votre organisme, vous n'auriez pas dû être en mesure de conduire. Or, votre voiture a été retrouvée dans un coin isolé, à une bonne trentaine de kilomètres de la ville. J'ai examiné toute cette portion de route, dans les deux sens. Il n'y pas la moindre trace d'embardée ni de perte de contrôle du véhicule – rien.

Mel échangea un regard avec Sterling.

— Que veux-tu dire ?

Reiner haussa les épaules.

— Soit Mlle Blankenship ici présente est l'exception qui confirme la règle et elle est capable de conduire comme une pro sous l'influence de produits stupéfiants, soit…

Mel se surprit à l'interrompre avant qu'il ait mené son raisonnement à son terme.

— Soit ce n'est pas moi qui étais au volant.

Le détective Reiner acquiesça d'un signe de tête.

Sterling fronça les sourcils.

— Donc, quelqu'un l'aurait conduite, droguée et inconsciente, en direction de Kelby Creek et… et quoi ? Il y aurait eu collision avec la voiture de Rose Simon et on aurait mis Mel à la place du conducteur avant de s'enfuir ? Ça n'a pas de sens.

Reiner regarda son collègue.

— On est en train de vérifier si Jonathan Partridge aurait pu se trouver dans la voiture avec Mlle Blankenship.

— Quoi ? Vous l'avez trouvé ? Ce serait lui que Brutus aurait poursuivi, à la cabane ? s'exclama Sterling.

Reiner secoua la tête.

— On n'a encore retrouvé personne, ce qui semble

être le fil rouge dans cette affaire. Jusqu'à présent. Mais on va fouiller son domicile. Je pense que le juge n'hésitera pas longtemps à nous accorder un mandat de perquisition concernant un Partridge.

— Que ce soit bien clair, je n'aime pas beaucoup Jonathan Partridge, intervint Mel. Mais pourquoi penser qu'il aurait fait ça ? Pour se venger de moi parce que je n'ai pas pris la défense de son frère ? À cause de l'incendie ? Pourquoi aurait-il attendu toutes ces années ?

— Parce que tu étais partie, asséna Sterling sans détour.

C'était exact. Mel sentit ses joues s'empourprer.

— Peut-être qu'il voulait que tu reviennes à Kelby Creek ? poursuivit Sterling. Et peut-être qu'il a fini par trouver un moyen d'arriver à ses fins... Comme pour Rose.

Un lourd silence s'abattit sur la chambre.

Mel n'osa pas le rompre pour dire le fond de sa pensée.

Il n'y avait qu'une raison qui aurait pu l'inciter à rentrer.

Et cette raison était présentement assise à son chevet.

— Mais que vient faire Ella dans tout ça ? questionna-t-elle comme le silence devenait assourdissant. S'il cherchait à venger son frère, qu'il s'en prenne à moi, et à Rose, d'accord. Mais Ella ? On a pu discuter un peu. Elle a l'air d'une gentille fille qui était simplement venue rendre visite à sa grand-mère... et qui s'est réveillée dans cette cabane, à côté de moi.

— On pense qu'elle a peut-être été enlevée par accident, déclara Lovett. Sa grand-mère vit à quelques kilomètres de l'endroit où vous avez été emmenées. Peut-être qu'elle a eu la malchance de vous voir vous faire enlever et qu'elle a été droguée et kidnappée, elle aussi, avant de pouvoir appeler les secours.

Mel fit la grimace, d'une part parce que cette théorie

ne lui semblait pas satisfaisante, d'autre part parce que la nausée la reprenait.

— Mais pourquoi nous avoir droguées, emmenées à cette cabine pour nous y laisser *sans surveillance* ? Et pourquoi avoir tenté de m'enlever à la Maison des Rendez-Vous ?

Ses doigts se refermèrent sur le drap d'hôpital, qu'elle tint serré en boule au creux de sa paume.

— Je ne vois pas l'intérêt. Si c'était vraiment Jonathan, il n'aurait jamais fait preuve d'une telle négligence.

Elle chercha du regard le soutien de Sterling.

Lovett et Reiner échangèrent un nouveau regard.

— On essaie toujours de trouver pourquoi vous êtes revenue à Kelby Creek, déclara Reiner d'une voix froide et dure.

Mel n'était pas la seule à ressentir de la frustration et de la fatigue, apparemment.

— Pourquoi la voiture de Rose a été impliquée dans votre accident avant que, quelques heures plus tard – alors que vous étiez encore à l'hôpital –, elle ait été tuée et son corps, placé chez vous. Pourquoi, au bout de cinq ans, vous refaites surface avec, dans une de vos poches, l'adresse de la Maison des Rendez-Vous qui vous mène droit à ceux qui veulent vous enlever. Pourquoi l'homme qui vous a agressée dans cette maison – et dont il est si difficile d'établir l'identité, d'autant que les médecins ne savent pas s'il émergera du coma – avait en sa possession l'arme qui a tué Rose. Pourquoi on vous a enlevée dans cette maison juste après le passage de la tornade – était-ce prévu pour cette nuit-là ou s'est-il agi d'un acte d'opportunité ? – et pourquoi vous avez été conduite dans une cabane de pêcheur où on vous a laissée seule et libre de vous évader… Tout cela alors que Jonathan Partridge demeure introuvable depuis des jours.

Son intonation s'était faite de plus en plus âpre au fil de sa tirade. Et Sterling s'était tendu encore un peu plus.

— OK, calme-toi, commença-t-il.

Mais Reiner éleva une main pour l'arrêter, le regard toujours planté sur Mel.

— J'essaie juste de souligner que ce n'est pas une enquête comme une autre. On a des monceaux de questions, et quasiment pas l'ombre d'une réponse, et ce en grande partie parce que nous ne savons pas quel est votre rôle dans tout ça.

Cette fois, il se tut. Puis il regarda Sterling.

Mais, pour Mel, c'était suffisamment clair.

Elle était mêlée à cette affaire et, si elle avait été ménagée par les enquêteurs, elle le devait uniquement à un adjoint qui portait un chapeau de cow-boy.

Ils avaient confiance en lui et il se portait garant d'elle.

Cela se voyait à l'attention avec laquelle il suivait l'échange, les mâchoires serrées, prêt à intervenir à tout moment.

Dieu merci, le détective Lovett prit la parole – d'un ton dépassionné :

— Ce n'est pas en restant assis ici qu'on les trouvera, ces réponses. Allons-y, dit-il en se levant.

Il tendit la main à Sterling puis à Mel.

— Reposez-vous, conseilla-t-il. Les mystères de Kelby Creek sont trop opaques pour un homme ou une femme seule. On a besoin de toutes les énergies, et les vôtres ont déjà été soumises à rude épreuve.

Sterling les raccompagna jusqu'à la porte.

Lorsqu'il revint, Mel vit la tension qui crispait ses traits. Elle fut tentée de lui tendre la main – de le prendre dans ses bras et, peut-être, de l'embrasser comme elle l'avait fait avant que sa mémoire n'ait été effacée – mais, d'un coup, le poids écrasant de la fatigue la rattrapa.

Elle ferma les yeux, espérant qu'elle n'allait pas être de nouveau prise de vertige.

Quand elle les rouvrit, Sterling s'était assis à côté d'elle.

— Foster a raison. Il faut qu'on se repose et qu'on reprenne des forces.

Mel poussa un petit ricanement désabusé.

— Chaque fois que j'ouvre les yeux, c'est pour me réveiller dans un endroit inconnu et m'apercevoir qu'un pan de ma mémoire a été effacé. Alors, il vaut peut-être mieux que je reste éveillée.

Sa réplique se voulait drôle – même si sa peur était bien réelle – mais Sterling ne rit pas.

Sa main couvrit la sienne. Ils restèrent assis sur le lit, en silence.

— Cette fois, ce sera différent, affirma-t-il avec force.

— Pourquoi ? Parce qu'ils n'ont pas obtenu le résultat escompté en me droguant et qu'ils ne réessaieront pas ?

Sterling secoua la tête. D'une voix qui semblait avoir baissé d'une octave, il répondit :

— Non. Parce que, cette fois, je ne te quitte plus des yeux.

15

Mel posa sa valise sur le sol du séjour et jura.

— Deux jours, dit-elle en pivotant vers Sterling. Deux longs jours d'hôpital avec rien d'autre à faire que me creuser la cervelle pour tenter de comprendre. Pourquoi je suis revenue ici ; pourquoi Rose Simon est revenue. Où Jonathan a bien pu passer. Et… rien ! *Nada. Niente.*

Mel avait de nouveau natté ses cheveux. Des mèches folles s'échappaient de sa tresse, mais c'était joli. *Tout* était joli en elle.

« J'ai échappé de justesse à une overdose d'une drogue au nom absurde, lui avait-elle dit le premier soir de son séjour à l'hôpital comme il s'attardait à son chevet. Je vais avoir une mine épouvantable jusqu'à ce que l'effet se soit totalement dissipé. »

Du point de vue de Sterling, Mel n'avait jamais une mine épouvantable. Mais il était content de voir qu'elle avait repris des couleurs… et du poil de la bête. L'avoir vue pendant deux jours passer par des hauts et des bas avant que son état de santé ne s'améliore l'avait stressé à un point qu'il jugeait disproportionné. Ce n'est que lorsqu'elle avait été en voie de rétablissement que son inquiétude s'était reportée sur Brutus.

Il avait survécu à l'intervention chirurgicale mais il était loin d'être tiré d'affaire.

« Il n'y a rien que tu puisses faire pour le moment, lui avait dit Marigold comme ils quittaient l'hôpital. Rentre chez toi. S'il y a du nouveau, on te préviendra immédiatement. »

Conseil que Sterling avait suivi, emmenant avec lui une Mel remise sur pied. « Requinquée, pleine d'allant et affamée », selon ses propres termes.

— Considère que c'est un témoignage de tes talents de discrétion, rétorqua Sterling, posant le sac que Sam lui avait préparé et apporté à l'hôpital, au pied du fauteuil inclinable. Même rétrospectivement, tu ne te souviens pas de ce que tu as bien pu venir faire ici. Ça confine au génie.

Comme c'était l'heure du déjeuner, sur le chemin du retour, Sterling avait fait halte au guichet d'un établissement de restauration rapide à emporter. Ce n'était pas la nourriture la plus saine qui soit, mais ils avaient dévoré leurs tacos tout en échangeant leurs théories pendant le reste du trajet. Exception faite du mystère qui planait au-dessus de leurs têtes, tout était… comme autrefois. Deux jeunes gens faisant tomber des miettes sur les sièges de sa camionnette tout en discutant à bâtons rompus.

À ceci près qu'ils n'étaient plus des ados.

Ce qui sauta aux yeux quand la colère qu'elle avait réussi à tenir sous le boisseau se ralluma, plus vive que jamais.

— Bon sang, je voudrais vraiment pouvoir remonter le temps ! Une minute, j'étais tranquillement en train d'écrire un article sur le mobilier d'extérieur et, l'instant suivant, je me retrouve droguée, à essayer de deviner ce que peut bien me vouloir un groupe d'individus qui me sont totalement inconnus, entourée de gens qui n'en savent pas plus que moi.

Elle s'affala sur le canapé avec un grand soupir.

Sterling laissa échapper un petit rire.

Elle releva vivement la tête, les mèches volant autour de son visage.

— Tu trouves ça drôle ? Ça devrait t'interpeller. Probablement plus que moi, d'ailleurs ! Enfin quoi, tu te proposes de m'aider : une tornade touche ta maison. Tu m'aides une nouvelle fois ? Le pauvre shérif a un infarctus.

Elle disparut de son champ de vision. Sterling entendit le coussin du dossier s'enfoncer sous le poids de sa tête.

Mel était au bout du rouleau. De la colère et de la frustration exacerbées, elle en était à s'accabler de tous les torts.

Exactement comme quand Rider avait été jeté en prison et que Kelby Creek s'était retourné contre elle.

Il avait beau lui en vouloir sur un plan personnel, ce n'était rien en comparaison de la haine qu'il vouait à Rider Partridge. Mel l'avait épousé, certes, mais elle n'était pas responsable de sa trahison. Elle n'avait pas mérité d'être traînée dans la boue et accablée de tous les maux comme cela avait été le cas.

— D'accord, d'accord.

Sterling claqua ses paumes l'une contre l'autre. Elle redressa la tête et le considéra d'un air interrogateur. Mais, au lieu de répondre à son haussement de sourcils, il se dirigea vers le garage et en revint avec, sous le bras, deux chaises longues à rayures roses et bleues. Passant devant elle, il sortit par la porte de derrière.

La cour arrière n'était pas grande mais on y était tranquille et, grâce au mari de Sam, désormais équipée de deux des caméras de surveillance qu'il avait installées dans la maison.

Sterling installa la première chaise longue face à la clôture, et la deuxième, juste à côté. Il prit place sur l'une d'elles et posa son chapeau sur ses genoux. Son arme rangée dans son holster de ceinture, il attendit.

— Il y a bien longtemps qu'on n'avait pas fait ça, observa Mel en le rejoignant.

Le fait de la voir s'asseoir près de lui le troubla, mais il décida de ne pas s'appesantir sur cette idée.

Rien ne l'obligeait à ressasser le fait qu'elle lui avait tellement manqué.

— Tu te souviens de la première fois que tu nous as fait asseoir comme ça, Sam et moi, en disant que c'était pour recharger nos batteries ? Doper notre énergie comme un arbre nourrit ses feuilles de la lumière ? demanda-t-il.

Mel pouffa de rire.

— Oh que oui ! Sam a cru que je parlais de drogue alors que je ne faisais qu'un innocent parallèle avec la photosynthèse. Et que je tenais absolument à bronzer un peu. J'avais les jambes si pâles qu'elles m'aveuglaient presque quand on se baladait en voiture !

Sterling s'esclaffa.

— Sam a préféré passer son tour cette première fois.

Mel secoua la tête.

— Vu que le copain qui était avec lui ne cessait de pester contre la chaleur, j'avoue que je n'ai pas été mécontente qu'il nous laisse, toi et moi, doper notre énergie tout seuls sur ces vieilles chaises longues.

La voix de Mel changea si rapidement que Sterling lui jeta un regard en biais. Elle avait ôté ses chaussures et roulé les jambes de son pantalon. Elle laissa courir un doigt sur le montant de son siège.

— Tu les as gardées. Les chaises longues.

La façon dont elle avait dit ça… C'était comme si cette remarque anodine était lourde de sens. De *multiples* sens.

Il y entendait du plaisir, de la surprise, de la culpabilité et, surtout, une incrédulité sans bornes. Sterling identifia cette mosaïque de sentiments aussi sûrement qu'il savait que le soleil était chaud, et le ciel, bleu. Aux yeux de Mel, il était inimaginable que quelqu'un puisse avoir conservé un objet associé à un bon souvenir la concernant, elle, l'ex-femme de Rider Partridge, le corrupteur en chef de Kelby Creek.

C'était facile d'en vouloir à Mel parce qu'elle l'avait quitté – et Dieu sait qu'il en avait encore gros sur le cœur – mais ce qu'il entendait en cet instant chez cette femme qui l'avait du jour au lendemain banni de sa vie, c'était qu'elle ne s'estimait pas digne qu'on se souvienne d'elle en bien.

Sterling prit alors une décision totalement imprévue.

Il décida de faire table rase de tous ses griefs.

De tout oublier. Ici et maintenant.

Il pardonna à Mel d'être partie, de ne plus jamais avoir donné de nouvelles, et il lui pardonna même le fait qu'elle était la seule femme qu'il ait jamais véritablement aimée parce que, au fond, il ne pouvait pas lui en vouloir d'être à ses yeux la perfection incarnée.

Sterling reporta son regard sur la clôture et prit une grande inspiration. Il promena son pouce le long du bord de son chapeau et libéra l'air de ses poumons.

Le pardon ne pouvait se cantonner à la pensée. Il apporta donc la réponse à une question à laquelle il aurait dû répondre depuis longtemps.

— Papa m'a libéré de la place dans son garage quand j'ai quitté Kelby Creek, déclara-t-il. Pour tout ce que je ne pouvais pas transporter. Quand je suis parti, je n'ai emmené que quelques sacs avec moi, ce qui suffisait puisque j'allais en Floride.

Mel garda le silence mais il savait qu'elle était surprise. Il n'avait jamais particulièrement aimé la Floride.

— J'ai séjourné pendant un temps chez mon cousin Joseph, dans un appartement proche de la plage, et j'ai pris un emploi dans le bâtiment. Après la Tempête, même en ayant été lavé de tout soupçon par l'enquête, décrocher ne serait-ce qu'un entretien pour retrouver un travail dans les forces de l'ordre relevait du tour de force. Donc, pendant un an, j'ai participé à la construction de villas de luxe sur la côte.

Il ponctua sa phrase d'un petit rire tant la situation, avec le recul, lui semblait cocasse.

— Puis Joseph a épousé une cliente, ce que son patron n'a pas apprécié, et on a été licenciés tous les deux. Je ne pouvais pas trop lui en vouloir puisqu'il m'avait choisi comme témoin mais j'ai eu du mal à trouver un autre logement et un nouvel emploi.

Il leva les yeux et contempla l'azur du ciel.

— J'ai quitté le soleil et le sable pour aller m'installer dans l'endroit le plus démoralisant que j'aie connu, dans le Tennessee – dans une bourgade plus petite que Kelby Creek et, franchement, un peu étrange – mais j'y suis resté aussi pendant environ un an. Peut-être parce que j'avais rencontré une femme avec qui j'avais entamé une liaison. Elle s'appelait Rhonda et elle faisait un café divinement bon. Mais ça n'a pas fonctionné. On a rompu et j'ai alors mis le cap sur la Géorgie.

Sterling n'évoqua pas la véritable raison de sa rupture avec Rhonda et passa directement au terme des cinq années pendant lesquelles Mel et lui avaient été séparés.

— La shérif d'un comté trois fois plus grand que Dawn County m'a proposé un poste. C'était une femme bien, intelligente et qui n'avait pas froid aux yeux. Elle venait d'être élue et avait la ferme intention de faire de sa ville natale un endroit plus sûr pour ses habitants. Un jour qu'on était en pause, dans la salle de repos, on a entendu parler de Kelby Creek à la radio. En bien, pour une fois.

Et le journaliste concluait son sujet en disant qu'une ère nouvelle semblait s'ouvrir pour Kelby Creek.

Sterling posa la main sur le dessus de son chapeau.

— Ça m'a fait l'effet d'un électrochoc, poursuivit-il. J'étais là, au fin fond de la Géorgie, alors que ma ville natale se battait pour remonter la pente. S'amender. La shérif s'en est rendu compte et m'a dit de bien soupeser le pour et le contre, que ce ne serait pas une sinécure. J'ai bien réfléchi. Je suis rentré, j'ai acheté cette maison et j'ai vécu là depuis.

Et voilà.

Ses cinq années d'errance sentimentale et professionnelle résumées en quelques mots.

Sterling replaça son chapeau sur sa tête. Mel attendit quelques secondes avant de parler.

— Et tu as apporté les chaises longues.

Il hocha la tête.

— Je ne connais pas mieux pour me redynamiser et recharger mes batteries.

Sterling ne savait pas trop à quoi s'attendre, mais l'éclat de rire de Mel lui réchauffa le cœur.

— Waow. C'est vrai que ça ressemble à un euphémisme pour dire « prendre de la drogue ». Pas étonnant que Sam n'ait pas su sur quel pied danser la première fois que j'ai proposé ça.

Sterling joignit son rire au sien.

En sortant de la douche, ce soir-là, Mel avait toujours chaud. Il lui fallut un moment pour se rendre compte que c'était le résultat de sa « session de dopage » et non parce qu'elle s'était imaginé Sterling sous cette même douche.

Un léger coup de soleil colorait ses joues et ses avant-bras mais ce n'était pas grave. Quelque chose de tellement plus important s'était passé pendant ce moment de répit. Non seulement il lui avait parlé des cinq années de sa vie dont elle ignorait tout mais, ensuite, la communication entre eux s'en était trouvée comme… libérée. Ils s'étaient mis à parler de tout et de rien et Mel avait retrouvé le plaisir de simplement *être* avec quelqu'un.

Et que ce quelqu'un soit Sterling Costner…

Elle contempla son reflet dans le miroir. Elle souriait.

Peut-être était-il temps ?

Peut-être était-ce le moment de lui dire la vérité ? De révéler enfin pourquoi elle était partie de cette façon.

Sans intention de retour.

Quel mal y aurait-il à lui parler maintenant ?

Rider.

C'était la réponse qui lui venait automatiquement depuis tant d'années.

Mais voilà. *Il* était là.

Comme il avait été au tribunal, ce jour-là, cinq ans plus tôt.

Mel détestait se rappeler la moue sardonique de son ex-mari quand il lui avait dit au revoir.

« Si tu restes avec Sterling Costner, dis-toi bien que c'est comme s'il était déjà dans la cellule voisine de la mienne, en prison. Je n'ai que quelques mots à dire à quelques personnes. »

Rider s'était incliné vers elle, sous les yeux de son avocat, à quelques pas de là, qui l'avait laissé faire, sachant que ce serait sans conséquence pour son client.

« Et, avant que tu n'objectes que je serai en prison, laisse-moi te rappeler, Melanie chérie, que, depuis le confort de notre salon, j'ai participé à la destruction d'une ville entière. Alors, imagine ce que je serais capable de faire à un homme seul, avec rien d'autre que ma légitime colère pour remplir mes journées – toutes mes journées. »

Mel vit son sourire s'effacer de son visage dans le miroir.

Leur mariage n'avait été qu'une imposture, mais elle avait tout de suite su que ce n'était pas une menace en l'air.

Vivre avec Sterling aurait été dangereux. Pour *lui.*

Et si Rider savait qu'elle était rentrée ?

Elle se détourna du miroir, la rage au cœur.

Si, encore, Rider avait usé de son pouvoir pour la prendre pour cible, *elle*…

Remâchant sa colère contre son ex-mari, elle retourna dans la chambre d'amis pour se changer. Marigold, qui avait passé un long moment à l'hôpital avec eux après ses heures de service pour tenter de découvrir un élément susceptible de les aider à y voir plus clair, avait eu la gentillesse d'aller lui acheter des vêtements, Mel n'ayant apparemment préparé une valise que pour deux ou trois jours. Elle enfila distraitement son tout nouveau pyjama-short et tressa ses cheveux mouillés.

Elle entendait Sterling aller et venir dans la maison, sans doute occupé à essayer de trouver des réponses sans la laisser seule. À essayer de veiller sur sa sécurité alors qu'il devenait de plus en plus manifeste que tout ce qui arrivait était lié à sa personne.

C'était vraiment un homme bien.

Plus que cela, un homme merveilleux.

Qui méritait une femme merveilleuse – qui ne se retrouverait pas perpétuellement empêtrée dans des choses terribles.

Elle relâcha sa tresse sur son épaule et regarda son extrémité former une auréole humide sur le tissu du pyjama.

Le cœur palpitant d'une soudaine et insaisissable

émotion, elle se prit à souhaiter n'avoir jamais rencontré Rider Partridge.

Puis, aussi vite que son cœur s'était emballé, un sentiment lourd l'étreignit comme la vérité qu'elle n'avait pas voulu voir lui apparaissait.

Jamais, au grand jamais, elle n'aurait dû épouser Rider.

Et, maintenant, l'homme avec qui elle aurait dû être payait le prix de son erreur.

16

Le calme régnait dans la maison.

L'esprit de Mel, au contraire, était en ébullition.

Sterling était dans son lit, porte grande ouverte sur le couloir, son arme de service posée sur la table de chevet, le téléphone chargé à cent pour cent. L'application de vidéosurveillance qu'il pilotait de son mobile protégeait actuellement l'extérieur de la maison. Il l'avait déjà consultée plusieurs fois, le sommeil peinant à venir.

À en juger par les bruits provenant de la chambre d'amis, il n'était pas le seul dans ce cas.

À 23 heures, Mel finit par s'avouer vaincue. Elle ouvrit doucement sa porte. Lorsqu'elle le vit, assis dans son lit, la lumière allumée, elle lui adressa un petit sourire.

— Je crois que je me suis habituée aux bips des moniteurs et aux infirmières venant me réveiller toutes les deux heures à l'hôpital, annonça-t-elle. Dès que je commence à m'assoupir, je me réveille en sursaut en me demandant où je suis et où a bien pu passer mon support à perfusion.

— Je peux venir m'asseoir à côté de ton lit et essayer d'imiter les bips des machines, proposa-t-il. Mais, pour ce qui est de la perfusion, je ne me hasarderais pas à tenter de reproduire. Je peux supporter beaucoup de choses mais la dernière fois qu'on m'a posé un cathéter dans le bras, j'ai bien failli tourner de l'œil.

Il reposa son portable et lui fit signe d'entrer.

Mel pencha légèrement la tête sur le côté.

— Quand était-ce ?

Sterling fit la moue.

— La dernière fois qu'un type m'a pris pour un coussin pique-aiguilles.

Soulevant le bas de son T-shirt, il se tourna sur le côté. Une vilaine cicatrice barrait son flanc, sous la cage thoracique.

— Douze points du suture assortis d'autant de « vous avez eu de la chance » de la part des urgentistes. C'est arrivé en Géorgie, un jour que j'intervenais dans un bar. Disons, pour faire court, que j'ai eu affaire à un client très agité qui, Dieu merci, était plus doué pour lever le coude et créer des problèmes que pour manier les armes blanches.

Mel fronça les sourcils. Elle se pencha pour examiner la cicatrice. Le parfum du gel douche dont il avait mis un deuxième flacon à disposition dans la chambre d'amis monta aux narines de Sterling.

— Ça t'ennuie que je te tienne compagnie un moment ? questionna-t-elle, relevant la tête. Je sais que ça fait cinq ans qu'on ne s'était pas vus, mais on est loin d'avoir fait le tour de tous les souvenirs qu'on a en commun...

Sterling tapota la place libre à côté de lui dans le lit.

Mel s'avança et se glissa sous les couvertures. Il en fut surpris mais il était vrai qu'il avait réglé la climatisation sur « frais ». La température extérieure avait un peu décru mais le taux d'humidité était tel que la baisse était à peine perceptible. Mel étendit les jambes sous les draps, à quelques centimètres des siennes.

Comme pour son gel douche, il s'efforça de ne pas y prêter attention.

Mel rebondit plusieurs fois, testant la fermeté du matelas.

— Pas mal pour un matelas neuf choisi pour toi par quelqu'un d'autre, déclara-t-elle. Je suis même un peu jalouse. La place de celui de mon appartement serait à la déchetterie. Il n'était déjà pas terrible, neuf, mais il a vécu plusieurs déménagements. Sans compter les frasques de Busta Rhymes, le chat de mon ex-colocataire.

Sterling se mit à rire.

— Busta Rhymes ?

— Ah, toi aussi, ça te fait rire ! renchérit Mel. Quand elle m'a dit son nom, j'ai eu la même réaction et ma colocataire m'a taxée d'impolitesse.

— Ce serait plutôt l'absence de réaction qui serait impolie. Quand on donne à son chat le nom d'un rappeur connu, on ne s'attend pas à ce que les gens se bornent à hocher la tête.

Mel hocha vigoureusement la tête.

— Exactement !

Sterling répéta plusieurs fois le nom avant de pouffer de rire de nouveau. Mel le contempla, l'air réjoui.

— Contente de voir que tu trouves ce nom aussi jubilatoire que moi. D'ailleurs, sitôt que je pourrai adopter un chien, je l'appellerai comme ça, asséna-t-elle avec détermination.

— C'est ce que tu comptes faire quand tu rentreras à Birmingham ? s'enquit Sterling, sincèrement curieux même si une autre interrogation se dessinait en filigrane derrière ses propos.

Car, s'ils avaient commencé à évoquer le passé, il n'avait à aucun moment été question du futur.

— Je veux dire, quand tout ceci sera terminé.

C'était comme lorsqu'ils s'étaient retrouvés assis dans la voiture, à siroter comme autrefois leurs granités préférés.

— Je ne sais pas, répondit Mel. Avec tout ce qui se passe ici et moi qui me retrouve piégée au cœur d'un invraisemblable imbroglio, il est difficile de faire des projets. J'ai déjà dû demander un congé à ma patronne…

Elle soupira et s'enfonça un peu plus dans le lit.

— Je suis partagée. En fait, il faudrait que je puisse vivre deux vies. Dans l'une d'elles, je réintégrerais mon petit appartement, je prendrais un chien, j'irais à la salle de sport et je resterais seule jusqu'à ce que j'aie de nouveau envie de voir des gens – tranquille. Et, dans l'autre, j'aurais largement de quoi faire ici : comprendre ce qui se passe, faire la paix avec les habitants de cette ville. Leur ouvrir les yeux pour qu'ils sachent que je ne suis pas la méchante qu'ils ont voulu voir en moi. Et, là, ce serait enfin *moi* qu'ils croiraient, au lieu de gober tout ce que Rider Partridge a pu inventer pour me nuire.

Sterling haussa les sourcils.

— Comment ça, tout ce que Rider Partridge *a pu inventer* ?

Sterling la sentit se tendre alors qu'elle n'avait pas bougé.

— J'en ai assez d'être le rappel ambulant de la terrible blessure qui a été infligée à Kelby Creek, répliqua-t-elle. J'aimerais que mes concitoyens aient une autre image de moi que celle de *la méchante*.

Sterling ouvrit la bouche pour protester mais son téléphone se mit à vibrer sur la table de nuit.

Mel se rassit dans le lit. Ses cheveux frôlèrent le bras de Sterling comme elle tendait le cou pour voir l'écran.

— Qui est-ce ? Le détective Lovett ?

Sterling éprouva une petite pointe de culpabilité.

— Non. C'est papa. J'ai oublié de le rappeler après notre retour de l'hôpital, dit-il en rejetant les couvertures.

Comme elle faisait mine de se lever aussi, il l'arrêta d'un geste.

— Je n'en ai que pour une seconde… Tu peux rester, ça ne me dérange pas.

Mel avait dû l'écouter, songea-t-il en sortant de la chambre pour prendre l'appel dans le séjour, car il ne l'entendit pas traverser le couloir pour rejoindre la chambre d'amis.

L'appel dura plus longtemps qu'il ne l'avait pensé et, quand il revint, la porte de sa chambre était toujours ouverte et Mel, endormie dans son lit.

Exactement comme il l'avait laissée à ceci près qu'elle avait les yeux fermés et que les traits de son visage s'étaient relâchés dans le sommeil.

Sterling s'immobilisa un instant sur le pas de la porte pour la contempler.

« Je suis un rappel vivant que toutes les blessures ne sont pas provoquées par des armes et des criminels. Elles peuvent l'être par des gens qui s'efforcent juste de faire comme si tout allait bien. »

Il la revit, prononçant ces mots, le granité à la main, dans le champ.

Tout n'allait pas bien.

Mais, l'espace d'un petit moment, Sterling décida de faire comme si c'était le cas.

Tout était doux et chaud.

Les yeux encore fermés, Mel s'étira à fond.

Elle ne s'était pas sentie aussi bien depuis longtemps.

Cette impression de bien-être se dissipa comme quelque chose remuait à son côté. Elle ouvrit les yeux d'un coup.

Pas quelque chose… *Quelqu'un.*

Cette chaleur, c'était celle d'un homme. Et elle était lovée contre lui, la tête nichée au creux de son épaule, la poitrine pressée contre son flanc.

L'adrénaline fusa en elle. Elle en oublia où elle se trouvait, aveuglée par la peur.

Puis l'homme remua de nouveau et le bras qui était enroulé autour d'elle resserra son étreinte.

Un parfum de bois et d'épices lui chatouilla les narines.

Sterling.

Le battement frénétique de son cœur commença à s'apaiser.

Ils étaient dans son lit – elle avait dû s'assoupir – et son chevalier en armure était là, en chair et en os, allongé près d'elle, toujours endormi. Ses joues s'échauffèrent lorsqu'elle s'avisa à quel point ils étaient proches l'un de l'autre – ce qui était sûrement de son fait, à elle. À l'époque où ils étaient ensemble, ç'avait été un sujet de plaisanterie entre eux parce qu'elle quittait toujours son côté du lit pour se retrouver lovée contre lui. Même dans le sommeil, sa présence l'avait réconfortée.

Et, même lorsqu'il dormait, il s'était toujours arrangé pour glisser autour d'elle un bras rassurant.

Elle aurait bien fait durer ce moment encore un peu mais le téléphone de Sterling se mit à vibrer de nouveau.

Cette fois, il s'éveilla. Il croisa son regard avant de se dégager doucement.

Mel, le visage en feu, s'abstint de tout commentaire.

Elle avait envie de savoir qui l'appelait alors que le soleil semblait à peine se lever derrière les persiennes et la nouvelle fenêtre.

— Costner, annonça-t-il avant de se redresser et de s'éclaircir la gorge.

Mel entendit une voix masculine à l'autre bout de la ligne mais elle ne put l'identifier.

— Quoi ? Tu plaisantes ? proféra Sterling d'une voix chargée de colère.

Il se leva d'un seul mouvement.

Mel l'imita, les jambes encore vacillantes de sommeil.

Sterling ouvrit rapidement sa commode et en tira un jean.

Mel essaya de capter son attention pour l'interroger du regard mais il allait et venait, s'habillant à la hâte.

— C'est n'importe quoi, tonna-t-il. C'est hors de question.

Mel se déporta sur le côté, tentant de saisir son regard.

Il ne tourna finalement la tête vers elle que lorsque la sonnette de l'entrée retentit.

Sterling raccrocha sans dire au revoir.

— Que se passe-t-il ? questionna-t-elle.

D'une voix caverneuse tant elle était basse, il répondit :

— Habille-toi. Je vais répondre.

Mel mourait d'envie d'en savoir plus mais elle traversa rapidement le couloir pendant que Sterling passait un T-shirt. Elle l'entendit se diriger vers l'entrée au pas de charge tandis qu'elle se changeait et se débarbouillait en un temps record.

Une minute plus tard, elle regretta de n'avoir pas pris son temps.

— Enfin, c'est insensé, protestait Sterling, criant presque, lorsqu'elle entra dans le séjour.

Ce qu'elle y découvrit lui causa un choc.

Flanqué d'un shérif adjoint, le détective Cole Reiner, son badge accroché autour du cou, arborait une mine sévère.

— Si tu essaies de t'interposer, tu ne feras qu'aggraver la situation, asséna-t-il.

Sterling s'aperçut enfin de sa présence. Il se tourna vers elle, l'air visiblement fou de rage.

— Je ne vais pas laisser faire ça.

Machinalement, la main de Mel se posa sur son avant-bras. Cela parut apaiser quelque peu sa rage grandissante.

Elle regarda Reiner.

— Laisser faire quoi ? Qu'est-ce qui se passe ?

La mine du détective s'assombrit encore. À sa décharge, il ne semblait pas ravi de devoir la renseigner.

— Ella Cochlin s'est présentée au bureau du shérif à la première heure. Elle voulait revenir sur sa déclaration initiale selon laquelle elle ne savait pas ce qui vous était arrivé à toutes les deux.

Il jeta un coup d'œil à Sterling avant de poursuivre :

— Elle affirme maintenant que c'est *vous* qui l'avez attaquée et droguée près de la cabane de sa grand-mère alors qu'elle faisait son jogging matinal. Et que votre partenaire vous a droguée pour vous faire passer pour une victime.

Mel le contempla, bouche bée. Elle avait de nouveau l'impression d'être plongée en plein rêve.

— Quoi ? s'écria-t-elle d'une voix perchée dans les aigus. Je l'aurais attaquée, *moi* ? Ça n'a pas de sens ! J'étais ici même, dans cette maison, une minute et, l'instant suivant, je me suis réveillée dans cette cabane, à côté d'elle. Comment peut-elle se rappeler quoi que ce soit alors que, moi, je ne me souviens de rien ? Et qui serait donc ce partenaire ? Sterling, peut-être ?

— Mlle Cochlin avait une quantité de drogue nettement moins importante que vous dans son organisme, ce qui explique, d'après le médecin, que la mémoire lui revienne. Quant au pourquoi de la chose, nous ne le connaissons pas encore mais je pense, personnellement, que ce pourrait être lié à votre partenaire.

Mel lança un regard interloqué à Sterling.

— Ils disent qu'Ella a retrouvé son téléphone sur son itinéraire de jogging, près de la cabane de pêcheur, expliqua-t-il. Il contiendrait une photo de toi horodatée de lundi matin où on te verrait en train de parler avec Jonathan Partridge.

— Soit une heure avant votre accident et quelques heures avant le meurtre de Rose Simon, précisa Reiner. Et j'ajouterai qu'entre ces deux moments, Partridge vous a aussi rendu visite à l'hôpital. Qu'avez-vous à répondre à ça ?

Tous les yeux se braquèrent sur elle.

Elle n'avait rien à dire. Strictement rien.

Elle était sans voix.

Ce qui n'était pas le cas de Sterling.

— Il se passe quelque chose, c'est certain, mais elle n'est pas mêlée à ça, Reiner. Tu le sais très bien.

Le détective secoua la tête.

— Ce que je sais, c'est que tout nous ramène toujours droit à elle, rétorqua-t-il avant de s'adresser directement à Mel. À *vous*. Donc, maintenant, je vais devoir vous demander de me suivre au bureau du shérif. De préférence, de votre plein gré. J'aimerais éviter d'avoir à vous passer les menottes.

17

Les menottes restèrent là où elles étaient mais Mel dut se laisser emmener dans la voiture de patrouille du shérif adjoint.

Jusqu'au moment où le véhicule se mit à rouler, Sterling s'efforça de convaincre les deux hommes qu'ils faisaient erreur.

Que Mel n'avait rien fait de ce dont Ella l'accusait.

Qu'elle n'avait rien à voir avec l'assassinat de Rose Simon.

Mais ses paroles se perdirent dans l'air déjà tiède de ce début de journée.

— Je te retrouve au poste ! cria-t-il avant que la portière ne se referme sur elle.

Mel hocha la tête, comme anesthésiée.

Abasourdie par cet incroyable retournement de situation mais sans pouvoir s'empêcher de se demander si, en fin de compte, ce n'était pas elle la méchante.

Devant, sur le siège passager, le détective Reiner rédigeait un SMS.

— Vous ne devriez pas laisser l'adjoint Costner prendre systématiquement fait et cause pour vous, dit-il, l'œil rivé sur son téléphone. Dites la vérité, coopérez et nous ferons en sorte de minimiser les conséquences.

— C'est très exactement ce que je fais ! se récria Mel avec chaleur. Je me tue à vous dire qu'il s'agit d'un énorme malentendu. Si j'ai vraiment été photographiée en compagnie de Jonathan Partridge, c'est que c'est *lui* qui est derrière tout ça et qu'il trame quelque chose. Jamais il ne s'associerait avec moi… Enfin, je suppose que vous êtes au courant, pour le feu ?

Reiner hocha la tête mais toujours sans quitter son portable des yeux. Ce qui incita Mel à s'efforcer plus désespérément encore de le convaincre de sa bonne foi.

— Quand l'enquête sur la Tempête s'est orientée sur Rider, il a été prévenu une demi-heure avant l'arrivée des forces de l'ordre que son bureau allait être perquisitionné. Je l'ai entendu tenter par tous les moyens de s'y rendre et j'ai averti le bureau du shérif de ses intentions avant qu'il n'ait pu détruire les preuves. Ce que je ne savais pas, c'est que Jonathan était déjà sur place et que la moitié des locaux étaient en feu. Jonathan a été surpris en train d'essayer de récupérer certains documents. C'est comme ça qu'il a été brûlé. Il me tient pour responsable de la douleur et des cicatrices que cela lui a valu et me reproche d'avoir ruiné l'image de son frère en le livrant à la vindicte de la ville – qui l'attendait avec le goudron et les plumes. Il m'a dit que, si j'avais soutenu Rider au lieu de favoriser son arrestation, tout se serait passé différemment.

— Mais ce n'est pas vous qui aviez mis le feu, souligna Reiner. C'était un employé de Rider Partridge qui ne savait pas que Jonathan était à l'intérieur.

— Peu importe, il m'en veut quand même, dit Mel en secouant la tête. Parce que je n'ai pas levé le petit doigt pour arrêter la machine une fois qu'elle était lancée. De son point de vue, tout était ma faute – y compris l'incendie dont je n'ai même pas vu la couleur puisque j'étais dans les locaux du FBI.

Ils se dirigeaient maintenant vers l'autre côté de la ville

mais, au lieu de la traverser pour rejoindre directement le bureau du shérif, ils avaient emprunté la route de campagne qui contournait le centre – sans doute pour éviter que Sterling ne les rattrape, présuma-t-elle.

— Incendie ou pas, ce qui est arrivé dans le passé ne change rien à ce qui se passe aujourd'hui, répondit Reiner, posant enfin son portable et se tournant à demi vers elle. Vous pourrez fournir votre version de l'histoire, comme Ella. Et comme Jonathan, quand on l'aura coincé. Même Sterling aura son mot à dire. D'une façon ou d'une autre, on tirera tout ça au clair.

Mel faillit continuer d'argumenter mais rien n'amadouerait le détective, elle le sentait bien. Elle se replia donc dans le silence.

Elle aurait voulu être encore au lit, blottie contre la chaleur de Sterling, tiraillée entre le désir de rester auprès de lui et celui de retourner à sa vie.

Kelby Creek se révélait d'une partialité tellement crasse...

— Hé, James... qu'est-ce qu'on fait là ? s'enquit soudain Reiner en regardant ostensiblement à droite et à gauche. On va en avoir pour quinze minutes de p...

Mel vit la voiture avant Reiner et poussa un cri.

Le véhicule déboîta subitement de l'autre file pour venir percuter à toute force le côté passager de leur véhicule.

L'impact projeta Mel en avant puis en arrière. Les airbags se déployèrent. Tout se mit à tournoyer autour d'elle comme la voiture partait en tête-à-queue avant de s'immobiliser au milieu d'un nuage de poussière, dans un vacarme de tôle froissée et de bouts de métal retombant sur le sol.

Elle porta une main à sa tête. La croûte qu'elle devait à son premier accident n'était plus là mais la blessure ne s'était pas remise à saigner.

Plus de peur que de mal, cette fois-ci, semblait-il.

L'avant du SUV était défoncé mais l'arrière était intact.

Mel déboucla sa ceinture. Il fallait qu'elle porte secours à l'adjoint et au détective.

— Ça va ? demanda-t-elle à James, qui était le seul à remuer. Et le détective Reiner ?

James émit un grognement. Il descendit de voiture sans autre réponse. Mel s'attendait à ce qu'il appelle les secours, s'inquiète de son collègue, des passagers de l'autre voiture.

Mais il ouvrit la portière arrière.

— Sortez.

Il avait la lèvre fendue mais son élocution était claire.

— Mais…

— Sortez, répéta-t-il sèchement.

James l'attrapa par le poignet et la tira brutalement hors du SUV. Être traitée sans ménagement parce que l'opinion publique vous avait décrétée coupable, c'était une chose. Mais se faire rudoyer juste après avoir été victime d'un accident de voiture au simple motif qu'on ne vous aimait pas…

Mel s'apprêtait à lui dire le fond de sa pensée, après avoir insisté pour qu'ils aillent voir Reiner, quand son regard tomba sur l'autre véhicule.

Le conducteur s'avançait vers eux.

Mel le reconnut immédiatement.

C'était l'homme de la Maison des Rendez-Vous.

Il était armé et son regard était braqué sur James.

— Tu es prêt ? On n'a pas beaucoup de temps.

James hocha la tête.

Mel recula d'un pas mais elle se figea, interdite, comme James tirait son arme de son holster. Avant qu'elle n'ait eu le temps de comprendre ce qui lui arrivait, il saisit sa main et la pressa fermement sur la crosse de l'arme avant de tendre le pistolet au nouveau venu, qui le coinça sous sa ceinture. Puis James s'étendit par terre à côté de la portière arrière, ouverte. Il fit un signe de tête au conducteur de l'autre véhicule.

Pétrifiée, Mel vit l'homme de la Maison des Rendez-Vous élever son arme, viser James et lui tirer une balle en pleine poitrine.

Un affreux son étranglé monta de la gorge de James.

Puis l'homme braqua le pistolet vers elle.

— Maintenant, montez. Sinon, c'est votre tour.

Mel ne bougea pas. Le canon de l'arme se déplaça pour s'arrêter sur le siège passager de la voiture de patrouille.

— Obéissez ou le détective ne se réveillera pas.

Mel regarda Reiner, toujours inanimé. Puis elle contempla la route, déserte, derrière eux.

D'un côté, elle aurait voulu voir apparaître Sterling, prêt à en découdre. Mais, de l'autre, elle préférait qu'il ne soit pas là.

— OK, dit-elle, hochant la tête.

Le véhicule était un vieux Bronco bleu, dont l'avant et le côté avaient été cabossés dans la collision.

— Pourquoi faites-vous ça ? questionna-t-elle tandis qu'il la poussait sur le siège passager.

L'homme se redressa, le visage luisant de sueur, soufflant et ahanant comme s'il avait produit un effort surhumain, ce qui n'était pas le cas. Vêtu d'une chemise légère et d'un short à poches, il n'aurait pas dû transpirer à ce point.

Mel aurait parié que c'était en rapport avec le large bandage que l'encolure ouverte de sa chemise laissait entrevoir.

Résultant du fait que Sterling l'avait touché. À *deux* reprises.

Du coin de l'œil, Mel suivait le moindre de ses mouvements,

hésitant à envoyer le véhicule dans le décor comme ils prenaient de la vitesse.

Mais elle décida d'attendre.

Elle avait peut-être réchappé à deux accidents de la route – sans parler du reste – mais survivre à une balle tirée à bout portant ?

Elle se retourna, jetant un dernier regard à James et au détective Reiner. Ni l'un ni l'autre ne bougeait.

— Pourquoi lui avoir tiré dessus ? Et puis qu'est-ce que vous me voulez ? *À quoi rime tout ça, à la fin ?*

Toute la frustration qui bouillonnait en elle se concentra dans sa dernière question, si bien qu'au lieu d'un geignement terrifié, ce fut un cri de colère qui jaillit de ses lèvres.

Prenant l'homme de court.

Il agita l'arme sous son nez puis reporta son regard sur la route.

— Ne comptez pas sur moi pour vous répondre. Vous n'aurez qu'à poser la question à celui qui commande.

— *Qui* est-ce ? Et il commande *quoi* ? insista Mel, excédée.

— Vous ne vous souvenez *réellement* de rien, hein ?

L'homme secoua la tête, étouffant un petit rire, ce qui, visiblement, le fit souffrir.

— J'ai pris du Sleepers une fois et tout ce que ça m'a fait, à moi, c'est que je me suis mis à tout voir à l'envers. Il faut croire que l'effet n'est pas le même sur tout le monde.

Tout en prenant à droite pour revenir vers le centre-ville, il coula un regard dans sa direction.

— Sérieusement, vous ne vous rappelez pas l'avoir vu ? Avoi parlé avec lui ?

— Lui ? répéta Mel.

L'homme lui adressa une moue faussement contrite.

— Je ne vais pas gâcher la surprise. Et puis, dans son plan, je ne suis pas censé vous parler.

Mel sursauta comme il tapait de la main sur le volant.

— Nom d'un chien, j'ai pris deux balles, j'ai failli y rester mais il s'en fiche ! Je dois quand même me rattraper parce que je n'ai pas suivi à la lettre les consignes de son premier plan. « Ne pas blesser, ni tuer Melanie Blankenship. »

Il ponctua sa phrase d'un ricanement amer, suivi d'un chapelet d'injures.

— Je me demande bien ce qu'il vous trouve de si spécial mais je ne crois pas qu'il s'agisse de vous, en réalité, continua-t-il, étonnamment bavard pour un homme qui venait de clamer qu'il était censé se taire. Vous savez, je vous plaindrais si j'avais de la sympathie pour vous… Mais je n'en ai pas.

Il haussa les épaules.

— En tout cas, une chose est sûre : vous savez les choisir.

La sensation de froid qui s'était peu à peu insinuée en elle se renforça. Elle ne savait pas ce qui s'était passé pendant qu'elle était sous l'effet du Sleepers mais elle avait l'horrible impression de savoir de qui parlait ce type.

Et ce n'était pas de Jonathan.

— Maintenant, je vais la fermer et me contenter de conduire, reprit l'homme, agitant de nouveau le pistolet. Et si vous me posez encore une seule fichue question, je pourrais bien finir par appuyer sur la détente avant de mettre le pied au plancher et de laisser ce maudit trou perdu derrière moi. Et tant pis pour les conséquences ! Compris ?

Non, elle ne comprenait pas.

Et, pour la première fois, elle n'en avait plus envie.

Elle garda le silence jusqu'à ce qu'il tourne derrière un bâtiment, près du centre de Kelby Creek. Elle avait remarqué une pancarte À VENDRE sur la façade donnant sur la rue.

L'homme manœuvra pour faire demi-tour et placer le véhicule juste à l'angle du bâtiment et de l'étroit passage qui reliait la ruelle arrière à la rue. Il coupa le moteur.

— J'ai une dernière chose à faire avant qu'on file, proféra-t-il, les dents serrées, ruisselant de sueur.

Mel se demanda ce que ça pouvait bien être.

Puis elle la vit.

Une femme, qui avançait sur le trottoir, devant eux, des sacs de provisions à la main.

L'homme descendit de voiture, l'arme au poing.

Mel s'avisa alors de trois choses simultanément.

L'arme n'était pas celle qu'il avait pointée sur elle mais le pistolet de James.

La femme n'était pas une inconnue. C'était Ella Cochlin.

Puis, quand le coup partit et qu'Ella s'écroula sur le trottoir, ses courses se répandant tout autour d'elle, une troisième évidence lui apparut : la théorie qu'elle avait réfutée avec tant de véhémence, était peut-être bien vraie.

C'était peut-être bien *elle* la méchante.

18

À la minute où il mit pied à terre, dans le parking du bureau du shérif, Sterling comprit que quelque chose ne tournait pas rond.

Marigold s'avançait vers lui, en civil mais avec son badge accroché à sa ceinture, manifestement en proie à une vive agitation. Elle ne s'embarrassa pas de civilités.

— La moitié du bureau était d'avis que tu ne te montrerais pas, annonça-t-elle tout de go. Je leur ai dit que tu n'étais pas comme ça, que tu étais quelqu'un d'honnête et intègre, mais je t'avoue que je suis rassurée que tu ne m'aies pas fait mentir.

— Évidemment que j'allais venir ! riposta-t-il, indigné que quelqu'un ait pu penser le contraire. Quand Reiner a emmené Mel comme ça, mon premier mouvement a été de me précipiter ici pour la défendre. C'est tellement absurde. Mel…

— Mel a disparu, coupa Marigold.

— Comment ça, disparu ? Elle a quitté la maison avec Reiner il y a quelques minutes.

Marigold secoua la tête.

— Tu les as suivis jusqu'ici ? Tu avais la voiture de patrouille en vue, juste devant ta camionnette ?

À contrecœur, Sterling secoua la tête.

— Non. Le temps que j'aille chercher mon badge et

mon holster, ils étaient partis. Mais leur voiture n'avait que deux ou trois minutes d'avance sur moi, pas plus.

— Eh bien, il s'est passé beaucoup de choses pendant ces trois minutes.

— Alors, parle ! Je t'écoute.

Sterling ne voulait pas se montrer cassant mais il n'était pas d'humeur à faire des ronds de jambe.

— Un bon Samaritain nous a signalé tout à l'heure un accident et des coups de feu sur la route 12. Park vient d'arriver sur les lieux…

Sterling ouvrit la bouche, son taux d'adrénaline grimpant en flèche dans ses veines, mais Marigold se hâta de poursuivre :

— Il a trouvé Cole évanoui sur le siège passager et l'adjoint Reynolds, à terre, blessé par balle, à côté de sa voiture de patrouille. La portière arrière était grande ouverte et Mel n'était plus là.

L'appréhension de Sterling céda le pas à l'espoir, ce qui n'échappa pas à l'œil exercé de Marigold.

— C'est là le problème, Sterling. Reynolds était conscient et il a pu expliquer à Park qu'une voiture leur était rentrée dedans et que le conducteur l'avait forcé à faire descendre Mel.

La lueur d'espoir de Sterling s'éteignit.

— Donc, elle a été kidnappée – encore une fois, gronda-t-il, la fureur flambant instantanément en lui. Il faut qu'on…

Marigold posa doucement une main sur son torse, ce qui eut pour effet de le calmer un peu.

— Sterling… Ce n'est pas tout. D'après l'adjoint Reynolds, le tireur était Jonathan Partridge et il aidait Mel à s'évader. Il précise même qu'elle lui a dérobé son arme de service avant de prendre la fuite à bord du Bronco.

Sterling secouait déjà la tête.

— Impossible ! Mel n'a rien à voir avec ça. *Jamais* elle n'aurait collaboré avec Jonathan. Reynolds a mal interprété la situation.

— Il a pris une balle. Alors qu'il conduisait Mel au poste en tant que principale suspecte d'un rapt et d'une machination.

— OK. Tu ne me crois pas, proféra sèchement Sterling.

— Je crois en ton jugement et en ton instinct. Mais tu as toi-même admis qu'une seule personne avait réussi à te mystifier à ce point-là – et c'était Mel. Je reprends tes propres termes.

Marigold laissa retomber sa main.

— Qui te dit que ce n'est pas la même chose cette fois-ci ? Enfin, Sterling, regarde les choses en face. Tout, absolument tout, la désigne comme coupable.

Sterling s'apprêtait à revenir à la charge et à plaider sa cause… mais il se ravisa subitement.

C'était vrai. Il était tombé de très, très haut quand elle l'avait quitté, ce jour-là. Non pas parce qu'il s'était cru tellement au-dessus de la mêlée qu'il n'imaginait pas que quelqu'un puisse vouloir se séparer de lui, mais parce qu'il n'avait jamais éprouvé que de l'amour pour elle. Y compris ce matin-là, avant qu'elle ne parte pour le tribunal.

Elle s'était réveillée dans ses bras, avait bavardé avec lui tout en buvant le café, l'avait embrassé comme elle le faisait chaque matin.

Elle avait même prévu une soirée avec Sam la semaine suivante.

Et puis, pfft ! Elle était partie. Avant même qu'il n'ait terminé son service.

Sans l'ombre d'une explication. Juste un SMS laconique.

Ce départ inopiné l'avait plongé dans le plus grand désarroi. Parce qu'il n'avait eu aucun sens.

Et, aujourd'hui, après cette semaine qu'il venait de passer à ses côtés, il en avait moins encore.

Il percevait quelque chose chez elle.

Comme à l'époque.

Outre son sentiment profond pour Mel, il avait toujours été relié à elle par une sorte de connexion mentale.

Il percevait… de l'amour. Il la percevait, *elle*. Comme si la connexion rompue avait été rétablie.

Et c'est alors que la lumière se fit dans son esprit.

« Et, là, ce serait enfin moi qu'ils croiraient, au lieu de gober tout ce que Rider Partridge a pu inventer pour me nuire. »

Quel imbécile il avait été !

Il épingla Marigold du regard.

— Est-ce que Foster est là ? questionna-t-il au lieu de lui répondre.

Sa collègue inclina la tête.

— Je crois qu'il s'apprête à partir pour l'hôpital.

Sterling s'élança vers la porte d'entrée.

— Quoi ? Qu'est-ce qui se passe ? s'écria Marigold en pressant le pas, à sa suite.

Mais Sterling ne répondit pas, occupé qu'il était à mettre mentalement à l'épreuve sa théorie.

Quand ils arrivèrent en vue du bureau de Foster, la porte était ouverte ; ils s'engouffrèrent tous deux à l'intérieur.

Foster avait la mine grave, mais son visage s'allongea encore à la vue de Sterling.

Celui-ci éleva une main pour empêcher son ami de formuler les mots qu'il s'apprêtait à prononcer.

— OK, j'ai compris. Tu vas me dire que Mel est encore coupable d'autre chose, c'est ça ? Que, après son évasion spectaculaire, elle a encore réussi à faire des siennes ?

Le téléphone encore à la main, Foster acquiesça.

— On vient de tirer sur Ella Cochlin en ville, annonça-t-il. D'après la description qu'en a faite le témoin, il s'agirait du même véhicule que celui dont a parlé l'adjoint Reynolds.

Sterling abattit son poing à toute force sur le bureau.

— Mais bien sûr ! Et je parie que, si on attend encore un moment, assis dans nos fauteuils, il se produira autre chose qui désignera aussi la même coupable toute trouvée : Mel.

Foster échangea un regard avec Marigold.

Puis son téléphone se mit à sonner. Il dressa l'index.

— Attendez un instant, leur intima-t-il avant de parler dans le combiné. Détective Lovett.

Son interlocuteur parlait vite mais Sterling ne put saisir l'objet de cet appel. Quoi qu'il en soit, la communication prit bientôt fin et Foster le regarda, les sourcils arqués.

— Alors ? Que voulais-tu me dire ?

— Il n'y a que deux possibilités, se hâta de déclarer Sterling. Soit Mel est coupable et elle est revenue en ville pour s'associer avec Jonathan Partridge et tuer Rose Simon par vengeance ou pour je ne sais quelle autre raison que vous lui prêtez. Soit elle est innocente, ce qui est ma thèse, à moi. Et, si c'est le cas, comment diable se fait-il que toutes les pistes mènent à elle ? Toutes *sans exception*, comme si un fil la reliait à chaque nouvel incident.

Foster réfléchit, ce qui signifiait qu'il avait encore des doutes, lui aussi.

Sterling enfonça le clou.

— Tu m'as dit que tu avais pris contact avec le centre pénitentiaire dans lequel est détenu Rider Partridge pour t'assurer que tout était en règle, mais est-ce qu'on est absolument sûrs que c'est le cas ? Est-ce qu'on est certains que ce n'est pas Rider qui est derrière tout ça et qui tire les ficelles en coulisse comme il l'a si bien fait par le passé ?

Foster considéra de nouveau son portable, l'air songeur.

— C'était Marco, au téléphone. Il est à l'hôpital. L'homme sur qui tu as tiré à la Maison des Rendez-Vous a repris connaissance… Il a dit quelque chose.

Foster le contempla d'un drôle d'air.

— Quoi donc ? s'enquit vivement Sterling.

Il avait l'absolue certitude que Mel était étrangère à tout ce qui se passait. Il fallait juste qu'il arrive à en convaincre les autres.

Foster haussa les sourcils et secoua la tête, incrédule.

— Que Rider Partridge était innocent.

Mel ne connaissait pas cette maison mais elle était au bord de la rivière.

Une construction de plain-pied, à la lisière de la ville – qui n'était pas d'un vilain gris et qui n'était pas un simple abri où les pêcheurs accrochaient leurs chapeaux. C'était un joli petit chalet peint en bleu ciel avec des bordures blanches.

Et sans doute aussi le dernier endroit qu'il lui serait donné de voir.

L'homme qui l'avait amenée ici gara le Bronco à l'arrière. À l'approche du chalet, il s'était muré dans un silence tendu et il contemplait maintenant nerveusement la porte de service, visiblement peu pressé de descendre.

Mel sut alors avec certitude qui il attendait.

Elle n'en éprouva pas moins un frisson lorsque la porte s'ouvrit et qu'il apparut.

Rider.

Il avait toujours fière allure dans son costume bien coupé.

Et il inspirait toujours autant la peur.

— On pourrait filer, là, maintenant, suggéra Mel dans le silence de l'habitacle du Bronco. Juste le temps que la police le rattrape. Je pourrais me porter garante pour vous. Dire que vous m'avez sauvé la vie. Ils en tiendront compte.

L'homme retira la clé de contact et lui jeta un regard presque désolé.

— Vous savez aussi bien que moi de quoi il est capable. Si on part, il n'aura même pas besoin de bouger le petit doigt pour nous rattraper. Quelqu'un s'en chargera pour lui.

Les larmes piquèrent les yeux de Mel.

Rider était debout devant la cabane, immobile.

— Si je sors de cette voiture, il me tuera, dit-elle simplement.

— Si vous ne sortez pas, c'est moi qu'il tuera.

Les dés étaient jetés.

Lentement, Mel actionna la poignée de la portière, respirant un grand coup.

Prise d'un élan d'empathie, elle se pencha vers le chauffeur.

— À votre place, je ne prendrais pas racine ici. S'il y a une chose que Rider Partridge ne supporte pas, c'est de laisser des témoins derrière lui. C'est pour ça que son frère a des cicatrices et lui, pas.

Sans attendre la réponse, elle s'avança le long de l'allée, ses chaussures s'enfonçant dans la terre. Rider ne faisait pas un mouvement.

— Je crois qu'on peut sauter l'étape des civilités et des « comment vas-tu, depuis tout ce temps » puisqu'on s'est déjà vus, dit-elle en guise de salut, fière que sa voix ne tremble pas. Mais je ne me souviens pas bien… Était-ce au moment de l'accident de voiture ou après la tornade ?

Rider contrastait singulièrement avec Sterling. Des cheveux clairs, des yeux sombres, un physique plutôt quelconque, ni grand ni musclé. Peut-être était-ce pour cela que ses costumes comptaient tellement pour lui. De même que ses chaussures bien cirées dont le prix devait dépasser le montant du loyer de la plupart des gens. Jamais on ne le verrait dans des vêtements défraîchis ou, même simplement, dans des tenues décontractées. Il n'avait jamais un cheveu qui dépassait et, quelles que soient les circonstances, il prenait toujours le temps de s'asperger d'un nuage de ce parfum hors de prix qu'il portait à l'époque de leur mariage – et dont elle sentait en ce moment même les effluves.

Ce n'est pas que Rider ait des goûts de luxe.

C'est qu'il n'accordait de valeur à rien d'autre.

— Après la tornade, répondit-il avec une petite moue dédaigneuse. Mais, ne t'en fais pas, la conversation s'est limitée au strict nécessaire. J'ai souligné qu'il valait mieux pour tout le monde que tu montes dans la voiture sans faire d'histoires. Une fois à l'intérieur, Dieu merci, tu n'as plus dit grand-chose.

Mel s'était demandé pour quelle raison elle avait quitté la maison de Sterling.

Elle le savait, maintenant.

Rider avait menacé Sterling. Bien sûr qu'il l'avait menacé !

— Si tu ne m'avais pas droguée, je t'aurais demandé ce que tu faisais à Kelby Creek.

La moue suffisante ne vacilla pas.

L'estomac de Mel se noua.

Son arrogance n'avait d'égale que sa confiance en lui et, manifestement, les deux étaient à leur apogée. Il recula à l'intérieur de la maison, lui faisant signe d'entrer.

— J'attends une livraison et tu sais que je n'aime pas l'humidité.

Mel jeta un coup d'œil derrière elle.

Le chauffeur du Bronco était descendu. Il avait les deux armes bien en vue. Elle n'irait pas loin si elle tentait de fuir.

— Est-ce que, au moins, j'aurai un début d'explication si j'entre ?

Rider se mit à rire.

Des années plus tôt, le son de ce rire lui avait donné le frisson.

— Oh ! ne t'inquiète pas pour ça, Melanie. Tu auras très exactement ce que tu as mérité.

19

Mel s'assit sur un canapé au hideux imprimé floral parsemé de toucans. Rider s'enfonça dans un profond fauteuil bleu pastel, en face d'elle.

C'était presque comique.

Presque.

Un homme en tenue de pêche et chapeau de paille se tenait devant la fenêtre qui donnait sur la route. Il leur lança un coup d'œil distrait avant de se détourner. À sa hanche était fixé un couteau, dans son étui, si long qu'il lui arrivait à mi-cuisse. Contre son autre jambe, était calé un fusil.

Rider ne lui adressa pas la parole. Il savait que Mel l'avait vu. Il cala une cheville sur sa jambe et croisa posément les doigts autour de son genou. Calme. Sûr de lui.

En silence, de toute son âme, Mel le maudit.

— Toujours aussi belle, *Mel*, commença-t-il, s'amusant tout seul de sa rime – mais pas pendant longtemps. Tu as l'air en forme… Je m'inquiétais comme tu n'es pas venue me voir une seule fois en cinq ans. Et puis tu avais quasiment disparu des réseaux sociaux. J'ai même perdu ta trace pendant quelques semaines après ton installation à Birmingham. Au fait, je suis vraiment content que tu aies enfin eu le courage de louer ton appartement. Évidemment, partager permet de faire des économies mais, tu sais, tu ne vas pas en rajeunissant. Une femme qui a dépassé la trentaine et qui vit toujours avec des colocataires… c'est un peu pathétique.

Mel serra les mâchoires.

La colère relégua la peur au second plan. Il avait violé son intimité.

— En général, on ne surveille pas les faits et gestes de son ex-conjoint, souligna-t-elle. Surtout quand on a souvent brillé par son absence durant le temps qu'a duré ce mariage. Et je ne parle même pas du fait que tu es censé être en prison.

Rider ricana. Il jubilait.

— Allons, allons, tu te vexes parce que j'ai dit la vérité et tu essaies de te venger en proférant des mensonges…

Il passa sous silence son commentaire sur la prison.

— On sait tous les deux que tu étais heureuse quand nous étions mariés. Tu avais tout. L'épouse parfaitement entretenue, comblée. Tu étais radieuse. Tu distribuais les sourires comme s'il en pleuvait. C'est bien pour ça que la ville s'est retournée si vite contre toi. Tant d'aveuglement, tant de naïveté… Et cette obstination à vouloir à tout prix croire que, si je n'étais pas souvent là, c'était parce que je travaillais dur. Puisque tu prétends que notre union ne te convenait pas, laisse-moi te rappeler que le divorce n'est survenu que quand le FBI a rappliqué – il n'en avait même pas été question jusque-là. Avoue-le, tu serais restée jusqu'à ce que la mort nous sépare.

Mel sentit ses joues s'empourprer.

Rider avait touché une corde ultrasensible, il le savait.

Il éleva une main comme pour devancer ses dénégations.

— Mais je peux me tromper. La ville ne s'est peut-être pas dressée contre toi uniquement parce que tu avais épousé un charlatan. Peut-être qu'ils sentaient qu'il y avait quelque chose de bizarre chez toi et qu'ils en ont conclu que tu ne pouvais *pas* ne pas être impliquée.

Il sourit, d'un sourire aussi carnassier qu'authentique.

— Ils vont avoir le plaisir de découvrir à quel point ils avaient eu raison.

— Tu m'as piégée, répliqua Mel d'une voix devenue froide, dénuée de sentiment, se bornant à énoncer des faits puisque son sociopathe d'ex-mari était imperméable à l'émotion. Pour faire croire que c'est moi la méchante.

Rider pointa l'index vers elle.

— Tu *es* la méchante, ma chère. Je ne fais que servir sur un plateau à la population ce qu'elle voulait il y a cinq ans – la preuve qu'ils avaient vu juste.

— Ça ne marchera pas, contra-t-elle en secouant la tête. Je n'ai rien fait.

Rider rit.

— Je te rappelle que Cole Reiner était en train de te conduire au bureau du shérif. Si notre ami Tate n'était pas intervenu, tu serais en salle d'interrogatoire à l'heure qu'il est. Une fois de plus. Ils auraient peut-être cru Sterling qui aurait sans aucun doute sorti le grand jeu pour te défendre, je te l'accorde. Mais il est bien le seul. C'est pourquoi tout s'est déroulé selon mes plans jusqu'à présent. Tu as quitté l'amour de ta vie par texto, sans explication. Tu n'as pas donné de nouvelles pendant cinq ans. Kelby Creek ne te portait déjà pas dans son cœur mais après t'être si mal comportée vis-à-vis d'un enfant du pays aussi apprécié que l'adjoint Costner…

Rider secoua la tête.

— Puis, tu reviens, tu fais de nouveau parler – en mal – de toi jusqu'à en arriver à ton ultime coup d'éclat à Kelby Creek : tu le tues. Si le doute subsistait encore dans certains esprits, tu peux être sûre de faire l'unanimité contre toi, cette fois.

Mel se propulsa jusqu'au bord du canapé, assaillie par l'émotion qu'elle avait jusque-là réussi à refouler.

— Comment ça, je le tue ? Tu n'as pas besoin de te débarrasser de lui – tu m'as, *moi*. Laisse-le en dehors de ça.

Rider décroisa les jambes. Ses mains se dénouèrent et vinrent se poser sur les bras de son fauteuil.

Toute trace d'humour avait disparu.

— Je crois que tu n'as pas encore bien compris. C'est justement *à cause de* Sterling Costner que je t'ai choisie, *toi*.

Sa physionomie s'était transformée. Du voyou prétentieux et imbu de sa personne, Rider était redevenu le Corrupteur en chef, surnom qui lui avait été attribué pendant la Tempête. Un homme plein de charme et armé de patience. Un homme qui voyait enfin tous ses efforts payés. Ce fut lui, cette fois, qui s'exprima d'une voix parfaitement neutre.

— C'est en faisant un stage chez l'avocat de la famille, à dix-sept ans, que j'ai compris que Kelby Creek était comme une pièce de monnaie lancée en l'air, continua-t-il. Pour être sûr de gagner à tous les coups et d'obtenir ce qu'on voulait, il fallait savoir à l'avance sur quelle face la pièce allait retomber. Et moi, j'entendais bien être du côté des vainqueurs. Donc, j'en ai tiré un précieux enseignement, que j'ai toujours eu à cœur d'appliquer : la planification, c'est le secret du pouvoir.

Un frisson courut le long de l'échine de Mel.

— Mais ce n'est pas de tout repos, continua-t-il. Et il ne faut pas être pressé. Heureusement, j'ai de la patience à revendre.

L'homme, devant la fenêtre, consulta son téléphone.

Rider s'interrompit, suivant le mouvement des yeux. Puis il se redressa sur son fauteuil et reporta son regard sur elle.

— La machine avait beau être bien huilée, je savais qu'il finirait par se produire un couac – que ce soit de mon fait ou de celui de quelqu'un d'autre. Il y aura toujours cette variable inconnue susceptible d'engendrer une conséquence indésirable. Alors, je me suis dit qu'il me fallait une partenaire – et un bouc émissaire. Donc, je t'ai invitée à sortir, un soir.

Le frisson s'intensifia, lui glaçant le sang.

— Tu m'as épousée pour pouvoir t'abriter derrière moi si ça tournait mal ? se récria-t-elle, n'en croyant pas ses oreilles.

Rider haussa les épaules.

— Ce n'était pas forcément personnel. Il me fallait un type particulier ; tu correspondais au profil.

— Au *profil* ? répéta-t-elle, au bord de la nausée.

Rider n'était pas l'homme qu'elle avait cru épouser, mais jamais il ne lui était venu à l'esprit qu'il ait pu mentir de bout en bout sur leur relation.

Il expliqua comme si la réponse tombait sous le sens :

— Il me fallait une personne jolie, intelligente, capable. Quelqu'un de calme et d'un peu secret, aussi, avec une aura de mystère. Qui ne soit pas proche de sa famille et qui, par conséquent, meure d'envie de fonder la sienne. Une personne au cœur généreux, prête à se sacrifier, au besoin, pour une ou deux personnes vraiment chères à son cœur. Et si l'une de ces deux personnes se trouvait être quelqu'un de très apprécié de la communauté, c'était le bonus suprême.

Avec emphase, Rider ouvrit les bras et la désigna.

— Et voilà ! Tu étais calme et posée – à moins d'être poussée dans tes retranchements –, les liens avec tes parents étaient distendus, tu ne passais pas inaperçue et tu étais follement amoureuse d'un chouchou de la ville.

— Sterling.

— Sterling Costner. Merci à tous les deux de ne pas avoir attendu trop longtemps après mon arrestation pour suivre l'inclination de votre cœur. Merci aussi de n'avoir pas fait mystère de votre relation.

Mel baissa légèrement la tête. Elle contempla ses mains, se remémorant le passé.

— Tu as proféré des menaces contre Sterling pour que je le quitte sur-le-champ et que tout le monde soit au courant. Tu m'as obligée à faire du mal à quelqu'un de bien pour que Kelby Creek me haïsse davantage encore.

Rider applaudit.

— Et c'est pourquoi ce pauvre adjoint Costner va passer une très mauvaise journée. Tuer ton seul vrai soutien, l'homme qui est amoureux de toi depuis l'adolescence… Tu imagines les réactions ? Tu pourras dire tout ce que tu veux, ça n'y changera rien. Sans compter tout ce que j'ai prévu d'autre.

Mel ouvrit la bouche – sans même savoir ce qu'elle allait dire. Elle ne connaissait pas tous les détails. Il lui manquait des pièces du puzzle, manifestement sophistiqué, qu'il avait élaboré. Mais, heureusement, Rider adorait s'écouter parler.

Il se leva, échangea un nouveau regard avec l'homme posté devant la fenêtre, puis se retourna vers elle.

— Dès que le maire a été soupçonné d'être mêlé au rapt d'Annie McHale, j'ai commencé à réfléchir au moyen de sortir de prison. Et de pouvoir rester dehors, en liberté, une fois que tout le monde saurait que je m'étais évadé.

Il se rassit, plaçant un coussin au-dessous de lui afin de se surélever pour mieux la dominer. Elle se retint de lui décocher un grand coup de tête.

— La patience est une vertu. La planification, la clé

du pouvoir. Et donc, ma chère, sous peu, les gens vont découvrir que c'était *toi*, le vrai Corrupteur en chef – ou, devrais-je dire, la *Corruptrice* –, et que c'est pour cette raison qu'Annie McHale se trouvait dans notre sous-sol. Tout ça grâce à mon talent inégalé pour les deux.

Le panégyrique à sa propre gloire terminé, Rider se leva et fit signe à son comparse.

— Il est temps de nous mettre en route.

Le sous-sol n'avait plus rien à voir avec ce qu'il avait été.

Comme pour sa relation avec Rider, elle s'avisa de quelque chose, concernant cette cave et cette maison, dont l'évidence ne lui crevait les yeux que maintenant – rétrospectivement.

— C'est pour ça que tu m'as laissé la maison, dit-elle. Pour me charger encore un peu plus.

Rider ne lui avait pas adressé la parole pendant le trajet. Il s'était entretenu à voix basse avec l'homme en tenue de pêche sans que Mel puisse saisir ce qu'ils se disaient. Mais la présence du fusil du type au chapeau parlait d'elle-même.

Ils étaient donc de retour à la case départ. La maison.

Le château de Rider Partridge.

Il souriait.

— Quand j'ai vu que tu n'essayais même pas de la vendre, j'ai fêté ça, en prison. Cela dit, même si tu l'avais fait, j'avais prévu de te mettre tellement de bâtons dans les roues que cela aurait donné l'impression que tu ne souhaitais pas t'en séparer. J'imagine que ça a suscité beaucoup d'interrogations. Ça n'a pas aidé à te faire remonter dans l'estime de tes concitoyens.

Il embrassa d'un geste du bras l'ensemble du sous-sol.

L'endroit qui avait été la geôle d'Annie McHale et que Mel revoyait fourmillant d'agents du FBI était désormais calme et froid. Des cartons y étaient entreposés, soigneusement empilés. Un fauteuil était poussé contre un mur, au fond.

— Quand as-tu mis tous ces cartons ici ? s'enquit-elle machinalement avant d'apporter elle-même la réponse à sa question. Mais bien sûr… La tornade. L'électricité a été coupée pendant des heures dans cette partie de la ville. C'est pour ça que je n'ai reçu aucune notification du système d'alarme.

Rider confirma d'un hochement de tête.

— Tu étais inconsciente, dans la voiture, pendant que tout ceci était transporté jusqu'ici. Constance McCarthy a bien jeté un coup d'œil dans ta direction en se dépêchant de rentrer après avoir sorti son sale roquet mais je ne suis pas sûr qu'elle t'ait reconnue sur le moment. Mais ce n'est pas grave, elle fera le rapprochement plus tard. Juste une petite graine de suspicion supplémentaire semée à l'intention de Kelby Creek.

Mel s'avança jusqu'à la première pile de cartons. Ils ne ressemblaient pas à des colis d'Amazon ou d'autres sites marchands. Ils étaient carrés, soigneusement scotchés, exempts de tout marquage ou de toute étiquette. Rider la laissa ouvrir celui qui était à sa portée.

Son estomac, déjà noué, se contracta encore un peu plus. Des rangées de seringues. Et des flacons alignés au fond.

— De la drogue. Du Sleepers, je suppose.

Rider rit.

— Tu comprends vite, dit-il en rabattant les pans du carton. Il aurait été difficile de faire avaler à tant de monde que c'était *toi* qui étais à la manœuvre derrière mes combines passées si aucun fait récent n'était venu accréditer cette thèse. Qui plus est, le Sleepers peut créer une accoutumance. Et je dois dire que tu en as reçu une forte dose, déjà par deux fois.

L'entraînant à sa suite, il lui fit contourner une autre pile de cartons pour la conduire jusqu'au fauteuil. Il provenait du premier niveau de l'habitation. Il avait été acheté quelques mois avant la Tempête et n'avait jamais été utilisé depuis. Tapissé d'un tissu lavande, il s'ornait d'accoudoirs et de pieds en bois ciré. Une paire de menottes était accrochée de chaque côté. Rider la fit asseoir et lui attacha le poignet gauche mais pas le droit.

— Pourquoi avoir attendu tout ce temps ? Si tu voulais me faire porter le chapeau, ç'aurait été plus simple de le faire tout de suite, non ? demanda-t-elle, luttant pour refouler ses larmes. Tu aurais pu t'enfuir, disparaître…

Il s'assura que la menotte était bien fermée.

— J'ai peut-être toute la patience du monde, mais jamais je n'aurais toléré que ma réputation soit à jamais salie. Donc, j'ai tissé ma toile en te réservant le rôle de l'araignée. Ce qui fait de moi l'une des malheureuses mouches prises dans tes filets.

Mel se mordit la lèvre pour retenir ses larmes.

— Il n'y a jamais rien eu de vrai dans notre relation. Elle n'a jamais eu aucune signification à tes yeux. Je croyais que nous avions été heureux, un temps, poursuivit-elle. Pendant notre lune de miel, on riait, on s'embrassait, on se prenait en photo dans des poses comiques… J'ai de *bons* souvenirs avec toi, Rider.

Il s'accroupit devant elle, le sourire de nouveau en place. Sa main gantée écarta doucement une mèche de cheveux de son visage.

— Oh ! ma Melanie, dit-il, secouant imperceptiblement la tête d'un air apitoyé. Tu n'étais que la pierre angulaire de mon plan.

Rider tira quelque chose de sa poche.

Une bague. Mais pas celle qu'elle avait autrefois portée.

— Le seul homme qui ait jamais voulu t'épouser pour une raison aussi bêtement banale que l'amour ne t'a jamais donné ceci.

Mel sentit ses yeux s'écarquiller.

Ce qui acheva de réjouir Rider.

— Tu l'as trouvée dans les affaires de Sterling après la tornade. Tu l'avais mise à ton doigt et tu souriais quand je suis arrivé. Je crois qu'elle t'était destinée, mais… tu te rappelles ? Tu as laissé le pauvre homme en plan, avec ses yeux pour pleurer.

Il prit sa main droite et glissa la bague sur son annulaire.

— Quel dommage, continua Rider. Dans une autre vie, ça aurait peut-être marché entre Sterling et toi.

Il se leva, se dirigea vers l'escalier et, ménageant ses effets dramatiques, se retourna, le pied sur la première marche.

— Ne me fausse pas compagnie, hein ? On a encore à discuter. Mais, d'abord, il faut que je te trouve une motivation.

Sur ces mots, il gravit les marches et s'en alla.

Quand Mel entendit la porte se refermer, elle contempla la bague à son doigt. Cette fois, elle laissa ses larmes couler librement.

20

La fin de journée arriva.

Sterling contenait difficilement sa rage. Depuis la disparition de Mel, sa fureur n'avait fait que croître, bouillonnant en lui chaque fois qu'une nouvelle personne s'ajoutait à la liste de ceux qui la croyaient coupable.

Coupable des crimes *commis par son ex-mari.*

Nom d'un chien. Cela le mettait hors de lui.

Tant et si bien qu'on lui demanda finalement de rentrer chez lui.

— Tu es le seul à ne pas même tiquer face à l'avalanche d'indices qui s'accumulent contre elle et qui pourraient, à tout le moins, signifier que Melanie est de mèche avec un Partridge, déclara Cole Reiner lorsqu'il rentra de l'hôpital, avec un bras dans le plâtre.

Suite à l'accident, le détective ne décolérait pas.

— Soit aujourd'hui, soit à l'époque. Écoute, cette affaire te touche de trop près ; tu es trop proche d'elle. Si elle te tirait dessus à bout portant, tu prétexterais encore qu'elle n'y est pour rien.

Parvenu à ce point de la discussion, Sterling avait vraiment vu rouge. Il avait tourné les talons avant de vraiment sortir de ses gonds et était allé voir Foster.

Celui-ci l'avait ramené à la raison avant qu'il ne cause un esclandre. Il s'était démené pour tenter d'obtenir la confirmation visuelle que Rider Partridge était bien toujours dans sa cellule et s'apprêtait à faire le déplacement jusqu'à la prison où il était incarcéré, à plusieurs heures de route, pour s'en assurer en personne.

— Sterling, personne ne peut t'obliger à rester chez toi, mais il faut au moins que tu passes déposer ton badge, lui avait-il dit quand Sterling avait évoqué son empoignade verbale avec Cole. Il n'a pas tort, Sterling. Tu es dans une position difficile, je le comprends, mais ça ne fait que compliquer la tâche pour nous et rendre les choses pires encore pour toi. Et ça ne rendra pas service à Melanie.

Mais personne ne savait où était Mel.

Personne ne pouvait lui assurer qu'elle allait bien.

Qu'elle n'était pas blessée ou terrifiée ou…

Sterling ne pouvait même pas envisager le pire scénario.

Cependant, il se rendit aux arguments de ses collègues, d'autant qu'il ne pouvait rien faire d'autre au bureau. Il rentra chez lui, troqua sa tenue contre un jean et des boots et posa son badge près de la porte.

Le holster, en revanche, resta à sa ceinture, avec son arme à l'intérieur.

Puis il ressortit, bien décidé à se lancer lui-même à sa recherche.

Sterling visita chacun des lieux où l'un ou l'autre des Partridge était susceptible de se trouver. Puis il songea à l'endroit où la présence de Mel paraîtrait le plus suspecte.

Il retourna donc une deuxième fois à la Maison des Rendez-Vous, juste au moment où le soleil disparaissait derrière l'horizon.

La maison délabrée était ceinturée de ruban jaune. Sterling alluma le flash de son portable et explora tous les recoins de l'habitation. Il se pencha même, agenouillé par terre sur le côté du porche, pour inspecter le vide sanitaire.

C'est pourquoi il n'entendit pas l'homme approcher.

Lorsqu'il le vit, il le reconnut instantanément. Tirant son pistolet de son étui, il le braqua sur lui.

C'était l'homme sur qui il avait tiré ici même quand il était venu avec Mel.

— Si vous ne venez pas avec moi, Melanie Blankenship sera tuée, dit l'homme sans préambule. Suivez-moi et tout ira bien.

Sterling n'abaissa pas son pistolet même s'il ne doutait pas que l'homme disait vrai.

— Dites-moi d'abord pour qui vous travaillez.

Il ne pouvait se contenter d'une supposition, il lui fallait une certitude.

L'homme ne se fit pas tirer l'oreille. Il semblait harassé, las.

— Vous savez très bien que c'est Rider et qu'il est de retour en ville. Donc, ne le faisons pas attendre sinon il pourrait perdre sa précieuse patience.

Sterling pesa le pour et le contre pour la forme mais quel choix avait-il ?

— Allons-y.

En sortant du Bronco, Sterling vit de l'eau.

Et un ponton qui s'étirait au-dessus de l'étendue sombre et miroitante – du verre noir entourant l'avancée de bois. Une unique lumière était fixée à un pilotis.

Mel était debout, à l'extrémité du petit embarcadère.

Seule.

Sterling regarda son chauffeur. Il fut tenté de dire quelque chose – n'importe quoi – pour les sortir de ce guêpier mais espérer être entendu d'un de ses laquais était totalement vain.

L'homme lui fit un signe de tête.

Sterling s'avança sur la petite plate-forme de bois,

focalisant pour l'instant son attention sur le fait que Mel était en vie et qu'elle ne semblait pas blessée.

Elle le regarda approcher, figée dans une alarmante immobilité, les yeux brillants de larmes.

— C'est Rider, dit-elle, ses mots résonnant dans le silence de la nuit.

Sterling s'arrêta à cinquante centimètres d'elle. Il hocha la tête.

— J'ai compris quand je me suis rendu compte que la seule autre possibilité serait que ce soit toi.

Mel parut surprise. Elle poursuivit d'une voix tremblante :

— Je crois qu'Ella aussi était dans le coup. Je n'ai pas encore vu Jonathan mais Dieu seul sait où il est.

Sterling tendit la main mais Mel évita le contact, les yeux de nouveau agrandis par la peur.

— Où est Rider ? Que se passe-t-il, Mel ? Que fait-on ici ?

Elle pointa le doigt vers le bas, entre eux.

— Il a dit que c'était ici la dernière étape de la tournée.

Il baissa les yeux et discerna, malgré l'obscurité ambiante, une tache plus sombre qui se détachait des planches de bois. Il promena son regard sur les arbres qui peuplaient la berge.

— On est près de la maison.

Dire qu'il avait écarté l'ancienne maison de Mel des lieux à inspecter car elle avait déjà servi de pièce sur l'échiquier de Rider… Il aurait dû se douter que celui-ci ne résisterait pas à la tentation de réemployer son emblématique résidence pour une nouvelle mise en scène élaborée. Rider avait toujours aimé les effets théâtraux.

— Cet appontement est suffisamment proche pour qu'on puisse y tuer quelqu'un et le transporter rapidement jusqu'à la maison.

Mel hocha la tête.

— C'est là que Rose a été tuée, continua Sterling, déroulant son raisonnement. Et c'est là qu'il veut que tu me tues, moi aussi.

Mel émit un sanglot étranglé. Elle ne le corrigea pas.

— J'ai compris quand ils sont venus me chercher. C'était la seule issue logique, ajouta-t-il en lui adressant un petit sourire. Je t'ai toujours aimée et je n'aurais jamais cessé de me battre pour toi, il le sait. Se débarrasser de moi était donc la conclusion logique.

Les larmes se mirent à rouler sur les joues de Mel.

— Oh ! Sterling, je suis désolée, murmura-t-elle entre deux sanglots. Tout est ma faute. Je n'aurais jamais dû l'épouser. J'aurais dû t'épouser, toi.

Sterling tendit de nouveau la main et, cette fois, Mel ne l'arrêta pas. Elle se laissa envelopper dans son étreinte.

— Et moi, j'aurais dû te demander en mariage, souffla-t-il dans ses cheveux.

Sterling s'écarta pour poser les mains en coupe de part et d'autre de son visage.

— Rien de tout ça n'est ta faute, tu m'entends ? *Rien.*

S'étant reculé légèrement, il vit les deux mains de Mel serrées sur sa poitrine. Son regard s'arrêta sur la bague tandis que ses mains se portaient vers les siennes.

— Où as-tu trouvé ça ?

Mel prit une grande inspiration.

— Rider a dit que je l'avais trouvée après la tornade. Il… Il l'a prise et l'a ensuite glissée à mon doigt à la maison.

Son regard fouilla le sien tandis que Sterling touchait l'anneau surmonté du diamant.

Celui qu'il avait acheté pour le lui offrir après leur premier baiser.

Celui dont il ne lui avait jamais parlé.

— C'est moi qui aurais dû te passer cette bague au doigt, souligna-t-il en souriant.

La poitrine de Mel se souleva comme elle s'efforçait de ne pas pleurer. Le moment était mal choisi mais il comprenait enfin ce qui s'était passé autrefois. Il était tellement sûr de lui que, lorsqu'il exprima sa pensée, ce ne fut pas sous la forme d'une question.

— Tu es partie parce que Rider avait proféré des menaces contre moi. Il s'est servi de moi pour te faire plier. Et il recommence aujourd'hui.

Il laissa échapper un soupir et regarda autour de lui. L'homme était toujours près du Bronco – il attendait.

Sterling reporta son attention sur la main fermée de Mel et sur l'objet qu'elle tenait. Doucement, il déplia ses doigts. À côté de la bague de fiançailles, une seringue remplie d'un liquide transparent reposait dans sa paume.

— Il veut que tu m'injectes ce produit.

Mel se remit à pleurer de plus belle.

— Je... j'ai... Il m'a forcée à passer un marché avec lui, réussit-elle à proférer en secouant la tête. Il a dit que... si j'acceptais...

Elle dut s'interrompre, les sanglots secouant ses épaules si fort que Sterling l'enlaça plus étroitement de peur qu'elle ne perde l'équilibre. Lorsqu'elle croisa son regard, il lut tant de souffrance au fond de ses yeux que cela lui déchira le cœur.

— Ça va aller, murmura-t-il. Ça va aller.

Mel secoua de nouveau la tête, produisant un visible effort pour se ressaisir, puis elle reprit d'une voix encore vacillante mais parfaitement claire :

— Il a dit qu'il n'y avait qu'une ou deux personnes pour qui je serais prête à faire n'importe quoi. J'aurais pensé qu'il n'aurait cité que toi mais... Sterling, il tient aussi Sam.

Il eut l'impression de recevoir un coup de poing à l'estomac. Il s'était attendu à tout sauf à ça.

Aussitôt après, la culpabilité l'assaillit.

Avec tout ce qui était arrivé, il n'avait pas appelé Sam.

Et Sam ne l'avait pas appelé non plus.

Il aurait dû se douter que quelque chose n'allait pas.

— Quels sont les termes du marché ? questionna-t-il, se faisant violence pour s'exprimer d'un ton calme.

La rage et l'affolement n'aideraient en rien Mel et Sam. Et n'aideraient pas non plus Robbie ni la petite Linney.

Mel inspira à fond.

— Il veut que je t'injecte ça et que je retourne à la maison faire la même chose à Sam. Il ne se souviendra pas de ce qui lui est arrivé et… Et, ensuite, je devrai avouer tout ce que j'ai fait à la police et reconnaître que c'était moi qui avais fait tomber Rider après la Tempête.

Mel lui jeta un regard implorant.

— Il avait prévu de me faire porter le chapeau depuis des années. Et ce ne sont pas des menaces en l'air, Sterling. Quand il déclare qu'il a tout prévu jusque dans les moindres détails afin de m'incriminer, je le crois.

Mel baissa les yeux et contempla la seringue.

— J'aurais pu refuser mais… mais il y avait Sam et…

Sterling relâcha sa main et lui caressa la joue.

— Et on ne peut pas laisser Sam mourir, acheva-t-il à sa place.

Sterling combla les quelques dizaines de centimètres qui les séparaient et lui donna un long et fervent baiser.

Un baiser qui avait des allures de première fois tant il était tendre, chaud… parfait.

Lorsque leurs lèvres se désunirent, Mel pleurait de nouveau.

— Je ne sais pas ce qu'il compte faire de toi, ensuite,

souffla-t-elle, secouant la tête, désespérée. Peut-être qu'on devrait tenter de fuir ? Sauter à l'eau et nager ? Envoyer la cavalerie à la maison ? Peut-être que…

Sterling recula d'un pas, la main de Mel toujours dans la sienne. En un clin d'œil, il lui prit la seringue des mains et la planta dans son bras avant qu'elle ait pu l'en empêcher.

— N'imagine pas une seconde que je vais permettre à Rider Partridge de nous séparer plus longtemps. Tu sauves Sam, je te sauve, moi.

Et il appuya résolument sur le piston.

Mel porta les deux mains à sa bouche, épouvantée.

Sterling pivota à moitié sur lui-même, élevant la seringue vide en l'air pour que l'homme, près du Bronco, la voie bien.

Le type parla dans son téléphone, puis il hocha la tête.

Sterling regarda de nouveau Mel et lui prit la main.

— Tu veux bien me rendre un service ? lui demanda-t-il.

Les lèvres tremblotantes, Mel acquiesça.

— J'ai l'intention de te demander en mariage mais, avec cette saleté dans le sang, je risque d'avoir oublié que je t'ai dit ça. Donc…

Il tapota l'anneau d'or avant de poursuivre :

— Confie cette bague à Sam pour qu'il me remémore mon serment et, moi, je te promets que je te la repasserai au doigt, pour de bon cette fois. Marché conclu ?

Une sensation bizarre commença à remonter le long de son dos.

Une autre, nettement plus familière, lui enveloppa le cœur quand Mel souda fougueusement ses lèvres aux siennes. Son baiser fut ardent mais bref…

Le son d'un pas qui approchait lui fit jeter un coup d'œil par-dessus son épaule. Elle décocha à Sterling un petit sourire las, bouleversé mais authentique.

— Et ma réponse sera « oui ».

L'homme du Bronco prit la seringue de ses mains gantées, annonçant à Mel :

— Il est temps d'y aller.

Sterling les regarda monter à bord du Bronco et s'éloigner.

Puis il essaya de se dépêcher de quitter le ponton, ne sachant pas ce qui l'attendait, mais à peine eut-il mis le pied sur la terre ferme que l'engourdissement gagna ses jambes.

Au moment où il tombait à genoux, il vit une forme émerger de l'obscurité tout près de lui.

Sterling serra les poings. Il était peut-être à terre mais il n'était pas vaincu. Pas encore.

21

Mel regardait par la vitre du Bronco, les yeux brouillés de larmes.

Elle avait signé l'arrêt de mort de Sterling.

L'arrêt de mort de l'homme qu'elle aimait à cause de l'homme qu'elle n'aurait jamais dû épouser.

Quoi qu'en dise Sterling, tout était sa faute.

Le sanglot torturé qui lui échappa ébranla l'homme qui était assis à côté d'elle.

Il sursauta et tourna la tête vers elle.

— Eh bien, dites donc… j'ai senti votre cri vibrer jusque dans mes tripes.

Il se tut un instant puis reprit :

— Vous auriez pu vous enfuir avec lui, vous savez. Enfin, j'aurais dû essayer de vous en empêcher mais j'ai vu à quel point ce type est rapide… Vous auriez eu votre chance. Pourquoi ne l'avez-vous pas fait ?

Mel secoua la tête avant de se redresser sur son siège et d'essuyer ses larmes d'un revers de la main.

— Parce que Rider sait qu'il nous tient. Il a Sam.

Le chauffeur arqua les sourcils.

Quand Sam avait été amené dans la cave par l'homme au chapeau de pêcheur, en vrai Costner, il avait essayé de la rassurer tandis que l'homme le faisait asseoir à sa place dans le fauteuil et refermait autour de ses poignets les menottes dont elle venait d'être libérée.

Il l'avait aussi exhortée à ne rien faire de ce que Rider exigeait.

Quand elle avait fini par accepter d'injecter le Sleepers à Sterling pour que l'ultime preuve matérielle puisse être retenue contre elle, Sam avait protesté, criant presque.

Mais il ne se rappellerait pas la décision qu'elle avait prise une fois que la drogue se serait propagée dans son organisme.

Il se réveillerait simplement à un moment ou à un autre, dans le cirage, égaré, se demandant ce qu'il était advenu de son frère aîné.

— Oh ! mon Dieu, dit Mel. Sam ne me pardonnera jamais.

Le chauffeur, lui, n'avait toujours pas compris.

— Mais qui est ce Sam ? Un autre de vos amoureux ?

En toute autre circonstance, Mel n'aurait pas daigné répondre à une question aussi personnelle. Mais tout son univers était sur le point de s'écrouler, si bien qu'elle dit simplement la vérité.

— C'est le jeune frère de Sterling, déclara-t-elle, la rage l'emportant maintenant sur l'envie de pleurer. Rider a dit qu'il m'avait épousée parce qu'il n'y avait que deux personnes que j'aimais vraiment. Deux personnes qu'il pourrait utiliser contre moi en cas de nécessité.

Mel tapa du plat de la main sur le tableau de bord.

— Il m'a donné le choix – c'était Sterling contre Sam. C'était un choix impossible et, évidemment, quand j'ai dit ça à Sterling… il n'y a plus eu de choix du tout. Ce sont les deux personnes qui comptent le plus pour moi, et Sam et moi sommes celles qui comptent le plus pour Sterling. En sauvant Sam, on avait tous les deux énormément à perdre.

Mais, en ne le sauvant pas, Sterling perdait davantage encore. Je le savais. Je le *sais*.

Sa main lui faisait mal. Elle replia les doigts, les rouvrit. Son regard tomba sur la bague.

Les émotions se mélangeaient et se bousculaient dans sa tête tandis qu'ils roulaient en direction de la maison.

— Rider a passé sa vie d'adulte à vouloir à tout prix être le meilleur – le roi, reprit-elle en secouant la tête. Il savait que Sterling choisirait pour moi mais il ne comprendra jamais *vraiment* pourquoi il l'a fait.

Elle se tourna vers lui.

L'arme qu'il portait à la ceinture n'était pas celle avec laquelle il avait tiré sur Ella – et qui portait les empreintes digitales de Mel. Elle ne savait pas où était cette arme, mais elle était bien certaine qu'elle attendait quelque part, prête à refaire surface pour la compromettre.

— Quand Rider nous regarde, il ne nous voit pas. Il ne voit en nous que la façon dont il peut nous utiliser. Il se fiche complètement de ce qui se passe ensuite, une fois qu'il est parvenu à ses fins.

L'homme croisa son regard. Dans l'habitacle, Mel était si proche de lui qu'elle vit danser dans ses prunelles sombres d'étranges reflets mouvants, orangés.

Ils remontaient l'allée de la propriété.

Le château de Rider.

Elle tourna vivement la tête.

La bâtisse était en feu.

Les flammes léchaient sa façade.

— *Non ! Sam !*

L'homme stoppa le véhicule mais Mel avait déjà ouvert sa portière et bondi hors de la voiture.

Elle traversa la cour comme si elle avait le diable à ses trousses. Les flammes n'étaient pas très hautes mais elles attaquaient déjà le porche, l'extérieur du rez-de-chaussée et la porte d'entrée.

Sans ralentir, elle se rua vers l'arrière, contournant la maison. Le portail était fermé mais elle ne se laissa pas arrêter. Elle escalada la grille en fer forgé, s'écorchant au passage le tibia.

Mais peu lui importait. Quel que soit le plan de Rider, Sam était là, dans ce sous-sol, toujours attaché.

Elle atterrit sur l'herbe et se remit à courir en direction de la porte de service de la cuisine.

Elle était verrouillée mais elle ne résista pas au lourd tisonnier rouillé qui était resté depuis cinq ans près du barbecue, en bas du porche. Quand Mel eut brisé la vitre, elle promena le tisonnier sur tout son pourtour pour éliminer les éclats coupants mais elle se blessa quand même en se faufilant à l'intérieur.

Ce fut à peine si elle sentit le verre entailler sa chair.

— Sam ! cria-t-elle en entrant dans la cuisine.

La fumée commençait à envahir la pièce, s'insinuant par les moindres interstices. Ses yeux se mirent à larmoyer et elle fut prise d'une quinte de toux.

Elle ne rencontra pas d'autre obstacle, la porte de la cave étant grande ouverte. S'abstenant d'appeler Sam, cette fois, elle garda son souffle et dévala les marches.

Il était au fond de la cave, la tête tombant sur la poitrine.

Il ne bougeait pas.

— Sam !

Elle se précipita vers lui, la terreur au ventre.

Le soulagement l'envahit lorsqu'elle vit sa poitrine se soulever.

Rider l'avait drogué.

Et Sam était toujours menotté au fauteuil.

Mel tira sur les menottes, essayant de les arracher, mais

en vain. Elle n'y arriverait jamais de cette façon. Elle essaya alors de secouer l'accoudoir du fauteuil auquel la menotte était fixée. Sans succès non plus.

Il ne lui restait qu'une solution.

— Désolée, souffla-t-elle à Sam, inconscient, en renversant le fauteuil par terre.

Son corps s'affaissa sur le sol en même temps que le siège basculait sur le côté tandis que son bras restait suspendu par la menotte à l'accoudoir du fauteuil.

Mel n'était pas grande mais, avec le fauteuil ainsi renversé, elle devait pouvoir d'un grand coup de pied faire sauter l'accoudoir. Sa première tentative fut un échec, mais, à la deuxième, sa semelle atteignit sa cible.

À son immense satisfaction, le bois, tout précieux qu'il soit, craqua.

Galvanisée, elle redoubla d'énergie et, au quatrième coup de pied, l'accoudoir céda. Elle acheva de l'arracher à la main, libérant l'autre extrémité de la menotte.

Le bras de Sam retomba lourdement.

Mel repoussa ses cheveux en arrière, la sueur et le sang mouillant ses vêtements. Elle était exténuée, elle avait mal, mais elle n'abandonnerait pas.

S'arc-boutant, elle tira Sam par les deux mains.

Ce fut à peine s'il bougea.

— Allez ! s'exhorta-t-elle entre ses dents.

Mel ajusta sa prise, ancrant fermement ses pieds dans le sol, genoux pliés, et tira de toutes ses forces. Dieu merci, Sam suivit le mouvement mais de quelques dizaines de centimètres seulement. À cette cadence-là, les flammes l'auraient prise de vitesse le temps qu'elle parvienne à l'escalier.

Au-dessus de leurs têtes, la maison produisait des bruits alarmants, comme si tout était sur le point de s'écrouler.

Au désespoir, Mel tenta de le tracter de nouveau.

Elle ne pouvait pas laisser Sam mourir là. Alors que Sterling…

— Écartez-vous, la somma soudain une voix impérieuse.

Mel fit volte-face. C'était l'homme du Bronco.

— Allez, poussez-vous, répéta-t-il avant de soulever Sam par les aisselles et de le charger sur son dos comme un sac de farine.

Mel ne posa pas de questions. Elle le suivit jusqu'en haut des marches et le dépassa pour ouvrir la porte de derrière, dans la cuisine.

La fumée tournoyait maintenant autour d'eux en épaisses volutes chaudes et étouffantes.

Ils sortirent, courant et toussant, dans la cour.

Quelques mètres plus loin, l'homme déposa doucement Sam par terre. Mel s'agenouilla près de lui.

Il respirait.

Elle reporta son attention sur l'homme. Elle ne savait pas pourquoi il l'avait aidée mais sans lui…

— Merci, dit-elle avec chaleur. Merci infiniment.

L'homme haussa les épaules.

— Je ne suis peut-être pas un type recommandable, mais je sais encore voir les gens pour ce qu'ils sont : des êtres humains.

Une immense gratitude envahit Mel.

Ce fut en partie pourquoi elle hurla quand le coup de feu éclata et qu'il s'effondra sous ses yeux. Mel se jeta sur Sam pour le cas où d'autres tirs les viseraient.

Mais un petit rire se fit entendre – celui du tireur. Un rire moqueur qu'elle aurait reconnu entre mille.

— Alors, là, c'est parfait, déclara Rider en abaissant son arme.

— Savais-tu que j'avais prévu de faire de Westley, ici

présent, ton complice ? Parce qu'il te fallait au moins un partenaire pour t'aider à faire tout ce que tu as fait dans cette ville. Initialement, ce devait être Dewey mais il s'est retrouvé à l'hôpital. Donc, c'est Westley qui s'est vu attribuer le grand rôle – sans même le savoir. Je comptais le tuer avant qu'il ne l'apprenne. Mais, maintenant, regarde un peu le cadeau que tu m'as offert…

Avec, en fond visuel et sonore, les panaches de fumée noire et le crépitement des flammes, Rider avait tout d'un démon se délectant de ses méfaits.

— La théâtralité de cette dernière semaine rendrait presque mes cinq années de prison dignes d'avoir été vécues.

— La *théâtralité* ?

Mel revit Rose Simon, morte dans leur ancien lit. Elle repensa aux échanges de tirs de la Maison des Rendez-Vous. À son enlèvement après la tornade. Elle songea au shérif et à son infarctus. Au détective Reiner inconscient sur le siège passager d'un véhicule accidenté. À cet homme nommé Westley dont le revirement inopiné avait sauvé la vie de Sam.

Elle pensa à Sterling et à la bague sur son doigt.

Tout cela n'était qu'une mise en scène pour Rider. Un jeu. Un échiquier sur lequel personne ne pouvait bouger ses pions sans encourir les foudres de Rider.

Mel songea aussi à Annie McHale, séquestrée dans ce sous-sol – seule et terrifiée.

Puis elle releva les yeux et regarda cet homme qui semblait irréel tant il était malfaisant. Un cauchemar personnifié.

C'est alors qu'elle prit conscience d'une chose.

Mel se redressa, lentement.

Rider s'en amusa. La fourmi osant s'exposer à la botte.

Il allait regretter son petit sourire suffisant.

— Tu as été surnommé le Corrupteur en chef parce que tu as fait en sorte que chacun conserve son poste.

Mel se plaça devant Sam. Elle était à quelques pas de Rider.

— Que *tous les autres* conservent leur poste. Mais toi… Toi, tu étais le ruban adhésif, la colle qui maintenait le système en place. En fin de compte, tu n'étais qu'un outil. Je ne sais pas si quelqu'un s'est déjà risqué à te le faire remarquer mais, en réalité, tu n'as jamais été aux commandes de quoi que ce soit, et je me demande bien pourquoi il m'a fallu si longtemps pour m'en rendre compte. Tout comme je ne crois pas que la faille de ton fameux plan consistant à tout me mettre sur le dos t'ait jamais effleuré l'esprit.

Le sourire se crispa, se muant en une moue hargneuse. Elle avait touché un point sensible.

— Quelle faille ?

Mel sourit.

— Tu m'as assigné le rôle de la méchante sans penser que je pourrais finir par interpréter le personnage.

Et elle se rua en avant, se servant de sa paume droite pour dévier le bras de Rider qui tenait le pistolet. Le coup partit mais la balle alla se perdre dans le ciel et l'arme lui échappa. Dans la foulée, Mel poussa Rider de toutes ses forces de sa main gauche. Rider, qui ne s'était jamais battu – ayant de tout temps délégué ses basses besognes à ses sbires – perdit l'équilibre. Il ne chuta pas mais cela suffit à créer un moment de flottement. Le poing droit de Mel se referma et son bras se détendit, visant le visage. Elle manqua sa cible mais une volonté farouche d'aller jusqu'au bout l'animait désormais. Accompagnant son élan, elle se tourna et lui asséna un coup de coude bien senti dans la mâchoire.

Un pathétique cri de douleur échappa à Rider… ce qui ne fit qu'aiguillonner Mel.

Elle recula d'un pas, prête à repasser à l'attaque mais un mouvement, derrière lui, la déconcentra une demi-seconde.

Ce qui suffit à Rider pour apporter une fois de plus la preuve de son inaltérable duplicité.

Le pistolet qu'il avait lâché n'était pas sa seule arme.

Comme il élevait de nouveau le bras, Mel se jeta sur l'herbe pour tenter de s'écarter de sa ligne de tir.

Mais ce n'était qu'une question de secondes…

Elle ferma les yeux.

La détonation déchira le silence nocturne seulement rompu par le ronflement des flammes.

Mel attendit que la douleur fuse en elle, que les ténèbres l'engloutissent.

Mais rien ne vint.

Elle rouvrit les yeux juste à temps pour voir Rider basculer tête la première.

Derrière lui, le mouvement qu'avait capté son regard se matérialisa sous la forme d'un homme, armé lui aussi.

— Sterling !

Il tomba à genoux, lâchant son arme.

En un éclair, Mel se releva, éloigna d'un coup de pied le pistolet de Rider et se précipita vers lui.

— Sterling…

Elle l'enveloppa de ses bras mais, sous son poids, bascula avec lui vers le sol.

— Ça va ? demanda-t-il.

Mel hocha la tête. Baissant les yeux, elle vit ses vêtements rougis de sang. Mais d'où venait-il ? Elle n'en savait rien mais il était vivant.

— Maintenant, oui.

— Et Sam ?

— Il va bien. Il est juste endormi.
La tête de Sterling commençait à dodeliner.
La drogue finissait par avoir raison de lui aussi.
Ses derniers mots furent à peine audibles.
— Je crois… que je vais… piquer un somme, moi aussi.

22

Sterling émergea du sommeil avec l'impression d'être dans un cocon tiède.

Les yeux encore clos, il imagina Mel à côté de lui dans le lit. Il faillit sombrer de nouveau mais un bip insistant l'en empêcha. Il y avait aussi cette douleur sourde, à l'arrière de son crâne.

Il ouvrit les yeux et découvrit qu'il était dans un lit d'hôpital, réchauffé non pas par Mel mais par deux épaisses couvertures.

Mel était assise dans le fauteuil, à côté de lui, un bébé dans les bras.

Sterling remua et, instantanément, le regard de Mel accrocha le sien.

Elle lui sourit.

Sterling n'avait aucune idée de la raison pour laquelle il se trouvait à l'hôpital mais ce sourire suffit à le rassurer.

— Je suppose… qu'il est arrivé quelque chose, énonça-t-il avec quelque difficulté au bout d'un moment.

Le sourire de Mel s'élargit.

— Oui, je crois qu'on peut dire ça, lui répondit-elle d'une voix posée en se penchant vers lui, ce qui permit à Sterling de voir que le bébé en question était Linney.

— Mais ne t'inquiète pas, se hâta d'enchaîner Mel. Tout le monde va bien, maintenant. J'ai proposé à Sam et

Robbie de garder Linney un moment pour leur laisser un peu de temps libre. Je me suis dit que tu n'y verrais pas d'inconvénient.

Une foule de questions se pressaient dans la tête de Sterling mais il jugea préférable de ne pas gâcher le moment en les posant maintenant. Il se borna donc à regarder Mel tenant la petite Linney endormie dans ses bras.

— Comment te sens-tu ? s'enquit Mel à voix basse, veillant à ne pas réveiller Linney.

— Bizarrement déphasé, répondit-il après un instant de réflexion. Vaseux. Comme si j'avais des nuits de sommeil à rattraper.

Comme pour illustrer son propos, il bâilla à s'en décrocher la mâchoire.

Une expression soucieuse plissa le front de Mel mais elle répondit d'un ton égal :

— Le médecin a dit que tu avais reçu une dose beaucoup plus forte que nous et que tu risquais d'alterner des phases d'éveil et de sommeil avant d'émerger pour de bon. Tu veux que je te laisse te reposer ?

Ses paupières étaient si lourdes qu'il eut envie de répondre par l'affirmative mais quelque chose le retint.

— Ça dépend. Tu seras là, à mon réveil ?

— Je ne t'ai pas quitté une seule fois jusqu'à maintenant, répondit Mel.

Sterling ne la corrigea pas. Il ferma les yeux et se laissa de nouveau sombrer dans les bras de Morphée.

Lorsqu'il sortit du sommeil, Mel était toujours là. C'était elle qui était assoupie, cette fois. Une infirmière vint vérifier ses constantes, lui parlant à voix basse, puis il reçut la visite du médecin. Ensuite de quoi, il se leva, encore un peu flageolant sur ses jambes, et passa à la salle de bains pour prendre une douche. Il revint dans la chambre sur la pointe des pieds, faisant attention à ne pas faire de bruit.

Mais Mel l'attendait, une marque d'oreiller lui barrant la joue. Sterling lui sourit, attendri.

— Tu es restée.

Mel se mit à rire.

— Et toi, tu es debout. Ce doit être le signe que tu vas mieux. Tu te sens prêt à ce que je te raconte ce qui s'est passé ?

Il s'assit à côté d'elle, sur le lit, grimaçant comme ses côtes se rappelaient à son bon souvenir. Mel le remarqua.

— Absolument, et dans le détail, s'il te plaît.

Mel pencha la tête sur le côté, ses yeux bleu vif fixés sur lui.

— Quelle est la dernière chose dont tu te souviens ? Apparemment, chacun réagit différemment.

Sterling avait réfléchi à cela sous la douche. Mais maintenant qu'il se sentait redevenir un peu lui-même, la réponse était la même qu'avant.

— Toi, dit-il simplement. À côté de moi, dans mon lit.

Les joues de Mel rosirent.

— Et je dois dire que ce n'est pas un mauvais souvenir, si tu veux savoir, ajouta-t-il.

Sterling lui prit le menton et l'attira à lui. Elle n'essaya pas de l'en empêcher.

Ils échangèrent un doux baiser, qui se prolongea jusqu'à ce qu'il s'écarte légèrement d'elle.

— Aux dires du médecin, il semblerait que j'aie un blanc de près de deux jours, mais j'espère que, dans l'intervalle, je n'ai pas oublié de t'embrasser comme je viens de le faire.

Mel soupira.

— Il s'est passé beaucoup de choses – du bon et du moins bon. Mais je ne peux pas tout t'expliquer moi-même.

Il faut que d'autres se joignent à moi pour que tu te fasses une idée d'ensemble.

Deux autres personnes vinrent les rejoindre dans la chambre. Le détective Reiner, qui avait un bras plâtré, et Sam, dont le poignet était bandé. Sitôt qu'ils furent assis, Mel commença.

Lorsqu'elle en arriva au moment où Cole l'avait emmenée au poste, celui-ci prit le relais :

— L'adjoint Park m'a trouvé inconscient, dans la voiture. James était étendu par terre, à côté du véhicule, déclara Reiner. Il portait un gilet pare-balles mais l'impact l'avait secoué. Il a dit que c'était Jonathan Partridge qui nous était rentré dedans, que Mel et lui avaient combiné ensemble cette évasion et que Jonathan lui avait tiré dessus quand il avait voulu s'interposer.

— Alors qu'en réalité, c'était l'homme de la Maison des Rendez-Vous, Westley, qui m'avait enlevée et qui avait tiré sur James – lequel, entre parenthèses, savait qu'il allait recevoir une balle, d'où la présence du gilet, ajouta Mel.

— Ensuite, le bureau du shérif a été averti que le Bronco à bord duquel étaient censés se trouver Jonathan et Mel s'était dirigé vers le centre-ville et qu'un des passagers avait tiré sur Ella Cochlin, continua Reiner. À peu près au moment où tu traversais le bureau du shérif au pas de charge pour aller exposer à Foster ta théorie selon laquelle Rider avait tendu un piège à Mel et devait donc être de retour en ville.

Sterling hocha lentement la tête.

— Comme Foster inclinait à te croire, il s'est rendu au centre pénitentiaire pour vérifier ta supposition…

— Oh ! et le type de la Maison des Rendez-Vous qui était hospitalisé a déclaré à son réveil que Rider était innocent, signala Mel. Je n'étais pas présente mais c'est le détective Lovett qui me l'a rapporté.

Cole acquiesça.

— À peu près au moment où Foster découvrait, à la prison, que Rider avait échangé sa place avec un certain Randy Kolt en graissant copieusement la patte à plusieurs surveillants pour qu'ils ferment les yeux, on s'est rendu compte que, toi aussi, tu étais introuvable.

— Avant ça, intervint de nouveau Mel, Westley m'avait conduite dans un chalet, au bord de la rivière. Rider m'y attendait. Il m'a joué son grand numéro de méchant puis il m'a emmenée à la maison et m'a fait descendre au sous-sol – rempli de son stock de Sleepers.

Sam éleva la main.

— Apparemment, c'est là que j'entre en jeu. Robbie m'a dit qu'on avait retrouvé ma voiture devant chez Sterling, vide, avec le moteur qui tournait. Manifestement, c'est un autre de ses complices qui m'a enlevé.

Ce commentaire attisa de nouveau la colère de Sterling. Mel posa sa main sur la sienne.

— Un des laquais de Rider du nom de Bailey. Bailey était propriétaire de la cabane de pêcheur dans laquelle je me suis réveillée après mon premier enlèvement, expliqua-t-elle.

— « Était » ? Il est mort ?

Cole et Mel échangèrent un regard. Sam hocha la tête.

— Ils vont y venir. C'est la partie qui te concerne plus particulièrement, déclara-t-il en faisant un signe de tête à Mel.

Elle lui raconta alors leur rencontre sur le ponton, le marché qu'elle avait passé avec Rider et la réaction de Sterling, qui s'était injecté lui-même la drogue pour épargner son frère.

Les yeux de Mel se remplissant de larmes à cette évocation, ce fut Sterling, cette fois, qui lui prit la main.

— Je ne m'en souviens pas mais on a bien fait, assura-t-il. Que s'est-il passé après votre départ, à Westley et toi ?

Mel s'éclaircit la voix mais ce fut Cole qui répondit.

— Bailey a essayé de te tuer, dit-il, ponctuant ses paroles d'un petit rire. Tu ne devineras jamais qui est venu à ta rescousse.

Sterling attendit, arquant les sourcils.

— Jonathan Partridge ! révéla Sam, n'y tenant plus.

— Quoi ? s'exclama Sterling, incrédule. Non, impossible.

— Si, asséna Mel. Jonathan t'a aidé à lutter contre Bailey, puis il t'a emmené à la maison en appelant tout le bureau du shérif en renfort.

— T'entendre confirmer toute l'histoire au mégaphone a vraiment aidé, précisa Cole.

Ensuite, les choses s'étaient précipitées. Jonathan était apparemment entré dans la maison pour s'assurer que personne n'était enfermé à la cave tandis que Sterling, luttant contre l'effet de la drogue, avait réussi à sortir de la voiture quand il avait entendu Rider tirer sur Westley.

— D'après les médecins, c'est un miracle que tu aies résisté aussi longtemps à l'effet du Sleepers, déclara calmement Mel. Ça, Rider ne l'avait pas prévu.

Et pourtant, il y était parvenu. Le temps de sauver Mel, ce qui, somme toute, sembla à Sterling assez logique.

Le récit s'acheva par le récapitulatif des détails techniques. Jonathan était ressorti à l'arrivée des secours et Sterling, Sam et Westley avaient été transportés à l'hôpital. Rider n'avait pas survécu au tir qui lui avait transpercé la poitrine.

Pendant que tout le monde était à l'hôpital, la maison avait été détruite par l'incendie. La rumeur avait couru par la suite que la structure aurait pu être sauvée mais que les pompiers comme les forces de l'ordre l'avaient regardée brûler depuis la pelouse, les cendres retombant autour deux. Sterling ne saurait jamais si c'était vrai ou non parce que personne ne reparla plus de la somptueuse maison de Rider Partridge.

Ella Cochlin et l'adjoint James se rétablirent rapidement de leurs blessures pendant que Sterling et Sam évacuaient petit à petit la drogue de leur organisme. Sitôt qu'ils surent que Rider était mort, Ella et James avaient craqué. Ella avait révélé avoir entretenu une relation avec Rider après l'avoir rencontré par hasard alors qu'elle rendait visite à son frère en prison. Elle était ensuite venue s'installer à Kelby Creek, attendant de jouer le rôle que Rider lui avait dévolu pour renforcer les charges pesant contre Mel. James, lui, avait fait l'objet d'un chantage depuis presque aussi longtemps. Il avait été l'un des rares adjoints à avoir été protégé par les omissions de Rider pendant l'enquête, après la Tempête. Il en allait de même pour Bailey, le propriétaire de la cabane de pêcheur. Il était mort des suites de ses blessures après s'être battu contre Sterling et Jonathan, mais Ella les avait renseignés.

Et puis, il y avait l'homme qui était tombé dans le coma après l'épisode de la Maison des Rendez-Vous. C'était le fils de Randy Kolt, le détenu qui avait échangé sa place avec Rider en prison. Il avait refusé d'expliquer pourquoi il avait aidé Rider mais il y avait suffisamment de charges contre lui pour qu'il aille rejoindre son père derrière les barreaux.

Quant à la dernière personne à avoir contribué à tisser la toile autour de Mel, Sterling lui rendit visite avant de quitter l'hôpital, quelques jours plus tard.

Westley avait une mine affreuse.

C'était un miracle qu'il soit encore en vie, mais ledit

miracle était surtout dû au fait que Rider ait été aussi mauvais tireur.

— Quand je pense que j'ai été blessé par balle à trois reprises dans cette ville… Qu'on ne vienne pas me dire que Kelby Creek n'est plus dangereux !

Sterling avait ri et était resté un moment auprès de lui. Westley s'était déclaré prêt à coopérer et il détenait des preuves qui incriminaient toutes les personnes concernées, lui y compris.

Sterling n'avait pu que le remercier d'avoir sauvé son frère.

— Remerciez plutôt votre amie, avait rétorqué Westley. C'est elle qui s'est précipitée dans la maison en feu pour sauver quelqu'un qui vous était cher.

Sterling avait pris congé en promettant que Mel et lui signaleraient le rôle que Westley avait joué, puis, enfin, Mel et Sterling étaient rentrés.

Mais l'arrivée d'un visiteur inattendu l'avait obligé à remettre à plus tard ce qu'il était impatient de lui dire.

Jonathan Partridge n'était pas au mieux de sa forme. Couvert de contusions et de cicatrices, il suivit en boitillant Sterling jusqu'à la cuisine. Une fois assis, il compléta le récit en fournissant à Sterling les éléments qui lui manquaient encore.

— Tout le monde a supposé que j'étais toujours du côté de Rider parce que j'étais son frère. Même toi, ajouta-t-il à l'adresse de Mel avec un sourire compatissant. C'est pour ça que je t'en ai tant voulu pendant toutes ces années. Tu me connaissais et, pourtant, à la seconde où Rider a été reconnu coupable, tu m'as montré du doigt avec tous les autres au seul motif que j'étais du même sang. J'aurais dû mettre les points sur les *i* une bonne fois pour toutes mais… bref, je ne l'ai pas fait – par amour-propre, sans doute.

Mel s'empressa de lui présenter ses excuses de même

que Sterling. Jonathan les accepta et y coupa court d'un haussement d'épaules.

— Je m'étais efforcé de croire que c'était quelqu'un de bien, mais, après le procès et l'accumulation de preuves contre lui, j'ai bien été forcé de me rendre à l'évidence, continua-t-il. J'ai coupé les ponts. Pendant cinq ans, tous les mois, il m'a appelé. Pour me le faire payer. Il me demandait si j'étais toujours la bête noire de Kelby Creek. Si la ville me détestait toujours autant de tous ces méfaits que je n'avais pas commis. Tous les mois, sans exception. Ça me rendait fou parce que je ne pouvais pas y échapper... Il trouvait toujours un moyen. Et puis, un beau jour, un mois est passé sans que je reçoive son appel. Ce mois-là, c'est quelqu'un d'autre qui m'a téléphoné.

— Rose, suggéra Mel.

Jonathan acquiesça.

— Elle m'a dit qu'elle se voyait forcée d'écrire un nouvel article sur Rider à l'occasion de l'anniversaire de la Tempête. Une pleine page expliquant qu'elle s'était trompée et que le Corrupteur en chef était en réalité Mel. Je ne sais pas comment il tenait Rose, mais toujours est-il que ça n'a pas suffi à museler sa conscience. Elle s'est adressée à moi parce qu'elle était la seule à avoir toujours cru en mon innocence. Et moi, je me suis tourné vers toi.

Jonathan avait déjà tout raconté à Mel à l'hôpital mais, pour Sterling, tout cela était une découverte.

— Et c'est suite à votre appel que Mel est revenue en ville.

— Oui, acquiesça Jonathan. On devait retrouver Rose à la Maison des Rendez-Vous mais, alors qu'elle arrivait près de Kelby Creek, Rose a changé d'avis. Mel et moi avons alors décidé de nous rendre au bureau du shérif. Seulement, pour une raison que j'ignore, Rose s'est retournée contre nous. On en est venus aux mains et c'est là que Bailey est arrivé. Il s'est arrangé pour droguer Mel avant qu'on s'en aille, mais ils nous ont pris en chasse.

— C'est là que s'est produit l'accident, déduisit Sterling. Et c'est vous qui conduisiez.

— Oui. Sacré bon travail de ma part, je dois dire.

Mel lui donna une tape affectueuse sur le bras.

— Il a convaincu Bailey que m'emmener tout de suite ferait capoter le projet de son frère de me faire porter le chapeau. Qu'il valait mieux me placer sur le siège conducteur de la voiture accidentée. Ensuite, il est venu me voir à l'hôpital.

Jonathan haussa les épaules.

— Je ne savais pas quel produit ils lui avaient administré mais, quand j'ai vu qu'elle ne se rappelait plus rien, j'ai paniqué, j'ai eu peur qu'elle ne me croie pas. Alors, je me suis mis en quête de preuves. Je n'en ai pas trouvé mais, quand j'ai appris que vous aviez disparu, je suis allé à l'endroit où je pensais que Rose avait pu être tuée. Et vous étiez bien là.

Mel les surprit tous les deux en serrant chaleureusement Jonathan dans ses bras puis ce fut au tour de Sterling de se surprendre lui-même en lui donnant à son tour l'accolade.

Comme ils raccompagnaient Jonathan à la porte, celui-ci se mit à rire.

— C'est peut-être bizarre à dire, mais j'ai toujours pensé que vous formiez un couple beaucoup mieux assorti, tous les deux.

Il prit congé et s'en alla, le pas plus léger que lorsqu'il était arrivé.

Puis, enfin, il n'y eut plus que Sterling et Mel.

Elle soupira, se renfonçant confortablement contre les coussins du canapé. Sterling la rejoignit.

— Tu sais, pendant que je bavardais avec le shérif Chamblin et sa femme à l'hôpital, ils nous ont invités à venir dîner chez eux puisqu'il est désormais officiellement sur la voie de la guérison, déclara Mel. Et Dieu sait que c'est tentant, après les deux semaines qu'on vient de vivre !

La tête renversée en arrière, elle avait toujours les yeux fermés.

Sterling se tourna vers elle et tendit la main, lui présentant quelque chose.

Lorsque les yeux bleus qui l'avaient ensorcelé dès l'adolescence se rouvrirent, ils tombèrent droit sur la bague, qu'il tenait entre le pouce et l'index.

— Sam dit que tu la lui as donnée quand il s'est réveillé, commença-t-il. Il paraît que tu lui as fait jurer de ne pas révéler comment elle était arrivée sur ton doigt. Mais je ne te poserai pas la question parce que, pour l'instant, tout ce qui m'intéresse, c'est d'embrasser la personne qui se trouve là, devant moi… La personne que j'ai l'intention de demander en mariage, ici et maintenant. Peut-être même que je poserai la question une deuxième fois juste pour le plaisir parce que… j'ai envie de clamer mon amour. J'en ai assez de faire comme si tout allait bien sans toi.

Il éleva la bague devant lui, le cœur battant à l'unisson de celui de Mel.

— Qu'est-ce que tu en dis ?

Mel contempla la bague puis la frange de ses cils papillota et, l'instant suivant, il se retrouva noyé dans l'eau azurée de ses yeux.

— Tu peux me le demander autant de fois que tu veux, et même chaque jour du reste de nos vies, ma réponse sera toujours oui, Sterling Costner. Parce que je t'aime.

Elle tendit l'annulaire pour qu'il glisse la bague à son doigt.

Pui elle l'embrassa avec ardeur. Passionnément.

Le mariage eut lieu à la fin du mois, sous le porche arrière de la maison, avec Sam pour maître de cérémonie officiel. Ils ne se rappelleraient probablement jamais les moments que la drogue avait rayés de leurs mémoires mais ils n'en avaient pas besoin pour savoir que la chance était désormais de leur côté. Après la cérémonie, Sterling et Mel partirent en lune de miel, mais non sans faire d'abord halte à la station-service de leur jeunesse pour déguster leurs granités favoris.

Et ce fut comme s'ils étaient redevenus les jeunes amoureux d'autrefois, roulant, cheveux au vent, le cœur rempli d'amour.

MAGGIE WELLS

Une femme à secourir

Traduction française de
CHRISTINE BOYER

BLACK ROSE

HARLEQUIN

Titre original :
FOOTHILLS FIELD SEARCH

1

Brady Nichols prit un virage un peu vite au volant de son SUV et sa compagne poussa un gémissement plaintif. Ils se rendaient à la fête donnée pour le dixième anniversaire de la Daniels Canine Academy, le centre de dressage des chiens policiers, et ils étaient en retard. C'était à cause de lui, il devait le reconnaître et elle n'était manifestement pas d'humeur à se montrer compréhensive.

Il lui fallait donc se dépêcher et il détestait se dépêcher.

— Nous y serons dans un instant.

Elle ne se tourna pas vers lui, ne lui fit pas l'aumône d'un regard. Assise sur le siège à côté de lui, les yeux rivés sur la route, elle fixait le pare-brise avec une telle intensité qu'il s'étonna qu'elle n'y ait pas percé un trou.

L'Idaho était moins peuplé que l'État de Washington ou l'Oregon mais il avait pourtant décidé de quitter Boise, la capitale, pour échapper aux complications de la vie en métropole. Il s'était installé à Jasper, une petite ville calme, pour pouvoir se détendre et il n'avait jamais regretté son choix. Mais s'il menait une existence paisible, elle n'était pas pour autant exempte de difficultés. Et il commençait à en avoir assez des silences lourds de reproches de sa compagne.

Il négocia plus prudemment le virage suivant et bientôt, le ranch des Daniels apparut.

— Tu vois ? dit-il, heureux de constater qu'il avait réussi à rattraper dix minutes sur son retard. Nous y sommes.

Un adolescent vêtu d'un gilet jaune en piteux état lui indiqua un champ aménagé en parking. Il faisait partie des jeunes défavorisés qu'Emma faisait travailler dans son centre de formation cynotechnique. Grâce aux responsabilités qu'on leur confiait, la plupart d'entre eux échappaient à la délinquance.

Comment s'appelait ce blondinet déjà ? Kevin ? Kayson ? Non, Kyle. Il s'appelait Kyle.

Brady se gara, coupa le moteur et tira le frein à main. Winnie poussa alors un jappement d'excitation. La joie qui l'habitait était telle qu'elle ne tenait plus en place.

— Voilà, nous y sommes. Et dans les temps. Tu es contente ?

L'aboiement joyeux de la chienne lui donna envie de rire. Il la libéra des sangles qui la maintenaient en sécurité sur le siège passager et, pour lui montrer sa gratitude, elle lui donna un gros baiser mouillé. Sur la joue, heureusement. Parfois, dans son exubérance, elle oubliait qu'avant d'être des amis, ils étaient des coéquipiers.

Il lui gratouilla l'arrière des oreilles, puis la regarda dans les yeux. Emma lui avait enseigné cette technique apaisante lorsqu'il avait commencé le dressage de la jeune chienne labrador. Elle n'était alors qu'un chiot pataud mais très désireux de plaire à son maître.

— Pas bouger, ordonna-t-il en ouvrant sa portière.

Winnie poussa un autre jappement mais resta en place. Il descendit du SUV et salua d'un geste de la main l'adolescent au gilet jaune.

— Tu as été chargé de réguler le stationnement des voitures, c'est ça ?

Kyle haussa les épaules.

— Porter ce gilet jaune pourri ne m'amuse pas particulièrement mais je préfère m'occuper du parking que des poubelles, comme William. Et je ne vous parle pas du pauvre Hugh qui a été désigné pour ramasser les crottes des chiens. En tout cas, les participants à la représentation et les spectateurs seront tous là dans la prochaine demi-heure, je pense.

— Il y a du monde ? demanda Brady en ouvrant la portière du passager.

Kyle guida un minivan vers une place à côté du SUV de Brady.

— Oui. Et les gens ont apporté plein de trucs pour le buffet alors que Mlle Emma leur avait dit de ne pas le faire.

— Personne ne vient à une fête les mains vides, par ici, répondit Brady en souriant.

Il tapota le flanc de sa chienne. Elle tremblait de plaisir anticipé mais elle n'esquissa aucun mouvement pour sortir du véhicule. Pour bouger, elle attendait qu'il lui en donne le feu vert. Une fois certain que la camionnette voisine était bien arrêtée, il claqua des doigts.

Winnie bondit sur le sol, en lui laissant à peine le temps de s'écarter. Elle se mit aussitôt à humer l'herbe. Depuis son plus jeune âge, elle avait été formée au pistage et au sauvetage. Dotée par nature d'un flair surpuissant, son premier réflexe était de tout sentir pour se repérer.

— Beaucoup de tes amis seront là, ma belle, dit Brady en attachant la laisse de la chienne à son harnais.

Accroupi à côté d'elle, il claqua deux fois dans ses doigts et elle s'assit aussitôt, toute son attention focalisée sur lui. Il prit sa gueule entre ses mains pour la caresser du bout des pouces.

— Je sais que tu as hâte de les retrouver, dit-il d'un

ton posé. Mais reste avec moi jusqu'à ce que nous ayons rejoint l'arène.

Âgée de deux ans, Winnie avait encore quelques défauts de chiot. Ils travaillaient ensemble à les lisser.

Elle battit des paupières mais son regard brun ambré ne vacilla pas.

— Bonne fille, dit-il avec approbation.

— C'est votre chien ? lança soudain une voix enfantine.

Winnie se mit à battre la queue assez fort pour remuer la poussière. Toujours accroupi, Brady se retourna et se retrouva nez à nez avec une petite fille aux longues nattes blondes et au visage parsemé de taches de rousseur. Visiblement émerveillée, elle les dévorait des yeux.

Il se leva.

— Oui, Winnie est ma chienne. Elle est fière d'être diplômée de l'Académie canine. Aujourd'hui, c'est un peu la fête de son ancienne école pour elle. Elle espère bien y retrouver ses vieux copains.

La queue de Winnie s'affola plus encore et la fillette, le visage rayonnant, lui décocha un grand sourire édenté.

— Elle doit être très intelligente alors. Maman m'a dit que Mlle Emma n'entraînait que les chiens les plus doués, les meilleurs.

— Ta mère a raison, répondit-il, en lui rendant son sourire. Je m'appelle Brady et je suis policier maître-chien à Jasper. Winnie est ma coéquipière.

— C'est un chien policier ? s'exclama l'enfant.

— Absolument. Dis bonjour, Winnie, dit-il au labrador.

Winnie laissa aussitôt échapper un aboiement de salutation, puis attendit, la langue pendante.

— Jillian ? cria soudain une femme d'une voix inquiète.

Un instant plus tard, une autre fillette, un peu plus grande que la première, mais tout aussi blonde, apparut.

— Elle est là, maman ! lança-t-elle.

Elle regarda Brady d'un air méfiant et ajouta :

— Elle parle à un monsieur.

Brady resserrait son emprise sur la laisse de Winnie lorsque la mère des deux fillettes arriva à son tour, un énorme sac de toile à l'épaule et un plat recouvert de cellophane entre les mains.

— Jilly, je t'ai déjà dit et répété de ne jamais t'éloigner de moi…

— Mais le monsieur et son chien sont des policiers, répliqua Jillian comme si cela suffisait à tout justifier. Et je leur disais juste bonjour.

Brady sourit avec chaleur à la mère des fillettes. Son visage lui était vaguement familier. Il avait l'impression de l'avoir déjà vue mais il ne parvenait pas à se rappeler où.

— Je suis Brady Nichols, madame. Policier maître-chien au sein de la police de Jasper. Et voici Winnie, ajouta-t-il en désignant le labrador à ses pieds. Elle est venue jouer avec ses anciens camarades de classe.

La blonde poussa un soupir exaspéré, puis inclina la tête dans sa direction.

— Ravie de faire votre connaissance, officier Nichols. Et la tienne aussi, Winnie, ajouta-t-elle avec un sourire.

Elle était très jolie mais plus que sa beauté, ce fut la lueur dans ses yeux à la vue de sa chienne qui le fit fondre.

Brady avait toujours eu un faible pour les femmes qui aimaient les animaux.

Tout en jetant un coup d'œil vers la grande tente blanche dressée entre la maison principale et les dépendances, il poursuivit :

— Je suis content de ne pas être le dernier arrivé.

— Avec nous, vous étiez tranquille. Nous sommes

toujours en retard, répliqua la jeune femme avec une petite grimace.

De nouveau, Brady se demanda où il l'avait déjà vue.

— Je m'appelle Jillian Marie Whitaker, déclara soudain la plus jeune des fillettes. Je peux caresser votre chien ?

— Puis-je, rectifia sa mère.

À son ton, il devina qu'elle corrigeait sans cesse les fautes de l'enfant.

— Bien sûr, répondit-il en hochant la tête.

Comme la petite se précipitait en avant, il tendit une main pour l'arrêter.

— Est-ce que quelqu'un t'a déjà enseigné comment t'approcher d'un chien qui ne te connaît pas ?

La fillette secoua la tête si fort que ses nattes fouettèrent son visage.

— Non, répondit-elle.

Elle jeta un coup d'œil à sa mère avant de se reprendre :

— Je veux dire : non, monsieur.

L'échange silencieux entre la mère et la fille fit sourire Brady. Il reporta son attention sur l'aînée des deux sœurs.

— Bonjour, je m'appelle Brady. Et toi ?

— Brook, répondit-elle timidement.

Puis, prenant conscience que sa cadette s'était présentée de façon plus formelle, elle précisa :

— Brooklyn Ann Whitaker.

— Ravi de vous rencontrer toutes les deux, répondit Brady. Toutes les trois, rectifia-t-il aussitôt.

Il vit leur mère se déplacer d'un pied sur l'autre et rehausser les anses de son cabas sur son épaule. Devant son agacement manifeste, il ajouta :

— Mais peut-être allons-nous reporter cette leçon à plus tard. J'ai l'impression que votre mère a besoin d'un coup de main.

Il tendit les bras pour l'inviter à lui confier le plat qu'elle tenait.

— Je serais heureux de le porter pour vous, madame.

— Elle s'appelle maman, pas madame, intervint Jilly.

— Elle ne s'appelle pas maman ! rétorqua Brook. Tu es bête ou quoi ?

— Les filles ! lança leur mère d'un ton d'avertissement.

Reportant son attention sur Brady, elle lui adressa un bref sourire.

— Je vais y arriver, merci. Et je m'appelle Cassie. Cassie Whitaker. Et non, je ne vous donnerai pas mon deuxième prénom.

Cette dernière remarque déclencha un éclat de rire chez Brady.

— Non ?

— Même à nous, elle ne l'a jamais dit, expliqua Jilly sur le ton de la confidence. C'est un secret.

— Ce prénom est ridicule et je le déteste, marmonna Cassie. Allez, les filles. Nous caresserons les gentils toutous plus tard. Dans l'immédiat, ne faisons pas attendre tante Vera.

À ce nom, les morceaux du puzzle se mirent en place dans l'esprit de Brady.

— Tante Vera ? Oh oui ! Vera du restaurant. Vous êtes la nièce de Vera et Millard, n'est-ce pas ? Je savais bien que je vous avais déjà vue quelque part. Vous donnez un coup de main dans leur restaurant, non ?

— En effet, je suis la nièce de Vera et oui, j'essaie de les aider à l'occasion.

Le crissement aigu d'un système de sonorisation revenant à la vie attira leur attention vers la tente et le visage de Cassie se crispa de nervosité.

— Je dois apporter ce plat là-bas.

— Tu as entendu la dame, Winnie. Alors, arrête de retenir ces jolies filles.

Brady regarda Cassie Whitaker avancer à grands pas vers la tente, ses yeux balayant la foule à la recherche de sa parente. Brook emboîta aussitôt le pas à sa mère mais Jilly semblait réticente à quitter Winnie. Le froncement de ses sourcils et sa façon de pincer les lèvres en disaient long sur ses futures rébellions. Mais Brady refusait de s'en mêler. Il aimait sa vie simple et sans histoire. Et une jolie femme et ses deux petites filles très éveillées représentaient à elles seules une montagne de complications.

— Vas-y maintenant, conseilla-t-il à l'enfant. Si tu n'obéis pas à ta mère, elle sera contrariée. Et elle ne permettra pas à Winnie de jouer avec toi.

La petite comprit le message et lui décocha un nouveau sourire rayonnant.

— Vous pensez que Winnie voudra bien jouer avec moi et ma sœur ?

— Certainement. Alors va vite les rejoindre. Et retrouvez-nous après le dîner. Mlle Emma a mis en place un parcours d'obstacles pour les chiens. C'est là que nous serons.

Jilly dit au revoir à Winnie puis courut rattraper sa mère et sa sœur.

Brady s'obligea à détacher son regard des longues jambes fuselées de Cassie Whitaker, ce qui n'était pas si facile. Le short en jean blanc était plus flatteur que le jean couvert d'un tablier qu'elle portait au Millard's Diner.

Dès qu'elles eurent disparu sous la grande tente, il entraîna Winnie vers le fond de la propriété où quelques-uns de ses collègues et des chiens policiers, camarades de promotion de Winnie, s'étaient rassemblés. En le voyant approcher, Dillon – son meilleur ami et maître-chien à la police de Jasper comme lui – leva sa canette de bière en souriant.

— Tu es finalement venu, dit-il d'un ton bourru.

Brady se sentit rougir mais espéra que sa barbe dissimulait sa gêne. Il n'aimait pas être le centre d'attention, même au sein d'un cercle restreint. Il assistait rarement aux différentes fêtes organisées en toutes occasions dans la ville. En effet, il n'était pas doué pour les mondanités et il lui était difficile d'imaginer que quelqu'un remarquerait son absence.

— Comme tu vois. Le patron a insisté, ajouta-t-il en faisant un signe de tête au chien assis près de Dillon.

Bentley, un fougueux berger australien, échangea des reniflements avec Winnie.

— Ça va te faire du bien de sortir, de te détendre un peu et de voir du monde, pour une fois, dit Dillon. Je n'ai pas l'impression que tu t'amuses beaucoup quand tu ne travailles pas.

— Puisque ce sont par définition des heures où je fais ce que je veux, je n'ai pas besoin de tes commentaires, rétorqua Brady.

— Je t'ai vu bavarder avec Cassie. Ses filles sont mignonnes.

Le changement de sujet avait été si brusque que Brady secoua la tête pour ne pas perdre le fil.

— Ah, oui. Je ne l'avais pas reconnue, au début.

Son ami sourit.

— Parce que tu lèves à peine les yeux de ton assiette quand nous déjeunons là-bas. Tu as vraiment besoin d'apprendre à cuisiner.

— Je *sais* cuisiner, répliqua-t-il. Mais je ne vois pas pourquoi je me donnerais du mal pour préparer un repas pour moi seul. J'ai mieux à faire.

— À propos, tu as toujours besoin d'un coup de main sur le chantier, demain ?

— Oui, si ça ne te dérange pas.

Brady commençait à monter les murs intérieurs de la maison qu'il construisait et la tâche serait plus simple avec l'aide d'une autre paire de bras.

— Pas de problème, dit Dillon. Mais en paiement, je n'accepte que les pizzas et la bière. Pas de chèques.

— Ce sera donc pizzas et bières, confirma Brady.

Barbara Macy, chargée d'organiser la fête, monta sur l'estrade. Comme elle décrochait le micro de son support, le cri perçant du larsen se fit entendre. La foule gémit et à ses pieds, Winnie poussa un petit glapissement de protestation.

Barbara s'éclaircit la gorge.

— J'ai beau répéter à Emma qu'un micro est aussi simple à utiliser qu'un sifflet de chien, je n'ai toujours pas réussi à l'amener à une soirée karaoké au Bart.

Brady rit avec la foule. La Bartwell Brewing Company avait fait l'acquisition d'une installation de karaoké avec des spots et deux micros pour les duos mais jusqu'ici, peu d'habitants de la ville avaient eu le courage de se lancer.

— Merci à tous d'être venus, poursuivit-elle. Emma prétend qu'il n'y a pas lieu d'en faire tout un plat. Mais dix ans de travail acharné, de persévérance et d'excellence valaient la peine d'être célébrés, non ?

Des applaudissements chaleureux, quelques sifflets, cris et aboiements le lui confirmèrent.

Elle désigna les tables débordant de victuailles et secoua la tête d'un air faussement contrarié.

— Je pensais avoir précisé sur les cartons d'invitation que le buffet serait fourni. J'espère que vous avez apporté des tupperwares pour rapporter les restes chez vous. Vous savez tous qu'Emma interdit formellement de les donner aux chiens.

— Je me chargerai des restes, déclara Jason Wright, la

dernière recrue de la police de Jasper et l'un des protégés d'Emma.

Plusieurs hommes dans la foule proposèrent également leurs services, en particulier le chef de la police, Doug Walters.

Devant eux, Maisy Barton annonça :

— Par chance, j'ai apporté des sacs de congélation et des pots de margarine vides qui vous seront utiles. Un carton entier ! Profitez-en !

Elle donna un petit coup de coude victorieux à sa petite-fille, une jeune adolescente qui avait visiblement envie de disparaître sous terre.

— Tu vois ? Je t'avais dit que tout le monde en voudrait.

Brady s'assurerait d'être en première ligne pour récupérer une partie de ces restes. Il en avait assez des pizzas surgelées dont il devait se contenter quand il ne dînait pas au restaurant.

— J'ai demandé à Emma de dire quelques mots, mais comme d'habitude, elle a refusé, ajouta Barbara.

Elle fit signe à Emma Daniels, qui secoua la tête d'un air obstiné. Tandis que la foule rassemblée criait des encouragements, Brady recula en voyant la pauvre Emma rougir comme une pivoine. Il avait pitié de cette femme qu'il en était venu à considérer comme une amie. Il comprenait qu'elle se sente mortifiée d'être ainsi mise sous les feux de la rampe contre son gré.

Il pensait qu'Emma allait sortir de la tente mais Tashya Pratt, sa fille adoptive, s'approcha alors d'elle pour lui parler à l'oreille. Barbara continuait à encourager Emma mais il comprit que la directrice du centre de dressage ne s'intéressait plus qu'à la jeune vétérinaire qui était revenue dans sa ville natale pour travailler à ses côtés.

Il vit Emma écarquiller les yeux et prononcer le mot : « Vraiment ? »

Un grand sourire aux lèvres, Tashya hocha la tête puis, reportant son attention sur l'assistance, fit signe à quelqu'un. Jason se fraya alors un chemin à travers la foule pour rejoindre la fille qu'il aimait depuis qu'ils étaient adolescents. La joie peinte sur son visage reflétait celle de Tashya et, à présent, celle d'Emma.

— Il se passe quelque chose, murmura Dillon.

Brady était d'accord. Les gens commençaient à s'impatienter, à murmurer entre eux, alors que les efforts de Barbara pour faire dire quelques mots à Emma semblaient avoir échoué.

Mais soudain, Emma se dirigea vers Barbara et lui arracha presque le micro des mains.

— Merci à tous d'être venus, dit-elle, ses mots résonnant si fort que plusieurs des chiens présents se pétrifièrent.

Brady rit à la vue de l'expression de Winnie. Le regard de la chienne, comme celui de presque tout le monde, était rivé sur Emma qui avait été son premier amour de chien.

— Désolée, dit Emma avec une grimace.

Elle fit signe à Jason et Tashya de la rejoindre sur l'estrade.

— Je vous remercie d'être venus, répéta-t-elle. Je vous considère comme une famille, y compris ceux d'entre vous qui n'ont que deux jambes.

La foule s'esclaffa, consciente qu'elle ne plaisantait qu'à moitié.

— Depuis une décennie, vous avez tous été d'un indicible soutien. Pour moi, pour mes chiens, pour les gamins que nous avons essayé d'aider au fil des ans. Cette fête est destinée à célébrer la vie. La nôtre, celle des chiens et de ceux que nous aimons. Mais je suis ravie de vous annoncer que nous avons un événement plus important encore qu'un anniversaire à célébrer, aujourd'hui. J'ai une grande nouvelle à vous communiquer. Jason s'est enfin décidé à glisser une bague au doigt de ma fille Tashya !

La jeune femme brandit sa main gauche et agita les doigts pour montrer sa bague.

À côté de lui, Dillon gémit.

— Jason s'est fiancé ? Un autre malheureux va se faire passer la corde au cou…

Brady lança un regard inquiet à son copain, puis reporta son attention sur la femme au micro.

— Je porte un toast à la santé de Jason et de Tashya, dit Emma en levant son verre vers les fiancés. Et j'avoue que je suis heureuse de ne plus avoir à vous reprocher de vous retrouver en cachette, une fois la nuit tombée !

2

Deux heures plus tard, Brady, accoudé à une barrière, sirotait une bière. Il se sentait bien. Il avait le ventre plein, Dillon, son meilleur ami, était à côté de lui et Winnie avait déployé d'impressionnantes compétences lors des épreuves organisées pour les chiens. Que demander de plus ?

Derrière lui, la grande tente blanche brillait, éclairée par des guirlandes lumineuses. L'œuvre de Barbara, sans doute. Il n'imaginait pas Emma s'en charger. Seuls les chiens, sa passion, et leurs entraînements l'intéressaient. Elle leur consacrait tout son temps et toute son énergie. Le reste lui semblait futile.

Cela dit, elle paraissait apprécier la fête autant que tout le monde. Il avait, quant à lui, particulièrement aimé le buffet. Il s'était d'abord régalé de brochettes puis il avait fait le tour des plats présentés et avait goûté à tout, y compris aux nombreux desserts. Rien de mieux qu'un repas communautaire pour tester l'endurance d'un homme. Il était plutôt satisfait de sa performance.

Adossé lui aussi à la barrière, Dillon vida sa canette avant de l'écraser entre ses mains. Il avait bu plusieurs bières. Certes, il semblait bien tenir l'alcool mais Brady s'inquiétait un peu pour lui.

— Ça va, vieux ?

Dillon fredonnait, le regard perdu dans le lointain, là où

les montagnes limitaient la grande parcelle de prairie que la famille Daniels avait achetée il y a longtemps.

— Oui, oui, répondit-il.

Mais son ton sarcastique ne trompait personne et surtout pas Brady. Son ami se consumait pour une femme prénommée Rosie qu'il avait rencontrée lors d'un week-end de ski.

— Tu dois lâcher l'affaire, vieux, lui dit-il. Tu ne cesses de penser à elle et cela te ronge de l'intérieur. Il est temps d'arrêter. Laisse-la partir.

— La laisser partir ? Mais elle *est* partie.

— Je veux dire, sors-la de ta tête, insista Brady. Tourne la page, passe à autre chose. Positive.

— Positive, répéta son collègue d'un ton dédaigneux. Tu lis des livres de développement personnel ou quoi ?

— Non, je n'en ai pas le temps. Mes lectures actuelles concernent exclusivement la construction de maisons individuelles.

Son ami éclata de rire puis les deux hommes se remirent à siroter leur bière en silence. Ils suivaient les prouesses de leurs coéquipiers. Leurs chiens et quelques dizaines d'autres disputaient le parcours du combattant que le personnel de l'Académie canine avait conçu et aménagé. Tous se donnaient sans compter et semblaient beaucoup s'amuser. Comme toujours, il y avait eu quelques grognements mais pas d'altercations sérieuses.

La partie de softball que des adultes avaient entamée de façon impromptue dans un coin de la propriété était, elle aussi, très animée. En tout cas, les enfants semblaient contents. Plusieurs d'entre eux faisaient encore la queue pour participer aux attractions organisées par le personnel du centre. Pêche à la ligne, lancers d'anneaux ou courses en sacs, tout avait été prévu pour eux. Les plus grands jouaient à la pétanque avec des balles en mousse sur la pelouse.

Mais la plupart des adultes et des plus jeunes se tenaient le long de la clôture de l'arène pour regarder les chiens sur le parcours en criant des encouragements à leurs favoris. De temps en temps, Brady s'assurait que Winnie s'amusait bien avec les autres. Mais en réalité, son esprit était focalisé sur le sombre Dillon. Il cherchait quels conseils lui prodiguer pour l'aider à sortir de sa morosité. L'échec de son propre mariage lui donnait sans doute une certaine expérience. Mais s'il avait quitté Boise pour commencer une nouvelle vie ici, à Jasper, il ne se considérait vraiment pas comme un exemple à suivre en matière de rebond.

Bien sûr, il avait réussi à tourner la page. Désormais, il avait un nouveau travail, un nouveau chien et bientôt, il vivrait dans une nouvelle maison. Mais au fond, il faisait encore partie de la cohorte des policiers-divorcés-essayant-de-prendre-un-nouveau-départ. Il habitait un mobil-home et se nourrissait essentiellement de pizzas surgelées qu'il réchauffait au four micro-ondes. Il se sentait mal placé pour jouer les mentors auprès de quelqu'un qui ne lui demandait rien.

Une agitation dans l'aire de jeux réservée aux enfants attira soudain son attention. Cassie Whitaker semblait passer d'une attraction à l'autre en interrogeant le personnel à chaque stand. Depuis son arrivée avec les filles, il l'avait observée de loin plus d'une fois. Il avait tort, il le savait, mais il n'avait pas pu s'en empêcher. Elle ne ressemblait plus en rien à la serveuse de restaurant qu'il avait vue à l'œuvre. Elle paraissait plus libre. Moins agitée et plus… Il ne trouvait pas le mot mais indéniablement, elle avait quelque chose.

Il émanait d'elle le côté simple et nature de la fille d'à

côté, mais elle dégageait l'assurance d'une femme qui savait qui elle était et ce qu'elle voulait.

Cela dit, maintenant, elle avait surtout l'air nerveuse, presque frénétique.

Instinctivement, il se redressa lorsqu'elle s'éloigna de l'aire de jeux pour se diriger vers l'arène où il se tenait. Mais elle ne le regardait pas, elle ne s'intéressait pas à lui. Elle balayait des yeux avec une inquiétude croissante les spectateurs alignés le long de la clôture.

Il se rendit compte soudain que ses filles n'étaient pas avec elle.

Il donna un coup de coude à son ami.

— Il se passe quelque chose, dit-il avec un signe de tête vers elle.

Dillon posa aussitôt sa canette. Brady fut soulagé de constater que son ami tenait bien debout, malgré les nombreuses bières qu'il avait descendues.

Cassie s'arrêta pour interroger un groupe de personnes rassemblées à l'autre bout du ring. Mais quoi qu'elle leur ait demandé, elle n'obtint pour toute réponse que des signes de dénégation et des froncements de sourcils inquiets.

Alors qu'elle s'avançait vers eux, Brady se dirigea vers elle, comme attiré par un aimant.

Il y avait un problème.

Elle avait un problème.

Et il n'aimait pas voir son joli visage crispé d'angoisse.

Il préférait ne pas trop se demander pourquoi. Au lieu de quoi, il suivit son instinct et la rejoignit. Comme il s'arrêtait non loin des gens qu'elle questionnait, il l'entendit leur décrire ses deux filles. En détail. Jusqu'à la couleur des élastiques retenant leurs nattes. Elle se tordait les mains alors que ses interlocuteurs secouaient la tête, le visage sombre.

Il sentit son ventre se nouer et s'approcha d'elle.

— Que se passe-t-il ? Il est arrivé quelque chose à l'une de vos filles ? demanda-t-il.

— Oh ! c'est vous.

Le visage de Cassie s'éclaira soudain alors qu'elle le regardait comme s'il était un génie sorti d'une lampe et doté de pouvoirs magiques. Elle lui saisit le bras.

— Attendez. Tout à l'heure, vous avez dit que vous étiez policier, n'est-ce pas ? Quel était votre nom déjà ? Brendan ?

— Brady, madame, corrigea-t-il, en s'interdisant de se vexer parce qu'elle avait oublié son prénom. Lieutenant Brady Nichols, je travaille pour la police de Jasper.

— Ah oui, pardonnez-moi, Brady. Brady, répéta-t-elle sans cesser de scruter les alentours d'un regard de plus en plus sombre.

Elle finit par reposer les yeux sur lui. Elle était nerveuse. Angoissée.

— Je ne retrouve pas mes filles. Je les ai cherchées partout, ajouta-t-elle d'une voix que la panique rendait plus aiguë. Elles ne sont nulle part.

Elle repoussa avec impatience ses cheveux en arrière et poursuivit :

— Je leur avais dit qu'elles pouvaient participer aux attractions à condition de ne pas s'éloigner. J'ai interrogé toutes les personnes chargées d'animer les jeux mais personne ne les a vues.

Brady lui prit le bras.

— Je vais vous aider.

Il désigna d'un geste Dillon qui l'avait suivi.

— Voici Dillon, un collègue maître-chien qui travaille, lui aussi, au poste de police de Jasper.

Il regarda son ami.

— Nous recherchons deux fillettes, âgées de…

— Neuf et sept ans, indiqua-t-elle.

Dillon sortit immédiatement son smartphone de sa poche et commença à taper une note.

— Deux filles, âgées de neuf et sept ans, répéta-t-il. Leurs prénoms ?

— Brooklyn et Jillian, indiqua Cassie. Brook a neuf ans. Elle était censée garder un œil sur sa sœur.

Brady se tourna vers son collègue et ajouta :

— Elles sont toutes les deux blondes, les cheveux mi-longs.

— Avec des nattes, précisa-t-elle.

Brady sentit son cœur se serrer à la vue des larmes qui coulaient sur ses joues. L'envie de la prendre dans ses bras pour la réconforter le submergea mais il s'efforça de conserver une expression neutre alors qu'il tentait de réunir le plus d'informations pertinentes possible.

— Comment sont-elles habillées ? demanda-t-il avec douceur. Si ma mémoire est bonne, Jillian était vêtue de rose, n'est-ce pas ?

— Oui, répondit-elle avec impatience. Toutes deux portent des shorts blancs et des T-shirts à manches courtes. Celui de Brooklyn est bleu avec une licorne brodée dessus. Et celui de Jilly est rose avec un chiot en paillettes dessus.

Elle posa ses grands yeux noisette sur Brady pour lui expliquer :

— Depuis toujours, Jilly rêve d'avoir un chien et je… Ce n'est pas simple d'élever seule deux petites filles. Adopter un animal, en prime, me semble impossible pour le moment. Et voilà pourquoi j'avais dit à ma tante Vera que nous viendrions assister à cette fête. Pour que Jilly voie des chiens.

Brady posa une main sur son épaule, espérant ainsi la réconforter.

— Winnie était très contente de faire sa connaissance. Et c'est une chance que la petite ait rencontré ma chienne en premier. Winnie est ma coéquipière, un chien policier spécialisé dans le pistage et le sauvetage des personnes. Elle est très entraînée. Chaque fois que des randonneurs s'éloignent des sentiers et se perdent dans les montagnes, elle les retrouve et les ramène sains et saufs.

Cassie porta une main horrifiée à sa bouche et il écarta rapidement l'éventualité d'une opération d'ampleur.

— Mais je ne pense pas que nous aurons besoin de déployer les grands moyens. J'ai vu pas mal d'enfants traîner autour de la table des desserts. Pourquoi n'allez-vous pas jeter un œil aux buffets pendant que Dillon et moi prenons le relais pour interroger les uns et les autres ? Elles vous cherchent peut-être elles-mêmes à l'intérieur de la tente.

Elle tourna brusquement la tête dans cette direction et pressa une main contre sa gorge.

— Brook adore les sucreries, dit-elle d'une voix rauque. Si je ne l'arrêtais pas, elle se nourrirait exclusivement de bonbons.

— Mais je suis sûr que vous ne la laissez pas faire. Vous avez l'air d'être une mère soucieuse de la santé de ses enfants et donc de leur alimentation. Cela ne doit pas être facile tous les jours, alors cessez de culpabiliser. Et dès que nous les aurons retrouvées, elles pourront s'amuser avec Winnie et Bentley, le chien de Dillon. D'ailleurs, elles auront la possibilité de venir leur dire bonjour si elles passent devant le poste de police ou si elles les croisent dans le centre-ville. Les chiens sont toujours heureux de rencontrer des amis.

Dillon balaya les alentours des yeux.

— Répartissons-nous la tâche. Je vais commencer par interroger les spectateurs du match de softball. Puis je ferai le tour de la propriété. Brady, de ton côté, occupe-toi des gens qui suivent les parcours des chiens et les jeux des enfants pendant que madame retourne dans la tente pour inspecter les buffets.

Il reporta son attention sur Brady.

— Elles ne doivent pas être loin. En voyant deux fillettes s'éloigner toutes seules, quelqu'un aurait réagi et les aurait retenues. Forcément.

Les habitants de Jasper se souciaient des enfants.

Brady suivit des yeux Cassie qui se précipitait vers la tente. Lorsqu'il reporta son attention sur Dillon, son expression sinistre le glaça.

— Tu ne crois pas qu'elles sont en train de se goinfrer de gâteaux, n'est-ce pas ?

— Je préférerais que ce soit le cas, répondit son ami, mais il y a beaucoup de monde. Et la plupart viennent de loin.

Il hocha la tête. Peu de temps encore auparavant, il était le nouveau venu en ville, considéré avec méfiance après avoir emménagé à Jasper. Et en effet, Emma Daniels dressait des chiens pour les services de police et les agences du FBI de tout le pays. Elle travaillait avec des gens issus de tous les horizons, bien loin de Jasper pour la plupart. Beaucoup des participants n'étaient pas originaires de l'Idaho, et de nombreux inconnus les accompagnaient pour assister aux festivités.

— Tu as raison, allons-y, dit-il.

Plaçant deux doigts entre ses lèvres, il émit un brusque sifflement. Winnie cessa aussitôt de lutter avec le berger allemand qu'elle avait choisi comme compagnon de jeux et courut vers lui.

— Viens, dit-il doucement.

En la voyant se glisser sous la barrière pour le rejoindre, il ne put s'empêcher de rire.

— Tu aurais pu passer par la porte.

Il s'empara de la laisse et l'accrocha à son harnais.

Dillon s'avança vers la clôture et cria :

— Bentley, viens !

Le berger australien abandonna immédiatement le frisbee qu'il tenait entre ses crocs et se précipita vers son maître.

Les deux hommes prirent des directions différentes avec leurs chiens. Brady s'arrêta un instant pour jeter un coup d'œil à la tente et vit Cassie se déplacer de table en table en demandant à leurs occupants s'ils avaient vu ses filles. Elle se penchait ensuite pour jeter un coup d'œil sous les nappes.

Il interrogea les spectateurs qui suivaient les compétitions des chiens puis se dirigea vers la zone où se tenaient les attractions pour les enfants. Piper Lambert, qui avait aidé à former Winnie, secoua tristement la tête.

— Non, j'ai dit à Cassie que je ne les avais pas vues. J'espère qu'elle les retrouvera bientôt. Elle se faisait visiblement un sang d'encre, dit-elle avec un froncement de sourcils. Elle leur avait recommandé de ne pas s'éloigner mais…

Un petit garçon qui caressait Winnie l'interrompit.

— Elles ne se sont pas éloignées. Elles sont allées se promener avec leur papa. Ils sont partis par là.

Il tendit la main pour montrer les montagnes qui s'assombrissaient avec la tombée du jour.

3

— Non, asséna Cassie Whitaker d'un ton catégorique. Non, non et non. Certainement pas.

— Vous voulez dire qu'il ne s'agissait pas de votre mari ? demanda Brady.

Derrière lui, Dillon marmonna :

— Je parie que non.

— Le père des filles n'est plus mon mari, déclara-t-elle avec brusquerie. Nous avons divorcé. Il n'habite pas la région. Il vit à Billings, dans le Montana. Et surtout, il ne serait jamais venu jusqu'ici. Je ne suis même pas sûre qu'il sache où nous sommes.

Brady fronça les sourcils.

— Il n'a pas un droit de visite avec les enfants ?

— Non, il ne l'a jamais demandé.

— Comment s'appelle votre ex-mari ? Avez-vous son adresse ou son numéro de téléphone ? Une description ? N'importe quoi qui nous aiderait à le localiser ? Dillon est très doué dans ce domaine, ajouta-t-il en le désignant d'un geste.

Pendant que son collègue notait les renseignements que lui donnait Cassie, il considéra le ciel qui s'assombrissait rapidement.

— Avez-vous avec vous quelque chose que vos filles auraient porté aujourd'hui ?

Elle dut percevoir l'urgence dans son ton parce qu'elle repartit à pas vifs vers la tente pour y récupérer son sac. Il la regarda sortir des vêtements de l'énorme cabas qu'il avait vu à son épaule à leur arrivée. Lorsqu'elle revint vers eux, Emma et quelques membres de l'Académie canine l'accompagnaient.

— Voici les sweat-shirts des filles, dit-elle. Celui de Jilly est propre mais Brook, qui a toujours froid, a mis le sien dans la voiture, tout à l'heure. Elle n'aime pas la climatisation.

Il désigna le plus grand des deux vêtements.

— C'est celui-ci ?

— Oui. Ma Brookie va avoir froid, murmura-t-elle.

Brady lui prit le vêtement des mains et dit en se tournant vers Barbara et Emma :

— La nuit tombe mais j'ai envie d'emmener Winnie à travers champs pour voir si elle sent quelque chose.

Emma Daniels approuva d'un hochement de tête.

— Votre téléphone est chargé ? Vous avez besoin d'une lampe de poche ? demanda-t-elle sans perdre de temps en futilités.

Il s'assura que son smartphone et sa lampe torche étaient bien accrochés à sa ceinture.

— J'ai tout ce qu'il faut, merci, répondit-il. Je reviens.

Il entraîna la chienne vers l'immense pâturage qui s'étendait jusqu'aux flancs boisés des montagnes. Dès qu'ils furent assez loin des lumières de la fête, il promena les yeux autour de lui pour ajuster sa vision à l'obscurité. Puis il tendit le sweat à Winnie pour qu'elle le flaire.

— Tiens, ma belle. Tu te souviens de tes amies de tout à l'heure ? Nous devons les retrouver.

Il s'exprimait d'un ton doux mais ferme. Le ton auquel le labrador réagissait le mieux. Docilement, Winnie se mit au travail. Elle plongea le museau dans les plis du tissu jusqu'à ce que ses muscles frémissent.

— Tu les sens ? demanda-t-il.

Elle dressa les oreilles et se mit à trembler d'anticipation mais elle ne bougea pas. Avec un sourire, Brady lui donna une petite tape d'encouragement et dit :

— Allons les chercher.

Au pas de course, tous deux s'élancèrent à travers champs. Bientôt, la chienne déroula sa laisse, l'étirant le plus loin possible. Sur ses quatre pattes, elle allait évidemment deux fois plus vite que lui qui n'avait que deux jambes.

Sans la pénombre croissante, Brady aurait peut-être détaché Winnie. Mais si elle était bien entraînée, elle était encore jeune et savait se montrer têtue. Elle n'avait pas encore tout à fait appris à obéir à un ordre avec lequel elle n'était pas d'accord. Il ne voulait pas non plus risquer de la perdre dans le noir.

Bientôt, l'herbe céda la place aux broussailles qui s'épaissirent pour accueillir de jeunes arbustes. Winnie ralentit le rythme et finit par s'arrêter pour flairer divers endroits dans le sous-bois. Il rembobina une partie de la laisse rétractable. Sous le couvert des arbres, l'obscurité se refermait sur eux. Il craignait qu'ils ne soient pas en mesure de trouver une piste.

Il faisait nuit noire, à présent, mais il devinait pourtant les tensions et l'inquiétude de la chienne. Il lui caressa la tête d'un geste rassurant.

— Tout va bien. Ce n'est pas ta faute. Le terrain est difficile. Tu fais du bon travail.

Elle avait besoin de ces mots de réconfort pour repartir. De nouveau, elle pressa la truffe contre le sol et commença à travailler en petits cercles. Une fois de plus, il la laissa dérouler sa laisse. Bientôt, il devrait arrêter pour la nuit.

Avec un peu de chance, le type qui avait emmené les fillettes les avait conduites en ville. Le trio serait vite repéré dans les rues de Jasper.

Il s'apprêtait à ordonner à la chienne de cesser les recherches lorsqu'elle s'immobilisa. Il se figea également et retint son souffle. Il attendit patiemment, certain qu'elle ne passerait pas à l'action tant que ses sens olfactifs ne lui auraient pas confirmé qu'elle tenait une piste. Quelques instants plus tard, elle releva la tête, les oreilles dressées, et se précipita en avant en l'entraînant dans son sillage.

Derrière elle, il courait dans les broussailles. Des branches le giflaient au visage alors qu'il s'efforçait de la détacher. Dès qu'elle fut libre, il la suivit à travers les arbres en veillant à ne pas la perdre de vue.

Une centaine de mètres plus loin, elle laissa échapper un bref aboiement. Il accéléra. La perspective de localiser les filles redevenait réelle et il sentait son cœur battre à tout rompre dans sa poitrine.

Le souffle court, il sauta par-dessus une souche et écarta les branches basses qui le freinaient sans se soucier des ronces qui s'accrochaient à son pantalon.

Soudain, Winnie lança un autre aboiement, plus bref. Un aboiement de frustration.

Il était tellement focalisé sur sa chienne, déterminé à ne pas la perdre dans l'obscurité, totale à présent, qu'il ne prêtait plus attention à l'environnement. Soudain, alors qu'il jaillissait des bois au pas de course, il heurta une racine et s'étala de tout son long sur le sol.

Sans s'arrêter, Winnie s'élança sur un chemin de terre.

Brady se releva d'un bond et la suivit jusqu'à une petite clairière qui donnait sur une route. Quand elle se mit à tourner en rond, il s'agenouilla et inspecta la zone à l'aide de sa lampe torche. Il se trouvait sur l'un des nombreux sentiers tracés au fil des ans par les forestiers. Celui-ci en particulier n'était pas bien entretenu.

Il rejoignit Winnie. À son approche, elle le regarda d'un air inquiet et poussa un long gémissement.

Il lui tapota la tête pour la consoler. Elle abandonnait, ce qui signifiait que la piste s'arrêtait là. À l'aide de sa lampe torche il examina de nouveau le terrain et remarqua des traces de pneus. Elles se dirigeaient vers les collines.

Quel que soit l'homme qui avait enlevé les filles de Cassie Whitaker, il les avait fait monter à bord d'un véhicule et s'était enfui avec elles par la route. Une erreur de sa part. Dans le coin, les voies goudronnées étaient peu nombreuses et accidentées.

Le ravisseur n'irait pas loin. Rien n'indiquait qu'il ait opéré un demi-tour. Ni broussailles aplaties ni branches basses cassées de part et d'autre de l'étroit chemin. Peut-être avait-il projeté de se rendre plus haut dans les montagnes mais la plupart de ces routes ne menaient qu'aux avant-postes des gardes forestiers.

Brady allait devoir se procurer les cartes de la région pour savoir où menait celle-ci. Sans doute à une impasse.

Malheureusement, il lui faudrait attendre le matin pour effectuer des recherches plus approfondies et espérer trouver de meilleurs indices.

La chienne gémit de nouveau et il se laissa tomber à ses côtés. Tout en lui caressant les joues, il lui parla avec calme.

— Tu es une bonne fille. Tu as fait du bon travail.

Une fois de plus, il lui tapota la tête puis lui remit sa laisse.

— Allez. Nous allons repartir en ville pour voir si Dillon a eu plus de chance que nous et a découvert quelque chose, ce soir. Mais je te promets que tu seras sur le coup, demain. En attendant, tu as besoin d'une bonne nuit de repos.

La chienne résista un peu pour montrer qu'elle était

aussi mécontente que lui du résultat mais elle le suivit docilement. Redescendre vers le ranch Daniels parut plus rapide à Brady que la montée, même s'il emprunta le chemin le plus détourné, le long de la route. Il sentait son ventre se nouer. Il n'était pas rare qu'il revienne bredouille après avoir fait des recherches. Mais il ne s'habituerait jamais aux regards déçus et aux visages décomposés des proches des victimes lorsqu'ils les voyaient revenir seuls, Winnie et lui.

La grande tente était à présent plongée dans l'obscurité mais toutes les fenêtres de la maison de l'ancien ranch étaient éclairées. Une douzaine de véhicules étaient garés à proximité, dont trois voitures de patrouille de la police de Jasper.

Alors qu'il contournait le pâturage pour gagner la belle demeure, Brady jeta un coup d'œil au champ éloigné qui avait servi de parking pour la journée. Il n'y restait que son SUV et le minivan de Cassie Whitaker.

La gorge serrée, il s'approcha de la grande maison. Il venait à peine de gravir la première marche du porche qu'une voix tremblante s'éleva depuis un coin sombre.

— Les recherches n'ont rien donné ? demanda Cassie Whitaker. Vous ne les avez pas retrouvées…

Il ne voyait pas l'intérêt de lui mentir. Il avait échoué, autant le reconnaître.

— Non, madame, mais je vous le promets, Winnie et moi reprendrons les recherches demain matin à la première heure. Avec nos collègues.

Il s'avança vers elle en plissant les yeux pour distinguer ses traits.

— Vous ne devriez pas rester ici toute seule dans le noir.

— Il y a trop de gens à l'intérieur et les deux seules personnes que j'ai envie de voir n'y sont pas, dit-elle.

Brady hocha la tête.

— Ma chienne a capté l'odeur des petites et nous avons suivi leur trace à travers le champ et les bois.

— Vous pensez que l'homme qui les a prises les a emmenées dans les bois ?

— Ce n'est qu'une supposition, s'empressa-t-il d'ajouter. La piste s'est arrêtée dans une petite clairière. Des traces de pneus indiquaient qu'un véhicule y avait été garé peu de temps auparavant. Leur ravisseur les a peut-être conduites en ville pour les cacher quelque part, ajouta-t-il pour lui redonner espoir. Si c'est le cas, nous ne devrions pas tarder à les retrouver. Jasper est une petite ville. Tout le monde se connaît. Et on remarquera vite la présence d'un inconnu en compagnie de deux fillettes.

Cassie secoua tristement la tête.

— Il ne les a pas conduites à Jasper, dit-elle. Le chef de la police est ici, en train de s'entretenir avec Emma. Avec vos collègues, ils ont sillonné la ville, cherché partout. Personne ne les a vues.

— Ce qui ne veut pas dire qu'on ne les retrouvera pas, lui rappela-t-il. La bonne nouvelle, c'est qu'elles sont avec quelqu'un qu'elles connaissent, quelqu'un en qui elles ont confiance. Personne ne les a vues se débattre ou entendues crier lorsqu'il les a emmenées. C'est plutôt bon signe. L'homme qui les a enlevées ne leur fera sans doute aucun mal.

— Oui, on peut l'espérer, marmonna Cassie.

— Si vous n'y voyez pas d'inconvénient, j'aimerais retourner au poste de police, à présent. Dillon essaie de retrouver votre ex-mari et nous aurons un meilleur accès aux ressources, là-bas. Et ici, Emma fera tout ce qui est en son pouvoir pour aider à les retrouver, ajouta-t-il en jetant un coup d'œil à la maison bien éclairée. Tout le monde va se mobiliser, assura-t-il. Les gens s'entraident beaucoup par ici. Ils veillent sur les leurs.

— Je ne suis pas sûre qu'ils me considèrent comme l'une des leurs, répliqua Cassie d'une voix rauque.

— Mais vous faites partie de cette communauté. Vos grands-parents vivaient ici, non ? Votre mère et votre tante ont grandi à Jasper. Je vais prévenir Emma et mon supérieur que nous partons. Vous pourrez monter avec moi dans mon SUV ou me suivre au volant de votre minivan jusqu'au centre-ville, comme vous préférez.

Après avoir reçu des paroles de réconfort de tous ceux qui traînaient encore au ranch Daniels, y compris de Walters, le chef de la police, ils s'en allèrent. Ils traversèrent le champ sombre où ils avaient laissé leurs véhicules.

La lune était pleine et brillait dans la nuit mais pas assez pour effectuer des recherches dans de bonnes conditions. Brady sentait la bise traverser son T-shirt.

Les petites filles allaient avoir froid cette nuit, comprit-il, le ventre noué.

Winnie trottait sans laisse à ses côtés. Alors qu'ils s'approchaient des véhicules, Cassie reprit la parole.

— Merci beaucoup pour votre aide, dit-elle. À notre arrivée, je n'étais pas… je ne me suis pas montrée très amicale avec vous.

Grâce au clair de lune, il vit l'angoisse et le regret peints sur son joli visage.

— Pas de problème. Qu'une mère s'inquiète de voir son enfant parler à un inconnu me semble tout à fait normal.

Elle fit la grimace.

— J'ai essayé d'expliquer à Jilly pourquoi il ne fallait pas adresser la parole à tout le monde, dit-elle avec un petit rire amer. Manifestement, mes leçons n'ont pas porté leurs fruits.

Incapable de se retenir plus longtemps, Brady posa une main encourageante sur son épaule. Quand elle sursauta, il la retira aussitôt pour qu'elle comprenne qu'il n'avait voulu que la réconforter.

— J'aimerais vous dire de ne pas vous inquiéter mais cela ne servirait à rien, je le sais, dit-il avec un petit rire d'autodérision. Si vous aviez l'air détendue, je penserais qu'il y a quelque chose qui ne va pas chez vous.

Elle parut hésiter un moment avant de demander :

— Accepteriez-vous de me conduire à l'endroit où… ?

Elle ne précisa pas « où vous avez perdu leur trace » mais il entendit les mots qu'elle ne prononça pas et les reçut comme un coup de poing dans le ventre.

La gorge serrée, il prit une profonde inspiration, inclina la tête et désigna son camion.

— Bien sûr. Vous n'avez qu'à monter avec moi, puis je vous raccompagnerai à votre véhicule pour vous permettre de regagner la ville par vos propres moyens.

— D'accord.

Il ouvrit la portière à Cassie mais au lieu de se hisser à l'intérieur, elle regarda les sangles qu'il utilisait pour attacher Winnie. Elles traînaient sur le siège avant.

— Vous préférez que je monte à l'arrière ?

— Non, bien sûr que non. Désolé.

Il retira les sangles, ouvrit le hayon arrière et ordonna :

— Saute, Winnie.

La chienne obéit sans hésitation et s'installa, le museau posé sur les pattes. Brady la caressa.

— Très bien, tu es une bonne fille.

Il invita alors Cassie à prendre place à l'avant.

— Vous pouvez vous asseoir.

— Quoi ? Vous ne m'ordonnez pas de sauter ? demanda-t-elle en grimpant dans le SUV.

Heureux de l'entendre plaisanter, il la regarda saisir la ceinture de sécurité et la mettre en place.

— Très bien, dit-il en souriant. Bonne fille.

Comme il claquait la portière, il entendit son petit rire.

4

Lorsqu'elle était enfant, Cassie passait la majeure partie de ses vacances d'été chez ses grands-parents, à Jasper. À l'époque, elle restait dans leur maison et ne s'éloignait pas souvent du centre-ville. Devenue adulte, en revanche, elle avait parcouru les nombreux sentiers de randonnée des alentours. Beaucoup menaient à la rivière, un endroit qu'elle avait toujours apprécié. Mais elle n'avait jamais eu l'occasion d'emprunter celui sur lequel Brady et elle se trouvaient à présent. Le chemin de terre était si défoncé qu'ils sautaient sur le siège à chaque fois qu'ils passaient sur un nids-de-poule. Tant bien que mal, elle s'efforça de garder l'équilibre. Elle se félicita de ne pas avoir pris son minivan. Elle n'aurait jamais réussi à suivre le SUV de Brady au milieu des broussailles.

Ils roulaient en silence mais ce silence n'avait rien de gênant. Il était en quelque sorte… rempli.

Rempli d'inquiétude, de questions sans réponse, d'angoisse…

Elle sentait la frustration de l'homme assis à côté d'elle et de la chienne derrière eux. Ils avaient manifestement très envie de passer à l'action. Elle appréciait tellement leur détermination qu'elle se sentait au bord des larmes. Mais elle refusait de se mettre à pleurer. Le moment était mal choisi pour craquer. En tant que mère, elle cultivait en experte la capacité de mettre ses propres émotions en sourdine afin d'accomplir ce qui devait être fait.

Jusqu'à ce qu'elle emménage à Jasper, elle avait été la seule à se soucier de ses filles. Leur père ne s'était jamais vraiment intéressé à elles.

— Mark n'est certainement pas leur ravisseur, dit-elle soudain d'une voix rauque. Il a un problème d'alcool, ajouta-t-elle avec amertume. Il passe ses journées à boire et à cuver. Depuis notre départ, il n'a pas demandé une seule fois à voir les filles. Je ne l'imagine pas du tout aller jusqu'à les enlever. Ce n'est pas son genre. Pour lui, le simple fait de se déplacer jusqu'ici représenterait trop d'efforts, dit-elle en se tournant vers Brady.

— Je suis désolé, dit-il d'un ton bourru. Ça a dû être dur pour vous.

— Au contraire. Quitter Mark a été très facile et je l'ai vécu comme une libération. Après le divorce, nous nous étions d'abord installées à Bozeman.

Elle regarda par la vitre l'obscurité qui s'approfondissait.

— J'aimais bien la vie que je menais là-bas. J'avais un bon travail et un bel appartement, lui dit-elle d'un ton tremblant. J'avais même recommencé à sortir, à renouer avec l'amour… C'était une grave erreur.

— Une grave erreur ? répéta-t-il en relâchant l'accélérateur.

Cassie attendit qu'il freine pour s'expliquer, laissant les mots franchir ses lèvres au fur et à mesure que l'idée prenait forme dans son esprit.

— Je crains que l'un des hommes avec qui je suis sortie à Bozeman ne soit derrière toute cette histoire, dit-elle. J'espérais qu'il finirait par se lasser si je ne prenais plus ses appels et qu'il tournerait la page mais…

— Mais il ne l'a pas fait.

— Non, répondit-elle sans faire d'autre commentaire.

— Pourquoi croyez-vous qu'il aurait enlevé vos filles ? Et d'ailleurs, comment s'appelle-t-il ? demanda Brady.

— Keith, Keith Norton. Notre rupture a été un peu compliquée. Disons que j'ai rapidement compris que notre histoire n'était pas faite pour durer. C'est pourquoi j'ai préféré y mettre un terme.

Elle se tut, en se demandant ce qu'elle souhaitait lui raconter d'autre à ce sujet.

Après tout, elle n'avait aucune raison réelle de soupçonner Keith, mis à part le refus de ce dernier d'accepter leur rupture.

Elle regardait l'étroit chemin de terre et de gravier, éclairé par les phares du SUV.

— C'est ici ? demanda-t-elle.

Sa voix était brisée mais elle était incapable de trouver la force de s'exprimer d'un ton ferme.

— Difficile d'en être certain dans le noir, répondit Brady. Le mieux est de sortir et de laisser Winnie retrouver la piste.

Cassie avait hâte de voir la chienne à l'œuvre. Elle ouvrit la portière et sauta sur le sol.

Puis elle regarda Brady fouiller sous son siège et en tirer une lampe torche.

Il l'alluma et l'éteignit pour vérifier l'état des piles. Puis il ouvrit le hayon arrière pour permettre à Winnie de bondir à terre.

— Je vais la laisser sans laisse si cela ne vous ennuie pas, dit-il.

— Vous plaisantez ?

La chienne pouvait faire ce que bon lui semblait, cela ne dérangeait en rien Cassie.

Réconforté par sa réponse, Brady s'accroupit devant l'animal.

— Prête, ma belle ? J'ai besoin que tu retrouves la piste, d'accord ?

Cassie sentit les battements de son cœur s'arrêter quand elle le vit tendre le sweat-shirt de Brook au labrador pour qu'il le flaire. Les oreilles de Winnie se dressèrent aussitôt. Elle colla son museau au sol alors que Brady se levait et lui donnait une petite tape d'encouragement sur la tête.

— Vas-y. Cherche.

Debout près de l'avant du SUV, Cassie regarda la chienne presser sa truffe contre le sol et commencer à fouiller la zone. Dans un autre contexte, elle aurait été fascinée par le travail de l'animal. Mais ses filles avaient disparu et il était difficile pour elle de ne pas considérer avec angoisse les bois sombres qui les entouraient.

— Elle est douée, dit-elle.

En réalité, elle n'en savait rien. Mais elle avait besoin de dire quelque chose. Le chant des grillons autour d'eux devenait insupportable.

Brady lui lança un regard oblique.

— Au départ, elle était presque considérée comme une incapable à l'Académie canine, lui dit-il. C'était juste un chiot qui n'en faisait qu'à sa tête.

— Et vous vous êtes bien entendus tous les deux ?

— Je ne m'étais jamais considéré comme un grand ami des chiens auparavant. Je n'en avais pas eu quand j'étais gosse. Lorsque je me suis engagé dans la police à Boise, je n'étais que policier. Pas maître-chien. Mon chef m'a alors proposé de travailler à la brigade canine. Je suis allé voir… par curiosité, surtout. Mais quand j'ai rencontré Winnie… il s'est passé quelque chose.

Cassie gardait les yeux rivés sur la chienne, prise dans les faisceaux des phares. La truffe au sol, l'air déterminé, elle se déplaça un peu plus loin le long du sentier, puis s'arrêta, leva la tête et laissa échapper un bref aboiement.

Brady s'avança vers elle.

— Nous y sommes. Elle a perdu leur trace ici, dit-il à Cassie.

— Où mène ce sentier ?

— C'est un chemin forestier réservé aux engins des pompiers. Il y en a tout un labyrinthe dans cette forêt. La plupart sont envahis par la végétation mais ils sont reliés les uns aux autres. Ils aboutissent le plus souvent à un poste de garde forestier ou à un point de guet d'incendie. Nous devrons consulter les cartes quand nous retournerons au poste de police.

Cassie le regarda sortir son smartphone et ouvrir une application. Il fit alors pivoter l'écran vers elle et elle vit s'afficher leurs coordonnées de localisation.

Elle fit quelques pas dans l'obscurité qui s'approfondissait au-delà des faisceaux des phares. Rationnellement, elle savait qu'il était inutile de poursuivre les recherches ce soir. Mais elle était incapable de se comporter de façon raisonnable.

Comme s'il lisait dans ses pensées, Brady posa une main sur son épaule.

— La meilleure chose à faire est de descendre au poste de police, d'y faire des recherches et de nous préparer pour demain. Je vous promets que nous reprendrons le pistage dès l'aube.

— Je comprends. Je suis sûre que vous avez raison mais…

— Vous êtes anxieuse. Croyez-moi, si cela avait un sens pour nous de sillonner le bois maintenant, nous le ferions. Nous allons descendre au poste de police et voir s'il y a du nouveau.

— Si cela ne vous dérange pas de me déposer à mon van, je vous suivrai jusque là-bas, dit-elle. Je préfère être au volant de mon propre véhicule.

— Êtes-vous en état de conduire ?

— Oui, bien sûr, répondit-elle en ouvrant la portière du passager.

Brady siffla alors la chienne et la fit grimper à l'arrière.

Avant de boucler sa ceinture, Cassie tapota les flancs du labrador.

— Merci.

Winnie répondit par un petit grognement.

De toute évidence, elle était aussi frustrée qu'elle et Brady.

Ils repartirent. Tout en roulant, Brady jeta un coup d'œil par-dessus son épaule.

— Nous allons les retrouver, n'est-ce pas, ma belle ? Demain à la première heure, c'est promis.

Winnie tourna la tête pour regarder les bois où ils avaient perdu la trace des enfants.

Cassie, quant à elle, se sentait d'humeur aussi sombre que la chienne.

5

Brady gardait un œil sur son rétroviseur alors qu'il guidait Cassie, au volant de son minivan, vers Jasper. Tout en roulant, il réfléchissait. Après la disparition de ses filles, la pauvre était manifestement sous le choc. Mais au lieu de s'effondrer, elle semblait bien encaisser les événements.

Le fait d'élever seule ses enfants expliquait sans doute cette force. Tous les parents isolés qu'il connaissait se comportaient de la même façon. En cas de stress extrême, ils semblaient capables de puiser dans des ressources connues d'eux seuls. Cela le fascinait. Il ne pensait pas avoir lui-même la fibre paternelle mais certains de ses amis avaient des enfants.

En tout cas, il se félicitait que Lisa et lui n'en aient pas eu. Leur divorce avait déjà été compliqué. Entraîner de petits innocents dans un tel désastre n'aurait fait qu'aggraver la situation.

Lisa n'avait jamais apprécié la vie conjugale. Oh ! bien sûr, elle avait adoré être sous les feux de la rampe, le jour des noces, parader dans une belle robe blanche et tout le tralala. Mais partager au quotidien la vie d'un homme était une autre histoire. Elle ne cessait de se rebiffer contre une existence qui ne lui convenait pas. Dès le début, elle lui avait reproché de travailler trop, de ne pas avoir d'horaires « normaux » et d'être parfois de service le soir ou le week-end. Elle estimait que ses fonctions empiétaient sur ce qu'elle considérait comme *leur* temps. Elle lui en voulait d'exercer une profession aussi dangereuse. Pourtant, il était déjà policier quand ils s'étaient rencontrés.

Par ses collègues, il savait à quel point leur métier était difficile à supporter pour les conjoints, c'est pourquoi il l'avait patiemment écoutée se plaindre. Mais après un certain temps, il s'était rendu compte que ses griefs concernant ses choix de carrière avaient plus à voir avec leur style de vie qu'avec de prétendues craintes pour sa sécurité.

Lisa avait cinq ans de moins que lui. Elle adorait faire la fête. L'attendre seule à la maison lorsqu'il travaillait le soir la frustrait. Quant à lui, s'il ne lui avait jamais demandé de se transformer en fée du logis, il aurait apprécié qu'elle lui prépare un repas de temps en temps ou fasse tourner une machine quand il avait travaillé tout le week-end.

Il ralentit lorsqu'ils entrèrent dans la ville. À cette heure tardive, les rues de Jasper étaient plongées dans la pénombre. Seule une lampe brillait parfois à une fenêtre sur leur passage. Les commerces étaient tous fermés. Il traversa la place de la ville et s'engagea sur Main Street.

Le parking aménagé devant le poste de police de Jasper était quasi désert. Il aperçut juste des voitures de patrouille et la moto de l'opérateur du service de nuit. Comme d'habitude, le camion de Dillon était garé dans l'espace le plus éloigné de la porte.

En principe, son ami était de repos aujourd'hui. Pourtant, il était là. Évidemment. Dans une ville de la taille de Jasper, lorsqu'une situation comme celle-ci se présentait, tout le monde était sur le pont. L'autre maître-chien, Cal Hoover, était père de famille mais il se joindrait aux recherches dès qu'ils l'appelleraient. Il se glissa à côté du camion de Dillon, puis attendit que Cassie se gare, elle aussi.

Comme il jetait un coup d'œil à Winnie, il s'aperçut qu'elle était assoupie sur son siège. La séquence de recherche intense avait lessivé la chienne, d'ordinaire si énergique.

Se penchant vers elle, il lui caressa la tête et tira doucement sur l'une de ses oreilles soyeuses.

— Nous allons bientôt aller nous coucher, ma belle. Allons voir ce que Dillon a trouvé, puis nous rentrerons à la maison pour dormir quelques heures. Cela te va ? ajouta-t-il en scrutant les yeux ambrés de la chienne.

Winnie poussa un soupir et nicha son museau dans la main de Brady, exigeant ainsi quelques caresses supplémentaires. Il y répondit de bonne grâce. Après une dernière petite tape sur ses flancs, il descendit du SUV.

Il attacha la chienne puis recula pour lui permettre de sauter sur le sol.

Cassie était assise dans son van, les mains posées sur le volant, les yeux rivés sur le bâtiment du poste de police. Elle semblait perdue dans ses pensées et il s'en voulut de la déranger mais chaque minute passée à recueillir des informations les rapprochait de ses filles.

Il voulait entendre ce que Dillon avait découvert sur l'ex-mari. Et obtenir tous les renseignements possibles sur ce Keith Norton que Cassie semblait considérer comme une menace. D'expérience, il savait que les femmes victimes de harcèlement avaient souvent un sixième sens lorsqu'il s'agissait de leur sécurité. Il avait travaillé sur bon nombre de cas de violence conjugale et les prenait très au sérieux.

Le protocole voulait que la police ne s'intéresse pas à un nouveau suspect avant d'avoir écarté la probable culpabilité du précédent. Mais l'intention de Brady était juste de recueillir plus d'informations sur un individu.

À côté de lui, Winnie laissa échapper un faible gémissement. Elle avait sans aucun doute soif et aspirait à se reposer. S'il avait été seul, il serait entré directement au poste et aurait trouvé à boire pour sa chienne mais quelque chose dans la posture rigide de Cassie Whitaker le retint.

Elle avait du mal à tenir le coup. Et qui pourrait le lui reprocher ? Certainement pas lui. Mais pour le bien de l'enquête, il avait besoin qu'elle s'accroche. Un peu gêné, il s'approcha du van et frappa à la vitre.

Cassie sursauta avant de se tourner vers lui d'un air méfiant. Il lui fit un sourire d'excuse et articula le mot « désolé ».

Lorsqu'elle ouvrit sa portière, il lui offrit machinalement sa main pour l'aider à sortir du véhicule et à sa grande surprise, elle l'accepta.

Cassie n'était jamais entrée au poste de police de Jasper mais elle avait eu l'occasion de découvrir d'autres lieux semblables à celui-ci. Lorsqu'elle avait quitté Billings, elle avait espéré ne plus jamais se rendre dans ce genre d'endroits. Et voilà qu'elle se retrouvait dans ce bâtiment, situé sur Main Street, qui réussissait à avoir l'air moderne et désuet à la fois.

Elle coupa le moteur et se força à prendre trois profondes inspirations.

Ses filles avaient disparu.

Ses filles qui étaient tout pour elle.

Elle avait l'impression que quelqu'un lui avait coupé les deux bras d'un seul coup. Qu'allait-elle faire s'il leur arrivait quelque chose ? Comment continuerait-elle sans ses petites chéries ?

Ces dernières années, tout son monde avait été une bulle construite pour trois. Dans les mois qui avaient suivi son divorce avec Mark, elle avait mis toute son énergie à protéger ses filles, à leur donner un foyer stable et à trouver un peu de paix pour elle-même.

Heureusement, Jilly n'avait gardé que peu de souvenirs de la vie avec leur père mais Brook… Brook en avait trop vu. En fait, sa fille aînée avait été la raison pour laquelle elle avait finalement décidé de s'en aller et trouvé la force de le faire.

Vivre une existence que vous ne méritez pas était une chose. Mais obliger vos enfants à en être témoins en était une autre.

Mark, son ex-mari, était alcoolique. Il n'avait aucun scrupule à utiliser des mots durs pour la blesser. Elle était sur le point de le quitter quand elle s'était aperçue qu'elle était enceinte de leur deuxième enfant. Se sentant bel et bien piégée, elle était restée.

Jusqu'au soir où il était allé trop loin.

Un petit coup sur sa vitre la tira de ses pensées. Comme elle levait les yeux, elle découvrit Brady qui la considérait avec inquiétude.

Elle prit son sac à main, ouvrit sa portière et prit la main qu'il lui tendait pour sortir du véhicule.

— Désolée, je broyais du noir.

Il lui lança un regard compatissant.

— Allons voir ce que Diaz a trouvé.

Diaz ? Il fallut un instant à Cassie pour comprendre qu'il faisait référence à l'autre maître-chien. Dillon.

— L'agent Dillon Diaz est votre coéquipier ? demanda-t-elle alors qu'ils s'approchaient du bâtiment.

Il secoua la tête.

— Winnie est ma coéquipière. Le poste de police de Jasper n'est pas assez grand pour nous jumeler entre maîtres-chiens. En général, nous travaillons tous ensemble. Je serai responsable de cette enquête car il s'agit d'un pistage et d'un sauvetage. Mais Dillon, tous les autres policiers et, bien sûr, les chiens de la brigade, interviendront et se rendront utiles chaque fois qu'ils le pourront.

— Je comprends, dit-elle en passant la porte qu'il lui tenait ouverte.

Winnie trottait à côté d'elle.

Apparemment, la chienne avait décidé que, dans l'immédiat, Cassie avait plus besoin d'elle que son maître. Elle observa le labrador que Jilly avait été si heureuse de rencontrer quelques heures plus tôt, puis jeta un regard timide à Brady.

— Je peux la caresser ? Cela ne vous ennuie pas ?

— Elle n'est pas en recherche active pour le moment et je suis sûr qu'elle aimerait bien qu'une main douce lui gratouille l'arrière des oreilles, répondit-il avec un sourire. Elle adore ça.

Cassie se pencha et caressa Winnie comme il venait de lui indiquer.

— J'avais entendu dire qu'il ne fallait pas caresser les chiens policiers.

— C'est vrai lorsqu'ils sont sur le terrain. Quand elle travaille, elle est concentrée. Vous l'avez vue sur le chemin de terre, dans les bois. Elle sait quel est son rôle et elle le fait bien. Mais elle sait très bien aussi quand elle n'est pas en service.

— D'accord, dit Cassie d'une voix rauque. Je suis contente qu'elle ne soit pas de service en ce moment car j'ai bien besoin d'un peu de réconfort.

Brady désigna une chaise à côté du bureau.

— Asseyez-vous.

Alors qu'elle prenait place sur une chaise, elle regarda l'écran de l'ordinateur couvert de post-it.

Il reporta son attention sur la chienne, attendit qu'elle croise son regard, puis désigna Cassie.

— Reste.

La chienne se laissa tomber à côté de la chaise et posa son museau sur les genoux de Cassie. Un rire surpris lui échappa malgré son inquiétude.

— Bonne fille, dit-il à l'animal. Pour elle, les câlins sont une affaire sérieuse, ajouta-t-il à l'intention de Cassie. Puis-je vous offrir quelque chose ? Un café ? De l'eau ? Un soda ?

Elle faillit répondre « mes enfants » mais elle savait que ce ne serait pas juste. Cet homme essayait d'aider du mieux possible. Elle n'avait aucune raison de le pousser à culpabiliser, même si elle se sentait malheureuse. Elle n'avait pas le droit de déverser sa peur, sa colère et sa frustration sur lui.

— Rien, merci.

Il montra du doigt le bureau voisin où Dillon Diaz était au téléphone.

— Je vais nous chercher des bouteilles d'eau. Espérons que Dillon va vite raccrocher et nous dire où nous en sommes avec votre ex-mari.

Il baissa les yeux sur la chienne.

— Caressez-la autant que vous voulez. Ce ne sera jamais trop pour elle.

— Tant mieux, j'en ai besoin, dit-elle avec un rire.

Il claqua des doigts deux fois. Winnie leva le nez, le regarda et comprit.

Elle battit la queue avec enthousiasme puis se redressa pour poser ses pattes avant sur les genoux de Cassie.

Celle-ci ne put s'empêcher de penser à quel point Jilly aurait été ravie d'être câlinée ainsi. Incapable de retenir un instant de plus son désespoir, elle enfouit son visage dans le cou de la chienne et explosa en sanglots.

6

Brady se dirigea vers le bureau de Dillon, en espérant faire écran pour parvenir à dissimuler derrière lui Cassie en pleurs. La pauvre avait passé une soirée épouvantable et avait bien le droit de craquer sans témoins.

— Tu as quelque chose sur l'ex-mari ? demanda-t-il.

Dillon secoua la tête en raccrochant.

— Je tombe chaque fois sur sa messagerie vocale. Soit son téléphone est en panne de batterie, soit il rejette automatiquement les numéros inconnus. J'ai laissé un message sans donner de détails.

Brady s'assit en face de lui.

— La mère des fillettes ne pense pas que son ex-mari soit en cause. Elle soupçonne davantage un gars avec qui elle est sortie après le divorce et qui n'a pas bien pris la rupture. J'ai l'impression qu'il la poursuit, même si elle a quitté Bozeman pour s'installer à Jasper.

À l'aide de sa souris, son collègue ouvrit un nouveau document.

— Il s'agirait donc d'un harceleur ?

« Deuxième suspect possible », écrivit-il sur la page titrée : « Kidnapping des petites Whitaker ».

Voir le mot sur l'écran secoua Brady. Aux États-Unis, un kidnapping constituait un crime relevant du FBI. Des agents fédéraux seraient sans doute saisis de l'affaire dans la matinée. La perspective de leur confier l'enquête lui nouait le ventre. Il ne s'agissait pas seulement du désir de n'importe quel policier de poursuivre des investigations jusqu'à leur aboutissement. Mais il avait rencontré ces petites filles, vu leurs grands yeux pleins d'amour se poser sur Winnie. Tournant la tête, il vit Cassie Whitaker se redresser sur sa chaise et s'essuyer les joues d'un revers de main tout en caressant Winnie de l'autre. Cette affaire lui était personnelle. Il n'avait aucune envie de la confier aux Feds.

Il reporta son attention sur Dillon.

— Je vais tâcher de recueillir le plus de renseignements possible sur l'ex-petit ami. Il s'appelle Keith Norton et apparemment, ils se sont rencontrés peu après le divorce. Elle vivait alors à Bozeman, dans le Montana.

Dillon enregistra ces informations sur son ordinateur.

— De mon côté, je vais lancer les recherches habituelles et voir si quelque chose correspond à ce nom. Tiens-moi au courant si tu obtiens plus d'informations de la part de la mère.

Brady se leva et lança :

— Winnie et moi reprendrons les recherches dans les collines dès demain à l'aube…

— Bentley et moi y serons aussi, dit Dillon en jetant un coup d'œil au berger australien qui dormait à ses pieds. Et comme trois chiens valent mieux que deux, je vais appeler Hoover et m'assurer qu'il sera de la partie avec Ruby.

Brady tapa du poing l'épaule de son ami.

— Merci, vieux.

Il s'accroupit pour caresser le coéquipier de Dillon.

— Repose-toi, Bent. Nous aurons besoin de toi en grande forme, demain matin.

Le chien dressa les oreilles et battit la queue mais il ne semblait pas disposé à davantage d'effusions.

Après avoir sorti quelques bouteilles d'eau du réfrigérateur, Brady regagna son propre bureau et en tendit une à Cassie.

Elle rougit et baissa la tête.

— Désolée pour ma… euh… crise de nerfs.

Il se laissa tomber sur sa chaise et la regarda en face.

— Vous n'avez aucune raison de vous excuser. D'ailleurs, je me méfie des gens qui sont trop maîtres d'eux.

— Que voulez-vous dire ? demanda Cassie en fronçant les sourcils.

— Rien, répondit-il un peu trop vite.

Il aurait voulu se gifler. Il essayait d'établir une relation de confiance avec elle. Qu'elle imagine qu'il la soupçonnait n'était pas la bonne façon de s'y prendre.

Pourtant, l'hypothèse n'était pas absurde. Certains parents mettaient en scène l'enlèvement de leur enfant. Mais d'instinct, il savait que ce n'était pas le cas dans cette affaire.

Des centaines de mobiles différents étaient susceptibles d'expliquer un kidnapping mais ce genre de situation finissait seulement de quatre façons différentes. Dans le meilleur des cas, l'enfant était retrouvé sain et sauf et rendu à une famille aimante. Dans certains cas, il était retrouvé sain et sauf mais transféré ensuite aux services de protection de l'enfance. Plus grave était la situation où il était retrouvé après avoir subi des sévices de ses ravisseurs. S'il n'était jamais retrouvé, ils étaient alors confrontés au pire du pire.

— Rien, répéta-t-il avec plus de force. Je passe en revue différents scénarios dans ma tête.

— Et l'un d'eux me représente en train d'organiser l'enlèvement de mes propres filles ?

— Vous ne seriez pas la première mais non, nous sommes certains que vous n'êtes pas derrière leur disparition, déclara-t-il fermement.

— Tant mieux parce que quelqu'un a pris mes petites chéries et je veux qu'elles me soient rendues au plus vite, dit-elle.

— Dillon n'a pas réussi à joindre votre ex-mari. Nous allons continuer à l'appeler toute la nuit. En tant que père des enfants, il restera le suspect numéro un jusqu'à ce que nous puissions le rayer de la liste.

Il ne prit pas la peine d'allumer son ordinateur ; il était de la vieille école. Il sortit un calepin d'un des tiroirs du bureau. Comme il le tapotait plusieurs fois avec un stylo, il surprit Cassie en train de le dévisager fixement.

— Mais j'aimerais en apprendre plus sur ce Keith Norton, poursuivit-il. Dites-moi tout ce que vous savez sur lui. Si nous sommes en mesure d'innocenter votre ex-mari, je veux pouvoir l'interroger au plus vite.

— J'ai fait sa connaissance dans un cadre professionnel. Mais je n'ai pas commencé à sortir avec lui à ce moment-là. Je venais d'arriver à Bozeman et j'avais accepté une mission de réceptionniste intérimaire dans un cabinet dentaire. Keith était l'un des dentistes du cabinet. Je n'y suis restée qu'une semaine parce que je me suis vu alors proposer ailleurs un emploi permanent. Quelques mois plus tard, j'ai eu la brillante idée d'essayer de rencontrer quelqu'un en ligne.

De nouveau, elle rougit mais ne détourna pas la tête.

— Je venais de m'installer et je ne connaissais personne en dehors de quelques collègues et voisins.

— Je comprends.

— D'après le site de rencontres, Keith et moi étions compatibles et puisque nous nous connaissions déjà, j'ai pensé prendre moins de risques qu'avec un inconnu... Quoi qu'il en soit, nous sommes sortis ensemble pendant un mois ou deux. Nous allions au restaurant ou au cinéma... Une lycéenne habitait avec ses parents dans l'appartement voisin du mien et elle était prête à faire du babysitting. Tout s'organisait à merveille.

Elle soupira et se tut.

Il continua à griffonner des notes sur son calepin.

— En effet, dit-il. Continuez.

— Keith n'a croisé les filles qu'à de rares occasions lorsqu'il venait me chercher, le soir. Le plus souvent, elles étaient couchées quand il arrivait. L'idée de les présenter à quelqu'un avant d'être sûre que la relation fonctionnerait me dérangeait. Mais pour des raisons pratiques, il est venu plusieurs fois à la maison. Ou du moins a-t-il prétendu qu'il s'agissait de raisons pratiques, ajouta-t-elle d'un ton dur. Avec le recul, je pense plutôt qu'il voulait savoir où j'habitais et qu'il tenait à rencontrer mes filles. Je les lui ai présentées rapidement mais elles n'ont jamais passé beaucoup de temps avec lui. Quand vous êtes parent, vous veillez à ne pas laisser entrer n'importe qui dans la vie de vos enfants, vous comprenez ?

— Très bien, dit-il en continuant à écrire.

— Alors que nous nous fréquentions depuis un peu plus d'un mois, j'ai eu soudain beaucoup à faire professionnellement. Ma vie est devenue mouvementée et je n'avais plus assez d'énergie pour sortir avec lui. Comme il commençait à être insistant, je lui ai dit clairement que mes filles seraient toujours ma priorité...

— Pouvez-vous me préciser ce que vous entendez par « insistant » ?

— Il ne cessait de me téléphoner, de m'envoyer des textos ou des mails. Il voulait absolument fixer une date pour dîner avec moi. Je culpabilisais un peu vis-à-vis de lui mais là-dessus, nous avons toutes les trois attrapé un gros rhume. J'étais épuisée, je n'avais aucune envie de sortir. J'ai essayé de lui faire comprendre que m'occuper des petites alors que j'étais malade était difficile. Mais il s'est servi de cette épidémie de rhume comme prétexte pour passer. Je n'avais pas l'énergie de le recevoir. J'étais trop fatiguée et il ne l'a pas bien pris.

— Qu'a-t-il fait ?

— Il est venu quand même. Je n'avais pas envie de lui ouvrir parce que les filles et moi étions malades et que l'appartement était en désordre. Il s'est mis à crier derrière la porte que je n'étais vraiment pas aimable avec un homme qui cherchait seulement à prendre soin de sa petite amie.

Elle le regarda en face.

— Cela m'a ennuyée qu'il me considère comme sa petite amie. Je n'avais pas envie de m'engager avec lui. Mon mariage avait été une catastrophe et je n'étais pas pressée de réitérer l'expérience. Je ne cherchais rien de sérieux. Je l'avais d'ailleurs écrit sur mon profil de rencontre, dit-elle, un doigt pointé sur le calepin, en insistant pour que Brady le note.

— Mais lui, il voulait une relation sérieuse…

— Je pensais avoir été claire mais apparemment il n'avait pas bien compris. Je lui ai donc envoyé un message courtois pour lui dire que je préférais en rester là. Au cours des semaines suivantes, j'ai cessé de répondre à ses mails et à ses coups de fil. J'ai même changé de numéro de téléphone pour le décourager.

— Et ? demanda-t-il, en comprenant qu'il s'était passé quelque chose qui l'avait poussée à fuir Bozeman.

— Un jour, après mon travail, je suis allée chercher les filles à l'école. Quand j'y suis arrivée, j'ai trouvé Keith à la réception en train d'insulter la responsable. Il affirmait qu'il devait figurer sur la liste des personnes autorisées à venir les chercher. Les seules que j'y avais notées étaient Kayla Mikel, la lycéenne qui habitait à côté de chez moi et qui faisait parfois du babysitting pour moi, et sa mère.

— Comment a-t-il réagi quand il vous a vue ?

— Il avait essayé de faire croire à la responsable que nous étions d'accord pour qu'il prenne Brook et Jilly à la sortie de l'école et que j'avais oublié de le mettre sur la liste. Je ne voulais pas faire d'histoires, alors je n'ai pas protesté. Je l'ai remercié et lui ai dit qu'il pouvait y aller, que j'avais envie de voir les travaux des petites avant de rentrer.

Elle prit une profonde inspiration.

— Je suis restée un long moment, en prenant le temps d'admirer leurs œuvres, de discuter avec les personnes qui s'occupaient d'elles. J'espérais qu'il serait loin quand nous sortirions. Et heureusement, il n'était plus là.

Cassie baissa les yeux sur ses mains enfouies dans le cou de Winnie.

— Dès que je suis rentrée chez moi, j'ai appelé ma tante Vera. C'est le seul membre de la famille qu'il me reste. Mes parents sont morts dans un accident de voiture, peu après mon mariage avec Mark. Elle m'a dit de faire mes bagages et de venir à Jasper. La maison de mes grands-parents était vide, je pouvais m'y installer. Et Millard me laisserait travailler au restaurant jusqu'à ce que je trouve un autre emploi.

Elle se pencha pour déposer un baiser sur le haut du crâne de Winnie. Puis, elle chuchota son secret à l'oreille de la chienne en disant :

— J'ai chargé en vitesse la voiture et nous avons quitté

Bozeman sans perdre un instant. Mais Keith a continué à me surveiller, je ne sais pas comment.

— Que voulez-vous dire ?

— J'ai changé de numéro de téléphone – deux fois – mais il a réussi à obtenir le nouveau et il a recommencé à appeler et à envoyer des SMS. J'ai également fermé tous mes comptes sur les réseaux sociaux, en pensant qu'il me traquait peut-être par le biais d'un ami commun ou quelque chose de ce genre.

Elle s'arrêta jusqu'à ce qu'il reporte son attention sur elle. Avec un regard vers Dillon, elle baissa la voix.

— Voilà. Cela dit, je comprends pourquoi vous devez d'abord enquêter sur Mark mais, croyez-moi, il n'en a rien à faire de moi ou des filles. C'est un ivrogne. Sous l'empire de l'alcool, il peut devenir méchant et j'ai eu tort de l'épouser. Mais il ne pense qu'à son prochain verre.

Brady tressaillit lorsqu'elle posa la main sur son bras.

— Keith est derrière ce kidnapping, murmura-t-elle. J'en suis certaine. Cela ne peut être que lui.

7

Après avoir entendu ce que Cassie lui avait confié à propos de son ex, Brady était enclin à partager son opinion. Cela dit, son chef ne l'autoriserait sans doute pas à s'éparpiller sur plusieurs pistes à la fois. Il voudrait d'abord que Mark Whitaker soit localisé et écarté de la liste des suspects.

Mais le récit de Cassie, combiné à la détermination qui brillait dans ses yeux, accréditait la thèse que Keith Norton était bien le ravisseur des fillettes. L'homme qui les avait attirées à la fête était quelqu'un qu'elles connaissaient. D'après le garçonnet qui les avait vues partir avec lui, elles n'avaient pas hésité à quitter l'aire de jeux pour le rejoindre.

Il tapota le stylo contre son calepin. La tentation d'essayer de faire sortir ce type du bois était forte. Mais si Keith Norton avait bien enlevé les filles, s'il était obsédé par Cassie, comment réagirait-il en comprenant qu'elle le soupçonnait ? En passant à l'action, Brady ne risquait-il pas d'exposer davantage les petites au danger ? Puisque leur mère avait changé de numéro de téléphone, avait-elle toujours la possibilité de le contacter ?

— Avez-vous gardé ses coordonnées ?

Il regretta de lui avoir posé la question un peu sèchement mais il était fatigué et il voulait avancer.

Sans hésiter, elle sortit son smartphone de sa poche et le déverrouilla.

— Bien sûr. J'ai conservé aussi des captures d'écran, des mails et des SMS, dit-elle en balayant l'écran du doigt.

Comme il la dévisageait avec surprise, elle expliqua :

— En moins de dix ans, j'ai réussi à tomber amoureuse de deux des hommes les plus méprisables de la terre. J'ai appris de mes erreurs, lieutenant Nichols, ajouta-t-elle en lui tendant son appareil.

Il découvrit la page de contact intitulée : « Dr Keith Norton ». Presque tous les champs étaient remplis. Nom, adresse, e-mail, numéros de téléphone… En effet, elle avait enregistré tout ce qu'elle avait sur lui.

— Appelez-moi Brady. Cela vous ennuierait que je transfère ces renseignements sur mon smartphone ?

— Pas du tout.

Il s'en occupa en quelques clics.

— J'ai également enregistré mes coordonnées dans vos contacts, au cas où vous auriez besoin de me joindre, dit-il en lui rendant son appareil.

— Merci.

Il examina les informations qu'elle avait recueillies sur son ex et réfléchit.

— Accepteriez-vous de nous aider à le localiser ?

— Vous voulez que je l'appelle ?

L'idée semblait la mettre mal à l'aise.

— Keith est intelligent et maîtrise bien la technologie moderne, ajouta-t-elle. Je doute qu'il ait son téléphone avec lui. Il tague toutes les photos qu'il prend. Il sait que son smartphone est équipé d'un GPS.

— Peut-être mais ça vaudrait le coup d'essayer, au moins pour voir s'il se trouve actuellement dans la région.

Elle se mordilla les lèvres.

— D'accord. Comment procéder ? Je ne veux pas

l'appeler de ce téléphone. Il n'est pas question qu'il ait mon numéro.

— Pas de problème. Donnez-moi un instant.

Il se dirigea vers le bureau de Dillon et attendit que son ami lève les yeux de son écran.

— Est-ce qu'on a encore un de ces appareils jetables que nous utilisions pour tracer les appels de dealers ? demanda-t-il, faisant référence à une saisie d'amphétamines opérée deux mois plus tôt.

Dillon lui désigna l'armoire métallique d'un mouvement de menton.

— Oui, il y en a deux ou trois là-dedans. Il faut sans doute mettre à jour le logiciel pour être sûr qu'on peut toujours localiser un appel. Laisse-moi m'en occuper, j'ai l'habitude.

— Super, je t'en prends un. Nous voulons essayer de retracer le téléphone de l'ex de Cassie et voir s'il est dans le coin.

— Bonne idée, dit Dillon. Nous en profiterons pour localiser l'ex-mari de la même manière.

— Avez-vous le numéro de votre ex-mari, Cassie ? demanda Brady en se dirigeant vers l'armoire.

Il en sortit un téléphone prépayé et le tendit à Dillon. Son ami se mit au travail, mit à jour l'application et transféra rapidement les données enregistrées.

Quand il regagna son bureau, Brady vit que Cassie lui avait envoyé un contact nommé simplement « Mark » sur son téléphone.

— Voilà le dernier numéro que j'ai pour lui mais je ne sais pas s'il l'utilise toujours. Il a tendance à oublier de payer ses factures de téléphone. Au bout d'un moment, on lui supprime son abonnement et il doit passer à un autre opérateur.

— Nous allons essayer quelque chose en nous servant des logiciels que nous avons. D'accord ?

— Bien sûr. Je suis prête à tout pour vous aider à avancer. Je me demande déjà comment je vais tenir jusqu'à demain.

À ses pieds, Winnie laissa échapper un petit jappement comme si elle approuvait son commentaire.

Brady ressentait la même chose.

— Avoir l'impression de faire quelque chose vaut toujours mieux que rester les bras croisés, dit-il. Essayons de les localiser via ce téléphone. Ensuite, nous allons tous rentrer et nous reposer un peu. Dillon et Bentley participeront aux recherches demain matin.

— Que voulez-vous que je fasse ? demanda-t-elle en se tordant de nouveau les mains.

— Nous allons d'abord appeler Mark Whitaker. Vous n'avez pas besoin de lui parler. Nous allons composer le numéro et s'il répond, vous n'aurez qu'à mettre l'appareil sur silencieux. Comme il s'agit pour lui d'un numéro inconnu, il ne répondra sans doute pas. Mais même si vous êtes transférée sur sa messagerie, ne raccrochez pas. Nous espérons que le logiciel obtiendra un ping sur le téléphone recevant l'appel. À partir de là, nous parviendrons peut-être à le localiser. En fait, il vaut mieux que vous ne prononciez pas un mot.

— D'accord. Je ne m'inquiète pas à propos du coup de fil à Mark qui n'a rien d'un geek. Mais que se passera-t-il si Keith a quelque chose sur son appareil capable d'identifier ce téléphone ? demanda-t-elle.

— Le logiciel que nous utilisons brouille tout, dit Dillon. S'il essaie de localiser l'appel, il tombera sur une ferme de données de la Silicon Valley.

Tous les trois se penchèrent sur le bureau tandis que Brady composait le numéro du portable de Mark Whitaker.

Il sonna et sonna jusqu'à ce que la messagerie vocale s'enclenche enfin et qu'une voix bourrue lance : « Laissez un message. Je vous rappellerai peut-être. »

Tous trois ne soufflèrent mot et laissèrent la messagerie enregistrer ce long silence jusqu'à ce que le service bascule sur une voix artificielle leur proposant de modifier leur message ou de raccrocher. Brady jeta un coup d'œil à Dillon qui hocha la tête en silence. Il déconnecta alors l'appel et attendit que l'écran redevienne noir. Il regarda son ami.

— Tu as un emplacement ?

— Oui, répondit Dillon. Quelque part dans le centre-ville de Billings, dans le Montana. Je vais chercher les coordonnées et définir une adresse plus précise. En attendant, essayons l'autre.

Brady jeta un coup d'œil à Cassie.

— Tout va bien jusqu'ici ? demanda-t-il.

— Aussi bien que possible dans ces circonstances, dit-elle sombrement. Allons-y.

Il composa le premier numéro qu'elle avait indiqué sur la fiche de contact de Norton. Comme prévu, l'appel fut aussitôt transféré sur la messagerie vocale. Ils retinrent leur souffle, laissant l'enregistrement se poursuivre. Puis il se déconnecta lorsque Dillon frappa le bureau.

— Bozeman, dans le Montana, annonça-t-il un instant plus tard.

Cassie laissa échapper un gros soupir.

— Mon Dieu. Je ne sais pas si je voulais qu'il réponde ou pas. Qu'est-ce qui serait pire ? Que le ravisseur soit quelqu'un que nous connaissons ou qu'il s'agisse d'un inconnu ? Cela dit, les petites n'auraient pas suivi n'importe qui. Je leur ai appris à se méfier.

— J'en suis sûr, dit-il calmement. Mais inutile de faire

des suppositions tant que nous n'avons pas essayé les autres numéros que vous avez ici. S'il est aussi intelligent que vous le dites, il a peut-être laissé un téléphone chez lui. Ce n'est pas son seul appareil.

Elle approuva d'un signe de tête.

Brady jeta un coup d'œil à Dillon et demanda :

— Prêt ?

Il composa le deuxième numéro et obtint un message indiquant que la ligne n'était plus en service. Il patienta dans l'espoir que quelque chose s'enregistrerait sur le logiciel mais Dillon secoua négativement la tête.

— D'accord, on passe au suivant, murmura-t-il.

Il composa le troisième et dernier numéro et ils attendirent pendant qu'il sonnait et sonnait encore. Enfin, la messagerie vocale se déclencha et ils laissèrent l'enregistrement se dérouler le plus longtemps possible.

Derrière lui, Dillon frappa trois coups secs sur le bureau. Brady déconnecta l'appel et se retourna vers son ami.

— Tu as quelque chose ?

Dillon griffonna quelque chose sur une feuille puis commença à taper furieusement sur son clavier d'ordinateur.

— White Feather, dans l'Idaho. J'ai des coordonnées GPS. Je vais chercher l'adresse et voir si je peux envoyer le shérif local sur place.

Cassie baissa lentement la main.

— C'est lui, j'en suis sûre, dit-elle d'une voix rauque.

Quand elle fixa Brady, son expression reflétait un mélange d'espoir et de peur.

— Je ne pense pas qu'il leur ferait du mal, dit-elle dans un murmure. Ce n'est pas un homme violent. Mark pouvait devenir incontrôlable, c'est pourquoi j'étais attentive aux signes et je n'ai jamais rien vu de violent chez Keith, dit-elle comme si elle cherchait à se rassurer elle-même.

Brady tiqua sur son commentaire à propos de son ex-mari.

— Que voulez-vous dire par « Mark pouvait devenir incontrôlable » ?

Elle ferma les yeux, inspira profondément, puis expira lentement.

— Il me malmenait… Il ne m'a jamais frappée ou quoi que ce soit mais il lui est arrivé plusieurs fois de me pousser violemment contre des meubles, des portes, des murs. Il buvait trop. Une nuit, alors que nous nous disputions, Brook est sortie de sa chambre. Nous l'avions réveillée avec nos cris. Il l'a repoussée… durement…

Elle s'interrompit pour réprimer un sanglot.

— Prenez votre temps, dit Brady de son ton le plus apaisant.

Il poussa la bouteille d'eau plus près d'elle et elle l'attrapa comme s'il s'agissait une bouée de sauvetage. Il la regarda dévisser le bouchon d'une main tremblante, avaler une petite gorgée puis remettre avec soin le bouchon en place.

— Il l'a poussée contre un mur et j'ai perdu la tête. Je suis allée vers lui, je lui ai donné des coups de pied, des coups de poing jusqu'à ce qu'il finisse par tomber. Ensuite, j'ai sorti du placard le vieux fusil de chasse de mon père et je lui ai dit que je le déchargerais sur lui s'il touchait de nouveau à l'une de mes filles.

Elle soupira.

— J'ai pris les filles, le fusil et j'ai mis tout le monde dans le van. Je peux encore l'entendre crier que j'allais revenir vers lui en rampant le lendemain matin. Il était debout dans l'allée, il prétendait que je n'y arriverais jamais sans lui… bla-bla-bla.

Elle s'humecta les lèvres, puis croisa le regard de Brady.

— Je suis partie. Nous ne sommes plus jamais revenues à la maison. Je ne laisserai personne faire du mal à mes filles.

— Je n'en doute pas le moins du monde.

8

Il l'affirma avec une telle certitude, une telle assurance, que Cassie ne douta pas de sa sincérité. La confiance de Brady lui faisait du bien. Elle passait beaucoup trop de temps à douter d'elle-même et de sa capacité à être une bonne mère. Et si sa situation de femme divorcée prouvait aux yeux de certaines personnes qu'elle n'était pas un exemple, elle refusait de se faire des reproches à cause des mauvais comportements de quelqu'un d'autre. Être mariée à un alcoolique violent lui avait appris deux ou trois petites choses sur la responsabilité personnelle. Il n'était pas question de culpabiliser à ce sujet.

— Que fait-on maintenant ? demanda-t-elle.

— Dillon va appeler le bureau du shérif et demander à ce que des hommes fassent un tour en ville. Au cas où ils tomberaient sur quelqu'un qui aurait aperçu Keith dans le coin. J'aimerais que vous me donniez une description physique aussi précise que possible.

— Je peux faire mieux, répondit-elle.

En s'emparant de nouveau de son smartphone, elle fit défiler ses photos jusqu'à un portrait de Keith. Il avait insisté pour être photographié avec elle. Ce soir-là, ils avaient dîné dans un restaurant du quartier puis ils étaient allés se promener. Elle avait été surprise quand il avait arrêté un passant pour lui demander de les prendre en photo mais elle n'avait pas protesté. Sur le moment, l'idée lui avait paru romantique. Jusqu'à ce que Keith recadre habilement le cliché en quelques pressions sur l'écran pour apparaître seul sur la photo. Il la lui avait envoyée et l'avait exhortée à l'enregistrer sur son appareil. Elle l'avait fait puis l'avait vite oubliée.

Le week-end suivant, Brook et Jilly avaient donné un récital de danse et le portrait de Keith avait été noyé au milieu des dizaines de clichés de ses filles en tutu.

Brady regarda la photo.

— Merci. Elle nous sera très utile.

Il l'envoya rapidement sur son propre téléphone. Puis il fit cliquer son stylo une fois de plus.

— D'après ce cliché, Keith Norton mesure environ un mètre quatre-vingts, non ? demanda-t-il.

— Je ne pense pas qu'il dépasse un mètre soixante-quinze.

— Stature ?

— Plutôt maigre, un peu musclé. Il pratique la course à pied. Il s'entraînait soi-disant pour un triathlon mais je ne pense pas qu'il soit jamais allé loin. Avec lui, tout n'était que vantardise et paroles en l'air. Keith aimait beaucoup parler pour ne rien dire.

— Des signes distinctifs : tatouages, piercings, cicatrices ?

— Non. Il n'a rien qui le démarque des autres. Il a un physique plutôt moyen, banal. Assez beau. D'aspect gentil, un peu effacé. Cheveux bruns, yeux bruns, la peau claire mais ni très blanche ni très bronzée.

— Et comment aime-t-il s'habiller ? Porte-t-il des tenues excentriques ? Est-il du genre à mettre une casquette ou préfère-t-il un Stetson pour jouer au cow-boy ?

— Il ne porte pas de chapeau. Et il aime avoir les cheveux bien peignés.

— Compris. Vous nous avez donné plus d'informations que la plupart des gens n'en sont capables. Nous avons des éléments sur lesquels travailler. Cela va nous permettre d'avancer.

Cassie devinait que ses paroles avaient pour but de la réconforter. Il voulait l'empêcher de sombrer dans le désespoir. Mais sans doute la jugeait-il avec sévérité. Quel genre de femme avait besoin de garder tant d'éléments sur un homme avec qui elle était sortie à peine deux mois ?

Le genre de femme qui avait vécu l'enfer avec un autre…

— J'ai trouvé une adresse et je l'ai envoyée au bureau du shérif, cria Dillon derrière lui.

Il se leva de son bureau et Bentley l'imita.

— Nous allons rentrer nous coucher à présent mais dès que j'aurai des nouvelles du shérif, je les transmettrai à Brady qui vous les donnera.

Ce dernier tendit la main à son ami.

— Merci de ton aide, vieux.

— À ton service. On se retrouve vers cinq heures et demie ? demanda Dillon en consultant sa montre.

— J'y serai plutôt vers 5 heures, l'informa-t-il. Il devrait faire jour à ce moment-là. Je veux être sur la route dès que le soleil se lèvera.

Dillon tendit la main à Cassie. Un peu étonnée, elle la prit et la serra mais, à sa grande surprise, il couvrit la sienne de son autre main, l'enveloppant d'une poigne chaleureuse.

— Je ne vais pas vous dire de ne pas vous inquiéter. Il ne faut pas demander l'impossible. Mais soyez certaine que Brady, les chiens et moi chercherons vos filles jusqu'à ce que nous les trouvions. Et nous les retrouverons.

Il retira sa main et la posa sur son cœur pour donner plus de poids à sa promesse.

— Merci, dit-elle, touchée.

La porte se referma derrière lui et Cassie se rendit compte qu'elle était désormais seule avec Brady. Elle s'agita sur son siège et Winnie se leva aussitôt pour s'approcher d'elle comme si elle devinait son inquiétude et voulait la rassurer.

— Votre chienne est intuitive, non ? dit-elle en riant.

— Quand Emma l'entraînait, elle s'est demandé si Winnie serait mieux adaptée au sauvetage de personnes disparues ou au soutien des gens en détresse.

— Elle semble très douée dans les deux spécialités.

Brady se mit à rire.

— Winnie est une chienne aux nombreux talents. Non seulement elle est experte en pistage et sauvetage, mais elle éprouve aussi une grande empathie naturelle. Sans compter qu'elle est capable de dévorer d'énormes os et de mettre des meubles en charpie. Dans ce domaine, elle excelle.

— Des meubles ? demanda-t-elle, les sourcils levés.

— Je n'aimais pas mon canapé, de toute façon. Une chance.

Elle éclata de rire et le son la surprit tellement qu'elle dut se couvrir la bouche avec sa main. Winnie leva la patte pour attirer son attention.

Se penchant vers elle, elle lui caressa la tête.

— Je ne sais pas si je la réconforte ou si elle me réconforte, dit-elle d'une voix basse et amusée. Mais je la trouve merveilleuse, ajouta-t-elle en serrant à nouveau la chienne dans ses bras.

— Vous la trouveriez sans doute moins formidable si elle réduisait en miettes vos affaires, répondit-il. Bon, nous devrions tous rentrer à la maison, à présent. Nous avons besoin de reprendre des forces. Une journée chargée nous attend demain.

— On n'attend pas d'avoir des nouvelles du shérif ?

— Mon numéro est dans vos contacts. Je vous enverrai

un texto dès que j'aurai du nouveau – s'il y en a. Mais dans l'immédiat, nous devons tous nous reposer.

Cassie se leva en soupirant.

— Je n'ai pas envie de rentrer chez moi sans elles.

C'était la vérité mais elle avait honte de l'avouer. Elle ne pouvait pas s'imaginer entrer dans sa maison sans Brook et Jilly à ses côtés.

— Y a-t-il un autre endroit où vous pourriez passer la nuit ?

— Tante Vera m'a proposé de venir chez eux, dit-elle en prenant son sac.

Elle en tira son trousseau de clés. Lorsqu'elle croisa son regard, elle sentit quelque chose passer entre eux et se nicher au plus profond d'elle. Elle voulut ajouter quelque chose mais elle ne savait pas quoi.

Tout en serrant ses clés dans sa main, elle se tourna vers lui.

— Vous m'appellerez ?

— Dans la seconde où j'ai du nouveau.

— Merci. Bonne nuit.

Quand elle sortit, le froid glacial traversa ses vêtements d'été. Tête baissée, elle se hâta vers son van. Elle se sentait épuisée. De nouveau, des larmes inondaient ses joues. Elle les essuya d'un revers de main, jeta son sac sur le siège passager et essaya d'ignorer l'odeur douceâtre du jus de pomme renversé sur le tapis. Comme elle démarrait, son téléphone bipa.

Elle plongea sa main dans la poche extérieure du sac et tâtonna jusqu'à ce qu'elle puisse ouvrir le texto.

> Le shérif n'a vu personne à l'adresse indiquée. Il interroge le voisinage et montre votre photo. Essayez de dormir.

« Essayez de dormir. » La dernière partie lui donna envie de pleurer mais elle se l'interdit, consciente que Brady

Nichols pouvait sortir du bâtiment d'un instant à l'autre. Elle se contenta donc de lui adresser un bref message de remerciement, puis actionna la marche arrière pour s'en aller au plus vite.

En sortant du parking, elle se jura qu'elle se tiendrait mieux demain. Winnie avait un travail à effectuer et la pauvre chienne ne pouvait pas tout faire. Elle ne parviendrait pas à retrouver ses filles si elle avait une femme en larmes accrochée en permanence à son cou.

Tout en roulant vers la maison de sa tante et de son oncle, elle décida de reconsidérer sa position à propos de l'adoption d'un chien pour les filles…

9

Elle se gara devant la belle demeure de sa tante et de son oncle et entra par l'arrière. Comme d'habitude, ils n'avaient pas fermé la porte de la cuisine à clé. Elle actionna la poignée. La porte résista un peu mais, d'un coup de hanche, elle parvint à l'ouvrir.

La maison était plongée dans l'obscurité, à l'exception de la lumière au-dessus de la cuisinière. Sans bruit, elle referma la porte, en veillant à ne pas réveiller sa tante et son oncle. Ils se levaient tous les matins à 4 h 30 pour préparer le petit déjeuner qu'ils serviraient dans leur restaurant et elle ne voulait surtout pas perturber leur sommeil.

Sur la pointe des pieds, elle traversa la cuisine jusqu'au hall d'entrée mais comme elle s'apprêtait à monter l'escalier, une voix provenant du salon l'arrêta net.

— J'imagine qu'il n'y a rien de nouveau ?

Elle sursauta et se retourna, le cœur battant à tout rompre. Elle plissa les yeux dans la pénombre et finit par distinguer sa tante Vera assise sur le canapé.

— Tu m'as fait peur, dit-elle précipitamment.

— Désolée, petite fille.

Son ton affectueux, qu'elle réservait en général à ses

petites-nièces, fit naître une grosse boule dans la gorge de Cassie.

— Je pensais que tu dormais et je ne voulais pas te réveiller.

— Qui peut dormir dans ce contexte ? répliqua Vera d'un ton bourru.

— J'espère que Millard au moins y parvient, répondit-elle avec lassitude.

Son oncle était un brave homme, doté d'une grande gentillesse, mais il avait par nature besoin de longues nuits de sommeil pour être en forme.

Vera tapota le coussin à côté d'elle en signe d'invitation.

— Ne t'inquiète pas. Je l'entends ronfler d'ici.

— Bien, tant mieux.

Cassie s'assit sur le canapé à côté de sa tante qui passa un bras sur ses épaules et la pressa contre elle. Trop fatiguée pour résister à la tendresse qui lui était offerte, elle bascula jusqu'à ce que sa tête repose sur ses genoux.

— Non, il n'y a rien de nouveau, murmura-t-elle. Ils essaient de localiser Mark mais jusqu'ici, ils n'y sont pas parvenus.

— Mark n'est pas impliqué dans cette histoire, répondit sa tante d'un ton sans réplique. Enlever les filles lui demanderait trop d'efforts. Celui qui m'inquiète, c'est ce Keith. Quand nous étions chez Emma, j'ai expliqué au chef de la police qu'ils devaient plutôt s'intéresser à lui. Cela dit, je n'ai pas eu l'impression qu'il accordait beaucoup d'importance à mes propos. Il estime sans doute que je suis trop vieille pour avoir une idée sensée.

Vera ne mâchait pas ses mots mais la plupart des habitants de Jasper étaient habitués à son côté direct.

— Je partage ton avis. J'ai moi aussi parlé au maître-chien Nichols à propos de Keith et je suis certaine qu'ils vont enquêter sur lui. Mais ils ne veulent pas s'éparpiller. Ils doivent d'abord s'assurer que Mark n'est pas mêlé au kidnapping puisqu'il est leur père. Ils enquêteront sur d'autres suspects ensuite.

Vera secoua la tête, la mine lugubre.

— Si désormais les gens ne peuvent plus laisser leurs enfants jouer en liberté à Jasper, c'est vraiment la fin d'une époque. Vivre en sécurité à Boise n'est plus possible depuis longtemps mais maintenant, c'est partout pareil…

— Oui, le malheur peut fondre sur une famille à tout moment et partout, dit Cassie d'une voix enrouée par la fatigue et l'émotion.

Les deux femmes se turent. D'une main douce, Vera lui caressait les cheveux. Ce geste était une autre surprise dans une soirée qui en avait vu beaucoup. En général, sa tante ne savait jamais comment exprimer son affection, ce qui, aux yeux de Cassie, la rendait encore plus attachante.

— Tu veux une tasse de thé ?

— Non, merci, dit Vera. Le thé me rendrait un peu plus nerveuse, dit-elle en se redressant. Tu devrais aller dormir un peu. Je vais m'allonger et attendre l'aube.

Elle se leva avec un gémissement.

— Le lit est fait dans la chambre d'amis. Essaye au moins de fermer les yeux. Tu as besoin d'être reposée pour être en mesure de chercher tes filles. Les gens sortiront tôt. Millard et moi nourrirons tout le monde. En plus des équipes de recherche officielles, quelques guides accompagneront de petits groupes de volontaires sur les sentiers de randonnée.

— J'apprécie l'aide de chacun.

— Les gens de Jasper sont solidaires. Nous prenons soin les uns des autres. Tu es l'une des nôtres, que tu aies vécu ici toute ton existence ou non. Nous allons retrouver tes filles et les ramener à la maison.

Elle posa un baiser sur le sommet de la tête de sa nièce, puis se dirigea vers le couloir.

— Maintenant, va te coucher, ordonna-t-elle.

Cassie sentit son cœur s'emballer en écoutant les pas traînants de sa tante. Elle resta sur le canapé, les yeux perdus dans le vide, et laissa le calme de la maison l'envelopper. Dieu merci, elle n'avait pas à rentrer chez elle. Dans l'ancienne maison de ses grands-parents, qu'elle partageait avec ses filles, elle aurait dû affronter un autre silence, un silence qu'elle n'aurait pas supporté.

Tenant compte des conseils de sa tante, elle se força à se lever et à remonter le couloir. La chambre d'amis était propre et rangée. Elle enleva les vêtements qu'elle avait portés toute la journée, ne gardant que ses sous-vêtements, et se glissa entre les draps. Ils sentaient l'adoucissant et le soleil. L'oreiller serré contre sa poitrine, elle se mit en boule et laissa couler des larmes silencieuses.

Elle avait dû s'endormir sans s'en rendre compte parce que soudain, elle entendit quelqu'un frapper à la porte et se réveilla en sursaut.

Surprise, elle bondit hors du lit. Elle ne prit pas la peine de s'habiller. Le cœur battant, elle s'enroula entre les draps et se précipita vers l'entrée. Par habitude, elle jeta un œil par la lucarne avant d'ouvrir. Brady Nichols se tenait sous le porche vêtu d'un équipement tactique sombre, de bottes noires et d'une veste l'identifiant comme membre de la police de Jasper.

Elle tâtonna un peu pour déverrouiller la serrure.

— Y a-t-il du nouveau ? demanda-t-elle.

Il écarquilla les yeux quand il découvrit sa tenue. Mais

à son crédit, il posa son regard sur son front en secouant la tête.

— Rien de nouveau à propos des filles. Je venais vous dire que votre ex-mari avait été localisé. Il n'est pas impliqué dans le kidnapping. Il a un alibi en béton : il a passé la nuit au poste de police de Billings. Nous en avons eu confirmation ce matin. Nos collègues l'ont arrêté pour conduite en état d'ivresse.

— La routine pour lui, marmonna-t-elle.

— Du coup, Norton a été propulsé au premier rang de notre liste de suspects. Malgré tout, essayez de voir s'il y a quelqu'un d'autre sur qui nous devrions enquêter.

— Non, il n'y a personne d'autre, dit-elle en secouant la tête. Et Keith se trouve dans l'Idaho. Que vous faut-il de plus pour vous convaincre ?

— Il ne s'agit pas de convaincre qui que ce soit. Je veux être sûr de couvrir toutes les bases. Dillon m'a appelé. Un pickup qui pourrait être celui de Norton a été trouvé dans les collines. Ils sont en train d'identifier les plaques d'immatriculation.

— Un pickup ? Keith n'a pas de pickup. Il conduit une voiture. Une petite berline, précisa-t-elle, les sourcils froncés.

— Une camionnette immatriculée dans le Montana est garée dans les bois, près de l'ancien poste de garde forestier. Je me rends là-bas avec Winnie, maintenant.

— Que voulez-vous dire par « je me rends là-bas maintenant » ? Sans moi ? ajouta-t-elle, déconcertée.

Que les recherches puissent continuer sans elle ne lui avait jamais traversé l'esprit.

— Il vaut mieux que vous restiez ici. Nous irons plus vite sans la présence de civils, dit-il en croisant son regard.

— Je ne suis pas une civile. Je suis leur mère.

— Je sais mais…

— Non, vous n'allez pas là-bas sans moi.

Laissant la porte grande ouverte, elle recula et laissa tomber le drap sans se soucier de choquer le policier Nichols. Dans la chambre d'amis, elle s'habilla en vitesse.

— Ne vous avisez pas de partir sans moi, cria-t-elle.

Elle se peigna les cheveux de ses doigts alors qu'elle se dirigeait vers la porte d'entrée.

— Je suis leur mère, celle qu'elles voudront voir dès que vous les trouverez.

Il était entré et avait laissé la porte-moustiquaire se refermer derrière lui.

— Sans doute. Mais je vous appellerai une fois que nous aurons…

Elle fonça droit sur lui. Elle se sentait prête à le piétiner s'il le fallait. Mais de gré ou de force, elle monterait dans son SUV.

— Non, coupa-t-elle. Je viens. Fermez la porte derrière vous, cria-t-elle par-dessus son épaule. Millard et Vera sont déjà partis pour le restaurant et je ne vais pas laisser leur maison ouverte.

— Madame Whitaker, vous ne…

— Je pense que nous pouvons nous appeler par nos prénoms, maintenant, non ?

Elle se dirigea vers le côté passager du SUV et actionna la poignée de portière.

— Winnie est à l'arrière ? lui cria-t-elle.

Il ferma la porte d'entrée et se dépêcha de descendre les marches pour la rejoindre.

— Oui, mais vous ne pouvez pas m'accompagner. Il s'agit d'une enquête officielle.

— Et je suis officiellement leur mère. Je ne laisserai pas les recherches reprendre sans moi. Maintenant, nous pouvons rester ici à discuter jusqu'à ce que le soleil se lève et se couche à nouveau mais le temps presse.

Elle ouvrit la portière et se hissa sur le siège avant de claquer la portière, refusant d'entendre ses protestations.

10

Un désastre annoncé. Voilà ce qui se préparait.

Les mâchoires serrées, Brady roulait vers la voie forestière réservée aux véhicules des pompiers où ils avaient perdu la piste des fillettes, la veille au soir. Dillon l'avait appelé pour lui dire qu'il était déjà en route avec Bentley. Cal Hoover et son chien, Ruby les rejoindraient là-bas. Le chef leur avait envoyé un texto pour les informer que l'antenne du FBI à Boise avait été mise au courant du kidnapping.

Le temps pressait. S'il voulait participer avec Winnie au pistage et au sauvetage – et espérer aboutir –, il n'avait pas un instant à perdre à discuter avec la mère des victimes.

Mais il imaginait déjà les réflexions auxquelles il aurait droit de la part de ses collègues.

Devinant sans doute la teneur de ses pensées, Cassie tenta de se justifier :

— Je sais que vous ne vouliez pas m'emmener mais je n'aurais pas pu rester assise, les bras croisés, à attendre, dit-elle, brisant le silence.

— La question n'est pas ce que je veux ou pas. Il y a des procédures à respecter.

Furieux, Brady tambourina du bout des doigts sur le volant. Il anticipait les moqueries qui lui seraient lancées. Peut-être pourrait-il les atténuer en partie en la gardant hors de vue.

— Quand nous arriverons là-bas, vous resterez dans le SUV. Nos chiens sont entraînés mais nous veillons à leur donner le moins de signaux contradictoires possible. Il est très important de les faire travailler dans les meilleures conditions. Votre présence ajoutera une odeur supplémentaire, forcément perturbante.

— Je ne ferai évidemment rien qui puisse compromettre les recherches de mes filles, dit-elle avec raideur. Mais si vous pensez que j'aurais pu rester à la maison en attendant que vous appeliez, vous perdez la tête.

— J'avais compris, répondit-il sur le même ton. Ma principale préoccupation est de préserver d'éventuelles pistes sur la zone. Et si vous foncez à tort et à travers sur ce périmètre, vous risquez de le polluer et de compliquer voire d'empêcher le travail des chiens. Il y a une méthodologie à respecter pour effectuer correctement des investigations et espérer aboutir. Suis-je clair ?

— Limpide.

Il quitta la route principale pour s'engager sur le chemin de terre menant aux collines. Il emprunta la voie réservée aux pompiers pour s'enfoncer un peu plus loin dans les bois. Lorsque l'ancien poste de garde forestier apparut, il ralentit et finit par s'arrêter derrière un pickup abandonné en travers du sentier.

— Il est immatriculé dans le Montana, dit-elle.

Afin de le garder immobilisé jusqu'à l'arrivée des renforts, il gara son SUV en biais, de façon à bloquer le véhicule.

— Avez-vous déjà vu ce pickup ?

— Non. Jamais.

— Il n'appartient donc pas à Keith Norton ?

— Pas que je sache mais il n'a pas l'air neuf. Keith est dentiste. Il gagne bien sa vie et il a les moyens d'acheter une camionnette d'occasion.

— Et de la régler en espèces, murmura-t-il. Dites-m'en davantage sur lui. Vous disiez qu'il pratiquait la course à pied. Chasse-t-il aussi ? Campe-t-il ?

— Non, jamais. C'est un gars de la ville, il déteste la campagne, la vie à l'extérieur. Un jour, peu après avoir fait sa connaissance, j'ai voulu faire une randonnée avec lui. J'avais choisi un sentier facile, en pensant que marcher serait un bon moyen de discuter. Il n'a pas cessé de se plaindre.

— Se plaindre de quoi ?

— De la chaleur, des insectes, de la poussière…, dit-elle avec un soupir dédaigneux. Il n'est pas du genre à aimer se faire piquer par les moustiques. Alors dormir dehors… Je ne peux pas l'imaginer.

— En tout cas, il n'est pas retourné dans sa maison de White Feather. Le shérif du comté a surveillé l'endroit toute la nuit.

— Peut-être ont-elles dormi dans ce pickup ? dit soudain Cassie. J'ai bien envie d'aller y jeter un œil pour voir si je trouve des traces des filles…

Comme elle actionnait déjà la poignée de sa portière, Brady posa une main ferme sur son bras pour l'arrêter.

— Non, Cassie. Comme je vous l'ai dit, vous restez dans ce SUV. Ce sont mes conditions et elles ne sont pas négociables, ajouta-t-il en soutenant son regard.

— Brady…

— Non. Avant d'approcher cette fourgonnette, j'attends les renforts. Et quand ils arriveront, vous resterez ici. Si vous ne pouvez pas accepter mes conditions, je vous reconduis en ville… Au risque de perdre un temps précieux.

Ils se dévisagèrent avec animosité.

— Cassie, j'ai besoin que vous travailliez avec moi. Pas que vous me gêniez. Restez dans le camion, répéta

Brady. Je vous promets que dès qu'il y aura du nouveau, vous serez prévenue.

Ils se mesurèrent du regard quelques instants de plus. Des bruits de moteur détournèrent enfin leur attention. Trois autres véhicules – de patrouille ou banalisés – manœuvrèrent autour d'eux pour bloquer le pickup sous tous les angles possibles.

Finalement, Cassie hocha la tête.

— Vous feriez mieux d'avoir mon numéro enregistré dans vos favoris pour m'appeler en priorité, dit-elle. Compris ?

Il actionna sa poignée.

— Faites-nous confiance. Winnie et moi avons autant que vous envie de les retrouver.

Il claqua sa portière et se dirigea vers le hayon du SUV. Alors qu'il libérait Winnie, il vit Cassie se retourner sur son siège, les yeux rivés sur lui.

— Dis-lui que nous allons retrouver ses filles, ordonna-t-il à la chienne.

Winnie laissa échapper un bref aboiement et il fut presque sûr d'avoir entendu Cassie sangloter lorsqu'il referma le hayon.

Ils fouillaient les bois depuis deux heures lorsque Brady sentit les poils de sa nuque se hérisser. Il s'immobilisa, aussitôt imité par Winnie. Elle leva le nez du sol pour humer l'air. Comme elle y captait quelque chose d'intéressant, ses oreilles se dressèrent.

— Je le sens aussi, lui dit-il. Elles étaient près d'ici, n'est-ce pas, ma belle ?

Winnie flaira encore un peu, le museau levé.

Brady ne la bouscula pas, se contentant de rester à ses côtés. Il avait toute confiance en sa chienne. Soudain, elle bondit vers la droite et fonça dans le sous-bois en tirant sur sa laisse. D'un coup de pouce expérimenté, il la détacha pour la laisser suivre la piste à son rythme.

Tout en se frayant un chemin à travers les sous-bois de plus en plus denses, il gardait son attention rivée sur elle. À peine trois minutes s'étaient écoulées lorsqu'elle poussa un bref aboiement.

La radio fixée à son col émit des grésillements et le chef Walters demanda :

— C'était Winnie ?

Brady activa le micro.

— Oui. Elle tient quelque chose.

Une rafale d'électricité statique se fit entendre et Dillon intervint :

— Rentre ta position actuelle pour nous permettre de te localiser.

— Reçu.

Il indiqua son emplacement puis s'élança derrière la chienne qui semblait de plus en plus agitée.

Un instant plus tard, son collègue, Cal Hoover, lança via l'oreillette :

— Je t'ai repéré. J'arrive.

Brady consulta sa boussole.

— Winnie se dirige vers l'ouest. Mais il y a une falaise par là et je ne suis pas sûr de ce qu'elle a découvert…

Il s'interrompit. Alors qu'il contournait un bosquet d'arbres, il vit sa chienne aboyer contre la paroi rocheuse. À quelques mètres au-dessus de la clairière, il aperçut une cavité dans la roche. Le labrador y rivait son regard avec une forte intensité.

— Il y a une grotte, dit-il dans son micro.

— Attendez les renforts, ordonna le chef.

Brady n'avait pas envie d'obéir. Au pire, il pourrait toujours prétendre que les aboiements de Winnie l'avaient empêché d'entendre l'ordre de son chef. De toute façon, s'il retrouvait les petites Whitaker, Walters ne poserait pas trop de questions. Il était doué pour regarder ailleurs quand il y voyait son intérêt.

Il claqua des doigts une fois. Winnie baissa d'un ton. Si le ravisseur et les enfants étaient là, ses aboiements les pousseraient à s'enfoncer plus profondément dans la grotte. Ou à fuir. Pourtant, il ne voulait pas que la chienne se taise complètement. Dillon et Cal se guideraient grâce à ces jappements qui leur serviraient de balise.

Il escalada les rochers au pied de la paroi rocheuse et chercha une prise à tâtons. Quelques jurons plus tard, il se hissa suffisamment haut pour pouvoir jeter un coup d'œil à l'intérieur de la grotte. Elle n'était pas profonde. Il y vit une petite chaussette blanche, un élastique rose pour les cheveux et quelques empreintes de pas dans la poussière. Rien d'autre. Il n'y avait plus personne.

— Merde.

Il tendit la main pour saisir la chaussette que l'une des filles avait oubliée. Jilly, devina-t-il, à en juger par sa taille. Un bref souvenir lui serra le cœur. Elle avait noué ses longs cheveux blonds avec des élastiques roses.

Quelque chose ne collait pas dans cette histoire. Il ne parvenait pas à comprendre l'objectif du ravisseur, quel qu'il soit. Si son but avait été d'enlever les enfants, il les aurait conduites jusqu'à la voie express pour prendre le large. Il ne les aurait pas entraînées en pleine nature. Son instinct lui soufflait que la cible de Norton – si l'auteur du kidnapping était bien l'ancien petit ami de Cassie – n'était pas Brook et Jilly mais leur mère. Avait-il toujours les fillettes avec lui ? Ou les avait-il abandonnées dans les bois ? Se pouvait-il qu'il se soit rendu chez Cassie pendant qu'ils le cherchaient ici ?

Une brusque panique traversa Brady alors qu'il redescendait la paroi rocheuse. Le souffle court, il pressa le bouton de son micro.

— Quelqu'un surveille Cassie Whitaker ?

Un instant plus tard, le ton laconique du chef Walters se fit entendre.

— Vous parlez de la civile que vous avez fait monter dans votre véhicule de fonction, lieutenant Nichols ? Oui, elle est près de moi.

Brady refusa de se sentir gêné par les reproches subtils de son supérieur.

— Gardez un œil sur elle, voulez-vous ? Je ne pense pas que les enfants soient l'objectif réel du ravisseur.

— Qu'avez-vous trouvé, Nichols ? demanda Walters, alors que Cal Hoover jaillissait des bois, son chien Ruby à ses côtés.

Brady, la chaussette et l'élastique dans la main, jeta un dernier coup d'œil à la grotte puis secoua la tête pour indiquer qu'elle était vide.

D'un geste, il arracha le micro de son col et parla directement dedans.

— J'ai la preuve qu'elles se sont trouvées dans une grotte au nord-est de la falaise mais je n'ai rien de plus pour le moment.

— D'accord. De mon côté, j'ai l'heure d'arrivée des agents fédéraux, l'informa le chef d'un ton bourru. Ils seront là vers 13 heures.

— Reçu. Nous continuons jusqu'à ce qu'ils prennent le relais, répondit-il. Ou que les filles soient retrouvées.

— Je garde un œil sur la situation ici, assura le chef Walters.

— D'après les empreintes de pas que j'ai repérées sur le sol, les petites se déplacent, rapporta-t-il.

— Alors continuez d'avancer, vous aussi. J'aimerais rassurer leur mère. Une fois que les Feds seront là, ils voudront l'entendre. Elle devra de nouveau subir un interrogatoire en règle.

— Reçu.

Brady s'accroupit devant Winnie et la regarda dans les yeux jusqu'à ce qu'il soit sûr de retenir toute son attention. Puis il lui offrit la chaussette à flairer.

— Tiens, ma belle. Cherche, ordonna-t-il.

Winnie baissa la tête et, la truffe au sol, commença à fouiller la zone en cercles lents et méthodiques.

Il la regarda faire puis tendit la chaussette et l'élastique qu'il avait découverts au chien de Cal, Ruby. Le berger allemand finissait à peine de les renifler quand Winnie tourna la tête vers la droite, aboya et bondit à nouveau dans les bois.

Mais cette fois, elle s'éloigna de la montagne.

11

La présence permanente du chef Walters à ses côtés n'ennuyait pas vraiment Cassie mais finissait par l'inquiéter... Elle lui jeta un coup d'œil de biais.

— Vous ne me dites pas tout, n'est-ce pas ? lui lança-t-elle enfin.

— En effet, il y a beaucoup de choses que nous ne vous disons pas, madame, répondit-il. Mais soyez certaine que les policiers que j'ai affectés à ces recherches sont les meilleurs. Et si, par extraordinaire, ils ne parvenaient pas à retrouver les petites, le FBI est sur le point de débarquer pour prendre le relais. Là encore, ils nous envoient leurs meilleurs éléments. Nous faisons le maximum pour vous ramener vos petites filles saines et sauves.

— Je n'en doute pas, chef. Mais je me sens tellement impuissante... Je suis leur mère, ajouta-t-elle pour tenter de lui expliquer sa nervosité. Les mères agissent. Elles n'attendent pas sans rien faire.

— Ils sont sur leur piste, ils vont aboutir. Croyez-moi.

Le chef Walters avait raison : elle devait faire confiance à Brady. Il ferait tout pour les retrouver, elle en était certaine. Il l'avait écoutée raconter sa vie amoureuse pathétique sans sourciller, sans la juger. Il l'avait rassurée et s'était comporté avec gentillesse et patience avec ses filles. Jusqu'à ce qu'elles s'installent à Jasper, Jilly et Brook n'avaient pas eu beaucoup de contacts positifs avec des hommes en dehors d'un cadre scolaire. Elles ne connaissaient que l'oncle de Cassie, Millard, qui n'était pas d'un naturel très chaleureux.

Se mordillant les lèvres, elle commença à faire les cent pas devant le SUV. Brady était le premier homme que ses filles avaient approché sans appréhension. Mais, bien sûr, la présence de Winnie en était la cause.

Elle-même avait été proche de son père, autrefois, et elle appréciait la compagnie de son oncle. Mais après ce qu'elle avait vécu avec Mark, il lui était difficile de ne pas être sur ses gardes. Peut-être n'avait-elle pas donné à Keith la chance qu'il estimait mériter mais elle avait suivi son instinct comme chaque fois qu'il s'agissait de ses enfants. Et son instinct lui soufflait que Keith n'était pas un homme de confiance.

Contrairement à Brady Nichols… qui semblait calme et stable. Avec lui, elle n'aurait pas à craindre des sautes d'humeur en permanence. Elle se demanda comment serait la vie avec un homme comme lui.

Dès le début, sa relation avec Mark avait été explosive. Lorsqu'elle l'avait rencontré, elle était très jeune et avait pris leur libido débordante pour de l'amour. Elle avait compris trop tard qu'il était en colère et déçu par la vie. Quant à Keith, un homme qui avait toutes les raisons d'être heureux de son sort, il n'était jamais satisfait. Il voulait toujours davantage, exigeait d'elle ce qu'elle ne pouvait lui donner et lui prenait de force ce qu'elle lui refusait.

Des grésillements d'électricité statique interrompirent ses pensées et elle se retourna pour faire face au chef de la police. Il avait pris soin de s'éloigner pour communiquer avec son équipe par radio mais elle entendit le commentaire enthousiaste de Dillon :

— Winnie est sur quelque chose. Brady et Cal la suivent. Quant à moi, je reviens à la base. Bentley s'est blessé à la patte.

— Je vais contacter Jenny et lui demander d'appeler le Dr Beaumont pour qu'il nous retrouve ici pour l'examiner.

— Que se passe-t-il ? Qu'a trouvé Winnie ? demanda-t-elle lorsqu'il mit fin à l'échange radio.

— Aucune idée, répondit le chef Walters avec calme.

Comme il baissait les yeux sur son téléphone, elle vit deux points bleus se déplacer de gauche à droite sur l'écran.

— Ce sont les chiens ? demanda-t-elle. Où vont-ils ? Se dirigent-ils par ici ou s'éloignent-ils de nous ? demanda-t-elle en regardant par-dessus son épaule.

— Les points sont Cal et Brady, corrigea-t-il. Winnie et Ruby sont devant eux.

— Que voulait dire Dillon quand il vous a dit que Winnie était sur quelque chose ?

— En tout cas, ils suivent une piste vers l'est, ce qui est bien. Le terrain est beaucoup plus facile par là.

— À l'est de la montagne ? Vers la rivière ?

— Pas très loin, répondit-il d'un ton bourru. Excusez-moi, je dois passer un appel.

Il lui tourna le dos pour lui faire comprendre qu'il ne répondrait plus à ses questions.

Elle se tordait les mains tant elle était angoissée. Mais elle resta près du chef alors qu'il appelait par radio l'opératrice des secours pour lui demander l'intervention des services vétérinaires.

Un peu plus tard, il rappela Brady.

— Nichols, quelle est votre situation ?

Quelques instants tendus s'écoulèrent mais ils perçurent enfin la réponse de Brady derrière des grésillements d'électricité statique.

— Nous suivons une piste, monsieur. J'aimerais avoir quatre jambes. Winnie laboure le terrain comme une débroussailleuse.

— Tenez-nous au courant.

Elle se rapprocha encore du chef, alors qu'il regardait les points se déplacer sur l'écran.

— Ils reviennent par ici, murmura-t-il. Je parie qu'ils longent Spring Creek.

— Spring Creek ? répéta-t-elle, en essayant de se remémorer les cartes de la région. Spring Creek se jette dans la rivière Salmon, non ?

— La plupart des cours d'eau de la région se jettent dans la rivière Salmon. Au printemps, ils sont alimentés par la fonte des neiges. Comme nous sommes en été, ils ne sont pas très profonds, quelques centimètres tout au plus.

De nouveau, des craquements se firent entendre dans sa radio mais rien ne suivit.

— Pensez-vous qu'ils vont bientôt aboutir ? Qu'ils rentrent est mauvais signe, non ? demanda Cassie. Ils vous auraient prévenu par radio s'ils les avaient retrouvées. Qu'ils reviennent n'est probablement pas une bonne nouvelle…

— Ils ne se dirigent pas nécessairement vers la base, répliqua le chef, les yeux rivés sur l'écran.

Un long moment s'écoula, tendu et silencieux. Puis ils virent les points bleus s'arrêter et rester immobiles.

— Cela signifie quoi quand ils ne bougent pas ? demanda-t-elle.

— Peut-être ont-ils trouvé quelque chose, répondit-il avec lassitude. Diaz arrive bientôt. Nous écouterons ce qu'il a à dire.

Ils se tournèrent tous les deux dans la direction indiquée par le point de Dillon mais le maître-chien n'apparaissait pas. Quand Cassie se pencha pour mieux voir l'écran du smartphone, Walters s'écarta et lui lança avec sévérité :

— Si vous vous rapprochez encore, les gens vont commencer à jaser.

— Désolée, murmura-t-elle.

Elle se força à fermer les yeux et à respirer profondément.

— Je suis désolée, répéta-t-elle, un peu calmée. Ça fait des heures qu'ils sont partis.

— La zone à couvrir est étendue. Croyez-moi, il vaut mieux qu'ils soient minutieux.

— Je suis…

Au bord des larmes, elle s'interrompit, incapable d'expliquer son état.

— Comme je vous l'ai dit, ce sont les meilleurs, dit Walters d'un ton rassurant.

— J'apprécie tout ce que vous faites tous. J'espère que vous le savez, s'empressa-t-elle d'ajouter.

— Nous effectuons notre travail, c'est tout, madame. Nous allons retrouver vos filles.

Il fronça les sourcils en reportant son attention sur le point bleu qui représentait Dillon Diaz.

— Diaz devrait être ici, maintenant. Le GPS n'est pas toujours très fiable dans le coin, expliqua-t-il.

Un vrombissement de moteur annonça l'arrivée d'un autre véhicule.

Tashya Pratt se gara et sortit d'une jeep ornée du caducée vétérinaire.

— J'ai entendu dire que Bentley était blessé, leur cria-t-elle en s'approchant. Le Dr Beaumont a eu une urgence à la clinique, alors je suis venue vous aider.

Quelques instants plus tard, Dillon sortit des broussailles, Bentley dans les bras.

— Rappelez-moi de le mettre au régime, dit-il, en

s'affaissant à moitié alors qu'il se dirigeait vers eux avec le berger australien.

Tashya sourit au chien.

— Ton maître te trouve en surpoids, Bent ? roucoula-t-elle alors que Dillon déposait l'animal à l'arrière du véhicule ouvert. Il a tort, tu es parfait, n'est-ce pas ?

Elle regarda la jeune femme l'examiner de la tête à la queue.

— Il s'est blessé la patte avant droite, précisa Dillon. Il a glissé sur une pierre pointue mais peut-être souffre-t-il d'une entorse ou s'est-il cassé un os.

— Je vais l'examiner, ne vous inquiétez pas, déclara Tashya d'un ton chantant tout en caressant Bentley. Dès qu'un homme se voit confier un animal, il se prend pour un vétérinaire expérimenté, ajouta-t-elle.

— Je connais mon chien, grommela Dillon.

Mais il recula pour laisser Tashya travailler.

Quand elle arriva à sa patte avant droite, le berger australien poussa un cri aigu indiquant que son coéquipier ne s'était pas trompé. Cassie aurait voulu s'approcher pour tenter à son tour de l'apaiser mais des aboiements retentirent alors.

— C'est Ruby, dit Dillon en se retournant.

Le chef Walters baissa les yeux sur son smartphone qu'il secoua avec un soupir de frustration.

— Le GPS doit être en panne.

Avant que quiconque ne puisse l'arrêter, Cassie s'élança en direction des aboiements de Ruby.

— Madame ! lui cria le chef.

— Cassie ! cria Dillon.

Mais, refusant d'écouter leurs avertissements, elle plongea tête baissée dans les broussailles, sans se soucier des branches basses et des ronces qui déchiraient ses vêtements.

Ils les avaient retrouvées. Elle le sentait dans ses tripes, dans son cœur. Ses filles étaient avec Cal, Brady et leurs chiens, et elle n'allait pas attendre un instant de plus pour les voir.

Guidée par d'autres aboiements, elle poursuivit sa course et cria de toutes ses forces :

— Brooklyn ! Jillian !

Ses chéries ne pouvaient sans doute pas l'entendre mais elle avait besoin de dire leur nom à haute voix.

Une autre série d'aboiements suivit, plus profonds que les autres. Ils émanaient sans doute de Winnie.

Un craquement de branche derrière elle la fit sursauter. Quand elle se retourna, elle découvrit Dillon Diaz qui la regardait avec incrédulité.

— Vous ne pouvez pas vous précipiter sur une zone de recherches comme ça, la réprimanda-t-il.

— Ils les ont retrouvées. Je le sens. Je dois rejoindre mes filles, insista-t-elle en s'éloignant de lui.

— Ils les ont sans doute retrouvées mais leur ravisseur pourrait vous capturer à votre tour, répliqua Dillon.

Winnie aboya de nouveau et quand Cassie tourna la tête dans cette direction, elle aperçut deux silhouettes vêtues de noir dans les bois.

— Le GPS et le relais radio ne fonctionnaient pas là où ils se trouvaient, dit Dillon.

Elle entendit à peine l'explication de Dillon. Elle s'en fichait. Seules ses enfants l'intéressaient.

— Brooklyn ! Jillian ! cria-t-elle encore.

— Maman ! Maman ! répondirent les fillettes en chœur.

Lorsqu'elle entendit leurs voix, Cassie s'effondra sur le sol recouvert de feuilles.

— Mon Dieu, murmura-t-elle. Mon Dieu, merci.

Derrière elle, Dillon laissa échapper un sifflement aigu, et quelques secondes plus tard, les deux hommes apparurent, tenant chacun une fillette blonde dans ses bras. Jilly s'accrochait à Brady comme un koala, mais plus surprenant, Brook avait abandonné sa réserve habituelle pour se pendre au cou de Cal. Elle leva la tête alors qu'ils arrivaient dans la petite clairière.

— Maman, cria-t-elle.

Cassie courut vers elles.

— Mes chéries, êtes-vous blessées ? Sont-elles blessées ? demanda-t-elle en regardant tour à tour les filles puis les deux hommes. Oh ! mes pauvres bébés, ajouta-t-elle.

Elle déposa d'abord un baiser sur le front de Jilly, puis un autre sur celui de Brook. Sa fille aînée ne repoussa pas ses marques d'affection comme elle le faisait si souvent ces derniers temps. Les deux fillettes se précipitèrent vers elle, en renversant presque leurs sauveteurs dans leur exubérance.

Elle leur ouvrit les bras et les serra toutes les deux avec force comme pour se convaincre qu'elles étaient réelles, qu'elle ne rêvait pas.

— Winnie et Ruby nous ont retrouvées, cria Jilly, tout excitée.

La petite jeta un coup d'œil aux chiens qu'elle considérait comme des héros.

— Nous étions au bord de la rivière quand ils nous ont senties. Winnie et Ruby avaient reniflé ma chaussette.

Cassie tournait la tête vers l'une et l'autre, en couvrant leurs joues sales de baisers passionnés.

Derrière elle, Brady déclara :

— Elles semblent toutes les deux indemnes mais par prudence, nous devons les conduire à l'hôpital où elles seront examinées. Elles ont passé la nuit dans la grotte où j'ai trouvé les affaires de Jilly. D'après Brook, Norton est parti ce matin et n'est jamais revenu.

— Je ne l'aime pas, annonça Jilly.

— Moi non plus, ajouta Brook. Il n'arrêtait pas de me dire de me taire.

— Brady est mon ami, déclara Jilly en le regardant avec adoration. Il ne pense pas que je parle trop. Je vais l'épouser et vivre avec Winnie. Brookie pourra épouser Cal.

— Je suis déjà marié, répondit Cal en riant. De plus, je soupçonne que vous, mesdemoiselles, ne voudriez de nous que pour nos chiens, ajouta-t-il d'un air découragé.

Plus sérieuse que jamais, Brook secoua la tête.

— Nous pouvons être amis, alors, dit-elle solennellement.

Cal sourit à la fillette.

— J'aimerais beaucoup être ton ami, mademoiselle Brooklyn. Maintenant, allons jusqu'à l'une des voitures avec ta maman.

Tout en les suivant, Cassie balbutiait des remerciements mais Cal balaya sa gratitude d'un geste.

— Nous n'avons fait que notre travail, madame, répondit-il avec un sourire.

Ils se frayèrent tous un chemin à travers les arbres.

Alors qu'ils passaient devant le pickup abandonné, il vit la voiture du chef, garée à l'arrière.

— Si vous le demandez gentiment, les filles, je parie que le chef Walters acceptera d'allumer les gyrophares lorsqu'il vous conduira en ville.

Quand ils rejoignirent les autres, Brady s'arrêta si brusquement que Cassie faillit le heurter. Elle le regarda en face mais ne trouva pas les mots pour exprimer sa gratitude.

— Brady, je…

Il secoua la tête, puis lui prit Jilly.

— Conduisons-les aux urgences pour que les médecins puissent les examiner. Je vous suivrai et vous détaillerai ce que nous avons trouvé.

Il se tourna vers le chef Walters.

— Monsieur ? Pouvons-nous laisser quelqu'un ici pour surveiller cette camionnette ? Nous n'avons trouvé aucun signe de Norton mais les filles ont confirmé que c'était lui qui les avait enlevées à la fête.

Walters reprit sa radio.

— Je vais demander à notre dernière recrue – euh, je veux dire Jason – de venir ici pour surveiller le pickup. Dillon va suivre Tashya jusqu'à la clinique vétérinaire.

— Il me semble qu'il s'est seulement coupé à la patte, cria-t-elle au groupe. Mais je préfère lui faire passer une radio pour être certaine qu'il n'y a pas de fracture.

— Merci, chef. Cal va commencer le rapport. Je serai là pour le compléter dès que j'aurai pris les déclarations de Cassie et des filles.

— Allons-y. Et de mon côté, je dois informer le FBI que les filles ont été retrouvées.

12

Les médecins préférèrent garder les filles en observation toute la nuit pour s'assurer qu'elles n'avaient pas souffert de leur mésaventure en pleine nature. Heureusement, le kidnapping s'était déroulé en juin et non en janvier. Cassie resta à leur chevet jusqu'à ce qu'elles s'endorment.

Vera arriva alors pour la relayer auprès d'elles.

— Brady Nichols est assis sur une chaise dans le couloir, dit-elle.

Cassie savait qu'il l'attendait pour la mettre au courant des dernières avancées de l'enquête. Mais elle avait été incapable de se détacher de ses enfants. Avec une profonde inspiration, elle se leva. Elle avait besoin de lui parler mais elle ne voulait pas qu'une des petites se réveille dans un univers inconnu sans voir un visage familier près d'elle.

— Cela ne t'ennuie pas de rester avec les filles pendant que je vais lui parler ? chuchota-t-elle.

Vera posa son sac à main.

— Non, bien sûr que non. Je suis venue au volant de ton van. Millard passera me prendre dans une demi-heure. J'aurais dû t'apporter à dîner, ajouta-t-elle en voyant la salade sous cellophane qu'une des infirmières avait laissée dans un coin pour Cassie. C'est drôle, je n'y pense jamais.

— Probablement parce que tu vois défiler des plats

toute la journée. Ne t'inquiète pas. Je suis trop fatiguée pour avoir faim. Je reviens.

Elle se glissa dans le couloir en prenant soin de refermer sans bruit la porte derrière elle. Son cœur fondit quand elle aperçut Brady affalé sur une chaise. Il portait toujours sa tenue d'intervention qui, à présent, était sale et chiffonnée. Sa barbe avait l'air plus épaisse qu'à l'aube et ses cheveux plus hirsutes. La tête appuyée contre le mur, il avait les yeux clos mais quelque chose dans sa posture et sa respiration lui disait qu'il ne dormait pas.

Il remua quand elle s'assit à côté de lui. Sans réfléchir, elle lui prit la main et la serra entre les siennes. Il lui était difficile de croire qu'elle avait rencontré cet homme il y a moins de quarante-huit heures.

Elle lui faisait déjà plus confiance qu'à quiconque.

— Brady, murmura-t-elle d'une voix rauque.

Il ne retira pas sa main mais se redressa.

— Comment vont-elles ?

— Elles dorment. Tu devrais aller en faire autant.

Sous le coup de l'émotion, elle l'avait tutoyé s'en y prendre garde mais il ne lui en voulut pas parce qu'il l'imita :

— Je voulais te parler.

— Tu es épuisé, dit-elle en lui frottant la main entre les siennes. Nous parlerons plus tard.

Il secoua la tête.

— Je dois t'informer de ce que nous avons découvert.

— Ne t'inquiète pas, les filles m'ont déjà tout raconté, dit-elle en souriant. Elles ont passé la nuit dans une grotte. Keith est parti au matin en les laissant seules là-bas. Elles se sont aventurées dans le bois et en voyant un cours d'eau, elles ont eu l'idée de le suivre. Et elles ont fini par tomber sur Cal et toi avec les chiens.

— Je sais. Mais il y a d'autres éléments que j'aimerais te communiquer.

— Il n'y a pas d'urgence. Cela attendra que tu aies dormi quelques heures. D'ailleurs, tu as un rapport à faire, non ?

— J'ai enregistré l'essentiel du compte rendu sur un message vocal que j'ai envoyé à Cal. Le chef m'a autorisé à le compléter et à le corriger demain.

— Walters est un homme plein de sagesse.

Elle s'aperçut qu'elle tenait toujours sa main et le lâcha avec un petit rire gêné.

— Désolée. Des nouvelles de Keith ? demanda-t-elle, à la fois anxieuse et pleine d'espoir.

L'expression peinte sur son visage lui souffla qu'il en avait et qu'elles n'étaient pas bonnes.

Cassie avait posé la question que Brady redoutait. Son ventre se noua et le plaisir qu'il avait trouvé à son contact s'envola.

— Je suis désolé de te l'annoncer mais entre le moment où nous avons quitté les lieux et celui où notre recrue est arrivée pour le surveiller, le pickup a disparu. Norton est très probablement passé le récupérer. Il s'était sans doute caché quelque part dans les bois pour nous observer. Il a attendu que nous partions pour reprendre le volant et filer. Nous avons lancé un avis de recherche à tous les comtés environnants et transmis les informations concernant la camionnette sur le site Internet de Jasper. Mais jusqu'ici, personne ne l'a vue.

Elle secoua la tête en soupirant.

— Je n'arrive pas à croire qu'il se soit enfui.

Il haussa les épaules dans un geste d'impuissance.

— Notre poste de police ne dispose que de moyens limités.

Il passa une main fatiguée sur son visage mais à l'instant où il la laissa retomber, Cassie la saisit et la prit de nouveau entre les siennes.

— Tes collègues et toi avez effectué un travail formidable. Il n'y a pas lieu de s'excuser.

— En tout cas, tout le monde se mobilise pour tenter de rattraper ce type. Vera et Millard ont imprimé la photo que tu m'avais donnée et la distribuent à leurs clients du restaurant. Ils en ont fait des photocopies que tous les commerçants de la ville ont promis d'afficher sur leur vitrine.

Elle prit une profonde inspiration.

— Je n'en reviens pas que les gens fassent tout ça pour moi.

— Jasper est une petite ville, ses habitants sont soudés et solidaires. Ils veulent tous nous aider. Nous aurions dû nous douter que Norton viendrait chercher sa camionnette dès que nous aurions le dos tourné. Nous avons eu tort de relâcher la surveillance pendant quelques heures. Cela ne se reproduira pas.

Elle laissa échapper un rire incrédule.

— Encore une fois, cesse de te faire des reproches ! Vous avez tous fait le maximum. Et les filles ont été retrouvées, c'est l'essentiel.

— Mais tant que nous n'avons pas capturé Norton, vous êtes toujours en danger, toutes les trois.

— Qu'y faire ? Vous n'allez pas affecter un policier à notre protection vingt-quatre heures sur vingt-quatre, sept jours sur sept, dit-elle avec lassitude.

— On verra. Quoi qu'il en soit, il ne vous approchera pas à l'hôpital. Ce serait trop risqué pour lui. Et l'un des agents du FBI veillera sur vous, cette nuit.

D'un mouvement de menton, il lui désigna un homme

vêtu d'un pantalon bleu marine et d'une chemise blanche, adossé près du poste d'infirmières.

— Il va vouloir interroger les filles. Les kidnappings relèvent de la compétence du FBI. En attendant, il a été autorisé à rester ici jusqu'à demain. Nous prendrons le relais à partir de là.

— D'accord, répondit-elle d'une voix hésitante. Mais je ne veux pas les réveiller.

— Nous sommes tous d'accord pour les laisser dormir.

Il fit signe à l'agent qui s'approcha.

— Agent Westley Sims, laissez-moi vous présenter Cassie Whitaker, la mère de Brooklyn et de Jillian.

L'homme sortit son insigne de sa poche et le lui tendit.

— Je comprends que vos filles se reposent maintenant. Je vais rester ici jusqu'à ce que vous m'autorisiez à échanger quelques mots avec elles. Je dois contacter mes supérieurs de Boise demain à la première heure et me coordonner avec les autorités locales pour rechercher Keith Norton.

Cassie le salua d'un signe de tête.

— Ravie de vous rencontrer et merci de ne pas m'avoir demandé de les réveiller. Elles n'ont sans doute pas beaucoup dormi la nuit dernière.

— Je ne les interrogerai pas avant demain matin, sauf si elles se réveillent plus tôt. Ça vous va ?

— Oui, merci.

Elle se tourna vers Brady. Elle tenait toujours sa main mais n'en était apparemment pas consciente.

— Nous parlerons plus tard, lui dit-elle. Je veux vraiment que tu rentres chez toi et que tu te reposes. Des infirmières vont m'apporter un lit de camp pour me permettre de dormir avec les filles. Je reste avec elles. Je ne les quitterai plus des yeux avant leur dix-huitième anniversaire, ajouta-t-elle. Peut-être plus jamais.

— Personne ne pourrait te le reprocher, la rassura-t-il.

À contrecœur, il retira sa main et se leva.

— Je rentre chez moi prendre une douche et essayer de dormir quelques heures, ajouta-t-il. Tu as mon numéro. Appelle-moi si tu en ressens le besoin, même sans raison.

— Je le ferai, promis.

Elle promena soudain les yeux autour d'elle, les sourcils froncés.

— Où est Winnie ?

— Chez Dillon.

— J'ai oublié de te demander comment allait Bentley, dit-elle.

— Tu avais d'autres choses en tête. Il va bien. Il souffre d'une plaie à la patte et d'un ongle arraché. Mais il n'a rien de cassé.

— Le pauvre, dit-elle.

— Tout va bien pour lui. Pour nous tous.

Comme l'agent Sims s'éloignait, Brady en profita pour reprendre la main de Cassie.

— Promets-moi que tu m'appelles si quelque chose t'inquiète, insista-t-il.

— Promis. Promets-moi que tu dormiras.

Il prit une profonde inspiration.

— D'accord.

— Par hasard, aurais-tu un cheeseburger dans ta tenue d'intervention ?

Il fouilla ses poches et tapota son gilet utilitaire.

— Merde, je n'en ai plus.

— Je vais devoir me contenter de la salade qu'ils ont apportée de la cafétéria, déclara-t-elle tristement. Bonne nuit, lieutenant Nichols. Dors bien.

Il était mort de fatigue. Sortant son téléphone de sa

poche, il tapota l'écran jusqu'à ce que le numéro de Dillon apparaisse. Lorsque son ami lui répondit, il demanda :

— Accepterais-tu de m'héberger ce soir ? Je ne pense pas être en état de conduire jusque chez moi.

— Bien sûr, pas de problème, vieux. Tu as faim ?

— Une faim de loup.

— Je sortais justement des steaks pour les faire griller. Après la journée que nous avons eue, nous méritons une double ration. Viens, je t'attends.

— Et si je te demandais d'en livrer à quelqu'un, aurais-tu l'impression que j'abuse ?

13

Un petit coup à la porte réveilla Cassie en sursaut. Comme elle frottait ses yeux embués de sommeil, elle vit l'agent Sims passer la tête par l'embrasure. Alors qu'elle s'apprêtait à se lever pour le saluer, elle s'aperçut que les filles étaient venues jusqu'au lit pliant pendant la nuit pour dormir avec elle.

— Je suis désolé de vous réveiller, chuchota-t-il, mais j'ai vraiment besoin de prendre leur déposition. Et le personnel commence à apporter les petits déjeuners.

Elle jeta un coup d'œil aux filles blotties contre elle.

— Donnez-nous dix minutes.

En moins de temps qu'il ne faut pour le dire, elle réussit à tirer les petites du lit et à les entraîner dans la salle de bains attenante. Une fois leurs visages lavés, leurs dents brossées et leurs cheveux peignés, elles furent prêtes à recevoir l'agent du FBI. Une femme, chargée de deux plateaux, les déposa sur les tables roulantes.

Brook et Jilly retournèrent dans leur lit mais se faire servir leur repas ne les amusait déjà plus. Cassie regarda Brook jouer avec ses œufs brouillés du bout de sa fourchette et Jilly mâchouiller sans enthousiasme un morceau de bacon.

Avec un soupir, elle replia le lit de camp avant de le pousser sur le côté. Puis elle installa une chaise entre les lits.

— Les filles, il y a un homme ici…

Brook laissa aussitôt tomber sa fourchette et Jilly changea de couleur.

— Qui ? Quel homme ? demanda-t-elle avec une méfiance inhabituelle.

Cassie sentit son cœur se serrer. Les petites retrouveraient-elles un jour l'innocence qui les habitait avant que Keith Norton ne vienne bouleverser leur univers ? Elle le détestait de lui avoir volé ses filles mais aussi de les avoir rendues aussi méfiantes.

— Un gentil, assura-t-elle d'un ton posé, même si elle bouillonnait à l'intérieur. L'agent Sims veut vous interroger sur ce qui s'est passé.

— Je n'ai plus envie d'en parler, déclara Brook.

— Lagent ? demanda Jilly d'un ton perplexe. C'est un drôle de prénom.

Cassie ferma les yeux et inspira profondément.

— Il vient d'un endroit appelé le FBI, le Federal Bureau of Investigation, où sont réunis les meilleurs enquêteurs du pays. Quand quelqu'un prend des enfants sans l'autorisation de leur mère, il aide à les rechercher.

— Mais Brady et Winnie nous ont déjà retrouvées, lui rappela Jilly.

— Et nous avons tout raconté au chef de Brady, ajouta Brook.

— Oui mais toutes ces personnes travaillent pour des organismes différents et chacune veut vous entendre.

— Et si nous, nous n'avons pas envie de tout répéter à l'agent Sims ?

— Parfois, nous devons faire des choses qui ne nous plaisent pas, dit-elle en répétant un refrain familier.

Jilly comprit tout de suite.

— Comme ranger notre chambre ou nous laver les cheveux.

— Exactement.

Cassie se dirigea vers la porte. La main sur la poignée, elle regarda les filles avec gravité.

— Nous allons être aimables et polies avec l'agent Sims, puis j'enverrai un texto au policier Brady pour lui dire que nous sommes prêtes à rentrer à la maison.

L'entretien avec Sims ne dura pas longtemps. Il avait obtenu la plupart des renseignements auprès du chef Walters, de Cal et de Brady. Au départ, les petites hésitèrent à lui répondre mais très vite, elles furent contentes de livrer au nouveau venu l'histoire dramatique de leur sauvetage. Cassie avait hâte d'annoncer à Brady et à Cal qu'ils avaient atteint le statut de super-héros à leurs yeux.

Lorsque Sims arrêta l'enregistrement, elle se leva. Elle pensait raccompagner l'agent du FBI à la porte mais d'un discret mouvement de menton, il lui fit comprendre qu'il voulait s'entretenir en tête à tête avec elle dans le couloir.

— Nous recherchons Keith Norton, lui dit-il dès qu'ils furent loin des oreilles des petites. La plaque d'immatriculation du pickup nous a permis d'identifier sa propriétaire, une certaine Marcia Thomas. Ce nom vous dit quelque chose ?

Abasourdie, Cassie resta un instant silencieuse.

— Marcia est directrice du Bozeman Dental, le cabinet dentaire où travaille Keith, dit-elle enfin.

L'agent Sims s'empara de son smartphone pour y noter ce renseignement.

— Voilà donc la jonction dont nous avions besoin.

Comme il passait les mains sur son visage, elle prit conscience qu'il était resté debout toute la nuit pour veiller sur elles.

— Cela ne vous ennuie pas de transmettre l'information

à la police locale ? demanda-t-il. J'aimerais prendre la route sans tarder davantage.

Elle vit alors Brady s'avancer à grands pas vers elle. Il était en uniforme mais il avait retiré son équipement tactique.

— Non, je… Oui, bien sûr, je vais le leur dire. Êtes-vous en état de conduire ?

Il balaya son inquiétude d'un sourire.

— Bien sûr, je suis résistant.

Il se leva quand Brady s'approcha.

— Je m'en vais mais je reprendrai contact avec vous bientôt.

— Merci pour votre aide.

Elle attendit qu'il parte, puis reporta son attention sur Brady. Après les révélations de l'agent Sims, son esprit s'emballait. Elle s'interrogeait sur la nature exacte des relations qui unissaient Marcia et Keith.

— Grâce au numéro d'immatriculation, le FBI a découvert que le pickup retrouvé dans les bois appartenait à la directrice du cabinet dentaire de Keith, dit-elle.

— Marcia Thomas, confirma-t-il. Je suis au courant. Nous avons déjà demandé à la police de Bozeman d'aller l'interroger.

Elle secoua la tête, abasourdie.

— Je n'en reviens pas… Je n'ai pas le souvenir de Marcia conduisant un pickup. Cela dit, je n'ai pas travaillé longtemps dans ce cabinet. Tu penses que Keith le lui a volé ? Le plus surprenant est que Marcia ne me paraît pas du genre « routier ». Elle adore les robes à fleurs et boit du thé chaud toute l'année…

— Aurait-elle noué une relation amoureuse avec Norton ? demanda-t-il.

— Non, sûrement pas ! Elle a l'âge d'être sa mère. De plus, elle est mariée et grand-mère.

— Cela ne l'empêcherait pas d'avoir le béguin pour Norton…

— Non, non, je ne l'imagine pas du tout amoureuse de lui. En revanche, elle l'admire beaucoup. Pour elle, tout individu avec la mention « docteur » devant son nom est un héros.

— Mais un dentiste ne sauve pas la vie de ses semblables.

— Elle ne fait sans doute pas cette distinction. Pour certaines personnes, tout est une question de titre et de prestige.

D'un signe de la main, elle désigna la porte de la chambre d'hôpital.

— À propos de prestige, ton fan-club t'attend.

— Mon fan-club ? J'ai fait bonne impression aux filles ?

— Elles ne te perçoivent pas encore comme un dieu vivant mais elles n'en sont pas loin.

Il émit un petit rire d'autodérision.

— Dommage que les plus de dix ans soient plus difficiles…

— Je doute que tu aies beaucoup de problèmes pour séduire.

Les deux filles hurlèrent de joie en voyant Brady entrer dans leur chambre. Adossée au mur, Cassie le regarda répondre à leurs nombreuses interrogations sur ce que faisaient Winnie, Ruby et toutes les personnes de l'équipe de recherche qu'elles avaient rencontrées. Il subit cet interrogatoire en règle sans broncher.

Mais quand Brook s'éclaircit la gorge avant de regarder Brady en face, le radar maternel de Cassie se déclencha. Sa fille aînée posa la question qui était dans tous les esprits, la question la plus importante.

— As-tu attrapé le méchant ?

— Pas encore mais nous l'aurons.

Brook le dévisagea, visiblement en proie à un mélange d'appréhension et de perplexité. Quant à Jilly, la réponse atténua quelque peu son enthousiasme mais Cassie ne s'inquiétait pas trop pour elle. Sa cadette rebondissait toujours rapidement.

Brady regarda autour de lui, manifestement un peu perdu. Gênée pour lui, elle détourna la conversation.

— Donc, nous attendons que le médecin nous autorise à rentrer à la maison. Nous avons toutes passé une bonne nuit et nous espérons que tu as bien dormi, toi aussi, n'est-ce pas, les filles ?

Chacune répondit consciencieusement « oui, oui », mais l'excitation joyeuse qui remplissait la pièce un instant plus tôt avait considérablement diminué.

Alors que Cassie cherchait un sujet neutre, Brady se retourna pour lui lancer :

— As-tu reçu ma livraison, hier soir ? J'étais tellement épuisé que je me suis écroulé sur le canapé de Dillon avant son retour.

Cassie se souvint à quel point il lui avait paru bon de s'endormir le ventre plein en écoutant les petits ronflements de ses filles. La nuit sur un lit de camp n'avait rien de confortable mais en comparaison de celle, remplie d'angoisse, qui l'avait précédée, elle avait eu l'impression d'être sur un nuage.

— Oui, merci. C'était exactement ce dont j'avais besoin. Et s'il te plaît, remercie Dillon pour moi. J'étais à moitié endormie quand il est entré, et je ne suis même pas sûre de lui avoir dit merci. J'ai sauté sur le hamburger comme si je n'avais rien mangé depuis une semaine.

— Nous sommes ravis de t'avoir rendu service, répondit-il.

— Je dirai à Vera de vous servir des petits déjeuners à mes frais quand vous vous rendrez dans leur restaurant.

— Ce n'est pas nécessaire.

Il se balançait nerveusement d'un pied sur l'autre. Elle eut la nette impression qu'il aurait voulu être ailleurs. En comprenant qu'il cherchait à s'en aller, elle posa la main sur son bras.

— Merci d'être venu nous voir. Hier soir, ma tante a laissé le van sur le parking. Dès que le médecin nous aura autorisées à partir, nous irons au poste pour enregistrer les déclarations des filles puis nous rentrerons à la maison.

Il pencha la tête sur le côté, en hésitant visiblement à ajouter quelque chose. Pour l'y encourager, elle lui sourit.

— Oui ?

— Écoute, je ne veux pas me montrer intrusif ni paraître sexiste mais…

— Eh bien, maintenant je suis intriguée, dit-elle en croisant les bras sur sa poitrine. Qu'est-ce qui te préoccupe ?

— Je me sentirais mieux si tu m'autorisais à…

Il s'interrompit et se frotta nerveusement la nuque. Puis il inclina la tête vers la porte, indiquant qu'il préférait lui parler en privé.

Elle le suivit.

— Oui ?

— J'ai bien envie de faire un saut chez toi pour vérifier que tout y est en ordre… Si tu es d'accord, bien sûr.

Il fourra les mains dans les poches de son pantalon.

— Tout le monde cherche le pickup de Norton mais je ne suis pas sûr que quelqu'un ait eu l'idée d'inspecter ta maison, poursuivit-il à voix basse.

Elle avait été si soulagée de retrouver ses filles saines et sauves qu'elle avait un peu oublié la menace qui planait toujours au-dessus d'elles.

— Oui. Vas-y, s'il te plaît, cela me rassurerait. Si cela ne t'ennuie pas, s'empressa-t-elle d'ajouter.

— Je ne l'aurais pas proposé si cela m'ennuyait. J'y vais maintenant, d'accord ? Je vous retrouverai toutes les trois au poste de police.

Se tournant vers les filles, il cria :

— Je dois y aller. Winnie est jalouse si je parle trop longtemps à d'autres filles.

Brook et Jilly riaient tous les deux, mais Cassie entendit une pointe d'angoisse dans leurs rires. Cela lui fit mal et la remplit d'une fureur qu'elle aurait souhaité pouvoir déchaîner sur Keith Norton. Il avait non seulement enlevé ses enfants mais il leur avait également volé la sécurité qu'elles étaient venues chercher ici à Jasper. Elle n'avait rien fait pour mériter ça. Ses filles encore moins. Rien ne justifiait que leurs vies aient été mises en danger. Rien n'excusait le traumatisme de cette terrible expérience.

Et qu'imaginait Norton après un coup pareil ? Croyait-il vraiment qu'en kidnappant ses enfants, il avait trouvé le moyen de se réconcilier avec elle ? La voyait-il réellement retourner dans le Montana et se remettre en couple avec celui qui lui avait volé ses bébés ?

Jamais elle ne le lui pardonnerait. S'il pensait la faire revenir après ce qu'il leur avait fait subir, il s'était lourdement trompé.

Et il valait mieux pour lui que la police le retrouve avant elle…

14

À peine la porte refermée derrière Brady, Adele, l'infirmière de l'équipe du matin, entra. Elle était chargée de blouses d'hôpital imprimées représentant des chats accrochés à des parapluies et des chiens assis dans des montgolfières. La joie de s'habiller de vêtements aussi magnifiques fit un peu oublier à Brook et à Jilly leur tristesse après le départ de leur héros.

Avec un gros soupir, Cassie se laissa tomber sur une chaise. Elle avait hâte de voir enfin ce cauchemar se terminer et de rentrer à la maison avec les filles.

Adele exécuta ses tâches avec rapidité et efficacité puis leur apprit d'une voix joyeuse que le Dr Stenz, de service ce matin, avait commencé sa ronde. Peu de temps après, un vieil homme aux cheveux blancs, portant des lunettes en forme de demi-lune, vint les examiner une dernière fois. Satisfait, il signa les papiers pour les libérer.

Mais elles n'en avaient pas encore terminé. Une assistante sociale passa les voir dans leur chambre. Elle souhaitait parler à Brook et à Jilly des derniers événements, du kidnapping, de leur nuit dans la grotte et de leurs heures d'errance dans la forêt. Elle les écouta, les fit dessiner leurs mésaventures et donna à Cassie une liste de professionnels susceptibles d'aider les enfants victimes de traumatismes.

Elles terminaient la séance lorsque Cassie reçut un appel

de l'agent Sims. Il voulait l'entendre confirmer qu'elle n'avait jamais vu auparavant le pickup laissé par Norton sur la voie forestière réservée aux véhicules de pompiers.

Puis le chef Walters fit son entrée.

Il n'était pas venu lui annoncer des nouvelles ni bombarder de questions les petites. Non, il se contenta de leur sourire.

— J'avais envie d'escorter les héroïnes du jour jusqu'à leur carrosse.

Tandis que Cassie réunissait leurs affaires, Brook et Jilly demandèrent au chef de la police s'il avait un chien, et si oui, pourquoi il ne travaillait pas avec lui au poste de police. Il leur expliqua qu'il était en effet l'heureux propriétaire d'un setter irlandais. Mais le pauvre avait échoué à l'Académie canine et était maintenant trop vieux pour retenter sa chance. Il passait donc ses journées chez lui, à monter la garde devant le réfrigérateur.

Devant l'hôpital, les filles attendirent sous l'œil attentif de Walters que Cassie aille chercher le van sur le parking. Une fois les petites attachées à l'intérieur, elle remercia de nouveau le chef de la police pour tout ce que son équipe avait fait pour ses enfants.

Mais comme elle s'installait au volant, il reçut un texto. L'expression peinte sur son visage alors qu'il regardait l'écran de son smartphone pétrifia Cassie.

— Que se passe-t-il ? demanda-t-elle. Des nouvelles de Norton ?

— Qu'est-ce qui vous fait penser que ce SMS a quelque chose à voir avec vous, madame Whitaker ? Je suis responsable de toute la ville, pas uniquement de vous.

À ces mots, elle rougit.

— Je suis désolée, répondit-elle. J'ai sans doute du mal à m'extraire de mes préoccupations personnelles.

Mais croyez-moi, je sais bien que le monde ne tourne pas autour de moi.

— Vous avez traversé beaucoup d'épreuves, ces derniers jours. Dans ces circonstances, un peu d'égocentrisme peut se comprendre, dit-il, un sourire taquin sur les lèvres.

— Et je ne vous remercierai jamais assez de tout ce que vous avez fait pour retrouver mes filles. Maintenant, je vous laisse. Au revoir, ajouta-t-elle avec un geste de la main.

— N'oubliez pas de vous arrêter au poste de police en rentrant chez vous, lui rappela-t-il. Je sais que les petites sont fatiguées et en ont assez d'être interrogées mais pour les encourager, dites-leur qu'au moins un des chiens sera là.

— Elles vont être ravies de l'apprendre, lui assura-t-elle en s'installant au volant. Merci encore pour tout.

Il toucha le bord de son chapeau.

— Je n'ai fait que mon travail, madame, répondit-il modestement.

Avec un petit rire, elle claqua la portière et démarra. Elle n'était pas encore sortie du parking de l'hôpital que les filles commençaient déjà à se chamailler. Si leurs disputes la fatiguaient, il y a deux ou trois jours, elles sonnaient à présent comme une douce musique à ses oreilles.

Alors qu'elle roulait vers le centre-ville, son smartphone lui signala d'un bip qu'elle avait reçu un SMS mais elle s'interdit de le lire en conduisant et préféra attendre d'être arrivée à destination pour en découvrir la teneur.

Lorsqu'elle s'engagea sur le parking du poste de police de Jasper, les filles montraient des signes évidents de fatigue. Elle se gara au même endroit que la veille mais elle avait l'impression que des mois s'étaient écoulés depuis son dernier passage. Quand elle coupa le moteur, les petites donnèrent libre cours à leur contrariété et à leur frustration.

— Je veux rentrer à la maison, gémit Jilly.

— À combien de personnes devons-nous raconter la même histoire ? renchérit Brook. L'une d'elles n'a qu'à l'écrire et la transmettre aux autres, non ?

— Non, je crains que cela ne soit pas possible, répondit Cassie d'un ton compatissant. Désolée, les filles. Je n'écris pas les consignes, je ne fais que les respecter.

Elle sortit du van. Brook décrocha sa ceinture de sécurité à la minute où elle ouvrit sa portière mais Jilly, pour montrer son mécontentement, refusa d'imiter sa sœur et resta obstinément attachée.

En général, Cassie s'agaçait des mouvements d'humeur de sa petite dernière mais aujourd'hui, elle fut heureuse de détacher sa ceinture pour elle.

Une main posée sur chacune de leurs têtes, elle entraîna ses filles vers l'entrée du poste de police. Dès qu'elles franchirent les portes vitrées, les petites retrouvèrent leur gaieté coutumière.

Une quinquagénaire, assise à la réception, se leva pour les accueillir avec un sourire rayonnant.

— Enfin, les voilà ! Vous êtes devenues des célébrités ici, dit-elle en sortant de derrière son bureau.

Elle ajouta à voix basse à l'adresse de Cassie :

— Je suis Teresa Norwood. Je travaille à ce poste depuis l'époque des dinosaures ou presque et je ne me suis jamais autant inquiétée de… Bon, ça n'a plus d'importance. En tout cas, je ne peux pas vous dire à quel point nous sommes heureux de voir vos petites saines et sauves.

Se tournant vers les fillettes, elle lança :

— Qui veut une tasse de chocolat chaud ?

Presque à l'unisson, les petites crièrent un « moi ! » enthousiaste. Brook se fendit d'un « s'il vous plaît » poli et Jilly ajouta tardivement un « madame ».

Teresa leur fit signe de la suivre.

— Oublie le « madame », ma puce. Ici, tout le monde m'appelle Mlle T. Et dites-moi, aimez-vous les brioches à la cannelle ?

Comme les visages des fillettes s'illuminaient, elle se tourna vers Cassie d'un air interrogateur. Elle ne lui demandait pas la permission d'offrir des pâtisseries aux enfants mais voulait lui en proposer.

— J'en ai confectionné ce matin, elles sortent du four, dit-elle d'un ton enjôleur. En voulez-vous une, vous aussi ?

Cassie sourit.

— Merci, mademoiselle T. Avec plaisir.

Teresa inclina la tête vers le couloir des bureaux des policiers.

— Savez-vous où se trouve celui de Brady ? demanda-t-elle.

Cassie le pointa du doigt et Teresa rayonna de nouveau.

— Bien, allez vous y installer. Il a téléphoné à Jenny, notre opératrice, il y a quelques instants, pour lui dire qu'il avait un peu de retard et pour vous prier de l'attendre. En principe, il vous a prévenue sur votre téléphone. Quoi qu'il en soit, asseyez-vous dans son bureau pendant que les filles et moi, nous nous occupons de ces brioches.

Comme elle s'éloignait, elle entendit Teresa dire aux filles sur le ton de la confidence :

— Winnie va être folle de joie de vous revoir, toutes les deux. Depuis ce matin, elle ne parle que de vous.

Les petites rigolèrent en la suivant vers une salle de repos.

Cassie entra dans le bureau de Brady et se laissa tomber sur une chaise. Le seul autre policier dans la pièce était Cal Hoover. Il la salua d'un geste de la main puis montra du doigt le téléphone coincé contre son oreille pour lui faire comprendre qu'il ne pouvait pas parler.

Heureuse d'avoir un instant de tranquillité, elle ferma les yeux et posa son menton sur sa poitrine. Elle était épuisée.

Sans doute subissait-elle le contrecoup des événements des deux derniers jours. Plus que tout, elle rêvait de dormir dans son propre lit.

Dans l'espoir de se recentrer, elle pratiqua les exercices de respiration profonde qu'un thérapeute de Bozeman lui avait enseignés. Elle achevait sa cinquième inspiration et expiration lente lorsque Cal raccrocha, interrompant sa brève méditation.

— Marcia Thomas vient de m'annoncer qu'elle n'a jamais possédé de pickup ou assimilé, lança-t-il de l'autre côté de la pièce.

— Je n'en suis pas étonnée, je ne la vois vraiment pas au volant d'un véhicule de ce genre, dit-elle. Sait-elle pourquoi il était enregistré à son nom et garé près de l'endroit où mes filles ont été retrouvées ?

— En fait, oui. Il s'avère que l'un des dentistes qui travaillent dans le cabinet de Marcia l'a acheté à son frère. En principe, il aurait dû mettre la camionnette à son nom. Elle a proposé de se charger des formalités administratives mais il lui manquait certains renseignements. Il lui a donc paru plus simple d'enregistrer dans un premier temps le pickup sous son propre nom, en sachant qu'il régulariserait la situation dès qu'il en aurait l'occasion.

— Et le dentiste en question se trouve être…

— Keith Norton.

— On aurait pu s'en douter.

Elle le dit d'un ton pince-sans-rire, mais au fond d'elle-même elle avait envie d'étrangler ce pauvre type. Ou mieux encore, de le livrer au FBI.

— Je suppose qu'elle n'a pas la moindre idée de l'endroit où nous pourrions trouver le Dr Norton, poursuivit-elle.

Cal secoua tristement la tête, puis jeta un coup d'œil à ses notes.

— D'après Mme Thomas, il était censé rendre visite à son frère à Tacoma, cette semaine.

— Keith Norton est fils unique, répliqua-t-elle.

Sur ces entrefaites, Brady entra dans la pièce, l'air sombre. Elle se leva pour aller à sa rencontre.

— Qu'y a-t-il ? Quelque chose ne va pas ?

Il secoua la tête, se laissa tomber sur sa chaise et mit ses mains derrière la nuque, le visage renversé vers le plafond.

— Dans cette ville, marmonna-t-il, les gens vivent dans une sorte d'univers parallèle, un monde de Bisounours où le mal n'existe pas.

Cal sourit. Visiblement, il connaissait ce refrain.

— Que veux-tu dire ? demanda-t-elle.

— Brady ne parvient pas à s'habituer au fait qu'à Jasper, personne ne ferme sa porte à clé, expliqua Cal.

— Pour ma part, je verrouille mes portes et mes fenêtres, la nuit, ou quand je quitte la maison, dit Cassie.

Brady la dévisagea avec une telle intensité qu'elle se demanda à quoi il pensait.

— Vraiment ? dit-il. Tu veilles à verrouiller les portes aussi bien à l'arrière qu'à l'avant ?

— Absolument. Personne ne traverse ce que j'ai traversé sans prendre un minimum de précautions. Je vérifie toujours que les portes et les fenêtres sont toutes bien fermées, puis je ferme la porte d'entrée avec ma clé.

L'intérêt de Brady parut aiguisé.

— Et tu es certaine de l'avoir fait avant-hier, le jour de la fête ?

— Sûre et certaine. En fait, je l'ai fait deux fois. J'ai dû retourner à l'intérieur pour y chercher la chaussure de Jilly. Elle l'avait oubliée sur la terrasse.

Elle glissa un coup d'œil à Cal. Comme il avait des

enfants, lui aussi, il avait forcément connu ce genre de situation.

Puis les implications des questions de Brady finirent par percer son brouillard cérébral.

— Pourquoi ? La porte n'était pas verrouillée ?

Brady n'hésita qu'un instant, puis hocha la tête.

— Elle ne semblait pas avoir été forcée et voilà pourquoi j'ai pensé que tu l'avais laissée ouverte.

— Tu as mal pensé.

— De quel genre de serrure s'agit-il ? s'enquit Cal.

Cassie secoua la tête en soupirant.

— La porte d'entrée est équipée d'une serrure standard. Je prévoyais d'en installer une plus solide mais je n'ai pas encore trouvé le temps de m'en occuper.

Cal griffonna quelque chose dans son carnet puis dit à Brady :

— Ce type de serrure est assez facile à crocheter.

— Surtout pour un dentiste qui a l'habitude de travailler avec de petits instruments de précision.

Cal hocha la tête pour montrer qu'il partageait cette observation.

Brady regarda autour de lui.

— Où sont les filles ?

— Teresa les a emmenées dans la salle de repos pour les nourrir de brioches à la cannelle arrosées de chocolat chaud, répondit-elle.

— Accepterais-tu de les laisser ici un petit moment ? J'ai envie de demander à Teresa de garder un œil sur elles pendant que nous nous rendons chez toi pour voir si quelque chose a été dérangé dans la maison. Je ne suis pas allé plus loin que la cuisine parce que je ne pensais pas avoir affaire à une violation de domicile.

— Bien sûr, si tu es certain que cela n'ennuie pas Teresa. Elle semble très gentille mais elle a sans doute du travail.

Il se leva.

— Je vais lui poser la question tout de suite. Et pour faire patienter les filles, je leur demanderai de bien caresser Winnie. Je vais leur expliquer qu'elle a besoin d'être chouchoutée après avoir arpenté les bois pour les retrouver, hier.

— Parfait.

Cal se gratta la gorge.

— Acceptez-vous de vous charger de raconter à Brady ce que nous avons découvert à propos des papiers du pickup ? demanda-t-il à Cassie.

— Oui, bien sûr. Mais j'ai du mal à adhérer à cette histoire. Marcia est une femme très réglo. Je ne l'imagine pas du tout en train de falsifier un document officiel.

— Pensez-vous qu'elle couvre Norton ?

Elle écarta sa question avec un haussement d'épaules.

— Cela semble évident. La situation est étrange. D'un côté, elle est foncièrement honnête et respectueuse des lois. D'un autre côté, elle est incapable de refuser quoi que ce soit à un docteur. Si elle a menti ou fraudé pour l'un d'eux, elle doit être rongée par le remords. Comment se comportait-elle au téléphone ?

— Elle semblait nerveuse, répondit Cal sombrement. Je comprends ce que vous dites. Sans doute n'est-elle pas du genre à falsifier des documents officiels. Mais peut-être pensait-elle vraiment que son frère et Norton régulariseraient la situation plus tard.

Elle se leva lorsque Brady revint de la salle de repos, le pouce levé.

— Teresa est d'accord et les filles ravies d'être responsables du bien-être de Winnie.

— Merci d'avoir effectué ces recherches, dit-elle à Cal.

Peut-être qu'à l'avenir, Marcia Thomas y réfléchira à deux fois avant de faire confiance à quelqu'un sous prétexte qu'il est « docteur ». Le coup de fil d'un policier lui apprenant que son nom figurait sur les papiers d'un pickup utilisé pour commettre un crime l'a forcément ébranlée.

Cal se mit à rire en reprenant sa place à son bureau.

— Je dois dire qu'elle semblait assez agitée, en effet.

Brady les regarda d'un air interrogateur, puis pointa le pouce vers la porte.

— Tu me raconteras en cours de route. Je veux éclaircir cette histoire de porte. Par ailleurs, nous ne devons pas rester absents trop longtemps. Les petites le vivraient mal…

Elle sourit. Qu'il était agréable d'être avec quelqu'un qui se souciait de ses filles autant qu'elle.

— Allons-y, alors.

15

Brady se gara à bonne distance de la maison de Cassie. Comme elle se tournait vers lui, l'air interrogateur, il coupa le contact et haussa les épaules.

— Ce SUV est une voiture de patrouille. Je ne veux pas que Norton le repère s'il est dans le coin.

— Jusqu'à présent, l'éventualité d'être rattrapé par la police n'a pas paru l'inquiéter beaucoup. Mais tu as raison, bien sûr. Se montrer discret est plus prudent.

Ils remontèrent la rue en silence mais lorsqu'ils arrivèrent devant sa voisine, il lui indiqua que le mieux était de passer par la cour de Mme Garbowski. Un raccourci.

Alors qu'il s'apprêtait à poser un pied sur le gazon tondu avec soin, elle lui prit le bras pour l'arrêter.

— Mme Garbowski ne supporte pas qu'on marche sur sa pelouse, dit-elle. Elle s'occupe de son jardin de façon quasi maniaque. Et pas uniquement du sien, d'ailleurs. Si je laisse mon gazon dépasser de cinq centimètres, elle me propose aussitôt sa tondeuse.

Il se mit à rire

— J'ai découvert l'étendue de sa passion pour son jardin quand je lui parlé tout à l'heure. Mais dès que je lui ai montré mon insigne de policier et expliqué pourquoi il était important pour moi d'y accéder aujourd'hui, elle m'a autorisé à traverser sa pelouse.

— Tu as certainement dû déployer des trésors de charme et de belles paroles pour qu'elle t'accorde sa permission, dit-elle en le suivant.

Le jardin de l'ancienne maison de ses grands-parents était beaucoup plus négligé que celui de Mme Garbowski. L'état de l'un et de l'autre permettait de délimiter les deux propriétés.

— Je suis surpris qu'il n'y ait pas de clôture, dit-il.

— Mon grand-père voulait en installer une mais les Garbowski ont toujours refusé de participer au financement d'une barrière. Dans ces conditions, il a préféré s'en passer.

— Je comprends sa position. Il n'aurait pas été juste qu'il en supporte à lui seul les frais.

Cassie avait pris la tête de leur petite expédition. Elle gravit les marches du porche à l'arrière, ouvrit la moustiquaire mais devant la porte, elle hésita un instant avant de se décider à actionner la poignée. Comme celle-ci s'ouvrait facilement, elle en resta bouche bée et se tourna vers Brady.

— Et s'il était toujours dans la maison ?

L'hypothèse n'était pas absurde et il posa la main sur sa ceinture.

— Avec ta permission, je vais faire le tour des lieux. Tu n'entreras qu'une fois que j'aurai la certitude qu'il n'y a personne.

Elle frissonna mais hocha la tête.

— Permission accordée.

Il tira son arme de service de son holster. La tenant en l'air, il se déplaça dans la cuisine, en tournant la tête à gauche, à droite pour capter le maximum de détails de l'environnement. Il remarqua une porte près du réfrigérateur qui menait sans doute à une cave. Il se plaqua contre le mur lambrissé, attrapa la poignée et l'ouvrit lentement.

Il s'agissait bien d'un cellier mais il n'y avait personne à l'intérieur.

Il se dirigea ensuite vers le salon qu'il balaya des yeux. À la vue du désordre, il sentit son cœur se serrer dans sa poitrine. Des livres traînaient sur le canapé, des crayons de couleur et des dessins par terre. Des petites filles avaient joué sur ce tapis, il n'y a pas si longtemps. Comment ce sale type avait-il osé violer un lieu qui aurait dû être un refuge, l'espace où Cassie et ses enfants s'étaient crues en sécurité ?

Il se fraya un chemin dans le couloir, passa la tête par les portes ouvertes, son revolver ouvrant la voie. Il vérifia chaque pièce. Il travaillait méthodiquement mais se sentit un peu décontenancé lorsque au détour d'une porte, il se retrouva à pointer son arme sur la plus grande licorne en peluche qu'il ait jamais vue.

C'était la chambre de Brook, devina-t-il à la vue des piles de livres et des jouets rangés dans un grand bac en plastique. Il continua son inspection. La pièce voisine était un méli-mélo désordonné de jouets, de chiens en peluche, bien sûr, de personnages de dessins animés. L'ensemble correspondait bien à Jilly.

Il examina ensuite la salle de bains, tira le rideau de douche pour s'assurer que personne ne se cachait derrière. Puis il remonta le couloir jusqu'à la chambre principale.

Le lit était soigneusement fait. Il y avait peu d'objets personnels sur les étagères, mis à part quelques livres de poche éparpillés. Cassie avait visiblement laissé tout le bric-à-brac ramassé au cours de sa vie d'adulte dans le Montana et n'avait pas eu envie de remplir la pièce de bibelots inutiles. Les meubles dataient sans doute de l'époque où ses grands-parents habitaient cette maison.

Abaissant son arme, il se dirigea vers la salle d'eau

attenante. Une douche encadrée de verre lui permit de voir d'entrée que la petite pièce était déserte.

Alors qu'il s'apprêtait à sortir, un frisson lui parcourut l'échine quand il remarqua l'inscription griffonnée au rouge à lèvres sur le miroir mural.

« Je reviendrai pour toi. »

— Tu devras marcher sur mon cadavre pour espérer l'atteindre, murmura-t-il.

Il se retira pour ne pas risquer de polluer la scène.

Il traversa la maison en sens inverse jusqu'à la cuisine où il trouva Cassie en train de lancer la cafetière.

— J'ai bien envie d'un café, dit-elle. Pas toi ?

— Non, mieux vaut ne pas nous attarder ici.

— Pourquoi ? Tu n'as trouvé personne caché sous les lits, n'est-ce pas ? demanda-t-elle en le gratifiant d'un sourire tremblant.

— En effet, il n'est plus là. Mais il est venu.

Elle changea de couleur.

— Tu plaisantes ?

— Je plaisante rarement à propos des violations de domicile.

— J'en suis sûre mais je n'arrive pas à croire qu'il se soit introduit ici. Il n'a peur de rien.

— Je vais appeler l'équipe chargée des scènes de crime. Peut-être a-t-il laissé ses empreintes digitales. En tout cas, il ne me paraît pas prudent pour les filles et toi de rester ici. Penses-tu que Vera et Millard accepteront de vous accueillir quelques jours ?

— Je suis certaine qu'ils le feraient de bon cœur si je le leur demandais, dit-elle sombrement. Mais cela m'ennuie. Ils se lèvent à l'aube et les filles sont bruyantes. Ce n'est vraiment pas l'idéal. Ce ne serait possible que pour deux ou trois jours et il est difficile de prévoir le temps qu'il faudra pour capturer Norton.

— J'espère que nous l'attraperons bientôt mais je comprends tes réserves, dit-il. Ne t'inquiète pas, nous trouverons autre chose. Laisse-moi déjà prévenir mes collègues de la situation.

Décrochant le micro du revers de son blouson, il pressa le bouton qui ouvrait le canal.

— Jenny, peux-tu demander à Cal de siffler Ruby et de venir avec lui chez Cassie Whitaker ?

— Cal ? répéta l'opératrice des secours, intriguée par sa requête. Je lui dis de prendre aussi Winnie ?

Il consulta Cassie du regard et secoua la tête.

— Non. Qu'il laisse Winnie là-bas avec Teresa et les petites Whitaker pour le moment. Notre suspect s'est sans doute introduit dans leur maison. Il n'y est plus mais j'aimerais une équipe de scènes de crime pour mener des investigations à l'intérieur. Et que Cal et Ruby fouillent le périmètre.

— Reçu. J'appelle tout de suite le légiste du comté pour qu'il envoie une équipe de la police technique et scientifique. Ils ont plus de moyens humains que nous et aboutiront sans doute plus vite.

— Bien vu.

Il mit fin à la communication et se tourna vers Cassie.

— Tu devrais rassembler les vêtements et les quelques affaires dont les filles et toi avez besoin. Mais veille à toucher le moins de choses possible à l'intérieur de la maison. Tes empreintes sont déjà partout mais je n'aimerais pas que tu effaces par mégarde celles de l'intrus.

Elle hocha la tête. Elle se tordait les mains en se mordillant les lèvres. L'envie de la prendre dans ses bras pour la réconforter tenaillait Brady mais il connaissait ses limites.

Il ne devait pas les franchir et surtout pas avec une femme qui avait traversé ce qu'elle avait traversé.

— Peut-être vais-je louer l'un des chalets de Blaze's River Tours au lieu d'aller chez Vera et Millard, poursuivit-elle. Bien sûr, mon oncle et ma tante nous accueilleraient si je le leur demandais, mais nous les dérangerions beaucoup. Je préfère l'éviter. Et les filles seraient chez eux comme des éléphants dans un magasin de porcelaine. Marcher sur la pointe des pieds n'est pas leur fort

— Je comprends. Va chercher ce dont tu as besoin, et nous trouverons quelque chose. Mais je t'en prie, n'entre pas dans la salle de douche à côté de ta chambre. S'il y a quelque chose dont tu as besoin là-dedans, nous devrons l'acheter.

Elle le regarda avec perplexité.

— Dans la salle de douche ? Qu'a-t-il fait à l'intérieur ?

— Rien d'horrible, lui assura-t-il. Mais il t'a laissé un mot sur le miroir. C'est donc la seule pièce où nous avons toutes les chances de relever ses empreintes digitales puisque nous sommes sûrs qu'il y est entré. De plus et surtout, lire ce message t'inquiéterait pour rien, ajouta-t-il.

Elle se redressa.

— Je pense être seule juge de ce que je peux gérer. Si ce message m'est adressé, je dois sans doute le voir.

— Fais-moi confiance. Il cherche seulement à distiller la peur dans ta tête. Ne le laisse pas faire.

Elle le dévisagea puis ses épaules s'affaissèrent.

— D'accord.

D'un seul mot, elle lui disait toute sa confiance. Il en fut touché. Il n'ignorait pas à quel point elle avait du mal à l'accorder.

— Merci, dit-il en inclinant la tête.

— Pour quelle raison ?

— Pour m'avoir cru. S'il y avait quelque chose à décrypter ou une signification plus profonde à chercher, je t'y emmènerais moi-même. Mais il essaie seulement de te faire peur. Merci de ne pas lui faire ce plaisir.

Elle émit un petit rire.

— Oh ! je suis terrifiée. Mais là, maintenant, je suis plus en colère qu'effrayée.

Il la suivit alors qu'elle marchait d'une pièce à l'autre en remplissant d'affaires un petit sac à dos pour chaque fille avant de gagner sa propre chambre.

La colère était saine. Il était content qu'elle ne pleure plus. La voir sangloter dans le cou de sa chienne l'avait anéanti.

Il restait près d'elle. Non pas parce qu'il ne lui faisait pas confiance pour ne pas ouvrir la porte de la salle d'eau qu'il avait si soigneusement refermée, mais parce qu'il ne voulait pas la perdre de vue. En prendre conscience le frappa soudain.

Sans réfléchir, il s'apprêta à lui proposer une solution qui lui vaudrait sans doute une paire de gifles.

— Écoute, j'ai une proposition à te faire… Elle va sans doute te paraître… bizarre mais…

Cassie qui sortait une pile de T-shirts d'un tiroir s'interrompit.

— Une proposition ?

— Plutôt que de dépenser de l'argent dans la location d'un chalet, pourquoi les filles et toi ne vous installeriez-vous pas chez moi ?

16

— Nous installer chez toi ?

La surprise et le scepticisme qui teintaient la voix de Cassie étaient prévisibles. Brady leva la main pour faire taire ses protestations et s'expliqua :

— J'habite en périphérie de la ville. Il y a quelques mois, j'ai acheté un terrain, pas très loin du ranch des Daniels et j'y construis une maison.

Il se frotta le cou en se demandant si elle allait croire qu'il cherchait à l'impressionner. Peut-être était-ce le cas mais ce n'était vraiment pas sa motivation première.

— En ce moment, je vis dans un grand mobil-home que j'ai acheté d'occasion. Il n'est donc pas flambant neuf mais il a trois chambres. Si cela ne dérange pas les filles d'en partager une, vous seriez à l'aise toutes les trois.

Il s'interrompit mais comme elle ne répondait rien, il poursuivit :

— Réfléchis-y. Vous seriez hors de la ville, loin des regards. Seuls ta tante, ton oncle et la police de Jasper sauraient où vous êtes. Vous vivriez avec un policier et un chien policier entraînés. Que demander de plus ? Question sécurité, ce serait l'idéal.

— Que se passera-t-il lorsque tu seras en service ?

Il réfléchit à cette éventualité. Convaincre son chef que ce plan était bon ne présentait pas trop de difficultés. Et s'il n'y parvenait pas, il lui restait beaucoup de jours de congé à prendre. Si les autorités refusaient de s'impliquer, il se mettrait en congé. D'ailleurs, il ne chômerait pas. Son chantier l'attendait. Avancer la construction de sa maison ne serait pas un luxe.

— Je vais trouver une solution. Par ailleurs, il vaudrait peut-être mieux que tu ne travailles pas au restaurant de Millard et Vera dans les prochains jours. Keith Norton traîne dans les parages, j'en suis certain. Et à mon avis, tu as intérêt à faire profil bas.

— Tu me conseilles de me cacher, dit-elle.

— Je te conseille de te faire discrète pour te protéger et protéger tes filles, corrigea-t-il avec douceur.

Elle soupira. Il comprit qu'il avait gagné la partie et qu'elle allait se ranger à son argument mais il n'en tira aucune fierté. Au lieu de jubiler, il s'efforça de se concentrer sur la logistique.

— À quel rythme travailles-tu pour Blaze's River Tours, le tour opérateur ? poursuivit-il.

— J'y vais chaque fois que j'ai quelques heures de liberté. Comme je n'ai pas fini ma formation et que je n'ai donc pas encore le droit de me charger seule d'un groupe, mon absence ne dérangera personne d'autre que moi.

— Parfait. Il est préférable que les filles et toi disparaissiez des écrans radars pendant quelques jours. Nous pourrions même laisser entendre en ville que tu as eu peur et que tu es partie. Les commérages se répandent comme un feu de brousse dans le coin. Prétendre que vous avez plié bagage pourrait s'avérer utile si Norton est encore dans les parages. Et je suis sûr qu'il l'est.

— Pour que ce soit clair, je n'ai pas quitté Bozeman par peur de Keith Norton. Et je n'avais pas quitté Billings par peur de mon ex-mari. Je les ai quittées l'une et l'autre pour passer à autre chose, parce que j'avais envie de vivre ma vie et d'élever mes filles dans un endroit où nous nous sentirions en sécurité. Mais je ne m'enfuyais pas, je n'ai pas peur. Et je commence à en avoir assez des hommes qui savent mieux que moi ce que je dois faire ou ne pas faire.

— Je n'essaie pas de te dicter ta conduite, dit Brady. Je fais juste des suggestions.

Elle serra la pile de T-shirts contre sa poitrine.

— Je comprends, dit-elle enfin. Je ne veux pas paraître ingrate. Ton offre est généreuse et je t'en remercie. Mais tu n'imagines pas ce que c'est que de vivre au quotidien avec deux petites filles. Ce n'est pas forcément simple.

— Là-dessus, tu as tout à fait raison, reconnut-il avec un sourire. J'ignore tout de la vie de famille. Mais mon instinct me souffle de rester avec vous. Près de vous. Et je suis prêt à accepter quelques jours de chaos si pour finir, nous dormons tous mieux la nuit. Crois-moi, Winnie ne laissera personne s'approcher de chez moi sans que tout le monde le sache.

— Winnie la super-héroïne, dit-elle affectueusement.

Il fourra les mains dans ses poches et ajouta :

— Elle est courageuse et n'hésite pas à défendre au péril de sa propre vie ceux qu'elle est chargée de protéger. Elle ne craint que les orages.

— Les filles aussi sont terrifiées par le tonnerre, dit-elle. Peut-être pourraient-elles se réconforter toutes les trois pour me permettre de dormir, pour une fois.

Il hocha la tête et sortit de sa chambre.

— Je te laisse finir les bagages, je dois passer un coup de fil. Et trouver le moyen d'installer deux filles et un labrador sur le canapé convertible de la troisième chambre.

— Fais-moi confiance, elles trouveront un moyen !

Il rassembla les sacs que Cassie avait laissés dans le

couloir, mais s'attarda près de la chambre principale pendant qu'il appelait le poste de police pour signaler la violation de domicile avec effraction. Pour s'assurer aussi qu'elle n'essayait pas de jeter un coup d'œil à la menace écrite au rouge à lèvres dans la salle de douche. Quelques instants plus tard, il la trouva en train de mettre des sous-vêtements dans un sac de sport.

Elle le surprit en train de la regarder et rougit comme une pivoine.

— J'aurai besoin d'une nouvelle brosse à dents, d'un désodorisant et de dentifrice, dit-elle.

— Nous irons faire des courses. Nous aurons également besoin d'acheter de quoi dîner. Je n'ai pas grand-chose chez moi. La cuisine n'est pas mon fort.

Le visage de Cassie s'éclaira.

— Je me chargerai des repas. J'adore cuisiner. Les filles et moi nous occuperons de te nourrir pendant notre séjour.

Il sourit.

— C'est d'accord. En revanche, ajouta-t-il en se grattant la nuque, je ne me souviens pas très bien dans quel état j'ai laissé le mobil-home. Sans doute n'est-il pas bien rangé. Ces derniers temps, j'ai surtout travaillé à la construction de la nouvelle maison. Et ensuite…

Il s'interrompit, ne voulant pas qu'elle culpabilise d'être la raison pour laquelle il n'était pas rentré chez lui depuis plusieurs jours.

— Et ensuite Keith Norton a enlevé mes filles et tu as fait tout ce qui était humainement possible pour me les ramener, saines et sauves. Dès lors, Brady, tu n'as aucune raison de t'excuser pour quoi que ce soit. Jamais, ajouta-t-elle en le regardant droit dans les yeux.

— Fais attention. Lorsque tu fais ce genre de déclaration à un homme, il a tendance à s'en souvenir.

— Les hommes ne se souviennent que de ce qui les arrange, répliqua-t-elle. Je te taquine, ajouta-t-elle en riant. Et ne t'en fais pas si ton mobil-home est en désordre ou a besoin d'un coup d'aspirateur. Les filles et moi, nous contribuerons à rajouter du bazar et tout finira par s'équilibrer.

Son regard bienveillant le détendit.

— J'ai hâte d'y être. Winnie est super mais n'a pas beaucoup de conversation, il faut bien le dire.

— Alors, ça va te changer du tout au tout. Prépare-toi à beaucoup de bavardages. Les filles sont parfois soûlantes.

Elle hissa le sac sur son épaule et ajouta :

— J'ai pris tout ce dont j'ai besoin d'ici et tu attends du monde, à ce que j'ai compris. Sortons d'ici.

— J'ai recommandé à Jenny de dire aux techniciens des scènes de crime d'être discrets pour s'approcher de la maison, dit-il en la suivant dans le couloir. Ils entreront par la porte arrière. Nous la laisserons ouverte. Il est possible que Norton revienne. Nous enverrons aussi quelqu'un pour surveiller l'endroit. Y a-t-il des voisins que nous devrions prévenir ?

— Seulement Mme Garbowski, qui vit à côté. Je ne veux pas l'inquiéter. Elle a quatre-vingt-douze ans et regarde trop de séries policières à la télévision. Mais je doute qu'il revienne. Keith est peut-être un pauvre type mais il n'est pas stupide.

— D'accord.

Elle s'arrêta dans le salon et promena un dernier regard autour d'elle, l'air lugubre.

— J'avais l'habitude de venir chaque été dans cette maison. Je restais avec mes grands-parents pendant des semaines et je m'y sentais bien. Sans eux, cette demeure m'a semblé étrange et maintenant, c'est pire… Je dois m'inquiéter de savoir où aller ensuite, conclut-elle.

Ébranlé par son émotion, il fit un pas de plus.

— Norton n'a pas le pouvoir de te voler tes souvenirs. Cette maison reste une demeure familiale, et bientôt, tu t'y sentiras à nouveau en sécurité, lui assura-t-il. Tes filles vont grandir ici. Peut-être ne s'y sentiront-elles pas bien tout de suite. Mais les enfants sont résilients. Elles accumuleront autant de souvenirs heureux que toi et ils compenseront les mauvais.

— Je l'espère, dit-elle, une note mélancolique dans la voix.

— Jasper est une ville agréable et chaleureuse, Cassie. Tu y as engrangé beaucoup de moments heureux autrefois et elle réserve de nombreuses aventures aux filles. Je te promets que nous ferons tout ce que nous pourrons pour qu'elles se sentent à nouveau en sécurité.

Comme elle posait sa main sur son bras, il se tendit aussitôt, traversé par un désir trouble qu'il n'osait exprimer. Il n'était pas question d'ennuyer cette femme formidable mais toujours vulnérable. Il était soulagé qu'elle ait accepté de vivre quelque temps chez lui avec ses enfants. Il s'interdisait de faire quoi que ce soit qui la dérangerait. Il ne voulait pas qu'elle se sente mal à l'aise là-bas.

— Merci, dit-elle dans un murmure. Tu as le don de dire exactement ce que j'ai besoin d'entendre.

Il baissa la tête, content mais un peu embarrassé par le compliment.

— Je l'espère.

— Nous ne nous connaissons pas depuis longtemps et nous ne nous sommes pas rencontrés dans les meilleures circonstances, mais je te considère comme un ami, Brady. Je te fais confiance. Je te confie ma vie, et plus important encore, celle de mes filles.

Alors qu'il se noyait dans ces grands yeux noisette, il

se demanda s'il avait été définitivement relégué dans la catégorie « amis ». Il espérait que non mais il savait qu'elle se débattait dans trop de difficultés pour nouer une relation amoureuse pour le moment. Dans l'immédiat, il devrait donc se contenter de son amitié. Et s'il en éprouvait une certaine frustration, il lui était reconnaissant de sa franchise.

— Merci. Et je ressens la même chose pour toi. Je veux dire, je te considère comme une amie.

Elle le regarda attentivement pendant un moment, puis lui adressa ce qui devait être son premier sourire sincère depuis leur arrivée.

— D'accord alors, mon ami, allons annoncer aux filles qu'elles vont avoir droit à une soirée pyjama avec Winnie.

Elle jeta un coup d'œil par-dessus son épaule alors qu'ils se dirigeaient vers la porte de la cuisine.

— Nous ferions mieux d'acheter des boules Quies lorsque nous nous arrêterons à la supérette. Parce que quand nous leur apprendrons la grande nouvelle, tu vas être soumis à des niveaux de décibels inégalés. Et cette nuit, seules avec Winnie, elles vont lui raconter leur vie et là encore, tu auras sans doute envie de couper le son…

17

Le mobil-home de Brady Nichols ne ressemblait en rien à ce que Cassie avait imaginé. Non qu'elle ait passé des heures à fantasmer sur l'endroit où il habitait. Mais d'après ce qu'elle savait de lui – un homme divorcé d'une trentaine d'années, très investi professionnellement et vivant seul avec son chien –, elle s'attendait un peu à tomber sur un taudis. Elle se trompait.

La configuration de la structure était assez standard. Un salon avec un couloir unique menait à trois chambres et une salle de bains. Une cuisine-salle à manger de belle taille avec une porte qui ouvrait sur une terrasse. Par la fenêtre au-dessus de l'évier, elle voyait la maison qu'il construisait.

L'ensemble semblait confortable bien qu'un peu désuet. Elle ne parvenait pas à croire qu'un homme de l'âge de Brady ait pu choisir certains des meubles. Sans doute en avait-il hérité ou les avait-il achetés dans une brocante. Et à part quelques plats empilés dans l'évier rempli d'eau et une fine couche de poussière dans le salon, les lieux étaient propres et bien rangés.

Bien sûr, avec les filles, ils ne le resteraient pas longtemps. Elle se mordit les lèvres, déchirée à l'idée d'envahir et de bouleverser le monde de cet homme qui vivait jusqu'ici bien tranquille. Il n'avait aucune idée de ce qui l'attendait.

Après leur avoir rapidement montré les pièces principales, Brady et Winnie entraînèrent les filles dans une chambre meublée d'un grand canapé convertible et d'un bureau sur lequel trônait un ordinateur portable ouvert.

— On va dormir ici ? s'exclama Jilly, émerveillée, en se laissant tomber sur le canapé pour faire quelques bonds expérimentaux.

— Oui, il se déplie, expliqua-t-il devant le regard dubitatif de Brook.

Cassie se dirigea vers le bureau, referma l'ordinateur portable et en débrancha le cordon d'alimentation. Comme il la dévisageait d'un air interrogateur, elle lui tendit l'appareil.

— Tu me remercieras plus tard, crois-moi. Ce n'est pas notre ordinateur, ajouta-t-elle à l'adresse des filles. Par conséquent, vous n'avez pas le droit de l'utiliser sans en avoir demandé la permission à Brady. Ma recommandation est de leur interdire d'y toucher, ajouta-t-elle pour lui. Sauf si tu aimes voir des miettes sur ton clavier et des traces de doigts sur ton écran.

Le visage de Brady se fendit d'un sourire.

— En fait, je me moque des traces de doigts et des miettes sur mon ordinateur. Mais bon, il vaudrait peut-être mieux que vous ne l'allumiez que lorsque votre mère ou moi serons là. D'accord ?

— Oui, monsieur, répondit Brook.

— Tu peux m'appeler Brady.

À la vue du sourire radieux de sa fille aînée, Cassie se sentit au bord des larmes. Brook était toujours si grave, si sérieuse. Ses sourires étaient rares et elle les recevait comme autant de cadeaux. Et là, soudain, quelques heures à peine après avoir vécu l'une des pires journées de sa jeune existence, elle décochait à Brady l'un des sourires les plus éblouissants que Cassie ait jamais vus sur ses lèvres.

— Je peux, maman ? demanda-t-elle, ravie d'être considérée presque comme une adulte mais attendant le consentement maternel pour s'en réjouir totalement.

Après tout ce qu'ils avaient vécu ensemble et la proximité dans laquelle ils se trouveraient pendant les jours à venir, leur imposer un « monsieur » ou un « officier Nichols » semblait excessif.

— Si ça va pour lui, ça va pour moi.

— En tout cas, moi, je m'en moque de l'ordinateur, annonça Jilly. Je préfère les chiens. Tu veux bien que je joue avec Winnie, maman ?

— Encore une fois, Winnie n'est pas à nous, s'empressa-t-elle de préciser. Et n'oubliez pas que c'est surtout un chien policier, elle a du travail…

Mais le labrador interrompit son sermon en se frayant un chemin entre leurs jambes pour s'asseoir devant la petite fille.

Un grand sourire aux lèvres, Jilly enroula ses bras autour du cou de la chienne pour une étreinte éperdue.

— Pas trop serré, dit automatiquement Cassie.

— Merci, murmura l'enfant, le nez dans la fourrure de Winnie. Merci de nous avoir retrouvées.

Cassie sentit son cœur se serrer. Ces dernières heures, les filles avaient traîné avec les chiens au poste de police. Et elles semblaient contentes, gaies, comme si leur mésaventure avait été oubliée. Mais à présent, elle entendait la voix tremblante de Jilly, voyait ses yeux brillants de larmes alors qu'elle embrassait Winnie. Avoir été abandonnées dans les bois en pleine nuit avait laissé des traces.

Elle s'agenouilla à côté de la fillette et caressa son dos d'un geste réconfortant.

— Winnie est notre héroïne, dit-elle d'une voix rauque.

Elle jeta un coup d'œil à Brady qui les regardait d'un air attendri.

— Pendant que vous vivez ici, les filles, dit-il, je compte sur vous pour veiller à ce que Winnie dîne à l'heure et que son bol soit toujours rempli d'eau fraîche.

Jilly se tourna vers lui, un air d'adoration sur le visage.

— Oh oui, s'exclama-t-elle, en hochant la tête avec enthousiasme. Nous allons nous occuper d'elle du mieux possible. N'est-ce pas, Brookie ? demanda-t-elle à sa grande sœur.

Brook caressa gentiment la tête de la chienne et lui gratouilla les oreilles.

— Bien sûr.

— Quand maman nous autorisera à avoir un chien, j'en veux un comme Winnie, annonça Jilly.

Brady se mit à rire.

— On en reparlera dans quelques jours quand vous aurez vécu avec elle au quotidien. Peut-être changerez-vous alors d'avis. Les labradors sont formidables mais ils ont besoin de beaucoup d'exercice. Ce sont de bons animaux de compagnie mais ils ont tendance à être paresseux. Il faut parfois les secouer, les obliger à travailler.

— Nous allons travailler avec elle, assura Brook. Ce n'est pas un problème. Il faudra seulement nous montrer comment faire.

— Heureusement pour vous deux, Winnie est un peu frimeuse, dit-il d'un ton chaleureux et teinté d'affection.

— Bon, les filles, intervint Cassie. Nous devons nous installer et laisser Brady souffler un peu. Avant d'aller vous chercher au poste de police, nous avions fait quelques courses à la supérette. Et acheté de quoi préparer des tacos pour ce soir.

La nouvelle fut accueillie par des cris de joie auxquels Winnie se joignit en aboyant avec force.

Brady sourit.

— J'adore les tacos, moi aussi.

Cassie se leva et se rapprocha de lui.

— Je te suggère de retirer de cette pièce tout ce que tu tiens à préserver, dit-elle à voix basse. Mes filles ont assez peu de limites.

Son sourire s'agrandit.

— Cela ne me dérange pas, assura-t-il. Winnie et moi sommes contents d'avoir de la compagnie.

Il jeta un coup d'œil à sa chienne, couchée sur le dos entre les filles pour leur permettre de lui frotter le ventre et de la gratter derrière les oreilles. Elle battait de la queue, manifestement heureuse de leurs traitements. Mais son regard se tournait régulièrement vers Brady comme pour vérifier qu'accepter leur adoration était bien.

Il rit et dit :

— Reste avec Brook et Jilly, Winnie.

Cassie décida de quitter la chambre pour se diriger vers la cuisine. Rester à proximité de Brady Nichols était à la fois merveilleux et déconcertant. Merveilleux parce que sa seule présence la réconfortait. Déconcertant parce qu'il était un homme et que, dans ce domaine, elle n'avait cessé d'accumuler les mauvaises expériences. N'avait-elle donc pas compris la leçon ? Sans doute avait-elle intérêt à se tenir à distance de lui.

— Je vais déballer les courses, dit-elle en espérant s'éloigner assez de lui pour remettre de l'ordre dans ses pensées.

— Je vais te montrer où tout est rangé, dit-il en la suivant.

Alors qu'elle plongeait les mains dans l'un des nombreux

sacs qu'ils avaient rapportés, elle jeta un coup d'œil par-dessus son épaule, vers la salle de séjour.

— Je ne m'attendais pas à ce que ce mobil-home soit si spacieux. Pour tout te dire, je craignais que nous ne soyons les uns sur les autres.

À l'instant où les mots sortirent de sa bouche, elle comprit leur double sens et rougit. Elle se détourna, en espérant que Brady n'avait pas sorti ses commentaires de leur contexte.

Heureusement, il ne parut pas y voir quoi que ce soit. Elle le regarda ranger des paquets de steaks hachés, de poulet et des sacs de nuggets surgelés dans un congélateur qui avait vraiment besoin d'être dégivré.

— J'espère que nous ne te dérangerons pas trop, ajouta-t-elle.

— Tu plaisantes ? J'ai déjà l'eau à la bouche à l'idée de me régaler de tacos. Je ne suis pas un cordon-bleu, loin de là.

— Nous serons heureuses de te préparer de bons petits plats. Je t'apprendrai peut-être à confectionner quelques recettes pour te sortir de l'ornière des plats surgelés.

Il se mit à rire.

— Je préfère consacrer mes heures de repos à travailler sur la maison plutôt qu'à cuisiner.

Elle s'approcha pour mieux voir la grande structure à ossature de bois.

— Je n'arrive pas à croire que tu construis toi-même une maison. Je suis très impressionnée, dit-elle en laissant son regard se promener sur le squelette de sa future demeure. Elle sera grande, apparemment.

Il pointa du doigt les murs extérieurs qu'il avait érigés avec ses amis.

— En effet. Je ne voulais pas construire une maison

qu'il me faudrait agrandir par la suite si j'avais envie de la vendre.

— La vendre ? répéta-t-elle, surprise.

La maison n'était même pas construite et il pensait déjà à la mettre sur le marché ?

— Je n'ai pas l'intention de déménager de sitôt mais je me suis dit que, tant qu'à construire une maison, autant la concevoir pour qu'elle soit susceptible de plaire à quelqu'un d'autre que moi.

Qu'il se projette si loin dans le futur la stupéfia. Elle vivait au jour le jour depuis si longtemps qu'elle ne pouvait pas imaginer penser au-delà de ces repères. Brady planifiait un avenir dans dix, vingt ou même trente ans.

Elle s'éloigna de la fenêtre et se concentra sur les sacs.

— Précaution intelligente, dit-elle en sortant une boîte de conserve. Je n'ai aucune idée de l'endroit où je serai dans un mois, et encore moins dans des années à venir.

— Tu ne prévois pas de rester à Jasper ?

— Je l'avais espéré, avoua-t-elle d'une voix rauque. J'avais imaginé que cette ville serait le refuge pour les petites comme elle l'avait été pour moi quand j'étais jeune, mais maintenant… je ne sais pas. Les filles pourront-elles jamais surmonter cette histoire ? Et moi ?

Il la regarda en face.

— Bien sûr, vous y arriverez.

18

Le téléphone de Brady sonna et il sortit de la cuisine, pressant l'appareil contre son oreille. Cassie s'efforça alors d'ignorer son ventre noué. Tous les appels qu'il recevait n'étaient pas forcément liés à sa situation, se répétait-elle. Il travaillait certainement sur plusieurs dossiers à la fois. De plus, il avait droit à une vie personnelle.

Et à ce sujet, elle mentirait si elle niait sa curiosité. Tout en finissant de ranger les courses dans les placards, elle se remémora leurs différentes conversations et les analysa rapidement pour n'en retenir que les détails révélateurs.

Non, elle ne se trompait pas. Il n'avait jamais mentionné quelqu'un de particulier dans sa vie. Ni fait allusion à un quelconque désir de se marier un jour. Il était peut-être en train de construire une grande maison sur ce magnifique terrain mais cela ne signifiait pas qu'il envisageait de fonder une famille pour y vivre. En fait, il avait surtout évoqué la possibilité de revendre cette propriété.

L'assurance avec laquelle il avait affirmé qu'elle allait s'en sortir était encourageante. Il semblait certain qu'elle parviendrait à se remettre des derniers événements, à dépasser les difficultés dans lesquelles elle se débattait et à rebondir. Elle ne le connaissait pas bien mais son instinct lui soufflait qu'il était sincère. Il ne lui raconterait pas d'histoires. S'il disait qu'elle et les filles surmonteraient les dégâts liés à l'intrusion de Keith Norton dans leur vie, il le pensait vraiment.

Il était temps de confectionner le brownie. Elle sortit du chocolat, du sucre et de la farine du placard, du beurre et des œufs du réfrigérateur et chercha un saladier. Elle trouva un grand bol qui conviendrait très bien. Puis elle parcourut l'assortiment des vieilles casseroles et poêles cabossées dans l'espoir de dénicher un moule à gâteau. En vain.

Quand elle entendit Brady revenir, elle demanda :

— Tu n'as pas de moule à gâteau, n'est-ce pas ?

— Non, dit-il en secouant la tête. Mais j'ai sûrement quelque chose qui fera l'affaire.

D'un air déterminé, il entreprit de fouiller les placards. Apparemment, il tenait à ce brownie. Le tintement de la batterie de cuisine qu'il déplaçait donna envie de rire à Cassie. Elle devinait qu'il était prêt à retourner au supermarché plutôt que de renoncer à son gâteau.

— Voilà ! lança-t-il en brandissant comme un trophée un plat à tarte qui avait connu des jours meilleurs. Penses-tu y arriver avec ça ?

— Oui, oui, ça ira, dit-elle, ne voulant pas le décevoir.

— Formidable. L'idée d'avoir des tacos et un brownie au menu, ce soir, m'enchante. Surtout le brownie qui est mon dessert préféré. Je ne pourrais pas être plus heureux.

Il s'exprimait d'un ton léger, mais quelque chose dans ses yeux sombres déclencha soudain une sonnette d'alarme dans la tête de Cassie.

— Que se passe-t-il ? demanda-t-elle.

Il se frotta le cou. Manifestement, il était en proie à un conflit intérieur.

Elle s'approcha de lui.

— S'il s'agit d'un sujet personnel, envoie-moi promener.

Mais si ce que tu hésites à dire est lié à l'enquête, je tiens à être au courant.

— À ce stade, j'ignore si ce que j'ai appris a de l'importance ou non.

— Si c'est en rapport avec l'enlèvement de mes filles, je préfère savoir.

— Ce n'est pas directement à propos des filles, dit-il, le regard fuyant.

L'esquive n'était pas le fort de Brady. C'était l'un des aspects de sa personnalité que Cassie aimait le plus chez lui. Il ne savait pas mentir.

— D'accord. Si tu as envie de jouer sur les mots, nous serons deux et je suis très forte à ce petit jeu. Si cela concerne Keith Norton, alors je dois en être informée. C'est moi qui le connais

Il poussa un soupir.

— Je n'avais pas envie de t'en parler parce que, si ça se trouve, ça ne signifie rien. Mais bon, si tu y tiens… Il y a une vieille scierie abandonnée, à la périphérie de Jasper. Nous y passons régulièrement parce qu'elle sert de point de rencontre pour des trafics divers. Jason Wright vient de m'appeler. C'est le jeune homme dont Emma a annoncé les fiançailles, le soir de la, euh, fête à l'Académie canine.

— Le soir où Keith Norton a enlevé mes filles.

Brady passa la main dans ses cheveux.

— Il a repéré des éléments prouvant que quelqu'un avait séjourné dernièrement dans cette scierie. Nous n'avons aucune raison de croire qu'il s'agissait de Keith Norton. Comme je te l'ai dit, beaucoup de personnes traînent dans les bâtiments abandonnés. Des SDF, des gens du voyage, sans parler des petits trafiquants…

— Mais ça pourrait être Keith.

Il hocha la tête.

— Jason et l'une de nos autres recrues, Ava Callan, fouillent l'endroit. Jusqu'à présent, ils n'ont découvert que des détritus mais s'ils trouvent quelque chose laissant entendre que Norton a traîné par là, ils ne manqueront pas de me prévenir. S'il y a quelque chose que tu dois savoir, je t'en parlerai, promis.

Elle poussa un soupir et se tourna vers la cuisinière pour faire fondre le chocolat au bain-marie. En silence, elle cassa les œufs dans le bol et les battit avec le sucre à l'aide d'une fourchette.

Après un long moment, elle murmura enfin :

— D'accord. Merci.

Tous deux se regardèrent, chacun essayant sans prononcer un mot de mesurer la détermination de l'autre.

En fin de compte, Cassie n'aurait su dire lequel d'entre eux aurait gagné si Jilly ne les avait pas interrompus.

— Maman ! On peut t'aider à faire le brownie, Winnie et moi ?

19

Comme d'habitude, Brady se leva tôt le lendemain matin et mit son uniforme. Mais alors qu'il attachait le harnais sur Winnie, il prit brutalement conscience qu'il allait laisser Cassie et les filles seules chez lui. Sans protection.

Inquiet, il se figea. De l'entrée, il les entendait bavarder dans la cuisine autour de la table du petit déjeuner. Il ne savait pas quoi faire.

En un sens, il hésitait à les laisser. Mais par ailleurs, il tenait à se rendre au travail pour avancer sur l'enquête. Il voulait participer aux recherches, retrouver Keith Norton. Jason et Ava n'avaient rien découvert, hormis des détritus, prouvant le récent séjour de quelqu'un dans la scierie abandonnée. Mais rien ne reliait ces éléments à Norton.

Brady n'en avait pas été surpris. Norton était intelligent.

Il savait brouiller les pistes, effacer les traces derrière lui. Et ils avaient manqué de réactivité. Au lieu de tirer profit de la présence du pickup sur la voie forestière réservée aux véhicules des pompiers, ils l'avaient laissé filer. Ils étaient passés à côté d'une opportunité qui aurait pu leur permettre de le coincer. Ils auraient dû remorquer immédiatement la fourgonnette.

Cela dit, sa principale préoccupation était ailleurs. Norton avait su déjouer leur surveillance et semblait avoir toujours une longueur d'avance sur eux. Cette capacité l'inquiétait plus que tout.

Son instinct lui soufflait que Norton était toujours dans le coin. Il n'avait pas fait de mal aux filles. Le message griffonné sur le miroir de la salle de douche indiquait que Cassie était son véritable objectif.

Après avoir passé quelques jours avec elle, il comprenait pourquoi Norton avait succombé à son charme et vivait mal une rupture avec une femme aussi extraordinaire. Elle dégageait une assurance naturelle qui donnait à un homme l'envie de se dépasser, d'être le meilleur. Indispensable. Mais contrairement à Norton, il voulait être désiré. Et certainement pas s'imposer.

Il adorerait qu'une femme comme elle jette son dévolu sur lui. Elle était belle mais de façon naturelle. Sa spontanéité, sa gaieté, leur complicité, lui plaisaient. S'il se sentait libre de discuter de tous les sujets avec elle, il aimait aussi être simplement près d'elle, sans parler. Les silences entre eux n'étaient pas gênants. Même lorsque ses tensions et son inquiétude pour ses filles la tourmentaient.

Le fait qu'elle soit mère ne diminuait pas sa séduction. Bien au contraire, il la renforçait. La maternité lui donnait une force et une détermination indispensables pour affronter la vie. Mais aussi une douceur qui lui permettait d'offrir à ses filles tout l'amour et la patience dont elles avaient besoin pour grandir. L'ensemble était très séduisant.

Il était beaucoup trop sensible à ses charmes, il le savait. Voilà pourquoi depuis qu'il s'était réveillé, il s'efforçait de la sortir de son esprit. Il avait besoin de prendre des distances, de mettre un peu d'espace entre eux, pour se ressaisir. Si elle n'avait pas l'intention de rester à Jasper, il était inutile de commencer à nouer une quelconque relation avec elle.

De son côté, il voulait s'enraciner. Il se construisait

une maison dans ce but et il l'avait conçue assez grande pour pouvoir y loger une famille. Il rêvait d'en fonder une, celle que Lisa lui avait refusée au cours de leur brève vie commune. Il avait toujours eu envie d'avoir des enfants. Une petite ville tranquille et chaleureuse lui semblait le cadre idéal pour les élever. Fondamentalement, il voulait tout ce que son ex avait dédaigné. Il avait choisi ce lieu, ce mode de vie, exprès. D'ailleurs, si Cassie avait mis le cap sur Jasper quand elle avait eu besoin d'un refuge, ce n'était certainement pas un hasard. Pour lui, il ne s'agissait pas d'une escale. Il se voyait vivre dans cette petite ville, dans cette maison, jusqu'à la fin de ses jours. Il rejoindrait alors les vieillards qui traînaient sur la place du village pour jouer à la pétanque, observer les passants en se remémorant le bon vieux temps.

Ses objectifs de vie étaient simples mais le seul fait d'y penser le rendait heureux. D'habitude. Mais depuis qu'il avait rencontré Cassie Whitaker, il avait du mal à imaginer son existence sans qu'elle soit sur le tableau. Une preuve de plus qu'il était temps pour lui de recouvrer ses esprits.

Il caressa la tête de Winnie.

— On y va, ma belle ?

Cassie apparut dans l'embrasure de la cuisine.

— Tu pars travailler ?

— Oui, je suis de service ce matin et j'aimerais connaître les dernières avancées de l'enquête. Cela t'ennuie de rester ici seule avec les petites ?

Elle releva aussitôt le menton.

— Bien sûr que non ! Je suis une grande fille.

Mais très vite, comme si elle regrettait son ton défensif, elle ajouta d'une voix adoucie :

— Tu n'as pas pris de petit déjeuner. Attends deux minutes.

Il ne prenait généralement rien le matin mais elle disparut dans la cuisine sans lui laisser la possibilité de le dire. Un instant plus tard, elle réapparut avec des pancakes enveloppés dans une serviette en papier.

Il en eut l'eau à la bouche.

— Merci beaucoup !

— J'ai aussi quelque chose pour toi, Winnie, ajouta-t-elle en lui tendant des friandises pour chiens que Brady gardait dans un bocal.

Il les utilisait comme récompense lors des séances d'entraînement.

Il n'eut pas le cœur de lui dire qu'il ne les offrait pas à sa chienne sans raison. Winnie lui jeta un coup d'œil pour obtenir la permission de les manger. Incapable de refuser, il hocha la tête et elle se jeta dessus avec une telle gloutonnerie qu'ils éclatèrent de rire tous les deux.

— Je suis désolée, j'aurais sans doute dû te demander l'autorisation de lui en donner mais, à mes yeux, elle mérite d'être un peu gâtée.

— Je comprends mais en principe, les friandises sont réservées à l'entraînement et aux situations de travail.

— Eh bien, elle a travaillé ! Elle a veillé sur les filles toute la nuit.

— C'est vrai, confirma-t-il, n'ayant pas envie d'ergoter inutilement.

Il s'assura que son téléphone était bien accroché à sa ceinture puis il s'empara de ses clés de voiture.

— Tu as mon numéro. Envoie-moi un texto si quoi que ce soit t'inquiète. Et je te préviendrai par SMS s'il y a du nouveau.

— Oui, merci. J'apprécierai d'être tenue au courant.

Il souleva les pancakes de son petit déjeuner improvisé en signe de salut, puis se tourna vers la porte d'entrée.

— Passez une bonne journée, les filles, cria-t-il par-dessus son épaule. Faites comme chez vous et ne craignez pas d'abîmer. Ce mobil-home en a vu d'autres.

Cassie lui sourit.

— Tu nous feras visiter le chantier, ce soir ? J'aimerais voir ce que tu as prévu pour la maison.

Son intérêt réchauffa le cœur de Brady. En prendre conscience l'inquiéta. Son instinct ne l'avait pas trompé. Il avait besoin de mettre des distances entre lui et cette femme extraordinaire. Non sans efforts, il s'interdit de montrer sa fierté.

— J'en serais ravi, répondit-il d'un ton désinvolte.

— Passe une bonne journée, lui cria-t-elle.

Les mots étaient simples mais il sentit sa poitrine se serrer. Il avait envie de les entendre chaque fois qu'il partait travailler.

Sortant sous le porche avec Winnie, il répondit d'un ton bourru :

— Toi aussi. Et verrouille les portes derrière moi.

— Oh ! ne t'inquiète pas, je ne risque pas d'oublier !

Au pied des marches, il s'arrêta jusqu'à ce qu'il entende le cliquetis de la serrure de la porte d'entrée.

Alors, et alors seulement, il s'autorisa à porter les pancakes à sa bouche et à en prendre une grosse bouchée. C'était un tel délice qu'il poussa un gémissement de plaisir.

Comment serait-il capable de se nourrir à nouveau des plats réchauffés au micro-ondes ?

Un morceau tomba au sol et Winnie le regarda fixement, prête à se précipiter s'il lui donnait le feu vert. Brady soupira de contentement en mâchant.

— D'accord, d'accord. Mange, ordonna-t-il.

La chienne engloutit le bout de pancake et le regarda d'un air plein d'espoir.

Il secoua la tête, puis désigna le SUV.

— Pas question d'en avoir un autre. Et ne t'habitue pas non plus aux friandises supplémentaires. Tu es l'héroïne du jour, tu as droit à des extra, d'accord. Mais dès demain, nous allons prendre des mesures d'austérité et te mettre au régime, dit-il, en essayant de prendre un ton sévère.

Winnie à ses côtés, il marcha lentement jusqu'à son SUV en prenant d'énormes bouchées gourmandes.

La chienne avait l'air découragée. Il se mit à rire en ouvrant la portière et lui fit signe de monter.

Mais elle était rusée. Elle donna subrepticement quelques coups de langue sur ses doigts collants de sirop d'érable pendant qu'il attachait son harnais au siège.

— Si ça continue, nous allons prendre cinq kilos par semaine. Et comment parviendrons-nous à vadrouiller dans les bois pour effectuer des recherches, si nous sommes en surcharge pondérale ?

Winnie ne répondit pas. Cette éventualité ne lui posait aucun problème.

Riant tout seul, il essuya ses mains sur la serviette puis se glissa sur le siège du conducteur. Heureusement, il avait du gel antibactérien dans la boîte à gants. Dès qu'ils furent tous deux prêts, il démarra et tourna le volant. Il avait largement dégagé le terrain devant le mobil-home. En revanche, la voie pour accéder à la propriété était dissimulée dans la verdure.

Il s'en félicita.

20

En route vers Jasper, Brady se força à penser aux prochaines étapes de la construction de sa maison plutôt qu'à la jolie femme et aux deux fillettes qu'il avait laissées seules dans son mobil-home, à des kilomètres de ses plus proches voisins…

Alors qu'il franchissait les portes de la ville, il chercha des yeux des personnes qui n'auraient rien à y faire, des inconnus, des intrus. Certes, il y avait beaucoup de touristes, attirés par la rivière Salmon, mais avec leurs sacs à dos et leurs cartes à la main, ils étaient faciles à repérer.

S'il ne vivait pas à Jasper depuis longtemps, il connaissait la plupart de ses habitants, au moins de vue. De plus, les commérages allaient bon train dans la région. Voilà pourquoi si Norton montrait le bout de son nez dans l'un des hôtels ou des commerces locaux, les autorités en entendraient forcément parler. Tout le monde ou presque était au courant du kidnapping des fillettes et du fait que le ravisseur n'avait pas encore été arrêté. Jasper était certainement en alerte maximale.

Arrivé devant le poste de police, il se gara à côté du camion de Dillon, libéra sa coéquipière et se dirigea vers la porte d'entrée. Il s'efforçait de se préparer à effectuer ses tâches quotidiennes comme il le ferait n'importe quel autre jour. Mais en réalité, la journée n'était pas comme les autres. Il se sentait nerveux. Winnie aussi semblait plus agitée qu'à l'accoutumée. Et lorsqu'ils pénétrèrent dans le poste de police, il sentit d'emblée les tensions qui y régnaient.

— Le chef aimerait vous voir, lui annonça Teresa à voix basse.

— Bien sûr, dit-il en réprimant un gémissement. Bien sûr.

Le patron voulait évidemment un rapport complet sur la situation. Mais Brady devinait que le capitaine Rutledge assisterait également à leur entretien. En tant que futur successeur désigné du chef de la police, Arthur Rutledge se mêlait de plus en plus souvent des échanges de Walters avec ses hommes. Et voir Rutledge s'occuper de ses affaires ennuyait Brady presque autant que les questions qu'il lui poserait.

Il salua ses collègues de la main alors qu'il traversait avec Winnie le dédale des couloirs. Quand il croisa le regard de Dillon, il lui fit comprendre d'un geste qu'il se rendait chez le patron. Son ami esquissa une grimace pour l'encourager. Il fit halte à son bureau pour déposer ses clés et son portefeuille dans le tiroir puis détacha la chienne. Elle se coucha près de la chaise, les yeux rivés sur lui.

— Bonne fille. Reste.

Winnie posa son museau sur ses pattes avant et ferma les paupières. Les labradors adoraient dormir le matin. Et à tous les autres moments de la journée, d'ailleurs, se corrigea-t-il en riant tout seul alors qu'il se dirigeait vers le bureau du chef. Il semblait incroyable que sa coéquipière ait accompli tant de prouesses, vu son goût pour les bonnes siestes.

Il frappa à la porte de Walters.

Celui-ci lui ayant crié qu'il pouvait entrer, il pénétra dans la pièce et, comme il s'y attendait, trouva Rutledge affalé sur une chaise en face du chef de la police. Réprimant son agacement, il adressa à chacun d'eux un signe de tête cordial.

Le chef lui sourit.

— Bonjour, Nichols. J'espère que la nuit a été tranquille et qu'aucun incident n'est venu la perturber ?

Brady se remémora l'agréable soirée qu'il avait passée avec Cassie, Brook et Jilly. Les filles avaient été silencieuses au début mais la présence de Winnie les avait vite mises à l'aise. Cependant, les deux fillettes restaient encore beaucoup collées à leur mère. Même Brook. Étant l'aînée, elle se montrait plus réservée que sa cadette. Elle avait neuf ans, n'était plus un bébé et savait se débrouiller seule, lui avait-elle rappelé d'un ton offensé lorsqu'il lui avait proposé de lui servir un jus de pomme.

Une nuit sans incident, heureusement. Les tacos étaient délicieux. Il avait eu l'impression que tous quatre formaient déjà un tout, une petite communauté chaleureuse. Tous les cinq plutôt. D'ailleurs, Winnie faisait plus partie du groupe que lui.

— Tout s'est bien passé. Les filles semblent trouver leurs marques et Winnie est un vrai « plus ». Les petites l'aiment beaucoup et elle sait se montrer réconfortante avec elles.

— C'est un chien policier, intervint Rutledge. Vous ne devriez pas les laisser la traiter comme un animal de compagnie.

Brady serra les mâchoires. Il était inutile de discuter des subtilités de l'éducation canine avec Arthur Rutledge. Il n'avait jamais vu l'intérêt du partenariat cynophile qu'ils avaient monté avec l'Académie canine. Pire, de nombreux maîtres-chiens craignaient que Rutledge ne supprime le programme lorsqu'il prendrait la tête du service.

Il reporta son attention vers le chef

— J'ai transmis à Mme Whitaker la requête des

thérapeutes venus voir les filles à l'hôpital. Ils souhaiteraient organiser quelques séances avec elles. Ce serait une bonne chose car plus elles verbaliseront ce qu'elles ont enduré, mieux elles se porteront.

Rutledge ne put intervenir parce que le chef hochait déjà la tête.

— Je suis tout à fait d'accord. Il est important que les enfants parlent des événements traumatisants qu'ils ont vécus. Il faut percer l'abcès avant que leurs émotions refoulées ne fassent des dégâts. J'ai déjà appelé les services du comté. Merci de faire savoir à Mme Whitaker que quelqu'un va bientôt la contacter.

— Ce sera fait, comptez sur moi. De nouvelles pistes, capitaine ? ajouta-t-il en reportant son attention sur Rutledge.

Rutledge lança un regard au chef Walters, puis se tourna vers Brady qui s'efforça de ne pas se hérisser. En principe, Rutledge avait la responsabilité de cette enquête mais manifestement, il renâclait à partager les informations qu'il détenait.

Comme il ne lui répondait pas, Brady leur donna celles dont il disposait.

— Rien de concluant n'a été découvert dans l'ancienne scierie mais il y a d'autres endroits autour de la ville que j'aimerais inspecter avec Winnie. Peut-être le moulin ? Par ailleurs, je comptais interroger les motels et certains commerçants du coin, leur demander s'ils ont vu Norton. Sans doute faut-il aussi alerter la direction de Blaze's River Tours. Certains de leurs chalets sont assez isolés et il squatte peut-être l'un d'eux.

Rutledge agita la main.

— Des hommes sont déjà sur Blaze's River Tours et les commerces locaux. En revanche, si vous voulez emmener votre chienne à la scierie et au moulin, au cas où elle y découvrirait une piste, ça peut être utile.

Il se tourna vers le chef qui opina d'un air approbateur.

Rutledge n'était peut-être pas fan de la coopération des chiens dans leur service de police mais il n'était pas idiot. Le chef Walters était à l'origine de la brigade canine, tout le monde le savait. Il avait lancé le programme et s'en vantait. Il aurait été stupide de la part de Rutledge de critiquer le travail des chiens policiers devant lui ou de minimiser leurs exploits.

Brady décida de le prendre au mot.

— Très bien. Dois-je emmener quelqu'un avec moi, ou…

Rutledge secoua la tête.

— Non. Il n'est pas question d'engager des ressources supplémentaires sur ce dossier tant que nous n'avons rien de concret pour enquêter, dit-il d'un ton trop brusque. Le FBI est déjà impliqué. Ils ont plus d'éléments que nous pour travailler.

Heureusement, le patron intervint :

— Le FBI fait ce qu'il veut mais au sein de ce poste de police, cette enquête est la vôtre, Brady. Si vous estimez avoir besoin de renforts pour la mener à bien, nous vous les fournirons. Nous aimerions que vous preniez les devants.

Les années d'expérience du chef Walters lui avaient appris l'importance de la forme dans les échanges avec ses hommes. Sur le fond, son ordre était assez similaire à celui de Rutledge. Mais la confiance et le respect que lui témoignait son supérieur changeaient radicalement la façon dont Brady le reçut.

Il s'apprêtait à quitter le bureau mais se figea lorsque Rutledge l'appela.

— Nichols ? Nous sommes prêts à vous laisser quelques jours de plus pour avancer mais s'il n'y a aucun signe de

Norton dans la région, vous vous consacrerez de nouveau aux dossiers habituels.

Brady serra plus fort la poignée de la porte. L'envie de se tourner vers le chef pour voir s'il était du même avis était intense mais il s'interdit d'y céder. L'avenir de sa carrière serait un jour entre les mains de Rutledge. Le défier ouvertement ne jouerait pas en sa faveur.

— Compris, répondit-il laconiquement. Je vais aller inspecter la scierie et le moulin et je vous tiendrai au courant de mes découvertes éventuelles.

— Et nous apprécions ce que vous faites pour que Mme Whitaker et ses filles se sentent plus en sécurité, ajouta le chef. J'espère que les avoir comme invitées ne vous dérange pas trop.

Brady décida d'ignorer son regard pétillant et ses sous-entendus malicieux.

— Non, monsieur. Pas de problème.

Il referma la porte derrière lui, ferma les yeux et poussa un énorme soupir. Prendre conscience de la capacité de Rutledge à l'exaspérer au plus haut point l'ennuyait. Arthur était un bon policier. Il n'était ni corrompu ni intéressé. Mais son ambivalence vis-à-vis du programme canin, un programme qui avait changé en mieux la vie de Brady, l'irritait.

Il traversa le dédale de bureaux jusqu'à celui de Dillon.

— J'ai entendu dire que vous aviez tous été retirés de l'enquête Whitaker.

— Oui, répondit son ami en soupirant. Tu sais d'où ça vient, ajouta-t-il avec un coup d'œil vers le bureau de Rutledge. Mais l'affaire nous intéresse toujours, bien sûr.

Brady reçut le message cinq sur cinq.

Dillon ne travaillait plus sur le dossier à titre officiel, mais s'il avait besoin de lui, son ami serait là.

Il se tourna vers Cal qui les regardait, l'air renfrogné.

— On nous a demandé de passer à autre chose. Nous allons sans doute devoir coller des contraventions pour excès de vitesse toute la journée…

— As-tu quelque chose que je puisse verser au dossier ? demanda Brady.

— Non, rien de concret, répondit Cal en secouant la tête. Mais je suis en proie à un mauvais pressentiment. Ce Norton est trop silencieux. Personne n'a rien vu, rien entendu. Ce n'est pas normal.

Brady partageait son inquiétude. Norton agissait dans l'ombre mais n'allait sans doute pas tarder à se manifester. À cette idée, il frissonna.

— Personne ne sait qu'elles sont chez moi, n'est-ce pas ?

Il posait la question aux deux hommes mais Dillon fut le premier à répondre avec un haussement d'épaules.

— Officiellement, non. Mais en réalité plusieurs personnes sont au courant.

Brady vivait à Jasper depuis assez longtemps pour connaître le fonctionnement des ragots dans la ville et surtout, la vitesse de leur propagation. Il savait également que les gens qui les colportaient n'étaient pas tous animés de bonnes intentions.

— Eh bien, si vous en parlez à quelqu'un, assurez-vous que cette personne le gardera pour elle. Norton est sans doute encore dans les parages. C'est pourquoi je leur ai proposé de s'installer chez moi.

— Le problème, c'est que ceux qui sont susceptibles d'être informés ne sont pas forcément des personnes de confiance, lui dit Dillon.

— Espérons qu'elles comprendront quand même l'importance de rester discrètes, dit Brady d'un ton résigné.

En attendant, avez-vous des suggestions sur l'endroit où je pourrais aller fouiller ?

Cal haussa les épaules.

— Nous avons posé des questions à tous les commerçants du centre-ville. Sans aucun succès. Et les recherches à la scierie n'ont pas été concluantes.

— Norton évite sûrement les quartiers fréquentés par la police, dit Dillon. Tu devrais te rendre dans ceux où nous n'allons jamais.

Brady hocha la tête. Il y avait des cafés à la périphérie de Jasper où ses collègues et lui s'arrêtaient rarement pour déjeuner ou pour partager une bière en fin de journée. Certains attiraient les touristes de Blaze's River Tours mais d'autres étaient le repaire d'individus qui évitaient la présence policière.

— Bien vu.

Il retourna à son bureau pour récupérer Winnie.

— Je vous tiendrai au courant, leur lança-t-il par-dessus son épaule.

Il ne s'adressait à personne en particulier mais ce fut Teresa qui lui répondit alors qu'il accrochait la laisse de Winnie à son harnais.

— S'il vous plaît, faites-le, ordonna-t-elle, en lui tendant les clés d'une des voitures de patrouille.

Winnie le suivit vers le bureau de la réception. Teresa lui donna un récipient en plastique rempli de ses cookies aux pépites de chocolat préférés.

— Prenez ça, cela vous donnera de l'énergie.

Il accepta le cadeau avec un sourire.

— Vous êtes un amour, lui dit-il, une main sur son cœur.

Puis, Winnie sur les talons, il partit à la recherche de Keith Norton.

21

Brady traversa les terrains vagues qui entouraient l'ancienne scierie, en cherchant des yeux un signe de présence humaine mais il ne remarqua rien d'anormal. Avec Winnie, il prit le temps de fouiller la zone où Jason avait trouvé des traces récentes de présence humaine. Mais la chienne ne put capter aucune odeur particulière. Quel qu'il soit, le squatteur était reparti.

Déterminé à élargir son cercle de recherches, il se rendit au vieux moulin. Quelques années auparavant, quelqu'un l'avait acheté pour le convertir en glacier artisanal. L'investisseur espérait y attirer les touristes qui gravitaient autour de la rivière Salmon. Apparemment, les affaires n'avaient pas été aussi prospères que prévu car l'entreprise avait vite périclité. Et à sa connaissance, personne n'entretenait plus la propriété.

À l'instant où elle sauta du SUV, Winnie colla la truffe sur le sol mais ses oreilles restèrent plaquées contre sa tête. Par acquit de conscience, Brady inspecta l'ancien bâtiment, même si celui-ci ne comportait pas beaucoup d'endroits susceptibles de servir de cachettes. Il examina avec soin les portes et fenêtres mais aucune ne semblait avoir été forcée.

Il avait détaché Winnie et lui donnait toute la liberté de mouvement. Mais si la chienne trouva de nombreuses odeurs intéressantes, aucune d'entre elles ne piqua suffisamment sa curiosité pour justifier davantage qu'une recherche superficielle du périmètre.

Revenu à la voiture, Brady remplit le bol de Winnie d'eau potable avant de boire lui aussi. La journée était chaude, le soleil au zénith. Il transpirait dans sa chemise d'uniforme et il sentait des gouttes de sueur couler sur ses tempes. Il n'avait découvert aucun signe de Norton et plus il s'éloignait de chez lui, plus il était en proie à un mauvais pressentiment.

Lorsqu'il l'avait acheté, le terrain sur lequel il prévoyait de construire sa future maison lui avait paru idéal. Situé à l'extérieur de la ville, entouré de pâturages et de bois, il avait tout pour plaire. Mais maintenant, il prenait conscience que Cassie et les filles y étaient trop isolées. Sa propriété était à des kilomètres du ranch Daniels, ses plus proches voisins. Inquiet, il se mit à l'ombre de son véhicule et prit son smartphone pour envoyer un SMS à Cassie.

Ça va ?

La réponse ne tarda pas :

Pas mal. Aimes-tu le ragoût de bœuf ?

Les pouces de Brady volèrent sur l'écran.

J'aime la viande de bœuf sous toutes ses formes. Puis-je t'acheter quelque chose pendant que je suis en ville ?

Trois petits points apparurent, disparurent puis réapparurent.

J'ai tout ce qu'il faut, merci. Et je pensais servir de la glace en dessert. Cela te va ?

Brady se retourna pour regarder le glacier abandonné. Dommage. Il aurait bien aimé emmener Cassie et les filles prendre un cornet de glace après le dîner.

Il devait cesser de penser à ce genre de choses. Cassie n'était pas sa petite amie. Elle ne vivait pas chez lui parce qu'elle l'aimait et appréciait sa compagnie. Mais parce qu'un sale type avait décidé de lui pourrir la vie.

Reportant son attention sur son téléphone, il recommença à tapoter les touches.

Une glace me paraît bien. Je t'enverrai un SMS plus tard pour voir si tu as besoin que je fasse quelques courses.

La réponse apparut presque instantanément.

Inutile. En cas de besoin, je suis motorisée.

Il serra les mâchoires. Bien sûr, elle était motorisée et il ne la retenait pas prisonnière chez lui. Mais elle avait sûrement compris la nécessité de faire profil bas et de ne pas se montrer en ville.

Comme il reportait son attention sur l'écran et s'apprêtait à le lui expliquer, il s'aperçut qu'elle lui avait envoyé un deuxième message.

Désolée. Je n'avais pas réfléchi. Il vaut mieux que nous ne sortions pas pendant quelques jours.

Il composa plusieurs réponses dans sa tête mais opta finalement pour la plus simple.

Appelle-moi si tu as besoin de quoi que ce soit.

Puis il raccrocha son smartphone à sa ceinture, ouvrit la portière pour que Winnie puisse monter à bord et l'attacha.

Il avait décidé de terminer sa tournée d'inspection par le Shaker Peak Bar and Grill. Il n'était pas totalement exclu que Keith Norton s'y soit arrêté et voilà pourquoi il devait s'y rendre. Mais en général, il évitait cet endroit.

Peu après avoir emménagé à Jasper, il était sorti à deux

ou trois reprises avec la jeune femme qui s'occupait du bar. Mais le courant n'était pas passé et il avait cessé de la voir, à la grande déception d'Alyssa.

Situé à mi-chemin entre la ville et la rivière Salmon, Shaker Peak attirait bon nombre de touristes, en plus des habitués.

Il laissa le moteur tourner pour garder Winnie au frais pendant qu'il entrait à l'intérieur. Avec un peu de chance, il pourrait faire vite.

En le voyant, Alyssa croisa les bras sur sa poitrine et le dévisagea avec mépris sans prononcer un mot.

Il s'approcha du bar.

— Bonjour Alyssa. Les affaires marchent bien ?

Elle leva les yeux au ciel.

— Comme tu vois, je n'arrête pas, dit-elle en montrant la salle quasi vide. Que puis-je pour toi ?

Prenant son smartphone, il y trouva la photo de Keith Norton et la lui tendit.

— As-tu vu cet homme ?

Comme il l'observait avec attention, il vit son regard s'éclairer. Mais elle détourna aussitôt la tête et prit une serviette humide sur le bar.

— Je ne m'en souviens pas, répondit-elle.

— Alyssa, dit-il en adoucissant le ton. C'est important.

Elle évitait toujours son regard mais il était hors de question qu'il parte sans obtenir ce qu'elle savait.

— Ça a quelque chose à voir avec ces gamines dont tout le monde parle ? demanda-t-elle. Celles qui ont été enlevées ?

— Il s'agit de leur ravisseur, répondit-il. Tu l'as vu ?

Elle jeta un coup d'œil aux trois piliers de bar qui discutaient devant un verre. Il se demanda si elle cherchait des renforts ou une diversion. Mais les trois hommes étaient trop absorbés par le match de base-ball diffusé en sourdine pour s'intéresser à elle.

— Peut-être. Je n'en suis pas sûre.

— Quand ? insista-t-il en lui prenant le bras. Que voulait-il ?

— Arrête, dit-elle en le repoussant.

Il la lâcha mais la regarda en face.

— Que lui as-tu dit ?

Elle haussa les épaules.

— Il est passé hier. Il cherchait la blonde qui travaille au restaurant. La nièce de Vera. Il m'a dit qu'ils étaient de vieux… amis.

— Que lui as-tu dit ? répéta-t-il.

— Rien. Qu'elle travaillait parfois au restaurant. Il m'a demandé où elle vivait et je lui ai parlé de l'ancienne maison de sa grand-mère.

Elle croisa enfin son regard et ajouta :

— J'ai appris que vous étiez ensemble, alors je lui ai dit aussi qu'il la trouverait peut-être chez son copain policier…

Il se sentit blêmir.

— Tu lui as donné mon nom, mon adresse ?

Elle secoua la tête.

— Pourquoi l'aurais-je fait ?

Il ne voyait plus l'intérêt de continuer à l'interroger. Il n'avait pas la possibilité de réparer le mal qu'elle avait fait. Aussi se contenta-t-il de la regarder d'un œil sévère.

— Cassie Whitaker n'est pas ma petite amie. Ses filles ont été enlevées par un homme qui la harcèle et la traque depuis des semaines. Je suis sûr qu'en tant que femme, tu mesures sa peur. Ce type ne recule devant rien puisqu'il a kidnappé les petites au milieu d'une fête à laquelle assistaient bon nombre de policiers. Alors s'il se montre à nouveau, je te serais reconnaissant de prévenir la police – pas forcément moi – au plus vite.

N'ayant rien à ajouter, il tourna les talons et se dirigea vers la porte. Il devait demander au chef l'autorisation de rester chez lui pendant quelques jours.

22

Cassie dut attendre que les filles quittent la pièce pour ajouter du paprika au ragoût de bœuf. Elles avaient décrété qu'elles n'aimaient pas cette épice alors qu'elles n'y avaient jamais goûté.

Tout bien considéré, elles avaient passé une bonne journée chez Brady. Elle avait demandé conseil aux petites pour décider quoi cuisiner pour remplir le congélateur de leur héros. Jilly avait voté pour de la soupe au poulet et aux nouilles, son plat préféré, Brook pour des lasagnes. Après avoir inspecté ce qu'il y avait dans les placards, Cassie avait envoyé une courte liste de courses à Brady.

Il avait répondu par un laconique :

Je m'en occupe.

Le bref texto la contraria un peu. Si elle avait suggéré d'autres plats plus originaux, plus gastronomiques ou au contraire, plus conformes à la cuisine américaine, sans doute auraient-ils suscité une réponse plus enthousiaste. Cela dit, peut-être surestimait-elle l'importance de ses talents culinaires à ses yeux. Sans doute n'aimait-il pas qu'elle se mêle de sa façon de se nourrir et envahisse son espace de cette manière. L'idée de lui congeler des petits plats ne l'aurait pas traversée si elle n'avait pas vu une foule de boîtes en plastique bien rangées dans son congélateur.

Manifestement, il comptait sur la gentillesse des habitantes de Jasper pour se régaler de repas faits maison. L'idée que d'autres femmes le nourrissent l'irritait, irrationnellement.

Elle venait de glisser son ragoût dans le four pour le garder au chaud lorsque la porte s'ouvrit. Winnie entra dans la maison et se dirigea droit vers son bol d'eau dont elle lapa le contenu à grandes gorgées avides. Ce n'est qu'une fois désaltérée qu'elle s'intéressa à Cassie. Elle ne semblait pas surprise de la voir là. Peut-être découvrait-elle une inconnue différente dans la cuisine tous les jours.

Cassie n'avait aucune idée du style de vie de Brady. Après tout, c'était peut-être un séducteur en série.

Heureusement, un chœur de salutations la tira de ses sombres pensées.

Comme Winnie bondissait dans le couloir pour retrouver les filles, elle vit entrer Brady chargé de sacs d'épicerie. Elle se précipita pour le soulager d'une partie de ses fardeaux.

Il huma l'air et poussa un gémissement approbateur.

— Ça sent bon. C'est agréable d'être accueilli ainsi.

Le compliment la fit rougir jusqu'aux oreilles.

— Je suis contente que l'odeur de mon dîner te plaise. Les filles et moi, nous tenons à te prouver notre gratitude pour nous avoir accueillies chez toi.

— Merci mais ne te donne pas tout ce mal. C'est inutile.

— J'ai vu l'état de ton congélateur. C'est indispensable.

Brady parut soudain se crisper et se gratta la mâchoire. Il était heureux qu'il n'ait pas choisi de devenir joueur de poker professionnel. Son visage reflétait chacune de ses pensées.

— Que se passe-t-il ? demanda Cassie.

— Soit tu es médium, soit je suis un très mauvais acteur…

— Il est difficile d'élever des enfants sans apprendre

très vite à décrypter les expressions. Qu'est-ce qui te tracasse, Brad ?

Quand il sursauta, elle prit conscience qu'elle ne l'avait jamais appelé par un surnom. Du moins, pas comme ça. D'une certaine manière, le désigner ainsi semblait intime, peut-être trop familier et certainement prématuré. La rougeur sur ses joues s'intensifia mais elle la cacha en se baissant pour extraire le plat du four.

— Dis-le-moi. Je ne te laisserai pas tranquille tant que tu ne l'auras pas fait.

— C'est comme ça que tu leur fais ranger leurs chambres ?

Après avoir posé le ragoût sur la cuisinière, elle se retourna pour le regarder droit dans les yeux.

— Entre autres. Notre arrangement fonctionnera mieux si nous nous parlons vraiment.

Elle regretta aussitôt ces mots. Ils n'avaient aucun « arrangement » et elle-même refusait de se confier à lui. Comment oserait-elle lui dire qu'il incarnait à ses yeux l'homme idéal et qu'il était le plus attirant qu'elle ait jamais rencontré… Non seulement il était très beau mais surtout, il était doté d'une personnalité rare. L'ensemble lui plaisait beaucoup.

Il prit une profonde inspiration et pencha la tête sur le côté.

— Tu avais raison. Keith Norton est toujours en ville. Je suis à peu près sûr qu'il n'a pas renoncé à te retrouver.

— Il n'arrêtera pas tant qu'il n'aura pas obtenu ce qu'il veut.

— C'est-à-dire toi…

— Non, ce n'est pas vraiment moi qu'il veut. Il veut gagner. J'en ai vraiment assez des hommes qui se comportent comme s'ils avaient des droits sur moi.

— Personne n'a de droits sur toi, dit-il.

— Toi, tu le sais mais tu n'es pas comme les autres.

Sur tous les plans, Brady n'était pas comme les autres. Il était calme, fiable et stable. Il était son phare dans la tempête.

— C'est ce qui fait de toi un bon policier et un homme bon. Tu es intègre, et peu d'hommes de ma connaissance se comportent comme toi.

— Merci, dit-il d'un ton bourru.

Elle soutint son regard pendant un instant de trop, puis se força à se détourner en faisant mine de se laver les mains dans l'évier.

— Va te changer, si tu veux. Vera a déposé des haricots verts qui lui restaient du restaurant. Je l'ai appelée parce que je ne me souvenais pas de la dernière fois que les filles avaient mangé quelque chose de vert. Quoi qu'il en soit, après le dîner, les petites et moi aimerions faire le tour de ta future maison, si cela ne te dérange pas.

— Cela vous intéresse vraiment ? demanda Brady, l'air ravi.

Elle hocha la tête avec enthousiasme.

— Nous sommes demeurées un bon moment sur la terrasse en essayant de deviner l'emplacement des pièces quand elle serait finie mais c'était difficile sans les murs. Cela dit, ne t'inquiète pas, je ne les ai pas laissées s'approcher. Je leur ai dit qu'il était dangereux de s'aventurer sur un chantier.

Brady se passa une main dans les cheveux et se tourna pour regarder par la fenêtre de la cuisine.

— Je vous ferai faire le tour du propriétaire après le dîner.

À l'heure du repas, tous les quatre se serrèrent autour de la petite table de la salle à manger. Bien sûr, les filles gémirent quand elles virent les haricots verts dans leurs assiettes. Mais lorsque Brady se resservit, elles changèrent d'attitude. Il avait rapporté du pain frais de l'épicerie et ils s'en régalèrent avec du beurre.

Cassie se rassit et, pour la première fois depuis des heures, s'autorisa un moment de répit. Elle aimait la gentillesse naturelle de Brady avec ses filles. Il ne leur parlait pas comme si elles étaient stupides comme tant d'adultes le faisaient avec des enfants. Ce qui expliquait pourquoi Brook et Jilly échangeaient si facilement avec lui.

Nul doute qu'elles connaîtraient des moments difficiles après les traumatismes que Keith Norton leur avait fait subir, mais ici et maintenant, tout allait bien.

Le flot des bavardages de ses filles était une bande sonore rassurante. Quand Brady rit à l'un des commentaires de Brook, elle sentit un sourire passer sur ses lèvres. Prenant sa fourchette, elle décida de profiter du dîner et de se détendre.

Ses filles étaient en sécurité. Brady était là, Winnie aussi. Tout allait bien.

23

Au dîner, la conversation mit du temps à démarrer mais dès que Brady commença à raconter des histoires sur ses débuts de maître-chien avec Winnie, les filles devinrent plus animées. Même Brook, qui était un public plus difficile que sa petite sœur, écouta le récit de ses aventures avec passion. À la fin du repas et malgré la présence des haricots verts au menu, l'ambiance était nettement plus détendue. Pour la première fois depuis la fête à l'Académie canine, Cassie se sentait bien.

Brady venait de convaincre les filles de l'aider à débarrasser la table lorsqu'elle entendit son smartphone biper pour l'avertir de la réception d'un texto.

D'un coup d'œil autour d'elle, elle repéra son téléphone sur le comptoir au milieu des casseroles et des plats vides. Brady tourna également la tête et à la brusque crispation de ses traits, elle comprit qu'il avait lu le message.

Lorsqu'il posa les assiettes sur le comptoir avec bruit, elle se leva.

— De quoi s'agit-il ? demanda-t-elle en tendant le bras pour qu'il lui donne son téléphone.

Il lui fit signe de se rasseoir. L'air sombre, il se tourna vers les filles, qui se bousculaient déjà devant l'évier.

— Votre mère a travaillé dur pour préparer ce délicieux dîner et je suis sûr que vous deux l'avez bien aidée, ajouta-t-il. Et si je vous mettais au travail, moi aussi ? Allez enfiler un pantalon et mettez des chaussures qui ne craignent rien. D'accord ?

Brook fronça les sourcils d'un air dubitatif.

— Un pantalon ? On est en été, on va crever de chaud.

— Sur un chantier, il faut être en pantalon et avoir des chaussures solides aux pieds. C'est important pour la sécurité. Si tu veux faire partie de mon équipe, tu dois porter une tenue professionnelle.

Il pointa un doigt vers la maison en construction.

— Je vais vous montrer à quoi ressemblera mon futur palais.

Toutes contentes, les petites filèrent vers leur chambre en jacassant.

Dès qu'elles disparurent dans le couloir, il prit le smartphone de Cassie et le lui tendit. D'un doigt nerveux, elle balaya l'écran pour découvrir le SMS qui l'avait visiblement bouleversé.

> Tu dois revenir à moi, Cassie. Je suis fatigué de te courir après. Cette ville n'est pas très grande. Me crois-tu vraiment incapable de te retrouver ?

Elle réprima un frisson de terreur.

— Pourquoi faut-il que je tombe toujours sur ce genre de types ? Je suis quelqu'un de bien, je travaille beaucoup, j'élève mes filles du mieux que je peux…

Des larmes brouillèrent sa vue mais elle pressa ses paumes sur ses yeux pour les refouler. Elle ne voulait pas pleurer. En réalité, elle n'était ni triste ni effrayée, elle était en colère. Elle avait envie de retrouver Keith Norton et de l'entraîner de force dans des bois inconnus. Et de l'y laisser, seul et sans protection. Terrifié. Comme ses filles l'avaient été.

Brady s'agenouilla devant elle et lui dit avec sincérité :

— Tu n'es pas en cause, Cassie. Rien n'est ta faute. Tu as eu la malchance de croiser de mauvaises personnes mais tu n'as rien à te reprocher.

Elle réprima le sanglot qui bloquait sa gorge et retint ses larmes. Elle refusait de s'effondrer.

— Comment peux-tu en être sûr ? demanda-t-elle d'une voix brisée. J'ai l'impression d'attirer les sales types comme un aimant, dit-elle, exprimant ainsi sa plus grande peur.

Elle s'ouvrait à lui alors qu'elle n'avait aucune raison de faire confiance à un homme. Et en lui parlant de ses problèmes, elle avait conscience de bouleverser la vie simple et heureuse qu'il menait avec sa chienne.

Winnie s'approcha d'elle et se frotta contre ses jambes. Elle montrait clairement son intention de prendre le relais pour la réconforter si son coéquipier n'était pas à la hauteur.

Comme elle lui tendait une patte hésitante, Cassie craqua.

Riant et pleurant tout à la fois, elle la serra dans ses bras comme elle aurait aimé étreindre Brady.

Elle planta ses yeux dans ceux de la chienne.

— Merci. Tu es adorable. Et tu peux compter sur ma discrétion. Je ne dirai rien à ton maître à propos des haricots verts que tu as mangés, ce soir.

— Les petites ne doivent pas la nourrir, dit-il avec gravité. Les labradors ont tendance à prendre du poids. Bien sûr, le risque est faible avec des légumes verts mais je dois surveiller son alimentation. Si Winnie commence à se gaver de sucreries, elle va vite souffrir de surcharge pondérale et elle aura plus de mal à se déplacer sur le terrain.

Cassie essuya ses yeux d'un revers de main.

— Je vais l'expliquer aux filles. J'espère que nous allons vite débarrasser le plancher et que n'auras plus à te soucier de leurs bêtises.

Il s'assombrit.

— Vous resterez ici jusqu'à ce que Norton soit capturé.

Elle n'avait d'ailleurs pas l'intention de partir tant que son ex resterait une menace.

— Bien sûr. Il n'y a pas d'endroit où nous pourrions nous sentir plus en sécurité qu'ici, avec Winnie et toi.

Elle rougit mais refusa de détourner le regard. C'était la vérité.

Brady lui tendit la main pour sceller leur pacte. Elle la prit et la chaleur de ses doigts mêlés aux siens lui fit du bien.

Elle ne se sentait ni faible ni incapable mais il lui donnait l'impression d'être protégée. Sa simple présence la réconfortait.

Elle secoua la tête pour déloger ces pensées perturbantes et jeta un coup d'œil à son téléphone.

— Dois-je bloquer le numéro ?

— Non. Il est préférable qu'il voie que tu as reçu et lu son texto. Il ne faudrait surtout pas qu'il disparaisse de la circulation. Ses SMS vont nous permettre de le localiser et de l'attraper. Ils sont glaçants mais, pour reprendre le cours de ta vie sans avoir besoin de regarder constamment par-dessus ton épaule, il faut les supporter encore quelques jours.

Elle poussa l'appareil dans le coin du comptoir.

— D'accord. Je vais laisser mon téléphone ouvert mais je ne lui répondrai pas.

— Il tient à te retrouver. J'ai parlé au chef cet après-midi, et je vais prendre quelques jours de congé pour rester chez moi.

Elle secoua la tête.

— Ce n'est pas nécessaire. Je suis capable de veiller sur les filles et sur moi.

— Bien sûr mais tant que cette histoire n'est pas terminée, le chef Walters et moi pensons qu'il est préférable que Winnie ou moi restions ici. Norton va bientôt bouger. Je le sens.

24

Pour la visite du chantier, Cassie avait enfilé un jean et des bottes. Les filles avaient également respecté les consignes de Brady. Bien sûr, ses assistants habituels n'avaient sans doute pas des licornes ou des fleurs brodées sur leurs poches arrière.

Quand elles sortirent sur la terrasse, elles le trouvèrent les attendant au pied de la volée de marches, vêtu d'un T-shirt gris délavé et d'un jean taché de peinture. Cassie fit de son mieux pour ne pas l'observer alors qu'il plaçait deux casques jaune vif sur la tête des filles.

Ils étaient trop grands, bien sûr, ce qui les fit rire aux éclats mais il tira sur la sangle pour les ajuster. Puis il ramassa deux autres casques sur le sol. Il plaça le plus cabossé sur sa propre tête et tendit l'autre à Cassie.

— Désolé, il n'est pas flambant neuf mais j'ai pris ce que j'avais.

Elle essaya le casque. Il lui allait très bien.

Il les invita alors à le suivre dans la cour.

— Allons-y. J'ai rangé la plupart des outils et du matériel qui traînait mais il est vraiment important que vous, les filles, ne veniez jamais jouer ici sans moi ou votre mère. Cela peut être dangereux. Je serais catastrophé si vous vous blessiez et Winnie ne me le pardonnerait pas. D'accord ?

Brook et Jilly hochèrent gravement la tête. Dans le

mouvement, leurs casques glissèrent sur leurs yeux, ce qui les fit de nouveau rire. Celui de Jilly tomba même au sol mais elle le ramassa et l'enfonça sur son crâne avec force.

D'un geste, Brady les entraîna vers la maison en construction.

— Comme je l'ai dit, je l'ai conçue grande. Je ne voulais pas avoir à l'agrandir plus tard si j'avais besoin de plus d'espace.

— Bien vu, s'écria Jilly avec enthousiasme.

— La première étape a consisté à louer des engins de terrassement pour creuser les fondations. J'ai ensuite posé une dalle en pin. Le bois permet de bénéficier d'une très bonne isolation thermique et acoustique. Fabriquer et monter l'ossature m'a demandé beaucoup de temps. Heureusement, un ami grutier m'a donné un coup de main.

Alors qu'elles approchaient de la structure en bois, il pointa du doigt une ouverture au centre.

— La porte d'entrée sera là. J'ai prévu de construire une véranda qui fera le tour de la maison. Sauf à l'arrière. Je n'ai pas encore décidé ce qu'il y aura mais je ne souhaite pas arracher d'arbres supplémentaires. J'ai choisi ce terrain parce qu'il était très arboré.

Il esquissa un geste vers la gauche.

— Derrière ce bosquet se cache un sentier qui mène à Cade's Creek.

— Quelle chance, murmura Cassie.

— Et ici, je pense installer une piscine.

Brook bondit d'excitation.

— Une piscine ! s'exclama-t-elle en joignant les mains. Formidable.

Brady sourit.

— Oui ? Cela te paraît une bonne idée ? demanda-t-il, la tête penchée sur le côté comme s'il pesait le pour et le contre. Pour ma part, j'hésite. Je me dis que creuser un petit étang serait peut-être préférable. J'y construirais un ponton pour y pêcher à l'ombre de ce vieil érable…

La note d'espoir dans son ton fit battre le cœur de Cassie. Elle l'imaginait très bien assis sur son ponton, une canne à pêche à la main.

— Ce serait sympa, dit-elle. Et il est toujours possible de nager dans un étang, ajouta-t-elle pour les filles.

Brook se tourna vers lui et déclara avec gravité :

— Une piscine serait plus jolie.

Il hocha la tête comme s'il prenait sérieusement son point de vue en considération.

— Oui, tu as raison, une piscine serait plus jolie. Mais Winnie adore nager. Elle pourrait le faire dans un étang. Pas dans une piscine.

À la mention du nom de la chienne, l'attitude de Jilly changea du tout au tout.

— Ah oui, alors il faut un étang ! Winnie aimera mieux nager dans un étang, dit-elle comme si elle était une référence sur les préférences canines en matière de natation.

Il orienta de nouveau la conversation sur la maison.

— D'accord, poursuivons.

Elles le suivirent en file indienne, Cassie fermant la marche.

Il les guida à travers le dédale de murs en construction, en leur indiquant l'emplacement des différentes pièces, mais elle avait du mal à visualiser la disposition finale. En tout cas, l'enthousiasme avec lequel il leur parlait de son chantier était rafraîchissant.

À la fin de la visite, elle se tourna vers lui.

— Et tu as conçu cette maison toi-même, dit-elle, impressionnée.

— Pour l'essentiel. J'ai cherché des idées sur Internet et

auprès d'un cabinet d'architectes à Boise. Ils m'ont donné une série de plans. Lorsque je lui ai montré le projet final, l'un d'eux m'a fait quelques suggestions et j'ai été, bien sûr, très ouvert à ses commentaires.

— Incroyable.

Aux yeux de Cassie, le plus incroyable n'était pas qu'il ait conçu la maison lui-même mais sa capacité à être ouvert aux avis des autres. Une façon de plus pour Brady Nichols de se démarquer des autres hommes.

Lorsqu'ils revinrent dans le mobil-home, la nuit tombait. Cassie remarqua la fatigue de Brady, devina sa lassitude. Sans doute avait-il besoin d'un peu d'espace pour se détendre. Frappant dans ses mains pour attirer l'attention des filles, elle leur lança :

— Allons prendre le dessert puis un bain.

Les filles gémirent quand elle parla du bain, mais elle ignora leurs protestations.

— Vous n'avez pas envie que Winnie pense que vous sentez mauvais, n'est-ce pas ?

Elle sortit des bols et des crèmes glacées. Brady s'assit à table, manifestement aussi tenté par le dessert que les petites. Après avoir servi tout le monde, elle se laissa tomber sur la chaise qu'elle commençait à considérer comme la sienne. Une erreur, elle le savait. Mais ici, assise à cette petite table avec ces trois personnes, elle se sentait en sécurité.

Le raclement des cuillères contre les bols vides lui permit de recouvrer ses esprits. Elle frappa la table et lança :

— Au bain, mesdemoiselles.

Sans protester, Jilly sortit de table pour gagner la salle de bains. Mais Brook se pencha vers elle pour lui chuchoter à l'oreille :

— Je peux prendre une douche à la place ? Je suis trop grande pour me baigner avec ma sœur.

Cassie sentit son cœur se serrer. Un autre rite de passage. Son aînée grandissait, devenait une jeune fille.

— Bien sûr, répondit-elle en passant sa main sur la longue queue-de-cheval de Brook. Laisse-moi laver les cheveux de Jilly, puis la salle de bains sera à toi.

Comme Brook quittait la pièce à son tour, Cassie poussa un gros soupir.

— Elle grandit trop vite, murmura-t-elle pour elle-même.

Mais il l'entendit et s'approcha.

— Mais non ! Elle essaie seulement de se démarquer de sa sœur.

Elle appréciait ses tentatives pour la faire se sentir mieux, mais elle avait beaucoup plus d'expérience en la matière. Les différentes étapes qui permettaient à une petite fille de devenir une adolescente, puis une jeune femme, n'étaient pas un secret pour elle.

— Je ferais mieux d'aller m'occuper de Jilly avant qu'elle ne vide le ballon d'eau chaude.

Quelque part, elle regrettait de manquer le coucher de soleil dans les bois.

Elle se tourna vers lui.

— Nous n'allons pas nous incruster chez toi, dit-elle. Rassure-toi : bientôt, nous ne serons plus dans tes jambes, je te le promets.

— J'aime vous avoir ici. Je n'avais pas mesuré à quel point cela me plairait, répondit-il avec sincérité. Par ailleurs, j'ai acheté une bouteille de vin à la supérette, si tu as envie de boire un verre, une fois les filles au lit.

Leurs regards se croisèrent, hésitants.

— Merci pour la visite du chantier, dit-elle, et je serais ravie de partager un verre de vin avec toi. Je vais les coucher et je reviens.

25

Lorsque les filles s'endormirent, la nuit était tombée sur les collines. Par la fenêtre, elle vit que Brady l'attendait sous le porche. Pieds nus, elle traversa sans bruit la maison, en s'assurant au passage que la fenêtre de la cuisine était bien fermée et la porte arrière verrouillée. Avant de sortir, elle tira sur son T-shirt et ajusta son short de ses mains moites.

Elle hésita à retourner dans la salle de bains pour se recoiffer mais y renonça. Elle ne voulait pas se ridiculiser en se pomponnant comme s'il s'agissait d'un rendez-vous galant. Avec un long soupir, elle se contenta de se peigner les cheveux des doigts.

Brady était assis sur la plus haute marche du porche, ses longues jambes allongées devant lui. Il avait une bouteille de bière à la main et un verre de vin rosé posé à côté de lui. Une bougie à la citronnelle brûlait dans un pot.

Quand elle s'aperçut qu'il avait pris la peine de couvrir le dessus du verre d'une petite serviette en papier, elle sourit, touchée.

Il leva les yeux lorsqu'elle apparut.

— J'ai préféré n'allumer aucune lampe. Pour ne pas attirer les moustiques.

— Un verre de vin, une douce lumière tamisée, dit-elle, incapable de réprimer un petit rire. Si je ne te connaissais pas, je penserais que tu cherches à m'impressionner, peut-être même à me séduire.

Il lui tendit le verre. D'un geste, il retira la serviette avec panache et annonça :

— Madame a droit au meilleur !

— Merci, monsieur, dit-elle en s'asseyant à côté de lui.

Le vin était frais et fruité, l'antidote parfait à la chaleur moite de la journée d'été qui finissait. Un sourire ironique passa sur les lèvres de Cassie.

— C'est drôle, je ne pense jamais à m'acheter du vin.

— J'ai de la bière, si tu préfères, dit-il en se levant. Et des sodas ou de l'eau, plate ou pétillante.

Elle secoua la tête.

— Le vin est parfait. Merci.

Un agréable silence tomba. Elle regardait la nuit, hypnotisée par la profondeur et la douceur de l'obscurité qui se refermait sur eux. Sans doute devrait-elle se méfier. Après tout, elle se trouvait au milieu de nulle part, seule avec un quasi-inconnu. Mais elle n'avait pas peur.

Elle l'observa sans en avoir l'air. Lui aussi semblait absorbé dans ses pensées, les yeux perdus dans la nuit.

— J'avais oublié à quel point on a l'impression d'être seul au monde, loin des lumières de la ville, dit-elle.

Mais elle ne se sentait pas en danger. Pour la première fois depuis longtemps, elle avait au contraire la certitude d'être en sécurité. Et à cet instant, elle ne souhaitait rien d'autre que d'être assise tranquillement sur les marches de ce porche avec cet homme et de s'abandonner au confort rassurant de sa présence.

— Je comprends que tu te sentes un peu nerveuse, répondit-il en souriant. Je n'avais vécu qu'en ville lorsque je me suis installé ici. Les premières nuits, je ne cessais de me réveiller en sursaut. Le moindre bruit me semblait menaçant.

Encouragée par ses aveux, elle se mit à rire tout en admirant la voûte étoilée de ce superbe ciel d'été.

— C'est pour ça que tu as décidé d'avoir Winnie ? Pour avoir une compagnie ?

— En partie, concéda-t-il. Le poste de police a des liens étroits avec l'Académie canine et j'ai toujours été impressionné par les talents de ces chiens policiers. Quand mon chef m'a proposé de devenir maître-chien, il m'est peut-être venu à l'esprit que, du coup, je ne serais plus seul ici.

— Je ne peux pas croire qu'un homme grand et fort comme toi ait peur tout seul, dit-elle, taquine.

Sa réponse, quelle qu'elle soit, fut interrompue par le bourdonnement de son téléphone. Elle l'avait mis en mode « vibreur ». La gorge serrée, elle baissa les yeux sur l'appareil tandis qu'un frisson lui parcourait l'échine. Elle le regarda trembloter sur la marche en bois et se rapprocher peu à peu de la bière de Brady.

— Appelant inconnu ? s'enquit-il.

— J'en reçois sans doute autant que n'importe qui. Mais maintenant, je me demande toujours si c'est Keith, au lieu de penser qu'un agent commercial essaie de me vendre une voiture ou de me prêter de l'argent à un taux défiant toute concurrence.

Il hocha la tête.

— Tu ne prends jamais l'appel ?

— Non. S'il s'agit de quelqu'un qui a vraiment besoin de me parler, il laissera un message.

— Je reçois de temps en temps des coups de fil de ce genre mais rarement. Peut-être sentent-ils que je suis flic.

Il porta sa bouteille à ses lèvres et but une longue gorgée.

Alors qu'il déglutissait, elle se surprit à regarder, fascinée, sa pomme d'Adam et se força à détourner les yeux.

Préférant changer de sujet, elle revint à celui qui était toujours le plus important dans son esprit.

— Les filles sont vraiment heureuses ici. Winnie est couchée au pied de leur lit et elles se disputent pour savoir laquelle d'entre elles elle protège.

— Les deux, répondit-il sans hésiter.

— Je le leur ai dit mais elles ne sont pas d'humeur à partager en ce moment. Winnie va devoir choisir son camp.

Ses spéculations furent à nouveau interrompues par la vibration de son téléphone. Ils regardèrent le numéro sur l'écran. Cassie se raidit lorsqu'elle remarqua l'indicatif régional qui s'affichait : 406.

L'appel venait du Montana.

Brady dut sentir sa tension parce qu'il se mit immédiatement en état d'alerte.

— Qu'y a-t-il ? Tu reconnais ce numéro ?

— Non. Seulement l'indicatif.

— Mais tu ne connais pas ce numéro de téléphone.

— Non…

— Peut-être devrions-nous rentrer, suggéra-t-il d'une voix rauque.

Sans doute. Il semblait insensé et même dangereux d'être ainsi dehors, à découvert. Surtout avec Keith dans les parages.

Mais soudain, une bouffée de colère traversa Cassie et impulsivement, elle posa la main sur son bras pour retenir Brady.

— Non. Quelle que soit la personne qui essaie de me joindre, je refuse de laisser un tiers décider de ma vie. J'ai envie de rester assise ici et de profiter de cette belle soirée d'été avec toi.

Ils retombèrent dans le silence. Cassie sirotait son vin, un sourire aux lèvres. Le breuvage fruité chatouillait délicieusement ses papilles. Brady était adorable d'avoir pensé à acheter une bouteille. Cet homme était pétri de gentillesse. Il était donc logique qu'il soit aussi attentionné. Et être près de lui, sentir sa présence, sa bonté… lui faisait un bien fou.

— Brady, je…

Un bip indiquant que son dernier correspondant avait laissé un message vocal l'interrompit.

Avec un grognement de frustration, elle posa son verre et attrapa son smartphone pour appeler la messagerie. Au passage, elle activa le haut-parleur.

« Comment as-tu osé lancer les flics à mes trousses, hurla une voix virile. Pour qui te prends-tu ? Tu leur as raconté que j'avais volé mes enfants ? N'importe quoi ! Tu es folle ou quoi ? Je ne peux pas voler mes propres filles ! Je suis leur père, excuse-moi de te le rappeler, et j'ai le droit de les voir chaque fois que j'en ai envie. Si je les voulais, il me suffirait de venir les chercher et tu n'aurais rien à dire. J'ai des droits. Réfléchis bien avant de reparler de moi aux flics. Ces gamines sont à moi autant qu'à toi, ne l'oublie pas. »

L'enregistrement cessa brutalement. Sans doute Mark avait-il raccroché.

Cassie regarda fixement le téléphone, les joues en feu, le sang rugissant à ses oreilles.

— Mon Dieu, murmura-t-elle.

— C'était ton ex-mari, j'imagine, dit Brady en se levant.

Elle se redressa brusquement

— C'était en effet l'homme qui répond au nom de Mark Whitaker. Il n'a pas tort, n'est-ce pas ?

— Certes, étant leur père, il a le droit de voir les petites, répondit-il. Mais primo, il n'a pas celui de venir les chercher quand ça lui chante, ajouta-t-il en levant un doigt comme s'il y avait plusieurs points à son argument.

— Il ne viendra jamais les chercher, lui assura-t-elle. Il n'a pas demandé à les voir une seule fois depuis le jour de mon départ. Il est en colère parce que j'ai donné à un policier une raison de l'interroger.

— Secundo, s'il pense qu'il peut s'approcher de toi ou de ces petites filles comme ça, il se trompe, poursuivit-il comme si elle n'avait rien dit. Il devra d'abord passer par moi.

Peut-être qu'à un autre moment, un autre soir, elle aurait apprécié sa réaction mais là, elle en avait plus qu'assez des postures masculines.

— Non, il devra passer par *moi*, corrigea-t-elle.

Comme il ouvrait la bouche pour répondre, elle tendit la main pour l'arrêter.

— Je suis leur mère. Je m'occupe de mes filles et je les protège. Et même si j'apprécie tout ce que tu as fait et continues de faire pour nous, je ne suis pas à la recherche d'un chevalier servant. Je n'ai pas besoin d'un sauveur, merci.

Sa dernière phrase parut le prendre de court.

— Je n'essaie pas de jouer les chevaliers servants, balbutia-t-il. Je dis seulement…

— Je sais ce que tu dis et c'est très gentil de ta part, mais je te rappelle que je suis la dernière ligne de défense entre quiconque et mes enfants.

Il eut un mouvement de recul.

— Bien sûr. Je ne voulais rien dire d'autre.

Son téléphone à la main, Cassie se leva.

— Écoute, la journée a été longue, il vaut mieux que j'aille me coucher. Merci pour le vin, Brady. Tu es un homme formidable.

Elle porta son verre à ses lèvres et le vida d'un trait. Puis elle lui adressa un sourire satisfait.

— Trop adorable pour être réel, ajouta-t-elle.

— Je ne suis pas adorable, rétorqua-t-il.

Elle savait qu'il voulait en dire davantage mais à ce moment, son smartphone se remit à sonner. De nouveau, l'indicatif régional 406 précédant une autre série de chiffres inconnus apparut.

Tournant l'écran vers elle, elle répondit :

— Tu ne mérites pas d'avoir affaire à moi et à toutes les casseroles que je traîne derrière moi.

D'un doigt rageur, elle appuya sur le bouton sur le dessus du téléphone, elle le maintint enfoncé jusqu'à ce que l'appareil s'éteigne.

— Bonne nuit, Brady. Dors bien. Demain est un autre jour et c'est tant mieux.

Sur ces mots, elle tourna les talons et se glissa dans la maison. Tout en fourrant son smartphone silencieux dans sa poche, elle se dirigea vers le couloir menant aux chambres. Elle trouva les filles recroquevillées comme des chatons. Leur chien de garde leva les oreilles d'un air troublé lorsqu'elle entra. Elle la caressa. Rassurée, Winnie secoua la queue puis referma les yeux.

— Gentilles petites, chuchota-t-elle à elles trois. Faites de beaux rêves.

Quelques instants plus tard, elle s'allongea sur son lit. La dernière chose qu'elle entendit avant de s'endormir fut le craquement des pas de Brady alors qu'il regagnait sa chambre.

26

Brady appréciait beaucoup la présence des Whitaker chez lui. Elles étaient charmantes, chacune dans son genre. Mais peut-être vivait-il seul avec Winnie depuis trop longtemps. Quelle qu'en soit la raison, les avoir sous son toit lui donnait de l'énergie et une incroyable joie de vivre. Comme du champagne, elles égayaient ses journées et grâce à elles, il se sentait plein d'entrain.

Après le coup de fil de Mark Whitaker, une certaine tension s'était créée entre Cassie et lui. Aussi décida-t-il, le lendemain matin, de se concentrer davantage sur les filles. Il les mit au travail. Il les chargea d'abord de ramasser les chutes de bois et de les entasser dans un coin de la terrasse. Quand elles commencèrent à se lasser, il les entraîna devant le mobil-home et leur montra un petit parterre de fleurs envahi de mauvaises herbes. Pour une fois, il se félicita de la liste interminable de tâches mineures auxquelles il n'avait jamais le temps de s'attaquer. Ce qu'il considérait comme une corvée, les petites le virent comme une gratification.

L'idée de pouvoir détruire quelque chose sans avoir d'ennuis ravissait Jilly. Elle était née pour désherber. Fidèle à sa nature, Brook travaillait à un rythme plus lent et plus méthodique. Il ne fut pas surpris lorsqu'il découvrit qu'elle avait refusé d'arracher certaines mauvaises herbes parce qu'elles fleurissaient.

— Elles sont trop belles, plaida-t-elle.

Il ne pouvait le nier, aussi la laissa-t-il faire. Quand il revint, un peu plus tard, il trouva Cassie désherbant à côté de ses filles. Il se souvint soudain de son ex-femme qui avait jeté une plante d'intérieur à la poubelle pour ne pas avoir à s'en occuper.

Comme il faisait mine de s'étonner du choix de Cassie de se salir les mains, elle se moqua de lui, les yeux rieurs.

— Je suis en formation pour devenir guide de rivières et experte en sentiers de randonnée. Une séance de jardinage ne me fait pas peur.

Il s'éloigna en riant, soulagé que les tensions de la veille au soir se soient dissipées. Elle se destinait à être guide au Blaze's River Tours and Rafting. Qu'elle ait envie de s'aventurer en pleine nature avec un groupe d'inconnus le terrifiait et l'intriguait tout à la fois. Bien sûr, il avait remarqué sa démarche souple et athlétique mais qu'une si jolie femme apprécie autant le plein air, les grands espaces, l'étonnait. Son ex-épouse, Lisa, détestait toutes les activités en extérieur.

Cassie et ses filles formaient un contraste rafraîchissant.

Il travailla toute la matinée sur le chantier, menant à bien les tâches qu'il pouvait gérer seul. Lorsque le soleil atteindrait son apogée, il devrait leur trouver des occupations plus rafraîchissantes.

Vers midi, alors qu'il venait boire de l'eau dans la cuisine, il trouva Cassie en train de préparer une montagne de sandwichs. Elle jeta un coup d'œil par-dessus son épaule et agita un couteau à beurre en guise de salut.

— J'étais sur le point d'aller te demander si tu préférais de la mayonnaise ou de la moutarde avec la viande froide, dit-elle.

— Ni l'un ni l'autre. J'assaisonne tout avec de la sauce

barbecue, dit-il en ouvrant le réfrigérateur pour en sortir une petite bouteille.

Elle considéra le flacon sur le comptoir.

— De la sauce barbecue, répéta-t-elle lentement. Un truc d'homme mais pas forcément une mauvaise idée.

Il fourra les mains dans les poches de son jean.

— J'ai plein de bonnes idées.

— Écoute, Brady, je suis désolée de m'être emportée hier soir. Vivre avec Mark… euh… ne m'a pas donné une grande confiance en moi.

— Pas besoin de t'excuser, l'interrompit-il.

— Si, si, j'y tiens. Je prends vite la mouche quand il s'agit des filles. Ou plutôt, quand j'ai l'impression d'être critiquée sur ma façon d'être avec elles. Je le vis mal.

— Tu es une mère formidable.

— J'essaie, répondit-elle. Mais en tout cas, je suis parfois un peu susceptible sur le sujet. Vera m'en a souvent fait la remarque et même si je déteste le reconnaître, elle a raison. Vouloir être une femme libre et indépendante ne me donne pas le droit d'agresser un homme qui ne cherche qu'à m'aider.

Elle posa une main sur son bras et le regarda en face.

— Tu déploies des trésors de bonté et de générosité avec nous et j'y suis très sensible. Je t'apprécie beaucoup, Brady.

— Merci mais je n'ai aucun mérite. Je suis très heureux de vous avoir ici.

Sa déclaration resta en suspens un moment de trop. Elle retira sa main et reporta son attention sur les sandwichs.

En se maudissant de l'avoir mise mal à l'aise, il rétropédala.

— Tout va bien entre nous, alors ?

— Tout à fait.

Il se frotta les mains l'une contre l'autre.

— Super. Alors, je venais voir si l'équipe et toi auriez

envie d'aller pêcher à Cade's Creek. Le coin est ombragé et le sentier pour s'y rendre à travers bois très agréable. Le rivage est sablonneux par endroits. Si tu veux, nous pourrions y pique-niquer.

Le visage de Cassie s'éclaira.

— Les filles vont être folles de joie, dit-elle avec un grand sourire. Je vais préparer ce qu'il faut. Pendant ce temps-là, va leur annoncer le programme.

La nouvelle eut un effet magique sur Brook et Jilly. Elles crièrent et sautèrent autour de lui comme si leurs jambes étaient à ressorts. Elles commencèrent aussitôt à parier sur qui pêcherait le plus de poissons. Peu habitué aux débordements d'allégresse, Brady prétendit devoir aller se mettre en short pour s'éclipser.

Il se changea rapidement avant de les rejoindre dans le jardin.

— Nous sommes prêtes, déclarèrent Brook et Jilly.

Lorsqu'ils se mirent en route, Jilly insista pour porter la glacière que leur mère avait remplie de victuailles. Il entraîna la joyeuse bande vers le sentier qui menait à la crique. Comme souvent, Cassie fermait la marche, des cannes à pêche et une boîte d'asticots à la main. Winnie avait pris la tête de leur petite expédition, ouvrant la voie pour leur permettre d'avancer en toute sécurité. Mais au fur et à mesure qu'ils se rapprochaient du cours d'eau, Brook parlait de moins en moins et devenait de plus en plus sombre.

Brady prétendit avoir besoin de souffler pour faire halte dans une petite clairière. Alors que Cassie s'efforçait de retenir Jilly, qui voulait courir devant pour tenir compagnie à Winnie, il se concentra sur Brook. Elle était silencieuse, le regard méfiant, enfermée dans une attitude de franche hostilité.

Comme il jetait un coup d'œil interrogateur à Cassie, elle fit taire Jilly d'un ton sévère.

— J'ai dit non et il n'y a pas à discuter.

Il s'écarta alors qu'elle posait les cannes à pêche pour prendre tendrement Brook par les épaules.

— Ça ne va pas, chérie ? demanda-t-elle d'un ton léger, même si son regard inquiet cherchait le sien. Tu as trop chaud pour marcher ?

La fillette regarda sa mère d'un air effrayé.

— Je n'aime pas cet endroit.

Cassie la serra dans ses bras, même si son expression indiquait qu'elle ne comprenait pas l'origine de ses appréhensions. Elle semblait prête à encourager l'enfant à prendre sur elle lorsque Winnie laissa échapper trois aboiements.

Brady se redressa. Il ne s'agissait pas d'aboiements joyeux.

Mais d'un signal d'alerte.

Son attention rivée sur sa fille, Cassie poursuivit :

— Tu n'aimes pas ces bois ? Ou le fait d'être chez Brady ?

— J'adore la maison de Brady. Mais je déteste les bois.

— Tu détestes toutes les forêts ou celle-ci en particulier ?

— Toutes.

— D'accord. Alors, rien ne nous oblige à nous y promener, dit Cassie en jetant un coup d'œil à Brady.

— Tu sais quoi ? dit-il en s'efforçant de garder un ton léger. Travailler sur le chantier m'a fatigué et marcher dans cette chaleur n'a rien arrangé. J'ai mal à la tête, ajouta-t-il.

Winnie continuait à donner de la voix. Elle semblait très nerveuse.

Devinant que la partie de pêche était sur le point d'être annulée, Jilly poussa un gémissement.

Mais Cassie le considéra avec inquiétude.

— Ça ne va pas ? Tu veux de l'eau ?

La chienne aboya trois fois de plus. Des aboiements

brefs et insistants. Les sourcils froncés, Brady la chercha des yeux.

— Ça vous ennuie beaucoup, les filles, que nous déjeunions à la maison ? Je vous promets que nous irons pique-niquer une autre fois, ajouta-t-il.

Cassie se leva, en entourant toujours l'épaule de Brook et en tendant la main vers Jilly.

— Non, non, on rentre.

Winnie donna de nouveau de la voix.

Pour ne pas effrayer davantage Brook, Brady expliqua avec calme :

— Elle est excitée par l'eau. Vous trois, retournez au mobil-home, cela vaut mieux. De mon côté, je vais la chercher et rapporterai la glacière.

Cassie prit ses filles par la main et marcha vers la maison, insensible aux protestations de Jilly.

Brady lui tendit la clé.

— Une fois à l'intérieur, verrouille bien les portes.

Elle acquiesça d'un signe de tête et poussa les petites devant. Il attendit qu'elles soient hors de vue pour s'élancer le long du sentier qui menait à la crique.

Quand il jaillit de la limite des arbres, Winnie aboyait de plus belle. Il balaya la zone des yeux mais ne remarqua rien d'anormal. Il siffla la chienne.

Lorsqu'elle revint à ses pieds, il lui lança :

— Qu'y a-t-il ? Qu'as-tu trouvé ? Tu as quelque chose ? Quelqu'un est-il venu ici ?

Il examina rapidement les alentours. Il ne vit rien, ni détritus ni terre remuée dernièrement. Personne n'avait planté de tente ou allumé de feu dans le coin.

Winnie flaira le sol puis le regarda, visiblement dans l'expectative. Malheureusement, il n'avait pas un odorat aussi développé que le sien. Mais elle avait été entraînée à repérer une odeur humaine et la dernière personne qu'elle avait recherchée était Keith Norton, lorsqu'ils avaient inspecté la scierie.

Avec un juron, il promena de nouveau les yeux autour de lui.

— Allez. Montre-moi où il est allé.

Sans hésiter, elle bondit vers le sentier conduisant chez lui.

Là où il avait envoyé Cassie et les filles !

Se reprochant sa légèreté, il courut vers la maison tandis que Winnie traversait les sous-bois par un chemin détourné.

Cassie avait dû le voir arriver depuis la fenêtre de la cuisine parce que en arrivant, il entendit le grincement de la serrure. La porte s'ouvrit lorsqu'il atteignit la plus haute marche du porche.

— Qu'a-t-elle trouvé ? Était-ce Keith ?

Il secoua la tête.

— Je ne suis sûr de rien. Je n'ai rien remarqué d'anormal mais peut-être traînait-il là-bas et s'est-il caché à notre approche.

Il jeta un coup d'œil par-dessus son épaule et vit Winnie flairer la terre entre le sentier et le chemin qui menait à la route. Lorsqu'il la siffla, elle leva la tête avant de s'élancer jusqu'à la maison.

Sans un mot, Cassie ouvrit le congélateur, en sortit une poignée de glaçons qu'elle laissa tomber dans l'écuelle d'eau de la chienne.

— Où sont les filles ? demanda Brady.

— Brook s'est allongée. J'ai demandé à Jilly de garder un œil sur elle. Elle est plutôt contente d'être la gardienne de sa sœur pour une fois.

— J'ai oublié la glacière, dit-il.

— Aucune importance, assieds-toi, dit-elle en sortant la viande, le fromage et la sauce. Nous allons pique-niquer ici.

27

Sentant un danger, Winnie resta près des filles toute la journée. Quand ils s'attablèrent pour se régaler des sandwichs, elle s'assit à côté de Brook comme si elle avait compris que l'aînée des deux sœurs avait besoin d'être rassurée. Une fois de plus, Cassie s'émerveilla de l'empathie dont faisait preuve la chienne. Elle se demandait si Emma Daniels avait inculqué cette notion à Winnie ou s'il s'agissait d'une qualité innée.

Quoi qu'il en soit, elle était heureuse que le labrador ait un sixième sens assez aiguisé pour deviner les émotions et les sentiments de son entourage. D'après Brady, tous les chiens n'en étaient pas pourvus. Mais sa Winnie était aussi douée pour chercher des gens et les sauver que pour les réconforter. En voyant Brook enrouler ses bras autour de la chienne et enfouir son visage dans son cou, elle éprouva une reconnaissance sans bornes pour l'animal.

— C'est à moi de câliner Winnie maintenant, lança soudain Jilly, inconsciente de la détresse de sa sœur. Je ne l'ai pas embrassée depuis ce matin et je lui manque certainement.

— J'en suis sûre, dit Cassie en posant doucement une main sur la tête de la petite pour la calmer.

Brady se leva et rassembla les assiettes sales.

— Ce pique-nique à la maison était une excellente idée.

De toute façon, je n'aime pas déjeuner par terre, dit-il un peu trop gaiement. À cause des fourmis.

L'idée qu'un homme comme lui soit dérangé par quelques malheureuses fourmis donna à Cassie l'envie de rire mais elle se retint. Comprenant qu'il cherchait en réalité à détendre l'atmosphère, elle renchérit :

— Quand elles nous piquent les fesses, elles nous obligent à danser sur place.

Le rire de Jilly jaillit et bientôt Brook l'imita.

— Tu ne sais pas danser, maman, lui rappela-t-elle.

Cassie se serait peut-être vexée si elle n'avait pas été aussi soulagée de les entendre s'esclaffer.

— Bien sûr que si, je sais danser, dit-elle d'un air offensé. Tout le monde sait danser. Je parie que même Brady en est capable.

— Absolument ! Je suis un grand danseur.

Pour le leur prouver, il se dirigea vers l'évier dans une sorte de cha-cha-cha entraînant. À ce moment-là, Cassie sut qu'elle n'éprouvait pas uniquement de la gratitude pour cet homme merveilleux qui avait littéralement sauvé sa famille.

Mais elle n'avait pas envie de s'attarder sur ses sentiments. Malgré l'angoisse de Brook et les inquiétudes de Brady qui craignait que Keith ait découvert qu'elles étaient chez lui, la journée s'était plutôt bien passée.

Il avait su plaisanter pour faire oublier aux filles l'annulation de la partie de pêche sans les angoisser. Elle lui en était très reconnaissante. Après le déjeuner, elle avait appelé la thérapeute recommandée par l'hôpital, lui avait parlé de la peur de Brook d'aller dans les bois. La psychologue pour enfants lui avait donné quelques conseils. L'objectif était d'encourager Brook à raconter ce qui s'était passé dans la forêt quand elle et Jilly étaient sorties de la grotte où Keith les avait abandonnées. Et d'aider sa fille à faire face à ses émotions lorsqu'elles devenaient trop accablantes.

Cassie en prit bonne note. Peut-être mettrait-elle certains de ses conseils à profit pour elle-même.

Pour le dîner, elle décida de confectionner une pizza maison et des cookies au chocolat pour le dessert. Certes, ce menu n'était ni diététique ni très équilibré mais elle sentait que les petites avaient besoin d'un savoureux repas pour se remonter le moral.

Elle regarda les filles suivre Brady et Winnie dans la cour comme des canetons. Il était vraiment gentil avec elles. Et d'une patience d'ange. Mais elle ne pouvait pas laisser ses rêveries prendre le pas sur la réalité.

Elles n'étaient que des hôtes de passage dans ce mobil-home et dans sa vie. Leur pique-nique abandonné leur avait brutalement rappelé la menace qui planait au-dessus d'elles.

Avec un soupir teinté de lassitude, elle se détourna de la fenêtre. Elle était sur le point d'appeler les filles pour leur bain quand un bip de son téléphone l'avertit de la réception d'un texto.

C'est mal élevé de ne pas répondre aux appels téléphoniques mais ce n'est pas grave. Je te verrai bientôt.

Le message était de Keith, se dit Cassie. Son ex-mari était peut-être en colère contre elle mais il n'allait certainement pas venir les chercher. Se rendre jusqu'ici lui demanderait trop d'efforts.

La porte s'ouvrit et Brady fit entrer ses aides. Sans s'intéresser à leurs bavardages, Cassie pointa du doigt le téléphone sur le comptoir avant d'entraîner les filles dans le couloir.

— J'ai reçu un SMS. Mon code d'accès est 6231, lança-t-elle par-dessus son épaule. 6231.

Elle entraîna les filles dans la petite salle de bains, malgré leurs protestations. Elle ne leur donnait pas le bain aussi tôt habituellement. Prenant le premier prétexte venu, elle prétendit que la saleté incrustée sous leurs ongles nécessitait une toilette complète immédiate. En vérité, elle se sentait nerveuse et voulait les garder auprès d'elle.

Elle déshabillait une Jilly boudeuse lorsque la voix de Brady résonna à travers la porte.

— Ne t'inquiète pas pour ce texto. Il joue avec tes nerfs, c'est tout.

— Je déteste les jeux, répondit-elle par-dessus le rugissement de l'eau.

— Moi, j'adore les jeux, gazouilla la petite. Et si nous jouions au Uno après le bain ? Je suis trop forte au Uno, se vanta-t-elle en entrant dans la baignoire. Viens avec moi, Brookie.

Cassie fut contente de voir son aînée se dévêtir sans faire d'histoires. Les filles grandissaient trop vite et avaient de moins en moins besoin d'elle, comprit-elle. Elle espérait qu'une fois devenues adultes, elles continueraient à se tourner vers elle pour tout et la considéreraient toujours comme une figure centrale de leur existence. Mais elle ignorait si leur trio magique résisterait aux années et aux tourbillons de la vie.

Elle tendit à Brook le flacon de gel douche puis répondit à la question de Jilly.

— Je ne sais pas si Brady possède un jeu de Uno, dit-elle sans s'engager.

Elle s'assit sur un tabouret pour écouter d'une oreille les petites débattre des mérites de divers jeux de société tandis que la vapeur emplissait la petite salle de bains. Puis elle sortit de sa torpeur pour fermer les robinets. Elle ne voulait pas vider le ballon d'eau chaude. Brady aurait peut-être envie de prendre une douche.

— Nous laverons vos cheveux demain.

Les filles furent ravies d'échapper au shampoing qui leur piquait les yeux. Comme d'habitude, Brook se savonna rapidement et se leva en laissant sa sœur s'attarder dans l'eau.

Elle tendit à sa fille une serviette-éponge étonnamment moelleuse.

— Brady va nous apprendre à nous servir d'un marteau, annonça Brook en s'enroulant dans la serviette.

— Vraiment ? répondit Cassie distraitement en embrassant la tête de sa grande fille.

— Oui, confirma Jilly. Avec de vrais marteaux et de vrais clous.

Cassie était sur le point de les interroger sur la façon dont elles lui avaient extorqué cette promesse lorsqu'elle entendit un tumulte à l'autre bout de la maison. Winnie aboyait comme une folle et Brady lançait une myriade de jurons peu adaptés à de jeunes oreilles. Les deux fillettes la dévisagèrent d'un air à la fois stupéfait et émerveillé.

— Cassie ! Cassie ! cria-t-il en frappant d'un poing frénétique la porte de la salle de bains.

Elle se leva et pressa la joue contre le battant de bois.

— Oui ? Il y a un problème ? Que se passe-t-il ? demanda-t-elle à travers la porte.

— La maison est en feu !

— Quoi ?

Elle fit signe à Jilly de sortir en vitesse du bain. Brook sauta sur ses pieds et enroula sa serviette humide autour de sa sœur avant de la tirer vers le bord de la baignoire.

— Restez enfermées ici, ordonna Brady.

Cassie fronça les sourcils.

— Mais pourquoi ? Il vaudrait peut-être mieux évacuer les lieux, non ? ajouta-t-elle en entrouvrant la porte.

Tout essoufflé, il lui fourra son téléphone dans la main.

— Ce n'est pas le mobil-home qui brûle mais la future maison, dit-il. Enfermez-vous et appelez les pompiers.

Winnie continuait d'aboyer. Une terrifiante lueur orange se reflétait sur les murs blancs.

La gorge serrée, Cassie composa le 911d'un doigt fiévreux. L'appareil collé à l'oreille, elle se glissa dans le couloir et tendit le cou pour jeter un coup d'œil furtif par la fenêtre de la cuisine. D'immenses flammes léchaient la charpente de la structure en bois et menaçaient les branches d'un arbre voisin.

Les cris terrifiés de ses filles couvraient la sonnerie. Elle pressa plus fort le téléphone contre son oreille et se boucha l'autre de son index.

Enfin, Jenny, l'opératrice des secours, prit l'appel.

— Bonsoir. Quelle est votre urgence ?

— Prévenez les pompiers, dites-leur de venir au plus vite, lâcha-t-elle, le souffle court. La nouvelle maison de Brady Nichols est en feu.

— La maison de Brady ? répéta Jenny, manifestement sous le choc.

— Pas le mobil-home. Mais la maison qu'il construit, précisa-t-elle.

Incapable de comprendre ce que répondait Jenny, elle se précipita vers la fenêtre de la cuisine pour regarder à nouveau. Elle avait besoin d'être sûre qu'elle n'avait pas imaginé la vue des flammes dévorant l'œuvre de Brady.

Malheureusement, non, elle n'avait pas rêvé.

Elle l'aperçut, s'efforçant de tirer un tuyau d'arrosage et de le dérouler. Le brasier avait l'air trop loin, le tuyau trop court et son cœur se serra pour lui.

— Brady essaie d'éteindre le feu avec un tuyau d'arrosage mais il est trop petit, dit-elle. Nous avons besoin d'aide.

— Les pompiers sont en route. Pouvez-vous rester en ligne avec moi jusqu'à leur arrivée ? demanda Jenny.

Cassie s'éloigna de la fenêtre.

— Oui, mais je dois retourner dans la salle d'eau. Je donnais un bain à mes filles.

— Ne raccrochez pas au cas où j'aurais besoin de poser des questions, insista Jenny avec calme.

Cassie jeta un dernier coup d'œil à la fenêtre et vit le jet d'eau pathétique jaillir d'un tuyau d'arrosage puis retomber en goutte-à-goutte sur le sol sec aux pieds de Brady. Elle comprit que le tuyau était troué.

— Son tuyau est hors d'usage. Dites aux pompiers de se dépêcher et…

Comme elle se retournait pour regagner le couloir, les mots moururent sur ses lèvres en découvrant Keith Norton sur le pas de la porte.

Aussi discrètement que possible, elle écarta le téléphone de son oreille mais resta en ligne. Avec un peu de chance, Jenny comprendrait le problème et saurait réagir.

— Keith ? Que fais-tu ici ?

C'était une question stupide mais elle cherchait à gagner du temps. Elle devait se mettre en sécurité. Plus que tout, elle avait besoin de s'interposer entre cet homme et ses filles.

28

Avec un juron, Brady examina le tuyau d'arrosage déchiré. Certes, les températures estivales étaient élevées mais pas au point de fissurer ainsi un tuyau neuf. Comme il contemplait, anéanti, les flammes qui détruisaient des semaines de travail, les aboiements de Winnie devinrent frénétiques. Il comprit que la chienne le prévenait d'un autre danger et il reporta son attention sur le mobil-home. Il avait demandé à Cassie d'y rester avec ses filles.

Il pensait qu'elles y seraient à l'abri mais il les avait laissées toutes les trois sans protection, à la merci de Norton.

Le ventre noué, il lâcha le tuyau et s'élança.

Elles étaient seules et son tuyau ne s'était pas abîmé sous l'effet de la chaleur du soleil. Mais de coups de couteau.

Alors qu'il contournait la structure en feu de sa maison, son regard accrocha une surface métallique dans les bois. Il se retourna pour voir de quoi il s'agissait et découvrit un pickup près de la clairière.

Catastrophé, il courut vers le mobil-home.

— Cassie ! appela-t-il alors qu'il arrivait à la porte.

Les aboiements féroces de Winnie couvraient presque les cris terrifiés des fillettes. Presque, mais pas tout à fait.

Dans l'entrée, il ouvrit le placard à manteaux et en sortit à la hâte sa ceinture utilitaire. Il la rangeait avec soin depuis que deux petites filles avaient envahi sa vie et sa maison. Il tira son Taser et son arme de service de leurs holsters.

Il s'avança à grands pas vers le salon.

— Cassie ! L'incendie est un piège, lui cria-t-il, même s'il était certain que Norton était déjà à l'intérieur.

Winnie avait les yeux rivés sur quelqu'un qui se tenait au fond du couloir. Ses aboiements incessants laissaient peu de place au doute sur la présence d'un intrus.

Il ne le voyait pas mais manifestement, la chienne avait coincé Norton.

Il ne tarda pas à en obtenir la confirmation.

— Retenez votre clebs ou je l'abats, cria un homme.

Brady ferma les yeux en priant pour que Cassie et les filles aient réussi à se barricader dans l'une des pièces. Il ne croyait pas que Norton tirerait sur Winnie. S'il avait voulu la tuer, il l'aurait déjà fait. Pourtant, il n'avait pas intérêt à dévoiler trop vite son jeu.

— Ne lui faites pas de mal ! Winnie, au pied.

Habitué à obéir, le labrador revint vers lui et se coucha sur le sol, prête à bondir.

Elle n'arrêtait pas d'aboyer.

Norton haussa la voix, s'efforçant de se faire entendre.

— Faites-la taire ou je la bute, dit-il. Je ne plaisante pas.

Brady se rapprocha de la chienne et lui parla du ton bas et autoritaire auquel elle répondait le mieux.

— Winnie, calme-toi.

Les aboiements cessèrent aussitôt mais Winnie laissa échapper un gémissement pour exprimer sa contrariété d'être ainsi réduite au silence.

Norton allait croire qu'il avait obtenu ce qu'il voulait. Brady préférait qu'il en soit ainsi jusqu'à ce qu'il puisse déterminer si l'homme était armé ou non.

— Je suis policier, cria-t-il. Lieutenant Brady Nichols de la police de Jasper. Et vous êtes chez moi.

Il s'interrompit assez longtemps pour lui laisser le temps d'assimiler l'information.

— Vous vous êtes introduit illégalement chez moi et je suis armé, poursuivit-il. Si vous l'êtes également, je vous conseille de laisser tomber votre arme et de sortir à découvert.

— Je n'irai nulle part tant que je n'aurai pas récupéré Cassie. Elle est à moi, déclara Norton, une pointe d'agressivité dans la voix.

Brady se rapprocha lentement du couloir.

— Je ne plaisante pas, Norton. Nous savons qui vous êtes, d'où vous venez, et où vous êtes allé. Pour la dernière fois, si vous avez une arme, je vous invite à la laisser tomber maintenant.

— Maman, j'ai peur ! cria Brook d'une voix tremblante.

Il avait envie d'étrangler Norton pour avoir traumatisé ces deux petites filles innocentes. S'il espérait faire revenir ainsi à lui une femme qui ne voulait manifestement pas de lui, il s'y prenait mal.

— Tais-toi, chérie, répondit Cassie quelque part au bout du couloir. Maintenant, tout ira bien. Brady est là. Et Winnie.

Sa confiance en lui le décida. Il claqua dans ses doigts et Winnie, qui n'attendait que ça, passa à l'action. Elle fonça droit sur sa cible en aboyant de plus belle. Son arme devant lui, Brady tourna à l'angle du couloir.

Norton se recroquevilla contre le mur, trop effrayé par Winnie pour avoir le courage d'essayer l'une ou l'autre des portes, toutes fermées.

Les mains levées pour protéger son visage, il balbutia d'une voix terrifiée :

— Rappelez votre chien. Rappelez votre chien !

— Winnie, au pied !

Son arme pointée devant lui, il sourit quand il vit sa partenaire s'arrêter face à l'intrus. Les poils hérissés, les babines retroussées, elle montrait les crocs en grondant, les yeux rivés sur Norton.

— Cassie ? Les filles et toi allez bien ? cria Brady sans quitter Norton du regard.

— Oui, oui, nous allons bien, répondit Cassie.

Ses paroles étaient étouffées et il espérait qu'elles s'étaient réfugiées derrière une porte bien verrouillée.

— Mais méfie-toi, il a un couteau, ajouta-t-elle.

À peine eut-elle lancé cet avertissement que Brady vit Norton brandir son poignard. Il s'apprêtait à frapper Winnie mais elle fut plus rapide que lui. Non seulement elle parvint à éviter le coup, mais elle le mordit au bras avec férocité.

Norton s'effondra avec un hurlement de douleur et laissa tomber le couteau.

Brady se précipita pour l'envoyer valser d'un coup de pied. Mais il ne baissa pas son arme.

— Vous venez de commettre une grosse erreur, dit-il d'une voix trop calme.

Norton le dévisagea avec un mélange de colère et de panique.

— Je suis blessé, dit-il. Votre fauve m'a mordu !

— Ma chienne était en état de légitime défense, répliqua-t-il. Vous vous êtes blessé en tentant d'agresser un membre des forces de l'ordre, ajouta-t-il en martelant chaque mot pour qu'ils s'enfoncent dans le crâne de son interlocuteur.

— Ce n'est qu'un clebs, gronda Norton entre ses dents.

— Erreur. L'officier Winnie est un membre à part entière de la police de Jasper. Agresser un policier est une circonstance aggravante qui vous vaudra une peine supplémentaire. De toute façon, le FBI ne plaisante pas avec les enlèvements d'enfants et vous aurez droit à un long séjour en prison.

— Je n'ai pas kidnappé les filles, protesta Norton. Elles m'ont suivi de leur plein gré. Elles me connaissent. Elles ont confiance en moi. Leur mère et moi allons nous marier. Elles me considèrent comme leur nouveau père parce que nous serons bientôt une famille.

Brady secoua la tête. Il refusait de discuter avec ce type qui délirait totalement.

Comme il entendait des sirènes approcher au loin, il lui récita ses droits :

— Vous êtes en état d'arrestation. Vous avez le droit de garder le silence. Tout ce que vous direz désormais pourra être retenu contre vous.

Il finissait son petit laïus quand des pas résonnèrent sur les marches du porche. Jason Wright se précipita vers eux, une paire de menottes à la main.

Il les refermait sur les poignets de Norton quand Cal Hoover apparut à son tour, Ruby à ses côtés.

— Tout va bien ?

— Nous allons bien, oui, répondit-il. Mais Norton s'est blessé en voulant frapper Winnie avec son couteau.

Il se tourna vers son ami et lui tendit son arme d'une main tremblante.

— Tu peux me tenir ça ?

Il subissait les retombées des décharges d'adrénaline qui l'avaient traversé.

— Bien sûr, dit Cal en s'en emparant. Nous allons sortir d'ici. Ce couloir est étroit et Winnie a l'air plutôt énervée.

Brady jeta un coup d'œil à sa chienne. Elle gardait l'œil sur Norton, le regard féroce, les poils hérissés.

— Assis, Winnie. Assis.

Enfin, elle obéit. Mais elle ne quittait pas Norton des yeux pendant que Jason Wright le mettait debout.

— Les pompiers sont là et s'activent sur votre maison, lui dit-il. Ils sont arrivés cinq minutes avant nous.

Il poussa Norton devant lui.

— Les ambulanciers sont là aussi. Je vais leur demander de jeter un coup d'œil à la blessure de cet individu puis nous l'emmènerons au poste de police.

— Cassie ! cria Norton à travers la porte de la salle de bains alors que Jason tentait de l'entraîner. Cassie, laisse-moi t'expliquer. Donne-moi une chance de m'expl…

La porte s'ouvrit brusquement et Cassie apparut, visiblement hors d'elle.

— M'expliquer quoi ? Pourquoi tu as kidnappé mes filles, pourquoi tu les as retenues dans les bois toute une nuit dans le froid et le noir ? Tu veux me faire croire que tu ignorais qu'elles auraient peur ? Ou peut-être veux-tu m'expliquer pourquoi elles ont dû se débrouiller seules dans les bois ? Pourquoi tu les as abandonnées dans une grotte ? Heureusement, elles sont intelligentes et lorsqu'elles sont tombées sur un cours d'eau, elles ont eu l'idée de le suivre vers la ville. Mais je refuse de t'écouter, Keith. Tu t'en es pris à mes enfants et je ne te le pardonnerai jamais. Et de toute façon, je n'ai jamais eu l'intention de t'épouser. Jamais.

Elle le regarda droit dans les yeux en le défiant de protester.

— Tu m'as traquée, tu as volé mes filles, tu nous as terrorisées. Rien ne me fera revenir à toi. C'est la dernière fois que je t'adresse la parole, la dernière fois que tu me vois, Keith.

Sur ces mots, elle retourna dans la salle de bains et claqua la porte si fort que toute la structure trembla.

Cal laissa échapper un sifflement tandis que Jason propulsait un Norton gémissant devant lui.

— Eh bien ! Le moins qu'on puisse dire c'est qu'elle a été claire.

Dès que Jason et Norton furent sortis du mobil-home, Cal se tourna vers Brady.

— Et si j'emmenais Winnie courir dans les bois pour l'aider à se calmer ? Il faut quitter les lieux et laisser les pompiers éteindre le feu que cet abruti a allumé.

Il secoua tristement la tête et ajouta :

— Je suis vraiment désolé pour ta maison, Brady.

Celui-ci soupira :

— Winnie, vas-y. Va faire un tour avec Cal et Ruby.

La chienne obéit et suivit Cal, non sans jeter un dernier regard inquiet à son maître.

— Tu es la meilleure, ma belle. Maintenant, va avec Cal.

29

Dès qu'ils s'en allèrent, Brady vint frapper à la porte de la salle de bains.

— C'est moi. Je peux entrer ?

Après un moment de silence, Cassie demanda d'une voix étouffée :

— Les autres sont partis ?

— Oui, oui, ne t'inquiète pas.

Lorsqu'elle lui ouvrit, il les trouva toutes les trois serrées les unes contre les autres. Vêtues de chemises de nuit en coton, les filles étaient accrochées à leur mère comme des koalas à leur arbre.

— C'est moi, répéta-t-il.

Comme toujours, Jilly fut la première à réagir. Elle lâcha le giron maternel pour se précipiter dans ses jambes.

— Winnie nous a sauvées.

Sans réfléchir, il se pencha pour lui caresser les cheveux. Il hésita à lui faire remarquer qu'il avait joué un petit rôle dans l'arrestation de Keith Norton en attendant l'arrivée des renforts. Mais il y renonça. Aux yeux de Jilly, il n'était que le coéquipier de Winnie, la véritable héroïne, et au fond, il en était plutôt satisfait. Jouer les suppléants ne le dérangeait pas.

— C'est la meilleure.

— Toi aussi, dit Cassie d'une voix voilée de larmes.

Il prit une profonde inspiration pour se calmer, puis poursuivit :

— Merci. Nous allons mettre Norton en garde à vue ici mais le FBI prendra certainement le relais. Les kidnappings sont de son ressort. Norton sera transféré à Boise pour y être incarcéré.

— On ne pourrait pas l'enfermer dans une prison plus éloignée ? demanda Cassie.

— Sur la lune, par exemple ? ajouta Brook, le visage enfoui contre le ventre de sa mère.

L'idée plut beaucoup à Jilly qui leva son petit nez vers eux.

— Oui ! On n'a qu'à le mettre dans une fusée pour l'envoyer si loin qu'il ne reviendra jamais.

Brady la regarda, émerveillé par sa résilience.

— Boise est très loin d'ici mais par prudence, je suggérerai aux autorités une incarcération interstellaire.

— Si l'idée est trop compliquée à mettre en œuvre, l'emprisonner sur une île perdue dans un océan infesté de requins serait déjà bien, grommela Cassie.

Comme elle se relevait, elle s'immobilisa soudain et écarquilla les yeux en découvrant le triste spectacle par la petite fenêtre au-dessus de la baignoire.

— Mon Dieu, Brady, ta maison ! s'écria-t-elle, catastrophée.

Elle se hissa sur la pointe des pieds et tendit le cou pour mieux voir. La lueur orange du brasier l'anéantit totalement.

Brady secoua la tête et prit Jilly dans ses bras.

— Je ne m'inquiète pas pour la maison. Ce ne sont que des bouts de bois et des clous qui brûlent, Cassie, dit-il.

Tout en berçant doucement la tête de Jilly, il poursuivit d'un ton assuré :

— Tout cela n'a pas beaucoup d'importance. Nous sommes tous sains et saufs, c'est la seule chose qui compte.

Elle sentit des larmes monter à ses yeux.

— Merci à toi. Tu nous as sauvées.

— C'est Winnie qui nous a sauvées, corrigea la fillette, le visage dans son cou.

Il était plus qu'heureux de laisser sa coéquipière recevoir les louanges. La chaleur qui brillait dans le regard de Cassie lui suffisait.

— C'est exact. Et Winnie aimerait certainement que vous le précisiez à mes collègues quand vous témoignerez.

Jilly dans les bras, il les entraîna hors de la salle de bains et du mobil-home, dans le crépuscule enfumé. Il s'efforça de ne pas regarder l'ossature calcinée. Il n'avait pas besoin de voir pour mesurer l'étendue du désastre. Les flammes avaient été maîtrisées. Quelques instants après le premier, un deuxième camion avait débarqué et depuis lors, les pompiers n'avaient cessé de s'activer pour éteindre le sinistre. Mais son instinct lui disait que leurs efforts seraient inutiles. Ils étaient arrivés trop tard.

Alors même que Cassie lui emboîtait le pas, serrant fermement la main de Brook, il commençait à accepter la triste réalité. Sa future maison serait bientôt réduite en cendres.

— Ça va être le bazar cette nuit, ici, dit-il. Ne vaudrait-il pas mieux que vous alliez dormir chez Vera et Millard, toutes les trois ?

Cassie semblait hypnotisée par le spectacle des pompiers déployés sur le chantier.

— Nous le pourrions mais maintenant que Keith est en garde à vue, il n'y a plus aucun risque. Dans ces conditions, je préfère rentrer chez moi. Cela te paraît possible ?

Son cœur se serra d'espoir. Elle voulait retourner *chez elle*. Dans la maison où avaient vécu ses grands-parents. Dans la maison où ses filles pourraient se reconstruire et se faire de nouveaux souvenirs. Peut-être allaient-elles rester à Jasper, finalement.

Il posa doucement Jilly sur le sol.

— Bien sûr. Je ne vois pas ce qui vous empêcherait de retourner chez vous.

— Plus tôt les filles dormiront dans leur lit, mieux cela vaudra.

— Tu as raison, dit-il en dissimulant sa déception.

Qu'elles partent lui brisait le cœur. Contempler le spectacle de sa future maison dévorée par les flammes l'avait anéanti. Et maintenant, leur départ était le coup de grâce…

Bien sûr, il n'y avait aucune raison pour qu'elles restent avec lui. Mais elles allaient terriblement lui manquer.

Se reprochant mentalement de laisser ses propres sentiments contrecarrer ce qui valait mieux pour ces petites filles traumatisées, il se tut pendant qu'elles se dirigeaient vers le van.

— Il va encore falloir que nous retournions au poste de police ? demanda Brook d'une voix tremblante.

Elles allaient devoir témoigner toutes les trois, songea Brady, mais il n'y avait pas d'urgence. De plus, il demanderait à ce que ces entretiens se déroulent le plus loin possible de l'endroit où Norton était détenu.

Alors qu'il revenait avec les chiens, Cal entendit la question de la fillette.

— Non, mademoiselle, répondit-il. Contrairement à votre ravisseur, vous n'êtes pas en état d'arrestation. Vous êtes nos témoins vedettes, les héroïnes du jour. En tant que telles, vous aurez droit à un traitement de faveur. Pour vous épargner une visite supplémentaire au poste de police, nous vous interrogerons chez vous.

— Formidable, dit Cassie. Merci.

— Winnie peut passer la nuit avec nous ? demanda Jilly, pleine d'espoir en se tournant vers Brady.

Un sourire triste passa sur ses lèvres.

— Non, je suis désolé. Elle aimerait beaucoup vous suivre mais elle doit rester avec moi. Nous sommes coéquipiers, tu te souviens ?

Les deux filles avaient l'air découragées. Il était désolé pour elles mais Winnie était avant tout un chien policier.

— Mais vous pourrez nous rendre visite quand vous voudrez, ajouta-t-il en se tournant vers Cassie. Vous allez nous manquer.

Elle soutint son regard assez longtemps pour que son cœur s'affole dans sa poitrine. Mais elle se détourna et entreprit d'installer ses filles dans son van.

— Nous reviendrons certainement, un jour. Au moins pour t'apporter des brownies, ajouta-t-elle avec une note de joie forcée

— Super.

Lorsque les petites furent attachées, Brady suivit Cassie jusqu'à la portière du conducteur.

— Tu es en état de conduire ? demanda-t-il.

Elle éclata de rire, mais cela ressemblait plus à un sanglot.

— Je n'arrive pas à croire que tu t'inquiètes pour moi. Je vais très bien mais toi…

Secouant la tête, elle montra le chaos qui les entourait.

— Brady, ta maison…

— Je la reconstruirai.

Il s'approcha et la regarda en face.

— Toi et les filles êtes en sécurité. C'est tout ce qui compte.

— Merci, murmura-t-elle.

Quand elle s'humecta les lèvres, la tentation de l'embrasser fut si forte qu'il dut s'écarter.

Incapable d'ajouter quoi que ce soit de cohérent, il hocha la tête puis passa devant elle pour lui ouvrir la portière. Les cris des filles qui se chamaillaient étaient de la musique à ses oreilles. Il avait passé la plus grande partie de la dernière semaine enveloppé dans le cocon de leur petit monde, et maintenant il était infiniment triste de le quitter.

— On se voit bientôt, dit-il d'une voix qu'il reconnut à peine.

Elle esquissa un sourire fragile.

— À très bientôt, promit-elle en se glissant au volant.

Il claqua la portière, puis enfonça les mains dans ses poches.

Les filles lui firent des gestes d'adieu pendant que Cassie slalomait prudemment entre les véhicules de secours qui encombraient la cour. Les lumières des camions de pompiers se reflétaient sur les vitres de son van.

Winnie lui frotta la main de sa truffe humide et poussa un léger gémissement pour qu'il sache qu'elle était là. Il lui caressa distraitement la tête. Les feux arrière du van brillèrent dans le noir avant qu'elle ne s'engage sur la route.

Il repéra une petite main appuyée contre la vitre latérale en signe d'adieu et comprit que c'était Brook qui le lui adressait.

Derrière lui, la maison de ses rêves partait en fumée, mais voir la famille qui avait capturé son cœur s'éloigner dans la nuit lui était infiniment plus douloureux.

30

Il fallut quelques jours à Cassie pour choisir le cadeau qu'elle voulait offrir à Brady pour le remercier de son hospitalité. Secrètement, elle espérait qu'elle lui manquait autant qu'il leur manquait.

Elle avait été contente que Cal Hoover ait été désigné pour venir les auditionner. Ces temps derniers, les filles avaient vécu beaucoup d'épreuves et en avaient assez de devoir raconter en boucle les drames qui avaient émaillé leur vie. Mais être interrogées par celui qui les avait retrouvées la nuit où elles s'étaient égarées dans les bois avait changé la donne. Elles étaient plus à l'aise. Presque autant qu'elles l'étaient avec Brady. Mais pas tout à fait.

À présent, il lui semblait bizarre d'être dans la maison de ses grands-parents sans eux. Elle ne s'y sentait pas chez elle. Et même avec deux petites filles pleines de vie, il manquait quelque chose.

Il manquait *quelqu'un*.

Un sourire aux lèvres, elle sortit de Saunders's Hardware, chargée de gros sacs de matériaux de construction que l'entreprise lui avait donnés.

— C'est sympa de leur part de nous les avoir offerts, dit Brook d'un ton approbateur.

— Nous allons tous l'aider à reconstruire sa maison, ajouta Jilly. Je clouerai des planches. Quand nous ramassions des chutes de bois, l'autre jour, Brady a promis de nous montrer comment nous servir d'un marteau. Je parie qu'il me laissera faire.

L'assurance et l'enthousiasme de sa fille firent rire Cassie.

— J'en suis sûre.

Elles tournèrent à l'angle de la rue et trouvèrent Dillon Diaz adossé à un pickup rempli d'un assortiment d'outils et d'équipements de chantier. Comme elle le dévisageait d'un air interrogateur, il haussa les épaules et ouvrit la portière du véhicule.

— J'ai récolté tout ce que les gens étaient prêts à donner. Le camion chargé des poutres devrait arriver sous peu. Il est sans doute temps d'y aller, ajouta-t-il en se hissant au volant.

Elle entraîna ses filles vers le van, garé de l'autre côté de la rue. Une fois installées à l'intérieur, elles suivirent le pickup de Dillon vers le nord de la ville. Quand elles arrivèrent au carrefour qui menait au ranch Daniels, elle eut le souffle coupé à la vue de la longue file de véhicules qui s'engageaient dans l'allée de Brady.

Lorsqu'elle se gara dans la cour et fit descendre les filles, elle constata qu'il y avait déjà une dizaine de camions et fourgonnettes. Elle s'efforçait de calmer les petites quand Brady apparut sous le petit porche du mobil-home. Manifestement stupéfait, il secoua la tête alors que ses amis et voisins ouvraient leurs portières.

Cassie était contente d'être à moitié dissimulée par la petite foule. Elle ne savait pas très bien ce que Brady ressentirait en les voyant, elle et les filles. Après tout, à cause d'elles, la maison qu'il construisait de ses propres mains n'était plus qu'un tas de cendres.

Quelques jours plus tôt, le capitaine Walters l'avait appelée pour la prévenir que le dossier Keith Norton avait bien été confié au FBI. Norton avait été transféré à Boise pour y être incarcéré. Apprendre qu'il ne passerait pas une nuit supplémentaire à Jasper avait été un intense soulagement.

Brook et Jilly avaient un peu protesté lorsque l'agent spécial Sims était revenu les interroger mais elles devenaient très fortes au jeu des questions-réponses.

Elle s'était inquiétée que ses filles s'habituent à ce climat extraordinaire dans lequel elles vivaient depuis un mois et finissent par le trouver normal. Mais à peine l'agent fédéral avait-il disparu dans sa voiture qu'elles étaient redevenues ses petites filles, occupées à se chamailler, à crier et à jouer comme tous les enfants du monde.

Le claquement des portières et le bruit des échanges de salutations la tira de ses pensées.

Tout excitées, Brook et Jilly ne tenaient pas en place. Le ventre noué à l'idée de revoir Brady, Cassie sortit du van. La chienne les aperçut avant lui. Elle poussa trois aboiements joyeux puis bondit du porche pour s'élancer à leur rencontre.

La soudaine agitation de l'animal parut déstabiliser Brady. Il claqua des doigts, appela et siffla, mais en vain. Winnie avait ses cibles en vue. Cassie surprit le moment où il repéra Brook et Jilly. Un bref instant, il se figea puis un sourire éclatant éclaira son visage. Et elle sentit son cœur s'accélérer dans sa poitrine.

Il leur fit signe de la main et descendit les marches pour s'approcher d'elles. Tout en marchant, il promenait les yeux alentour, scrutant la foule. Elle espérait qu'il la cherchait.

Peut-être était-elle ridicule de se sentir si attachée à un homme après avoir passé seulement quelques jours avec lui. Mais ce petit séjour dans son mobil-home avait été intense et riche en émotions.

Bien sûr, vu son passé, elle avait sans doute intérêt à

ne pas s'emballer trop vite. Mais quand leurs regards se croisèrent, tous ses doutes s'envolèrent.

Il était content qu'elles soient venues.

Elle aussi.

La veille au soir, elle avait raconté à Vera qu'elle se sentait bien avec lui, mais en réalité ce qu'elle éprouvait pour lui était beaucoup plus fort. Elle lui faisait confiance, tout simplement. Et après quelques jours loin de lui, elle avait pris conscience qu'il lui manquait. Plus encore, elle espérait qu'il aurait envie de les revoir, ses filles et elle… et de partager leur vie.

Maintenant, elle devait trouver le courage de lui ouvrir son cœur.

Mais, comme toujours, il lui facilita les choses à sa manière.

— Tu m'as manqué, Cassie, lança-t-il d'emblée en s'approchant, un grand sourire aux lèvres. Vous m'avez terriblement manqué, toutes les trois.

Elle voulut répondre mais elle ne parvenait pas à émettre un son. Avant de comprendre ce qui lui arrivait, elle se retrouva dans ses bras. Il la serra avec force contre lui.

— Tu nous as manqué aussi, murmura-t-elle, consciente qu'associer les filles à son propos était une échappatoire pour se protéger.

Elle rit d'un air gêné alors qu'il la relâchait pour la regarder.

— Cela dit, ajouta-t-elle, je parie que tu étais plus au calme.

— Trop au calme, répondit-il d'un ton bourru. J'ai adoré vous avoir ici. Toutes les trois, ajouta-t-il en l'étreignant de nouveau.

— Et nous voilà à nouveau en train de t'envahir, dit-elle.

— Cal m'a dit que le FBI avait récupéré tout ce qui

concernait le kidnapping. Norton est également poursuivi pour vandalisme criminel, violation de domicile avec effraction et menace terroriste mais l'enquête est close et le sort de ton ex dépend désormais de ses avocats.

Comme elle jetait un coup d'œil au mobil-home dans lequel Keith avait réussi à s'infiltrer, un long frisson la parcourut.

— Brady, je suis vraiment désolée d'avoir causé tant de malheur chez toi.

Avec un petit rire, elle essaya de s'éloigner mais il la retint.

— Tu n'as pas à t'excuser. Si j'avais fait preuve d'un minimum de jugeote, j'aurais anticipé cette attaque. Ce type n'aurait jamais dû franchir ma porte.

— Ta maison…

Soudain, il l'interrompit d'un baiser. Aussitôt des sifflets et des rires fusèrent autour d'eux et ils s'écartèrent l'un de l'autre en rougissant. Brady se renfrogna et fronça les sourcils mais cela ne suffit pas à calmer ses amis.

Pourtant, il ne la laissa pas s'échapper et il l'attira à lui dans une étreinte chaleureuse.

— Je devrais sans doute m'excuser, lui chuchota-t-il à l'oreille. Mais je ne regrette pas de t'avoir embrassée.

— Je ne le regrette pas non plus, répondit-elle dans un souffle.

Il recula d'un pas pour la regarder dans les yeux.

— Tout est allé très vite, peut-être, entre nous et ce sont les circonstances qui nous ont réunis, dit-il d'une voix rauque. Je le comprends mais je n'arrive plus à raisonner. J'avais envie de t'embrasser depuis si longtemps.

— Moi aussi, balbutia-t-elle.

Un petit cri la poussa à se retourner et elle découvrit ses filles qui la dévisageaient fixement. Pour la première fois sans doute de sa jeune vie, Jilly paraissait sans voix.

Brook avait l'air horrifiée par leur comportement mais Cassie remarqua la lueur de joie qui brillait dans les yeux de son aînée.

Jilly se jeta au cou du labrador et l'étreignit avec exubérance.

— Oh ! Winnie ! Ils s'aiment !

La chienne montra son approbation en battant de la queue si fort qu'elle en souleva de la poussière.

Cassie se sentit rougir mais se força à regarder Brady.

— Les filles semblent surprises, réussit-elle à balbutier.

— Un peu surprises, peut-être, mais pas contrariées et c'est l'essentiel, dit-il.

Il laissa un bras sur son épaule alors qu'il reportait son attention sur le chaos qu'elle avait une fois de plus provoqué chez lui.

— Que font tous ces gens ici ? ajouta-t-il. Le sais-tu ?

Elle se tourna vers les nombreux visages rayonnants qui les observaient avec curiosité.

— Je… euh… tout le monde voulait aider.

— Aider ?

— Dillon m'a dit qu'avec quelques amis venus déblayer les poutres calcinées, ils avaient sondé les fondations de ta maison. Elles leur ont semblé solides donc comme je l'ai dit, beaucoup de personnes ont eu envie de t'aider à reconstruire ce que les flammes avaient détruit. Vera et moi en avons parlé aux clients du restaurant. Millard a un ami qui travaille dans une entreprise du bâtiment à White Feather. Il leur restait du bois d'un chantier qu'ils avaient terminé le mois dernier. Ils vont le déposer ici…

Elle s'arrêta alors que le rugissement d'un moteur emplissait l'air.

— … et même, maintenant, apparemment, conclut-elle en riant.

Incrédule, il regarda plusieurs habitants de Jasper s'activer sur le chantier, descendre des plates-formes des camions, monter un échafaudage, poser des échelles. Beaucoup installaient des outils sur des tréteaux.

Cassie se tourna pour s'assurer rapidement que les filles étaient en sécurité. En les voyant câliner Winnie, elle sourit.

Puis elle reporta son attention sur Brady.

— Et à présent, il est temps de te révéler un secret, reprit-elle dans un murmure. Mon plus grand secret.

Il resserra son bras sur ses épaules.

— Oui ? dit-il d'un ton plein d'espoir.

Elle se hissa sur la pointe des pieds pour lui murmurer à l'oreille :

— Mon deuxième prénom est Pandore.

Il leva les sourcils d'un air incrédule.

— Tu plaisantes.

Elle secoua la tête.

— Maintenant, tu sais pourquoi je peux être l'élément déclencheur d'une série d'ennuis, Brady Nichols.

— Pourquoi, maman ? demanda Brook. Je ne comprends pas.

— Dans la mythologie grecque, Zeus accepta le mariage de sa fille Pandore avec Épiméthée, un Titan, à condition qu'elle conserve sans l'ouvrir « la boîte », qui était en réalité une jarre, qu'il lui confia. Mais, cédant à la curiosité, Pandore ouvrit la boîte, en libérant ainsi tous les maux de l'humanité qui y étaient enfermés et qui se répandirent donc sur la terre. Seule l'espérance resta au fond du récipient, ne permettant donc même pas aux hommes de supporter les malheurs qui s'abattaient sur eux.

— D'accord, dit la fillette avant de filer jouer avec Winnie.

Cassie reporta son attention sur Brady.

— Tu sais tout…

— Cassandre Pan…

— Non, non, n'en parle pas. Personne ne doit l'apprendre !

Il éclata de rire puis l'embrassa sur la tempe.

— Je respecterai ton secret, ne t'inquiète pas, assura-t-il.

— Je te fais confiance.

Il reporta son attention sur le remue-ménage autour d'eux.

— Je ne peux pas croire que tu aies fait tout cela pour moi, dit-il d'un air émerveillé. Contrairement à la Pandore de la mythologie grecque, tu as déclenché une série de bienfaits.

Derrière eux, Vera émit un rire agacé.

— Cassie n'est pas une super-héroïne et n'a accompli aucun miracle, grogna-t-elle en passant devant eux, chargée d'un plateau de sandwichs. Tous les habitants de Jasper en âge de travailler ont donné un coup de main.

Millard suivait sa femme, un énorme récipient en inox dans les mains.

— Salut, Brady, dit-il avec sa simplicité habituelle. J'apporte du café pour les braves mais j'ai également quelques caisses d'eau et des bières. Et les patrons du Stop & Shop nous ont promis des boissons énergisantes.

Devant la perplexité de Brady, Cassie se mit à rire.

— Vera a raison. Tout le monde voulait contribuer à la reconstruction.

— Mais c'est toi qui as tout organisé, dit-il en l'enlaçant. Je vois ta patte partout dans cette opération.

— Non, non, je n'étais pas toute seule. Dillon a largement aidé à mettre tout en œuvre.

Brady jeta un coup d'œil vers son meilleur ami qui dirigeait des groupes de bénévoles sur le chantier comme un contremaître chevronné.

— Emma Daniels nous a bien épaulés aussi, ajouta-t-elle.

Comme si elle attendait que son nom soit prononcé pour apparaître, Emma surgit, entourée des adolescents qui travaillaient pour elle pendant l'été.

— J'ai toujours rêvé de bâtir une maison, dit-elle, les yeux brillants. Et puis, j'avais envie de revoir Winnie.

Brady rit, mais resserra son emprise sur Cassie.

— Je suis touché que tant de gens aient voulu m'aider, dit-il. Mais tu es la seule que j'ai envie d'embrasser.

— Moi aussi, j'en ai envie, murmura-t-elle.

Elle avait besoin de s'assurer que le premier baiser n'avait pas été une simple impulsion de sa part.

— Jilly ! s'exclama Brook. Il va encore l'embrasser.

— Je veux qu'il l'embrasse, répliqua sa sœur. Je veux qu'ils se marient pour qu'on vive dans sa nouvelle maison et que Winnie dorme avec moi tous les soirs.

Mortifiée, Cassie rougit jusqu'aux oreilles et ferma les yeux mais le contact des lèvres de Brady contre les siennes les fit s'ouvrir à nouveau.

Il afficha un large sourire désinvolte.

— Je suis bien d'accord avec toi, Jilly, répondit-il. Nous allons suivre ton super plan. Et devenir une famille.

— Tu ne veux pas dire que…, protesta Cassie.

— Mais si, je veux le dire.

Il prit Jilly dans ses bras, passa une main dans les cheveux de Brook et enlaça Cassie plus fort.

— Il faudra un certain temps pour construire la maison. Cela nous permettra de mieux nous connaître. Nous allons être très heureux tous les quatre.

— Tous les cinq, corrigea Jilly. N'oubliez pas Winnie.

Assise à leurs pieds, la chienne les regardait avec adoration.

— Winnie fera partie de la famille, murmura Cassie en se penchant pour caresser le labrador. Nous ne pourrons jamais l'oublier. Après tout, c'est elle qui nous a présentés.

Retrouvez prochainement,
dans votre collection

BLACK ROSE

Une cible trop facile, d'Amelia Autin - N°784

Retrouver une femme en fuite avec deux bébés... Pour le détective Chris Colton, la mission est simple. Pourtant, dès qu'il la rencontre, Chris comprend que Holly n'est pas l'intrigante que lui ont décrite ses beaux-parents. Et que si elle s'est enfuie avec ses jumeaux, après la mort accidentelle de son mari, c'est pour leur échapper et les empêcher de mettre la main sur l'héritage de leurs petits-enfants...

Improbable rencontre, de Jennifer D. Bokal

Désespérée, craignant pour sa vie, Clare Chamberlain a fui son mari dont elle a découvert les activités criminelles. À Mercy, ville perdue du Texas où elle s'est fait embaucher comme serveuse, elle rencontre un homme : Isaac Patton. Charismatique, secret, il n'a rien d'un simple employé de bar et intrigue Clare. Comme si, tel un fauve aux abois, il était venu là pour attendre sa proie...

La fiancée fugitive, de Paula Graves - N°785

MISSION PROTECTION – 3/4

Empêtrée dans sa longue robe de mariée, Tara court à travers bois. Elle fuit les inconnus qui ont tenté de l'enlever quelques heures avant son mariage. Et elle serre la main d'Owen Stiles, son témoin, qui vient de l'arracher aux griffes de ses tortionnaires. Owen, son ami d'enfance, et le seul homme dont elle soit réellement amoureuse...

Un garde du corps pour Katie, de Paula Graves

MISSION PROTECTION – 4/4

Perplexe, Lacey dévisage l'homme qui se tient devant elle. En dépit de ses références, Jim Mercer n'a rien d'un baby-sitter. Pourtant, elle n'a pas d'autre choix que de confier à cet inconnu la garde de Katie, sa pupille âgée de deux ans. Car elle doit à tout prix retrouver les criminels qui ont fait exploser la voiture dans laquelle les parents de la fillette ont trouvé la mort...

Retrouvez prochainement,
dans votre collection

BLACK ROSE

Le piège du hasard, d'Elle James - N°786

Avec une violence inouïe, l'homme projette la femme à terre... Abasourdi par la scène dont il est témoin, T-Rex s'interpose et les sépare. Puis, insensible aux commentaires aigres de l'homme, il écoute les explications de la jeune femme. Elle se nomme Sierra, elle est institutrice, et la brute qui la frappait est son ex-mari...

Entre confiance et suspicion, de Julie Miller

Trop civilisé, trop sûr de lui... trop sexy. Depuis sa rencontre avec Duff Watson, Melanie s'interroge sur les raisons qui l'ont poussé à se faire embaucher sur le domaine familial. Se pourrait-il qu'il soit l'allié dont elle a tant besoin ? Celui qui l'aidera à enquêter sur la mort de son père, mort dans des circonstances suspectes lorsqu'elle était enfant...